HERMOSA OSCURIDAD

KAMI GARCIA Y MARGARET STOHL

Traducción de Amado Diéguez

ESPASA

Obra editada en colaboración con Espasa Libros, S.L.U. - España

Título original: *Beautiful Darkness*

Imagen de portada: © Paul Knight / Trevillion Images
Adaptación y tipografía de portada: Manuel Calderón

© 2010, Kami Garcia y Margaret Peterson
© 2010, Espasa Libros S.L.U. – Barcelona, España
© Amado Diéguez Rodríguez, por la traducción

Derechos reservados

© 2013, Editorial Planeta Mexicana, S.A. de C.V.
Bajo el sello editorial ESPASA M.R.
Avenida Presidente Masarik núm. 111, 2o. piso
Colonia Chapultepec Morales
C.P. 11570, México, D.F.
www.editorialplaneta.com.mx

Primera edición impresa en España: noviembre de 2010
ISBN: 978-84-670-3444-8

Primera edición impresa en México: octubre de 2013
Primera reimpresión: enero de 2014
ISBN: 978-607-07-1897-7

Impreso en los talleres de Litográfica Ingramex, S.A. de C.V.
Centeno núm. 162-1, colonia Granjas Esmeralda, México, D.F.
Impreso en México - *Printed in Mexico*

NOTA A LA EDICIÓN

Por indicación de las autoras, se ha mantenido en el idioma original una serie de términos relativos al imaginario de su invención. A continuación, y a modo de guía, se glosan los más relevantes, con una breve explicación a fin de facilitar la comprensión por parte del lector hispanohablante.

CASTER: seres que conviven con los humanos y ejercen diferentes poderes mágicos. Deriva de la expresión *cast a spell* (lanzar un hechizo).

CATACLYST: natural que se ha vuelto hacia la Oscuridad.

EMPATH: Caster con una sensibilidad tan especial que es capaz de usar los poderes de otro Caster de forma temporal.

HARMER: dañador.

HUNTER: cazador.

ILLUSIONIST: Caster capaz de crear ilusiones.

LILUM: quienes moran en la Oscuridad.

MORTAL: humano.

NATURAL: Caster con poderes innatos y superiores a los demás de su especie.

SHIFTER: Caster capaz de cambiar cualquier objeto en otro durante todo el tiempo que desee.

SYBIL: Caster con el don de interpretar los rostros como quien lee un libro con sólo mirar a los ojos.

SIREN: Caster dotado con el poder de la persuasión.

THAUMATURGE: Caster con el don de sanar.

Para Sarah Burnes,
Julie Scheina y Jennifer Bailey Hunt,
porque por alguna razón muy tonta
no dejarían que sus nombres aparecieran en la portada.

*Es fácil perdonar a un niño el miedo a la oscuridad;
la verdadera tragedia es que los hombres teman la luz.*

PLATÓN

ANTES

CHICA CASTER

SIEMPRE PENSÉ QUE GATLIN, mi pueblo, oculto en lo más profundo de los bosques de Carolina del Sur, encajonado en las embarradas profundidades del valle del río Santee, era un lugar perdido en medio de ninguna parte. Aquí nunca ocurría nada y nunca cambiaba nada. Hoy igual que ayer saldría y se pondría un sol radiante sin molestarse en levantar ni la más leve brisa. Hoy igual que mañana mis vecinos se mecerían en la hamaca del porche y el calor, los chismes y la rutina se irían derritiendo con los cubitos de su té helado como venía sucediendo desde hacía más de cien años. Mi pueblo vivía arraigado en tradiciones que era muy difícil abandonar. Se advertían en todo lo que hacíamos o, para ser exactos, en todo lo que no hacíamos. En Gatlin ya podías nacer, casarte o morir, que los metodistas seguirían cantando sus himnos.

Los domingos había que ir a misa, los lunes a Stop & Shop, el único supermercado del pueblo. El resto de la semana era un plato bien lleno de nada y, de postre, otro poquito de pay; sólo había postre, eso sí, para quien, como yo, tenía la suerte de vivir con una persona como Amma, la mujer que estaba al cuidado de la casa de mis padres y todos los años ganaba el concurso de repostería de la Feria del Condado. En mi pueblo, la señorita *Cuatro dedos* Monroe, mujer ya entrada en años, todavía enseñaba a bailar el cotillón y recorría con orgullo la pista de baile acompañando a los debutantes mientras el dedo vacío de su blanco guante se doblaba primero a un lado y luego al otro. Maybelline Sutter aún cortaba el pelo en Snip 'n' Curl aunque hubiera perdido la mayor parte de la visión al cumplir los setenta —la mitad de las veces se le olvidaba poner el peine en la máquina y te ibas de la peluquería con su famoso corte a lo zorrillo, o sea, con un trasquilón en la nuca—. Y luego estaba Carlton Eaton. Lo mismo daba que cayera nieve o granizo: él siempre abría el correo antes de repartirlo. Si había ocurrido algún percance, ya te lo adelantaba él. Al fin y al cabo, de las malas noticias mejor enterarse por boca de un conocido.

Gatlin, mi pueblo, era nuestro dueño, lo cual era bueno y malo a la vez. Conocía de nosotros cada centímetro, cada pecado, cada secreto, cada costra. Por eso la mayoría no se molestaba en marcharse, por eso quienes lo hacían no volvían jamás. De no haber conocido a Lena, eso habría hecho yo a los cinco minutos de graduarme en el Jackson High. Irme.

Pero me enamoré de una Caster.

Lena me enseñó que existía otro mundo bajo las grietas de nuestras irregulares aceras. Y que llevaba allí desde siempre, escondido a plena luz del día. En el Gatlin de Lena ocurrían cosas imposibles, sobrenaturales, cosas que podían cambiarte la vida.

Y, a veces, ponerle fin.

Mientras las personas normales se entretenían podando los rosales o comprando fruta con gusanos en el puesto de la banqueta, Casters de la Luz y de la Sombra con poderes singulares y extraordinarios libraban una guerra sin cuartel, una contienda civil y sobrenatural sin la menor esperanza de que nadie ondeara bandera blanca. El Gatlin de Lena era un lugar lleno de demonios y peligros, víctima de una maldición que pesaba sobre su familia desde hacía más de un siglo. Y cuanto más me aproximaba yo a ella, más cerca se encontraba su Gatlin del mío.

Meses atrás yo creía que en este pueblo nunca cambiaría nada. Ahora que conozco la verdad, cuánto me habría gustado que eso fuera cierto.

Desde que me enamoré de una Caster, ninguna de las personas a las que yo apreciaba estaba a salvo. Lena creía que la maldición sólo la afectaba a ella, pero se equivocaba.

Desde el preciso instante en que me enamoré de ella, su maldición es también la nuestra.

15 de febrero

PAZ PERPETUA

LA LLUVIA RESBALABA por el ala del mejor sombrero negro de Amma. Las rodillas de Lena hincadas en el barro, ante la tumba. El cosquilleo en la nuca por hallarnos tan cerca de la gente de Macon... Íncubos, Demonios que se nutrían de los recuerdos y los sueños de los Mortales cuando éstos dormían. Y justo antes del alba, tras desgarrar la última franja de cielo negro con un ruido que no se parecía a ningún otro del universo, desaparecieron como una bandada de cuervos que se elevara en perfecta sincronía desde un cable de alta tensión.

Así fue el entierro de Macon.

Recordaba bien los detalles, aunque en ese momento me resultara difícil creer que hubiera ocurrido. Funerales así son muy extraños. Como la vida, supongo. Lo esencial se detiene y lo olvidas de inmediato, pero los momentos superfluos, los fogonazos aislados te persiguen, vuelves a verlos una y otra vez tal y como sucedieron.

Me acordaba de lo siguiente: Amma despertándome en mitad de la noche para llevarme al Jardín de la Paz Perpetua, el jardín de Macon, antes del amanecer. Lena congelada y hecha pedazos, y deseando congelar y hacer pedazos cuanto la rodeaba. La oscuridad del cielo y la gente a medias que rodeaba la tumba, personas que de personas no tenían nada.

Y al fondo, algo que no conseguía recordar y sin embargo allí estaba, insinuándose desde lo más profundo de mis pensamientos. Llevaba con ganas de recordarlo desde la Decimosexta Luna de Lena, su cumpleaños, la noche que murió Macon.

Y no podía visualizarlo, aunque supiera que lo necesitaba.

***

La madrugada del funeral fue negra como el alquitrán, aunque por la ventana entraban haces de luna. Mi habitación estaba helada, pero me daba igual. Tras morir Macon, dejé la ventana abierta dos noches, como si él pudiera entrar en cualquier momento para sentarse en la silla giratoria y quedarse un rato conmigo.

Recuerdo la noche que lo vi en ese mismo lugar, en medio de la habitación a oscuras. Fue entonces cuando me di cuenta de quién era. No un vampiro o, como yo había sospechado hasta ese momento, una criatura mitológica sacada de algún libro, sino un demonio auténtico. Podría haberse alimentado de sangre, pero prefería mis sueños.

Macon Melchizedek Ravenwood. La gente de por aquí lo llamaba el Viejo Ravenwood, el hombre más solitario de los contornos. Era también tío de Lena y el único padre que había conocido.

Me estaba vistiendo sin encender la luz cuando percibí la cálida sensación interna que me anunciaba su presencia.

¿L?

Lena hablaba desde las profundidades de mi mente, al mismo tiempo más cerca y más lejos que nadie. Hablaba kelting, nuestra lengua de comunicación no pronunciada, el idioma susurrado que los Caster como ella compartían desde mucho antes de que nadie supiera que mi habitación se encuentra al sur de la línea Mason-Dixon, que fue trazada en 1781 para distinguir el sur, la región de los estados esclavistas del norte de Estados Unidos. Era un lenguaje secreto de la intimidad, nacido por necesidad en un tiempo en que por ser diferente podías acabar en la hoguera. Un idioma que no teníamos que haber compartido porque yo era Mortal. Y, sin embargo, por alguna razón inexplicable, lo compartíamos y lo hacíamos para hablar de lo que no se habla, para expresar lo inexpresable.

No puedo ir. No quiero.

Me di por vencido —estaba intentando hacer el nudo de la corbata— y me senté en la cama. Los resortes del viejo colchón chirriaron.

Tienes que ir. No te perdonarás si no lo haces.

Tardó un momento en responder.

No tienes ni idea de cómo me siento.

Lo sé perfectamente.

Recordé que yo también me había quedado en esa misma cama por miedo a levantarme, por miedo a ponerme el traje, a unirme al círculo para cantar *Sufre conmigo* y sumarme a la sombría hilera de farolas que atravesaban el pueblo camino del cementerio para enterrar a mi madre. Por miedo a que se hiciera real. La mera idea me parecía insoportable, pero liberé mi mente y apareció Lena...

No puedes ir, pero no te queda otro remedio, porque Amma te tira del brazo y te sube al coche, te sienta en el banco de la iglesia y te mete en el piadoso desfile. Aunque moverse duela como una enfermedad. La mirada se detiene en los rostros de los que murmuran y no puedes oír lo que están diciendo porque en tu cabeza el estruendo de los gritos es demasiado fuerte. Así que dejas que tiren de tu brazo y que te suban al coche, y sigues. Porque puedes cuando alguien te dice que puedes.

Me tapé la cara con las manos.

Ethan...

L, te estoy diciendo que puedes.

Me froté los ojos y estaban húmedos. Encendí la lámpara sin pantalla de la mesita de noche y miré fijamente la bombilla para que se abrasaran mis lágrimas.

Ethan, tengo miedo.

Estoy aquí, a tu lado, y no pienso separarme de ti.

Volví, torpemente, a hacer el nudo de la corbata, pero Lena seguía allí, sentada en un rincón. Podía sentirla. Mi padre no estaba y la casa parecía vacía. Oí a Amma en el recibidor y un instante después la vi en la puerta, aferrando con fuerza su mejor bolso. Me miró a los ojos. No me llegaba al hombro, pero en aquel momento me pareció una mujer alta. Era la abuela que nunca tuve y la única madre que me quedaba.

Me fijé en la silla que estaba al lado de la ventana. En ella había dejado Amma mi traje de los domingos hacía menos de un año. Luego volví a mirar la bombilla.

Amma extendió el brazo y yo le di la corbata. A veces tenía la impresión de que Lena no era la única que podía leerme el pensamiento.

***

Le ofrecí el brazo a Amma mientras subíamos la embarrada pendiente hasta el Jardín de la Paz Perpetua. El cielo estaba encapotado y se puso a llover antes de que llegáramos arriba. Amma llevaba su vestido de luto más respetable y un sombrero de ala ancha que la protegía de la lluvia pero no tapaba el cuello blanco y de encaje del vestido, que iba abrochado con un camafeo como muestra de respeto. Ya se lo había visto en abril, como sus mejores guantes, en los que me había fijado cuando, al subir la loma, me cogió del brazo para sostenerme.

En esta ocasión, sin embargo, no estaba seguro de quién sostenía a quién.

Yo aún no sabía por qué Macon quería que lo enterrasen en el cementerio de Gatlin, sobre todo teniendo en cuenta la opinión que tenían de él en el pueblo. Pero la abuela de Lena aseguraba que había dejado órdenes estrictas. Había comprado la sepultura en persona hacía años. La familia de Lena parecía disgustada, pero la abuela era tajante. Como cualquier familia sureña digna, la de Macon se sentía obligada a respetar los deseos del difunto.

Aquí estoy, Lena.

Lo sé.

Sentí que mi voz la calmaba como si la hubiera tomado entre mis brazos. Levanté la vista y me fijé en la cima de la loma, donde estaría el toldo para la ceremonia. El funeral sería como cualquier otro de Gatlin, lo cual, considerando que se trataba de Macon, no dejaba de resultar irónico.

Todavía no había amanecido y apenas pude distinguir unas formas en la distancia. Eran extrañas y todas diferentes: las lápidas pequeñas y en hileras irregulares de los niños, las recargadas criptas familiares, los desmoronados obeliscos en honor de los caídos del bando confederado adornados con pequeñas cruces de latón. Hasta el general Jubal A. Early, cuya estatua adornaba la plaza mayor del pueblo, estaba allí enterrado. Rodeamos la sepultura de los Moultrie, donde los miembros menos conocidos de la familia llevaban tanto tiempo enterrados que el tronco del magnolio plantado en el borde tapaba las inscripciones de la piedra e impedía su lectura.

Pero eran sagrados. Todos eran sagrados, lo cual significaba que habíamos alcanzado la parte más vieja del camposanto. Por mi madre, yo sabía que las lápidas más antiguas de Gatlin lucían la palabra «sagrado». Seguimos acercándonos y en cuanto mis ojos se acostumbraron a la oscuridad supe adónde se dirigía el sendero de grava y barro. Me acordé del trecho en que, al atravesar la pendiente de hierba moteada de magnolios, llegaba a un banco de piedra. Me acordé de mi padre, que se había sentado en ese banco sin poder hablar ni moverse.

Supuse que el Jardín de la Paz Perpetua de Macon sólo estaba separado por un magnolio del de mi madre y tampoco yo pude moverme. Mis pies se negaron a avanzar.

Los caminos más retorcidos se vuelven rectos entre nosotros decía un verso ñoño de un poema aún más ñoño que le escribí a Lena el día de San Valentín. Pero en el cementerio se había hecho auténtico. ¿Cómo imaginar que mi madre y su padre, o lo más parecido que Lena tenía a un padre, acabarían en tumbas vecinas?

Amma me tomó la mano y tiró de mí hacia la enorme sepultura de Macon.

—Y ahora, tranquilo.

Atravesamos la verja negra de un metro de alto que en Gatlin adornaba las sepulturas más lujosas y recordaba a la valla de madera blanca que decora el típico hogar de clase media americano —en algunas partes del cementerio una cerca blanca sustituía a la verja negra—. La recargada puerta de hierro forjado se abrió y entramos en la sepultura, que estaba cubierta de maleza y tenía, como el propio Macon, una atmósfera singular.

En ella, bajo el toldo negro y a un lado del ataúd tallado, también negro, se encontraba ya la familia de Lena: su abuela, tía Del, tío Barclay, Reece, Ryan y Arelia, su madre. Al otro lado del féretro se congregaba un grupo de hombres y una mujer con un manto negro. A pesar de la lluvia, estaban totalmente secos. Era como en las bodas: un pasillo central separaba a los parientes del novio y de la novia, que en esta ocasión, sin embargo, parecían dos clanes en pie de guerra. En la cabeza del ataúd, al lado de Lena, había un anciano. A los pies nos colocamos Amma y yo, bajo el toldo.

Amma me apretó el brazo y sacó de los pliegues del vestido el amuleto de oro que siempre llevaba colgado del cuello. Quería frotarlo. Era más que supersticiosa, era Vidente, descendiente de varias generaciones de mujeres que echaban las cartas del tarot y se comunicaban con los espíritus, y tenía un amuleto o un muñeco para todo. Aquél servía para protegerla. Yo me fijé en los Íncubos que teníamos delante. La lluvia resbalaba por sus hombros sin dejar huella. Ojalá, me dije, sean de los que sólo se nutren de sueños.

Traté de apartar la mirada, pero no me fue fácil. Los Íncubos tenían algo que te envolvía y atrapaba como una telaraña, como un predador. Era tanta la oscuridad que no se les veían los ojos y casi parecían gente normal. Algunos vestían igual que Macon: traje oscuro y abrigos caros. Uno o dos llevaban pantalón de mezclilla y botas y las manos metidas en los bolsillos de la chamarra. Parecían trabajadores de la construcción a punto de tomar una cerveza tras culminar su jornada. La mujer, probablemente, fuera un súcubo. Había leído acerca de ellos, sobre todo en los cómics, y siempre pensé que eran como los hombres lobo, cuentos de viejas. Pero no tardé en salir de mi error: estaba bajo la lluvia y tan seca como todos los demás.

Los Íncubos no se parecían en nada a la familia de Lena: vestían un tejido negro iridiscente que retenía la poca luz que allí había y la refractaba dando la impresión de que eran ellos quienes la emitían. Nunca los había visto así. Era una visión especialmente extraña, teniendo en cuenta el estricto código de vestimenta femenino de los entierros del sur.

En el centro de la escena estaba Lena, cuyo aspecto era justo lo opuesto de lo mágico. Sus manos reposaban tranquilamente en el ataúd, como si estuviera tomando las de Macon, y lucía el mismo tejido brillante que sus parientes, aunque de ella colgaba como una sombra. El pelo lo llevaba sujeto en un moño desigual, sin sus bucles habituales. Parecía destrozada y fuera de lugar, como si se hubiera colocado en el lado equivocado del pasillo, como si perteneciera a la otra familia de Macon, a la que estaba bajo la lluvia.

Lena.

Levantó la vista y me miró. Desde el día de su cumpleaños, cuando en uno de sus ojos apareció un matiz de oro mientras el otro seguía verde oscuro, los colores se combinaban para crear tonos que no se parecían en nada a los que yo conocía. Unas veces casi avellana, otras artificialmente dorados. En ese momento estaban más cerca del avellana, es decir, tristes y apagados. Casi no pude resistir las ganas de ir por ella y llevarla lejos de allí.

Puedo ir a buscar el Volvo. Nos lo llevamos y bajamos por la costa hasta Savannah. Podemos escondernos en casa de mi tía Caroline.

Di un paso hacia ella. Su familia se apiñaba en torno al ataúd y no podía acercarme sin cruzar la línea que formaban los Íncubos, pero me daba igual.

Ethan, ¡detente! Es peligroso.

Un Íncubo alto con una cicatriz que le atravesaba la cara y que parecía hecha por un animal salvaje volvió la cabeza para mirarme. Entre nosotros el aire se onduló como el agua de un estanque al tirar una piedra. Fue como un puñetazo. Se me cortó la respiración y no pude reaccionar. Me quedé paralizado, aturdido, inerme.

¡Ethan!

Amma frunció el ceño, pero antes de que se adelantara, el súcubo tomó a Caracortada por el hombro y apretó casi imperceptiblemente. Al instante quedé libre de la parálisis que me atenazaba y mi sangre volvió a fluir. Amma miró al súcubo y asintió con agradecimiento. El súcubo, sin embargo, no le prestó atención y volvió a integrarse en el grupo.

El Íncubo de la cicatriz brutal me guiñó un ojo. Aun sin haber mediado palabra, capté el mensaje: *Hasta pronto, nos vemos en tus sueños.*

Aún contenía la respiración cuando un caballero canoso con un traje pasado de moda y un cordón anudado al cuello al estilo del sur se aproximó al féretro. Tenía los ojos oscuros y el contraste con el blanco del cabello era muy acusado, tanto que parecía un personaje espeluznante de una película en blanco y negro.

—El Caster funerario —me aclaró Amma entre susurros. A mí me parecía un sepulturero.

El caballero tocó la reluciente madera del ataúd y la filigrana grabada en la tapa se iluminó con un brillo dorado. Era como un antiguo escudo de armas de esos que pueden verse en los museos y en los castillos. Observé un árbol de grandes ramas, un pájaro y, debajo, el sol y la media luna.

—Macon Ravenwood de la Casa de Ravenwood, de Cuervo y Roble, Aire y Tierra, Luz y Tinieblas.

Apartó la mano del ataúd y la luz se apagó. El ataúd quedó como antes.

—¿Es Macon? —le pregunté a Amma entre susurros.

—La luz es simbólica. En la caja no hay nada porque no ha quedado nada que se pueda enterrar. Así son los de la especie de Macon: las cenizas a las cenizas y el polvo al polvo. Igual que nosotros, sólo que mucho más deprisa.

El Caster funerario volvió a hablar.

—¿Quién va a consagrar la travesía de esta alma al Otro Mundo?

La familia de Lena dio un paso al frente.

—Nosotros —dijeron al unísono todos, excepto Lena, que no levantó la vista.

—Y nosotros también —intervinieron los Íncubos acercándose al ataúd.

—Pues dejemos que pase al Otro Mundo. *Redi in pace, ad Ignem Atrum ex quo venisti* —respondió el Caster funerario, que mantuvo la luz sobre su cabeza, donde brilló con mayor intensidad—. Puedes ir en paz; regresa al Fuego Oscuro del que procede.

El caballero proyectó la luz al aire y sobre el ataúd cayó una lluvia de chispas que se consumieron al tocar la madera. De inmediato, como si respondieran a una indicación, la familia de Lena y los Íncubos alzaron los brazos y soltaron minúsculos objetos de plata muy parecidos a monedas que cayeron al féretro entre llamas doradas. El cielo ya empezaba a cambiar de color, a pasar del negro de la noche al azul que precede al amanecer. Me esforcé por distinguir aquellos objetos, pero estaba demasiado oscuro.

—*His dictis, solutus est.* Con estas palabras queda libre.

Una cegadora luz blanca se elevó del ataúd. Me resultaba difícil ver al Caster funerario, como si su voz nos hubiera transportado y ya no estuviéramos en el cementerio de Gatlin.

¡Tío Macon! ¡No!

La luz se transformó en relámpago y se apagó. Seguíamos en círculo, con la vista fija en el montículo de polvo y flores que había quedado. El ritual había terminado. Del ataúd no había rastro. Tía Del apoyó las manos en los hombros de Reece y Ryan con gesto protector.

Macon nos había dejado.

Lena se hincó de rodillas en la hierba mojada.

A su espalda, la puerta de la verja se cerró de un golpazo sin que nadie la hubiese tocado. Para Lena, al parecer, el funeral no había concluido. Nadie podía marcharse todavía.

Lena.

Empezó a arreciar la lluvia. Lena todavía tenía poderes para manejarla. Era una Natural, el más elevado de los seres entre los Caster. Se levantó.

¡Lena! ¡Esto no va a cambiar nada!

Claveles blancos baratos, flores de plástico, hojas de palma y bandas y cintas que quedaban en otras tumbas de las visitas del mes anterior inundaron el aire, salieron volando y se desperdigaron por todo el cementerio. Pasarían cincuenta años y en Gatlin aún hablarían del día en el que el viento estuvo a punto de arrancar de cuajo los magnolios del Jardín de la Paz Perpetua. El vendaval fue repentino y feroz, una bofetada en la cara de los presentes, un golpe tan violento que todos nos tambaleamos. Sólo Lena, aferrándose a una estela que tenía al lado, permaneció impávida. Se le había soltado el moño y el cabello se agitaba al viento. Ya no era oscuridad y sombras, sino todo lo contrario: el vórtice de luz de la tormenta. Era como si el rayo dorado que rasgaba el cielo emanase de ella. A sus pies, *Boo Radley,* el perro de Macon, gemía con las orejas gachas.

Él no habría querido esto, L.

Lena se tapó el rostro con las manos y otra ráfaga levantó el toldo, que estaba clavado en la tierra mojada, y lo mandó pendiente abajo dando tumbos.

La abuela de Lena se colocó delante de ella, cerró los ojos y tocó con un solo dedo las mejillas de su nieta. El vendaval se detuvo. Supe al instante que la anciana había recurrido a sus habilidades de Empath y absorbido los poderes de Lena temporalmente. Lo que no podía asimilar era la ira de Lena. Ninguno de los presentes tenía energía bastante para hacerlo.

El viento se calmó y la lluvia torrencial dejó paso a una ligera llovizna. La abuela bajó la mano y abrió los ojos.

El súcubo, cuyo aspecto era inusualmente desaliñado, miró al cielo.

—Está a punto de amanecer.

Sobre el horizonte, el sol empezaba a abrirse paso entre las nubes derramando extrañas esquirlas de luz y de vida sobre las desiguales hileras de lápidas. No fue necesario decir más. Los Íncubos empezaron a desmaterializarse y un ruido de succión inundó el aire. El desgarro fue como yo lo había imaginado: se abrió una grieta en el cielo y desaparecieron.

Quise acercarme a Lena, pero Amma me lo impidió.

—¿Ya está? ¿Se han marchado?

—No todos. Mira…

Tenía razón. Quedaba un Íncubo encorvado sobre una lápida erosionada y adornada con un ángel doliente. Parecía mayor que yo, diecinueve años quizá, tenía el pelo negro y corto y la piel pálida propia de los de su clase, sin embargo, no había desaparecido a la salida del sol. Cuando lo miré, salió de debajo de un frondoso roble y se dejó acariciar por la radiante luz de la mañana con los ojos cerrados y el rostro vuelto al sol como si sólo brillase para él.

Amma se equivocaba. No podía ser uno de ellos porque estaba inmóvil, gozando de la luz, algo imposible para un Íncubo.

¿Qué era entonces? ¿Qué hacía allí?

Se acercó unos pasos y me miró como si hubiera presentido que yo lo estaba mirando a él. En ese momento me di cuenta de que no tenía los ojos negros de Íncubo.

Los suyos eran verdes, como los de los Caster.

Se detuvo ante Lena con las manos en los bolsillos y agachó la cabeza ligeramente. No era una reverencia, sino una extraña muestra de respeto, un gesto que, en realidad, resultaba mucho más sincero. Había cruzado el pasillo invisible para ofrecer una verdadera muestra de cortesía sureña. Podría haber sido hijo del mismísimo Macon Ravenwood. Y lo odié por ello.

—Te acompaño en el sentimiento.

Tomó la mano de Lena y colocó en ella un pequeño objeto de plata como los que los súcubos y los Caster habían soltado ante el ataúd de Macon. Lena cerró el puño. Antes de que yo pudiera mover un músculo, el inconfundible desgarro recorrió el cielo y el muchacho se marchó.

Ethan.

Vi que a Lena se le doblaban las piernas bajo el peso de la mañana: el dolor, la tormenta, y también el desgarro del cielo. Me acerqué y me puse a su lado, pero en cuanto deslicé mi brazo bajo el suyo, desapareció. Me la llevé de allí, lejos de Macon y del cementerio.

Pasó en mi cama hecha un ovillo veinticuatro horas en que alternó el sueño y la vigilia. Tenía unas ramitas enredadas en el pelo y en el rostro algunas manchas de barro. No quería volver a su casa en Ravenwood. En realidad, nadie le pidió que lo hiciera. Le dejé mi sudadera favorita, la más usada y la más suave, y la envolví en una colcha gruesa y muy vistosa hecha con retales, pero no dejó de temblar, ni siquiera cuando dormía. *Boo* se tumbó a sus pies y Amma se asomaba de vez en cuando. Yo me quedé en el sillón en el que nunca me sentaba, mirando al cielo. No podía abrir porque todavía amenazaba tormenta.

Cuando se quedó dormida, abrió el puño. En la mano tenía el pequeño gorrión de plata que le había regalado el extraño en el funeral. Si intentaba quitárselo, cerraba el puño y no lo soltaba.

Dos meses más tarde yo todavía no podía mirar el gorrión sin oír el desgarro del cielo.

17 de abril

GOFRES QUEMADOS

CUATRO HUEVOS, cuatro rebanadas de tocino, una canasta de galletas (que, según el criterio personal de Amma, respondía a la siguiente ley inviolable: la cuchara no debe tocar la masa), tres tipos de jamón y mantequilla con una gota de miel. A juzgar por el olor, al otro lado de la encimera, la manteca se dividía en trocitos y se tostaba en el molde de los gofres. Amma llevaba dos meses cocinando sin parar. En la encimera se apilaban los platos de pirex: sémola de queso, judías verdes, pollo asado y, por supuesto, ponche de cerezas, nombre en verdad curioso para un postre que más bien era coctel de piña y cerezas con Coca-Cola y que Amma colocaba en un molde para gelatina. Justo detrás yo divisaba un pastel de coco, pan de naranja y lo que parecía un pudín de bourbon, pero había más. Desde la muerte de Macon y en ausencia de mi padre, Amma no había dejado de preparar y almacenar comida, como si al cocinar su tristeza pudiera disiparse. Cosa que, como ambos sabíamos, era imposible.

No la había visto tan apagada desde la muerte de mi madre. Había conocido a Macon Ravenwood mucho antes que yo y mucho antes que Lena, en realidad, el tiempo que dura una vida. Trabaron una amistad tan improbable como imprevista, pero profunda. Habían sido verdaderos amigos. Yo sospechaba que ninguno de los dos habría admitido esa verdad tan evidente para mí por el rostro de Amma y su afán por abarrotar la cocina.

—Llamó el doctor Summers —dijo sin apartar la mirada del molde de los gofres. Yo no quise señalar que para hacer gofres no hace falta tener la vista fija en el molde.

Desde la vieja mesa de roble en la que estaba sentado, observé a Amma con detenimiento. Me fijé en el nudo de su delantal y recordé cuánto me gustaba levantarme a su espalda para deshacerlo. Era tan bajita que los cordones quedaban casi tan largos como el propio delantal, detalle en el que me entretuve un buen rato. Cualquier cosa con tal de no pensar en mi padre.

—¿Qué dijo? —El doctor Summers era el psiquiatra de mi padre.

—Cree que ya queda poco para que lo den el alta.

Tomé el vaso vacío. A través de él la realidad aparecía distorsionada, es decir, tal como era. Mi padre llevaba dos meses en Blue Horizons, condado de Columbia, estado de Nueva York. Cuando Amma averiguó que del libro que hacía un año decía escribir no existía ni una sola página y al conocer el «incidente», como solía referirse al momento en que mi padre estuvo a punto de tirarse por un balcón, llamó a mi tía Caroline. Ese mismo día mi tía se presentó en el balneario. Así llamaba a Blue Horizons, que era, en efecto, el tipo de balneario al que uno manda a un pariente chiflado cuando necesita lo que en Gatlin suelen denominar «terapia personalizada», es decir, lo que en cualquier lugar del mundo salvo en el sur de Estados Unidos llaman atención psiquiátrica.

—Genial.

Genial. No me creía que mi padre estuviera preparado para regresar —lo mismo podía darle por pasearse por el pueblo con un pijama estampado con patitos—. Entre la de Amma y la mía ya rondaba bastante locura por la casa, como, por ejemplo, la de llevar todas las noches cazuelas de puré de tristeza a la iglesia metodista. Yo no era ningún experto en emociones y Amma estaba tan inmersa en su crema pastelera que no parecía dispuesta a compartir las suyas. Antes habría tirado sus pays a la basura.

Quise hablar con ella un día después del funeral, pero cortó la conversación cuando ni siquiera había empezado. «Lo hecho hecho está. El pasado pasado está. Macon Ravenwood está muy lejos de aquí y lo más probable es que no volvamos a verlo ni en este mundo ni en el otro». Por cómo hablaba, parecía que hubiera hecho las paces con el pasado, pero habían transcurrido dos meses y yo seguía repartiendo pays y guisos. La misma noche había perdido a mi padre y a Macon, los dos hombres de su vida. Mi padre no había muerto, pero en nuestra cocina un detalle tan nimio como ése no parecía importar. Como la misma Amma decía: el pasado pasado está.

—Estoy haciendo gofres. Espero que tengas hambre.

Amma no había dicho mucho más en toda la mañana. Tomé el cartón de leche con cacao y, al contrario de lo que tenía por costumbre, llené el vaso hasta el borde. A Amma no le gustaba que tomara licuado para desayunar y siempre refunfuñaba, pero aquel día podría haberme servido diez porciones de pay de chocolate que no habría dicho ni palabra. Pero eso sólo hacía que me sintiera todavía peor. Más revelador aún era que el *New York Times* del domingo no estuviera abierto en la página del crucigrama y que el par de lápices del número 2 bien afilados que Amma siempre utilizaba reposaran tranquilamente en su cajón. Amma se asomó a la ventana y se fijó en el cielo cubierto.

L. A. C. Ó. N. I. C. O. Séptima línea horizontal. Es decir, más te vale no abrir la boca, Ethan Wate. Era lo que Amma habría dicho cualquier otro día.

Bebí un trago de licuado y casi me atraganté. Estaba demasiado dulce y Amma demasiado callada. Así es como supe que las cosas habían cambiado.

Así y porque del molde de los gofres empezó a salir un humo negro.

***

Tenía que ir a clase, pero tomé la carretera 9 y me dirigí a Ravenwood. Lena llevaba sin pisar el instituto desde antes de su cumpleaños. Tras la muerte de Macon, Harper, el director, había tenido la *enorme generosidad* de concederle permiso para estudiar desde casa con un tutor hasta que se sintiera con fuerzas para volver. Teniendo en cuenta que el señor Harper había participado en la campaña de la señora Lincoln para expulsar a Lena tras el Baile de Invierno, apuesto a que deseaba que ese día no llegara nunca.

He de admitir que yo sentía cierta envidia. Lena podía ahorrarse el cansino sermón del señor Lee sobre la Guerra de Agresión del Norte y los padecimientos de la Confederación, y en lengua no tenía que sentarse en el Lado del Ojo Bueno. Abby Porter y yo éramos los únicos que en esos momentos estábamos precisamente en ese lado y, por tanto, los únicos obligados a responder todas las preguntas sobre *El extraño caso del doctor Jekyll y míster Hyde*. ¿Qué impulsa al doctor Jekyll a transformarse en míster Hyde? ¿Son en verdad dos personas completamente distintas? Nadie tenía ni la más remota idea, razón por la cual todos los que se sentaban en el Lado del Ojo de Cristal de la clase de la señora English estaban echando un sueñecito.

Pero el Jackson High, mi instituto, no era el mismo sin Lena. Al menos no para mí. Por eso, y como ya habían transcurrido dos meses, le supliqué que volviera. El día anterior me dijo que se lo pensaría y yo le respondí que se lo pensara en el coche camino de clase.

Estaba otra vez en la bifurcación de nuestra vieja carretera, de la carretera de Lena y mía, por la que me desvié de la carretera 9 para llegar a Ravenwood la noche que nos conocimos, la noche en que me di cuenta de que era la misma chica con quien había estado soñando mucho antes de que se mudara a Gatlin.

Fue ver la carretera y oír la canción, como si hubiera encendido la radio. La misma canción y la misma letra, como llevaba ocurriendo los dos últimos meses cuando escuchaba mi iPod, miraba al techo o leía y releía una página de *Silver Surfer* sin ni siquiera verla.

«Diecisiete lunas». Siempre estaba ahí. Moví el dial, pero nada cambió. Sonaba en mi cabeza, no por las bocinas, como si alguien me la estuviera susurrando en kelting.

«Diecisiete lunas», *diecisiete años,*
el color de sus ojos en su cumpleaños.
El oro es noche y el verde día,
a los diecisiete por fin lo sabría...

La canción dejó de sonar. Sabía que no podía dejar de prestar atención a su mensaje, pero también conocía la reacción de Lena cada vez que yo sacaba el asunto.

—No es más que una canción —respondía con desdén—. No significa nada.

—¿Tampoco «Dieciséis lunas» significaba nada? Habla de nosotros.

Yo no sabía si no se daba cuenta o, más bien, si no quería darse cuenta. El caso es que en momentos así Lena solía pasar a la ofensiva y la conversación se nos iba de las manos.

—Querrás decir de mí. ¿La noche? ¿El día? ¿Me convertiré en demonio o en tu Sarafine? Si ya tienes decidido que mi destino es la noche, ¿por qué no lo dices de una vez?

Normalmente, llegados a este punto, yo salía con alguna ocurrencia y cambiábamos de tema. Hasta que comprendí que era mejor no decir nada. Eso hicimos. Dejamos de hablar de la canción, que, sin embargo, yo seguía oyendo y ella también.

«Diecisiete lunas». No podríamos evitarlo.

La canción hablaba de la cristalización de Lena, del momento en que sería declarada para siempre del día o de la noche, de la luz o las tinieblas. Lo cual sólo podía querer decir una cosa: todavía no había cristalizado. *¿El oro es noche y el verde día?* Yo sabía lo que aquella canción significaba: los ojos dorados de los Caster oscuros o los verdes de los luminosos. Desde la noche del cumpleaños de Lena, su decimosexta luna, me decía a mí mismo que todo había terminado, que ella no tenía por qué cristalizar, que con ella harían una excepción. ¿Por qué con ella, en quien todo parecía excepcional, no iba a ser distinto?

Pero no lo sería. «Diecisiete lunas», la canción, era la prueba. Oí «Dieciséis lunas» durante meses antes del cumpleaños de Lena y fue un presagio de lo que luego ocurrió. La letra había cambiado y yo tenía delante otra inquietante profecía. Había que tomar una decisión y Lena no lo había hecho. Las canciones nunca mentían o, cuando menos, hasta ese momento nunca lo habían hecho.

Pero no quería pensar en ello. Mientras subía por la larga cuesta que conducía a las puertas de Ravenwood Manor hasta el crujido de la grava parecía repetir esa verdad ineludible. Si llegaba una decimoséptima luna, todos nuestros esfuerzos habrían sido en vano. Ni siquiera la muerte de Macon habría servido de nada.

Lena tendría que cristalizar en Luz o en Tinieblas, decidir su destino. Los Caster no podían cambiar de bando, para ellos no había vuelta atrás. Cuando, finalmente, Lena tomara una decisión, la mitad de su familia moriría. Casters de la luz y Casters de la sombra... La maldición prometía la supervivencia de un solo bando. Pero en una familia en la que durante generaciones los Caster habían carecido de libre albedrío y, sin poder elegir, cristalizado en Luz o Tinieblas en el decimosexto cumpleaños, ¿cómo iba Lena a tomar una decisión así?

Toda su vida había querido decidir su propio destino y ahora podía. Pero, a juzgar por las circunstancias, parecía que el cosmos le estaba gastando una broma cruel.

Me detuve ante la puerta, apagué el coche y cerré los ojos. Recordé mi pánico creciente, mis visiones, los sueños y la canción. Esta vez, en cambio, Macon no estaba allí para evitarnos finales tristes. Ya no quedaba nadie capaz de ayudarnos. Y los problemas se acercaban a toda prisa.

17 de abril

LIMONES Y CENIZA

CUANDO LLEGUÉ A RAVENWOOD, Lena estaba esperándome en la balaustrada en ruinas. Llevaba una camisa vieja, pantalones de mezclilla y sus gastados Converse All Star. Por un instante me pareció que habíamos retrocedido tres meses en el tiempo y que aquél era un día como otro cualquiera. Pero Lena también se había puesto uno de los chalecos de raya diplomática de Macon. Nada era lo mismo. Macon había muerto y daba la impresión de que en aquel lugar faltaba algo. Lo mismo habría sentido de haberme dirigido a la Biblioteca del Condado sin encontrar a Marian, la bibliotecaria, o si me hubiera presentado en el local de las Hijas de la Revolución Americana y no hubiera visto a la más importante, la señora Lincoln. Lo mismo sentía cuando entraba en el estudio de mis padres y comprobaba que mi madre no estaba allí.

Cada vez que iba a Ravenwood estaba peor. Viendo el arco que formaban los sauces resultaba difícil pensar que el jardín se hubiera deteriorado tan rápidamente. Parterres de flores como los que con tanta dedicación Amma me había enseñado a escardar se esforzaban por encontrar espacio en medio de la tierra reseca. Bajo los magnolios, los jacintos se confundían con los hibiscos y los heliotropos infestaban los nomeolvides como si el jardín estuviera de luto, lo cual, por otro lado, era muy posible. Siempre me había parecido que Ravenwood tenía mente propia, ¿por qué sus jardines iban a ser distintos? Probablemente, la honda tristeza de Lena no ayudaba. La casa, que siempre había sido un espejo del ánimo de Macon, era ahora un espejo del de ella.

Al morir Macon, Ravenwood pasó a ser de su propiedad, pero muchas veces yo me preguntaba si no habría sido mejor que no se lo hubiera legado. La mansión estaba más desolada cada día. Cuando iba a ver a Lena, cada vez que llegaba a la cuesta contenía la respiración esperando encontrar algún signo de vida por pequeño que fuera:

algo nuevo, algo en flor. Y cada vez que llegaba arriba, sólo había más ramas peladas.

Lena subió al Volvo con una mueca de queja.

—No quiero ir.

—Nadie *quiere* ir a clase.

—Sabes perfectamente lo que quiero decir. Es un sitio horrible. Prefiero quedarme en casa y pasar el día estudiando latín.

No iba a ser fácil. ¿Cómo convencerla de que me acompañase a un lugar al que yo tampoco quería ir? Es una verdad universal que los institutos apestan y el que haya dicho que los años del instituto son los mejores de nuestra vida o estaba borracho o deliraba. Decidí que mi única posibilidad estaba en la psicología negativa.

—Se supone que los años del instituto son los peores de nuestra vida.

—¿De verdad?

—Sin duda. Tienes que ir.

—Y si voy, ¿de qué forma exactamente va eso a hacer que me sienta mejor?

—No lo sé, pero tal vez, como es tan horrible, podrías pensar que, en comparación, el resto de tu vida va a ser genial.

—De acuerdo con esa lógica tuya, debería pasar todo el día con el señor Harper.

—O entrar en el equipo de animadoras.

Lena se enroscó el collar en un dedo haciendo chocar su singular colección de amuletos.

—Menuda tentación.

Sonrió y estuvo a punto de echarse a reír. Supe que vendría conmigo.

Mantuvo la cabeza apoyada en mi hombro todo el trayecto y llegamos al estacionamiento del instituto, pero no tuvo fuerzas para bajar del coche. Yo ni siquiera me atreví a apagar el motor.

Savannah Snow, la reina del Jackson High, pasó justo a nuestro lado colocándose la ajustada camiseta por encima del pantalón. Emily Asher, su lugarteniente, la seguía de cerca tecleando un sms mientras se deslizaba entre los coches. Nada más vernos, tiró a Savannah del brazo. Como todas las niñas de mamá bien educadas de Gatlin habrían hecho al toparse con el familiar de un difunto, se detuvieron. Savannah apretó los libros contra su pecho y, sin dejar de mirarnos, asintió con mirada triste. Fue como ver una película muda.

Tu tío está en un sitio mejor que éste, Lena, a las puertas del Cielo, donde un coro de ángeles lo conduce ante su amoroso Creador.

Se lo traduje a Lena, que, sin embargo, ya sabía lo que Savannah y Emily estaban pensando.

¡Basta!

Lena se tapó con su manoseado cuaderno de espiral, como si quisiera desaparecer. Emily la saludó tímidamente. Nos dejaba espacio, nos hacía saber que no sólo era una niña bien educada, sino también *sensible.* Yo, que no podía leerle el pensamiento, sabía qué estaba pensando.

No me acerco porque prefiero dejarte llorar en paz, mi dulce Lena Duchanne. Pero siempre, y cuando digo siempre quiero decir siempre, estaré cerca por si me necesitas, como la Sagrada Biblia y mi mamá me han enseñado.

Emily miró a Savannah, asintió y se alejaron despacio y con pesar, como si pocos meses antes no hubieran organizado Los Ángeles Guardianes, la versión Jackson de las patrullas de vigilancia vecinal, con el único propósito de expulsar a Lena del instituto. Sin embargo, en cierta manera esto era peor. Emory corrió para alcanzarlas, pero al vernos aminoró el paso y siguió con su andar sombrío, dando al pasar junto a mi coche un golpecito en la capota. Llevaba meses sin dirigirme la palabra y ahora quería demostrarnos su apoyo. No eran más que tres sacos llenos de mierda.

—Cuidado con lo que dices. —Lena se había hecho un ovillo en el asiento.

—No me puedo creer que no se haya quitado el sombrero. Su madre lo va a moler a palos. —Apagué el motor—. Juega bien esta mano y seguro que acabas en el equipo de animadoras, mi dulce Lena Duchanne.

—Son tan… tan…

Lena se enfadó tanto que enseguida me arrepentí de haber dicho nada, pero tendría que sufrir ese mismo trato a lo largo del día y quería que estuviera preparada. Yo había sido *el pobre Ethan Wate cuya madre murió el año pasado* durante demasiado tiempo para no saberlo.

—¿Hipócritas? —le sugerí con la idea de quedarme corto.

—Gallinas. —También Lena prefirió quedarse corta—. No quiero formar parte de su equipo de animadoras y no quiero sentarme a su lado. No quiero que me miren. Sé que Ridley las manipuló con sus poderes, pero si no hubieran dado esa fiesta el día mi cumpleaños, si me hubiera quedado en Ravenwood como quería tío Macon…

No le hacía falta completar la frase. Si se hubiera quedado en Ravenwood, Macon aún estaría vivo.

—Eso no puedes saberlo. Sarafine habría encontrado otra forma de atraparte.

—Me odian y así debe ser —sentenció Lena. Empezaba a rizársele el pelo. Por un momento pensé que se pondría a llover. Se tapó la cara. Las lágrimas resbalaban ocultándose entre sus revueltos cabellos—. No todo tiene que cambiar. Yo no me parezco a ellas en nada.

—Lamento desengañarte, pero nunca te has parecido a ellas y nunca te parecerás.

—Lo sé, pero hay cosas que ya no son como antes. Ya nada es como antes.

Miré por la ventanilla.

—Hay cosas que sí.

Boo Radley, que estaba sentado sobre la desgastada raya de la plaza de estacionamiento de al lado como si llevara un buen rato esperando aquel momento, me miraba fijamente. Como buen perro Caster, *Boo* seguía a Lena a todas partes. Me acordé de las muchas veces que había pensado en llevarlo en coche para ahorrarle tiempo. Abrí la puerta, pero el animal no se movió.

—Como quieras.

Tiré de la puerta para cerrarla sabiendo que el perro no entraría, pero saltó a mi regazo y, pisando la correa de transmisión, se refugió en los brazos de Lena, que ocultó el rostro entre su pelo y respiró profundamente, como si de aquel animal roñoso emanara un aire distinto.

Formaban una masa temblorosa de pelo humano y perruno. Durante un rato el universo me pareció frágil, como si fuera a derrumbarse si yo no soplaba en la dirección correcta o si tiraba del hilo equivocado.

Comprendí lo que tenía que hacer. No habría podido explicarlo, pero cuando se me ocurrió la idea me pareció tan poderosa como los sueños que tuve al ver a Lena por primera vez. Siempre habíamos compartido sueños tan reales que las sábanas quedaban manchadas de barro o goteaba agua del río en el suelo. En aquel momento tuve una sensación muy parecida.

Necesitaba saber de qué hilo tirar, necesitaba saber la dirección apropiada. Ella no veía la salida, así que me tocaba a mí mostrársela.

Perdida. Así estaba. Pero era lo único que yo no podía permitirle.

Arranqué y metí la marcha atrás. No habíamos pasado del estacionamiento, pero comprendí sin que ella me lo dijera que lo mejor era volver a casa. *Boo* no abrió los ojos en todo el camino.

***

Nos llevamos un cobertor viejo a Greenbrier y nos acurrucamos cerca de la tumba de Genevieve en una pequeña porción de hierba al lado de la chimenea y el muro de piedra derruido. Árboles y prados umbríos nos rodeaban, el terreno era duro y los arbustos pequeños. Pero seguía siendo nuestro rincón, donde habíamos mantenido nuestra primera conversación después de que Lena cerrase la ventana de la clase de lengua con una mirada... y sus poderes de Caster. Tía Del ya no soportaba la visión del cementerio calcinado y los jardines estropeados, pero a Lena le daba igual. Allí había visto a Macon por última vez y eso lo convertía en un lugar seguro. En cierta manera, contemplar las ruinas desde la chimenea era una visión familiar, casi tranquilizadora. El fuego se lo había llevado todo a su paso para luego desaparecer. Ya no había que preguntarse qué ocurriría después ni cuándo.

La hierba estaba verde y mojada. Nos envolví en el cobertor.

—Acércate, estás helada.

Lena sonrió sin mirarme.

—¿Desde cuándo me hace falta un motivo para ponerme a tu lado?

Se apoyó en mi hombro y nos quedamos sentados en silencio dándonos calor y con las manos entrelazadas. Una sacudida me subía por el brazo. Siempre que nos tocábamos se producía una suave descarga eléctrica cuya intensidad aumentaba si no nos apartábamos. Era un recordatorio de que Mortales y Casters no pueden estar juntos. No, al menos, sin que el Mortal acabe en la tumba.

Me fijé en las ramas negras y retorcidas y en el cielo desapacible. Pensé en el día en que había seguido a Lena hasta aquel jardín y la encontré llorando entre la hierba. Contemplamos entonces cómo desaparecían las nubes para dejar paso a un cielo azul. Fue ella quien disipó las nubes tan sólo con pensar en ello. El cielo azul... eso era yo para Lena. Ella era un huracán y yo, Ethan Wate, un chico normal. Me daba miedo imaginar qué sería de mi vida si ella me dejaba.

—Mira. —Trepó por encima de mí y metió la mano entre las negras ramas del árbol para descubrir un limón amarillo y perfecto. Estaba cubierto de ceniza, pero era el único de todo el jardín. Al arrancarlo, la ceniza voló hasta el suelo. Su amarilla piel brilló en la mano de Lena, que volvió a arrebujarse entre mis brazos—. ¿Has visto? No todo se ha quemado.

—No sobrevivió al fuego, L, ha vuelto a salir.

—Ya lo sé.

No parecía muy convencida. Sopesó el limón, observándolo detenidamente.

—El año que viene no quedará ninguna huella del incendio —dijo, levantando la vista para mirar las ramas y al cielo. La besé en la frente, en la nariz, en la marca de nacimiento en forma de media luna perfecta que tenía en el pómulo. Volvió a mirarme—. Renacerá todo. Volverán a crecer hasta esos árboles.

Nos quitamos los zapatos de una patada y juntamos los pies. Otra vez la sacudida eléctrica que siempre se producía al tocarnos. Estábamos tan cerca que los bucles de su pelo me rozaron la cara. Soplé y se dispersaron.

Estaba atrapado en su campo eléctrico, me arrastraba una corriente que nos unía y separaba al mismo tiempo. Fui a besarla en la boca y, bromeando, colocó el limón delante de mis narices.

—Huele.

—Huele a ti. —Limones y romero, la fragancia que me había arrastrado hacia ella la primera vez que nos vimos.

—Es ácido como yo —dijo olisqueando y haciendo una mueca.

—A mí no me pareces ácida.

Tiré de ella hasta que nuestros cabellos se mancharon de hierba y ceniza. El limón ácido se perdió entre nuestros pies en el extremo del cobertor. La piel me quemaba. Aunque últimamente lo único que sentía al tomarle la mano era un frío gélido, cuando nos besábamos —cuando nos besábamos de verdad—, sólo sentía calor. La amaba, amaba cada uno de sus átomos, cada una de sus ardientes células. Nos besamos hasta que el corazón estuvo a punto de estallarme y los contornos de cuanto podía ver, oír y sentir empezaron a diluirse en la oscuridad…

Lena me apartó por mi bien de un empujón y retiró el cobertor. La hierba sobre la que nos habíamos tumbado estaba aplastada y carbonizada.

—¿Has visto? —me dijo.

—Sí, ¿qué ocurre? —Yo trataba de recuperar el aliento sin que se notase. Desde el día de su cumpleaños, el contacto físico entre nosotros era mucho más complicado. No podía evitar tocarla, pero a veces no podía soportar el dolor que me producía.

—Se ha quemado.

—Qué raro.

Me miró fijamente. Resultaba extraño, pero sus ojos eran oscuros y brillantes al mismo tiempo. Arrancó unas briznas de hierba y las tiró.

—Es por mí.

—Es que estás muy caliente.

—No es momento para bromas. Las cosas se están poniendo feas.
—Nos sentamos y contemplamos lo que quedaba de Greenbrier. En
realidad, sin embargo, no pensábamos en Greenbrier, sino en el poder
del fuego—. Como le ocurrió a mi madre —sentenció Lena con amargura.

El fuego es la seña de identidad de los Cataclyst: el fuego de Sarafine había quemado hasta el último centímetro de la finca la noche del
cumpleaños de Lena. Ahora ella provocaba incendios sin querer. Se
me hizo un nudo en el estómago.

—La hierba también volverá a crecer.

—¿Y si no quiero que crezca? —dijo suave, misteriosamente, separando los dedos para dejar caer otro manojo de hierba.

—¿Cómo dices?

—¿Por qué iba a querer?

—Porque la vida sigue, L. Los pájaros hacen su tarea y las abejas la
suya. Las semillas se dispersan y todo vuelve a crecer.

—Y luego se vuelve a quemar. Al menos, si tiene la mala suerte de
que yo ande cerca.

No tenía ningún sentido discutir con Lena cuando se ponía lúgubre.
Yo, que había pasado toda una vida con Amma, lo sabía muy bien.

—A veces se quema, sí. —Lena dobló las piernas y apoyó la barbilla en las rodillas. Proyectaba una sombra mayor que su cuerpo—.
Pero que tú andes cerca sigue siendo una suerte.

Desplacé la pierna hasta que le dio el sol. La larga línea de mi sombra tocó la suya.

Nos quedamos allí sentados sin rozarnos hasta que se puso el sol y
nuestras sombras, que no dejaron de tocarse, se alargaron hasta los
árboles y desaparecieron. Oímos las cigarras en silencio intentando
no pensar hasta que se puso a llover otra vez.

1 de mayo

CAÍDA

A LO LARGO DE LAS SEMANAS SIGUIENTES sólo en tres ocasiones logré convencer a Lena de que saliera de casa. La primera fuimos al cine con Link, mi mejor amigo desde segundo curso, pero ni siquiera su famosa combinación de palomitas y chocolatinas le levantó el ánimo. La segunda, a mi casa, donde vimos un maratón de películas de zombies mientras comíamos galletas de melaza marca Amma, es decir, lo que yo considero una verdadera cita de ensueño —aunque ni mucho menos lo fue—. Y la tercera, a las orillas del Santee a dar un paseo que dimos por terminado al cabo de diez minutos tras unas sesenta picaduras de mosquito aproximadamente. Conclusión: Lena no estaba a gusto en ninguna parte.

Aquel día, sin embargo, era distinto. Finalmente encontró un lugar donde estaba cómoda. El último sitio que yo habría imaginado.

Al entrar en su habitación la encontré tumbada en el techo con los brazos colgando y el pelo pegado a la escayola formando un abanico negro alrededor de la cabeza.

—¿Desde cuándo eres capaz de hacer eso?

Ya me había acostumbrado a los poderes de Lena, pero desde su decimosexto cumpleaños parecían más potentes y extraños, como si poco a poco y torpemente se estuviera transformando en Caster. Cada día que pasaba, Lena, la niña Caster, se volvía más impredecible y ponía a prueba sus poderes. Finalmente resultó que era capaz de llegar muy lejos y causar todo tipo de problemas.

Como cuando Link y yo fuimos al instituto en su coche y en la radio sonó una de las canciones de Link como si alguna emisora la estuviera poniendo. El pobre chico se llevó tal impresión que el coche se empotró en la valla de la señora Asher.

—Fue un accidente —se disculpó Lena con una sonrisa maliciosa—. Se me metió en la cabeza una canción de Link.

Ninguna canción de Link se le había metido nunca a nadie en la cabeza, pero mi amigo se lo creyó. Su ego, por supuesto, se infló hasta lo insoportable.

—¿Qué puedo hacer si provoco ese efecto en las chicas? Mi voz es suave como la mantequilla.

Una semana después estábamos Link y yo en el pasillo y Lena se acercó y me dio un efusivo abrazo en el preciso momento en que sonaba el timbre. Supuse que por fin había decidido volver a clase, pero en realidad no estaba allí. Sólo era una especie de imagen proyectada, o como lo que digan las Casters cuando quieren que su novio quede como un idiota. Link creyó que el abrazo era para él y me estuvo llamando «Lover Boy» unos cuantos días.

—Te extraño. ¿Tan raro te parece? —me dijo Lena. A ella le parecía muy divertido, pero a mí me daban ganas de que la encerrasen en el cuarto oscuro o lo que hicieran con un Natural cuando no se portaba bien.

No seas niño. Ya te he dicho que lo siento, ¿no?

Eres más peligrosa que Link, que en quinto curso chupó todo el jugo de los tomates de mi madre con una pajita.

No volverá a ocurrir. Te lo juro.

Eso precisamente dijo Link.

¿Y a que cumplió su palabra?

Sí, cuando mi madre dejó de plantar tomates.

—Baja de ahí.

—Me gusta estar aquí arriba.

Tomé su mano y una corriente eléctrica recorrió mi brazo, pero no la solté. Tiré de Lena hacia la cama y me tendí a su lado.

—¡Ay!

Me daba la espalda, pero como sacudía los hombros supuse que se estaba riendo. O tal vez, aunque últimamente no la había visto hacerlo, estaba llorando. Las lágrimas habían sido sustituidas por algo peor: el vacío.

El vacío era engañoso, mucho más difícil de describir, de solucionar y de interrumpir.

L, ¿quieres que hablemos?

¿Y de qué vamos a hablar?

Me arrimé a ella y apoyé mi cabeza en la suya. Las sacudidas se calmaron. La abracé estrechamente, como si todavía estuviera pegada al techo y yo colgando.

El vacío.

***

No debí quejarme del techo, uno puede colgarse de sitios mucho peores.

—Esto no me gusta —dije en el lugar del que en esos momentos pendíamos. Tenía la cara bañada en sudor, pero no podía limpiarme. Si soltaba una mano, me caía.

—Qué raro —dijo Lena, mirándome desde arriba con una sonrisa—, porque a mí me encanta. —La brisa agitaba sus cabellos—. Además, ya casi llegamos.

—¿No te das cuenta de que es una locura? Como pase la policía, nos detienen. O nos mandan a Blue Horizons con mi padre.

—No es ninguna locura, es muy romántico. Muchas parejas vienen al depósito del agua.

—Pero se quedan abajo, a nadie se le ocurre trepar hasta aquí.

Llegaríamos arriba en menos de un minuto. Estábamos los dos solos, sobre una endeble escalerilla de metal a treinta metros del suelo y, por encima, el radiante cielo azul de Carolina del Sur.

Intentaba no mirar abajo.

Lena me había dicho que quería subir al depósito. Estaba tan excitada que pensé que con una estupidez como aquélla podría sentirse como la primera vez que, sonriente, feliz y con su precioso suéter rojo, estuvimos en aquel lugar. Me acordé porque del collar de los amuletos se había prendido un hilo rojo y seguro que también ella se acordaba.

De modo que allí estábamos, en la escalerilla, mirando al cielo por no mirar al suelo.

En cuanto llegamos arriba y contemplamos las vistas, comprendí. Lena tenía razón. Allí arriba uno se sentía mejor. Todo parecía lejano y sin importancia.

Me senté con las piernas colgando.

—Mi madre tenía una colección de fotos de depósitos de agua.

—¿Ah, sí?

—Las Hermanas coleccionan cucharillas de café y mi madre coleccionaba fotos de depósitos de agua y postales de la Feria Universal.

—Yo creía que todos los depósitos de agua eran como éste: grandes arañas blancas.

—En Illinois hay uno que parece un bote de *ketchup* —dije, y Lena se rio—. Y otro como una casita, sólo que a treinta metros del suelo.

—Ahí deberíamos vivir nosotros. Yo subiría una vez y no volvería a bajar —comentó Lena apoyando la espalda en el caliente metal pintado de blanco—. El de Gatlin debería tener forma de durazno, de durazno grande y maduro.

Yo también apoyé la espalda en el depósito.

—Hay uno, pero no está en Gatlin, sino en Gaffney. Supongo que allí se les ocurrió primero.

—Y tendría que haber otro en forma de pay. Podríamos pintar éste para que pareciera una de los pays de Amma. Seguro que le encantaría.

—Yo no lo he visto, pero mi madre tenía una foto de otro en forma de mazorca.

—Me sigo quedando con el que tiene forma de casita —dijo Lena mirando el cielo completamente despejado.

—Pues yo viviría en el *ketchup* o la mazorca con tal de que tú estuvieras allí.

Me tomó la mano y así nos quedamos, sentados al borde del depósito de agua blanco de Summerville contemplando el condado de Gatlin, que parecía una maqueta poblada por personitas de juguete, pequeña como el pueblo de cartón que mi madre solía poner al pie del árbol de Navidad.

¿Qué problemas podían tener unas personas tan diminutas?

—Te traje una cosa —dije.

Lena se levantó y me miró con ojos de niña.

—¿Qué?

Yo me asomé, mirando el pie del depósito.

—Te la daré cuando no estemos en peligro de muerte. Si nos cayésemos desde esta altura…

—No seas gallina. No nos vamos a caer y no vamos a morir.

Metí la mano en el bolsillo trasero de mi pantalón. Mi regalo no era nada especial, pero hacía tiempo que lo llevaba encima y esperaba que ayudase a Lena a encontrar el camino de vuelta a sí misma. Se trataba de un llavero en forma de plumón.

—Lo puedes llevar en el collar. Verás, déjame.

Procurando no caerme, tomé el collar que Lena nunca se quitaba, el collar de amuletos con distintos significados: el bolígrafo plano de la máquina expendedora del Cineplex donde quedamos la primera vez, la luna de plata que Macon le regaló en el Baile de Invierno y un botón del chaleco que llevaba la noche de la lluvia. Lena sentía tanto aprecio por aquellos amuletos que daba la impresión de que perderlos sería perder también los momentos de felicidad perfecta de que eran prueba.

Coloqué entre ellos el plumón.

—Ahora ya puedes escribir en cualquier parte.

—¿En el techo también? —dijo, mirándome con una sonrisa mitad traviesa mitad triste.

—Y en los depósitos de agua.

—Me encanta —afirmó con tranquilidad y le quitó la tapa al plumón.

Dibujó un corazón. Tinta negra sobre pintura blanca: un corazón secreto en el depósito de agua de Summerville.

Fui feliz por un instante. Luego me sentí como si hubiera caído al vacío. Porque Lena no estaba pensando en nosotros, sino en su próximo cumpleaños, en la Decimoséptima Luna. Había empezado la cuenta atrás.

En el centro del corazón no escribió nuestros nombres, sino un número.

16 de mayo

LA LLAMADA

AUNQUE NO HICE PREGUNTAS, no olvidé aquel gesto. ¿Cómo olvidarlo tras un año entero de cuenta atrás hacia lo inevitable? Cuando, aunque lo supiera, me atreví por fin a preguntarle por qué había escrito aquella cifra y qué significaba, no me respondió. Y tuve la sensación de que en realidad no lo sabía.

Lo cual era mucho peor.

Transcurrieron dos semanas y, según mis noticias, Lena seguía sin abrir su cuaderno. Llevaba el pequeño plumón colgado del cuello, pero estaba tan nuevo como el día que lo compré en Stop & Steal. Se me hacía raro no verla escribiendo, garabateando algo en sus manos o en sus viejos Converse, que, por otro lado, aquellos días apenas se ponía. Los había cambiado por sus magulladas botas negras. También había cambiado de peinado. Ahora llevaba el pelo casi siempre recogido, como si guardara en él toda su magia.

Estábamos sentados en las escaleras del porche de mi casa, en el escalón más alto, el mismo lugar en el que Lena me confesó que era una Caster, un secreto que nunca había compartido con ningún Mortal. Yo fingía leer *El doctor Jekyll y míster Hyde* y Lena miraba fijamente una hoja en blanco de su cuaderno de espiral como si en las delgadas líneas azules de sus hojas se hallara la solución a todos sus problemas.

Por mi parte, cuando no miraba de reojo a Lena, me fijaba en la calle. Aquel día regresaba mi padre. Amma y yo habíamos ido a verlo todos los días de visita semanal desde que mi tía lo ingresó en Blue Horizons. Aunque todavía no era el de antes, he de admitir que volvía a parecérsele. A pesar de ello yo estaba muy nervioso.

—Ya están aquí.

La puerta mosquitera se cerró detrás de mí. Era Amma. Se había puesto un delantal de carpintero, lo prefería al tradicional de cocina, especialmente en días como aquél. Llevaba al cuello el amuleto de oro y no dejaba de frotarlo.

Me fijé en la calle, pero sólo divisé a Billy Watson, que pasaba en su bicicleta. Lena se inclinó hacia delante para ver mejor.

No veo nada.

Yo tampoco veía nada, pero sabía que antes de cinco segundos lo vería. Amma era una mujer orgullosa sobre todo de sus poderes de vidente. De no haber estado completamente segura, no habría salido a decirnos que venían.

Ahora lo verás.

Y, en efecto, el Cadillac blanco de tía Caroline apareció por Cotton Bend. Llevaba la ventanilla bajada —a mi tía le gustaba decir que prefería «aire acondicionado 360 grados»—. Tras doblar la esquina, nos saludó. Me levanté y Amma me dio un codazo.

—Y tú, compórtate. Tu padre merece una buena bienvenida. —Era un mensaje encriptado. En realidad, quería decir: *Ándate con tiento, Ethan Wate, y cuidado con lo que sale por esa bocaza.*

Respiré hondo.

¿Estás bien? Lena me miró con ojos color avellana.

Sí. Era mentira y ella debía saberlo, pero no insistió. Tomé su mano. Como de costumbre últimamente, estaba helada. La sacudida eléctrica fue como el pinchazo de la congelación.

—Mitchell Wate —dijo Amma—, no me digas que en todo el tiempo que has estado fuera no has probado más pays que los míos. Porque tienes el mismo aspecto que si te hubieras caído en el tarro de las galletas y aún no hubieras encontrado la salida.

Mi padre le dirigió una mirada cómplice. Sabía que en el humor de Amma, que lo había criado, había más afecto que en cualquier abrazo.

Me quedé observando mientras ella lo mimaba como si tuviera diez años. Entretanto, Amma y mi tía parloteaban igual que si acabaran de llegar del supermercado. Mi padre me dedicó la misma sonrisa débil que tenía en Blue Horizons. Quería decir: *Ya no estoy loco, sólo avergonzado.* Llevaba pantalón de mezclilla y su vieja camiseta de la Universidad de Duke y parecía más joven de lo que yo recordaba salvo por las patas de gallo, que se marcaron todavía más cuando, incómodo, me dio un abrazo.

—¿Cómo estás?

Se me hizo un nudo en la garganta.

—Bien —dije después de toser.

Miró a Lena.

—Me alegro de verte, Lena. Lamento mucho la muerte de tu tío.

Mi padre no había olvidado sus arraigados modales sureños. Aun en un momento tan peculiar estaba obligado a mencionar el fallecimiento de Macon.

Lena esbozó una sonrisa, pero estaba tan incómoda como yo.

—Gracias, señor Wate.

—Ethan, ven aquí y dale un abrazo a tu tía favorita —me pidió tía Caroline extendiendo los brazos. Yo tenía ganas de que me abrazara y estrujara para ver si así desaparecía el nudo que tenía en el estómago.

—Vamos dentro —intervino Amma desde el porche—. He hecho pastel de Coca-Cola y pollo asado. Como tardemos en entrar, el pollo se va a ir.

Tía Caroline rodeó a mi padre por la cintura y subieron las escaleras. Tenía el mismo cabello castaño y complexión que mi madre. Por un momento fue como si mis padres estuvieran otra vez en casa, cruzando el vano de la mosquitera de la mansión de los Wate.

—Tengo que marcharme —dijo Lena, que apretaba su cuaderno contra el pecho a modo de escudo.

—No tienes por qué. Quédate.

Por favor.

Yo no pretendía ser cortés, sólo que no quería entrar solo. Meses atrás, Lena se habría dado cuenta, pero supongo que aquel día tenía la cabeza en otra parte.

—Deberías pasar algún tiempo con tu familia —dijo y se puso de puntillas para darme un leve beso en la mejilla. Cuando quise protestar, ya iba camino de su coche.

Me quedé mirando cómo se alejaba en el Fastback de Larkin. Ya no llevaba el coche fúnebre y, por lo que yo sabía, no lo había vuelto a usar desde la muerte de Macon. Tío Barclay lo había estacionado detrás del granero y tapado con una lona. Ahora llevaba el coche negro y cromado de Larkin. «¿Tienes idea de a cuántas chicas me podría ligar con una nave como ésa?», dijo Link limpiándose la baba la primera vez que lo vio.

Larkin había traicionado a la familia y yo no podía comprender que Lena usara su coche. Cuando se lo pregunté, se encogió de hombros:

—A mi primo ya no le hace falta.

Quizá pensara que al usarlo lo castigaba a él. Larkin había contribuido a la muerte de Macon, algo que ella nunca le podría perdonar. Cuando el coche dobló la esquina, me dieron ganas de alejarme con él.

Cuando llegué a la cocina, el café de achicoria estaba casi listo... y los problemas también. Amma se paseaba delante del lavabo hablando por teléfono y cada dos minutos tapaba el aparato con la mano e informaba a tía Carolina de la conversación.

—No la han visto desde ayer —dijo, y volvió a colocarse el teléfono en la oreja—. Deberías hacerle un ponche a tía Mercy y que se acueste hasta que aparezca.

—¿Hasta que aparezca quién? —le pregunté a mi padre, que se encogió de hombros.

Tía Caroline me arrastró hasta el lavabo y me habló en susurros, como hacen las damas del sur cuando el asunto es demasiado horrible para mencionarlo en voz alta.

—*Lucille Ball* se perdió. —*Lucille Ball* era la gata siamesa de tía Mercy y se pasaba la mayor parte del tiempo correteando por el jardín de mis tías con una correa atada al poste de tender la ropa, actividad que las Hermanas denominaban ejercicio.

—¿Cómo que se perdió?

Amma volvió a cubrir el aparato y me miró frunciendo el ceño y apretando los dientes. Su mirada era elocuente: «Al parecer —decía—, *alguien* le metió en la cabeza a tu tía la idea de que a los gatos no hay por qué atarlos porque siempre vuelven a casa. Tú no sabrás quién ha podido ser, ¿verdad?». No era una pregunta. Los dos sabíamos que yo llevaba años diciéndole a tía Mercy que a los gatos no se les pone correa.

—Pero los gatos no llevan correa...

Intenté defenderme, pero era demasiado tarde.

Amma me miró y se volvió para hablar con tía Caroline.

—Al parecer, tía Mercy no quiere moverse del porche y está allí sentada sin apartar la vista de la correa colgada del poste de tender la ropa. —Volvió a quitar la mano del teléfono—. Tienes que convencerla de que entre y, cuando lo haga, le pones las piernas en alto. Si se marea o se le va la cabeza, le haces una infusión de diente de león.

Me escabullí. No quería ser víctima de las malas pulgas de Amma. Genial. La ancianita gata de mi tía había desparecido por mi culpa. Llamaría a Link y daríamos una vuelta con el coche para ver si encontrábamos a *Lucille*. A lo mejor las maquetas de las canciones de mi amigo conseguían asustarla y el animal saldría de su escondrijo.

—Ethan —me llamó mi padre, que me había seguido hasta el pasillo—, ¿puedo hablar contigo un momento?

Precisamente lo que yo quería evitar: la escena en la que él se disculpaba e intentaba explicarme por qué en casi un año apenas me había dedicado tiempo.

—Sí, cómo no —respondí, aunque no sabía si quería escucharle. Se me había pasado la rabia. Tras estar a punto de perder a Lena, una parte de mí comprendió por qué mi padre estaba tan trastornado. Si yo no podía imaginar mi vida sin Lena, ¿qué sentiría mi padre, que había amado a mi madre durante más de dieciocho años?

Mi padre me daba pena, pero que se hubiera desentendido tanto todavía me dolía.

Se pasó la mano por el cabello y se acercó.

—Quería decirte lo mucho que lo siento —dijo, y se interrumpió agachando la cabeza—. No sé qué me pasó. Un día estaba en el estudio escribiendo y al día siguiente lo único que podía hacer era pensar en tu madre. Me sentaba en su sillón, olía sus libros, la imaginaba asomándose por encima de mi hombro y leyendo unas líneas... —Se miraba fijamente las manos, como si estuviera hablando con ellas en lugar de conmigo. Supongo que era un pequeño truco que le habían enseñado en Blue Horizons—. Era el único sitio en el que me encontraba cerca de ella. Me negaba a aceptar su muerte.

Miró al techo y se le escapó una lágrima que resbaló lentamente por la mejilla. Mi padre había perdido al amor de su vida y se había deshilachado como un suéter viejo. Y yo había sido testigo sin hacer nada por ayudarle. Tal vez él no fuera el único culpable. Comprendí que esperaba de mí una sonrisa, pero no tuve fuerzas.

—Lo entiendo, papá, aunque me habría gustado que dijeras algo. Yo también la perdí, ¿sabes?

Cuando, tras una larga pausa, habló, su voz era serena.

—No sabía qué decir.

—No pasa nada.

No sé si en ese momento fui consciente de ello, pero su rostro dejó traslucir alivio. Me dio un abrazo que estuvo a punto de estrujarme.

—Pero ahora estoy aquí. ¿Quieres que hablemos?

—¿De qué?

—De lo que uno tiene que saber cuando tiene novia.

Yo no quería hablar.

—Papá, no tienes por qué...

—Tengo mucha experiencia, ya lo sabes. A lo largo de aquellos años tu madre me enseñó un par de cosas sobre las mujeres —insistió, pero yo ya estaba planeando la fuga—. Si alguna vez quieres hablar de, ya sabes… —podía saltar por la ventana y quedarme escondido entre el seto y la pared—, sentimientos.

Estuve a punto de soltar una carcajada.

—¿Qué?

—Amma me dijo que Lena está atravesando un periodo difícil tras la muerte de su tío; que no parece la misma.

Se tumbaba en el techo, no quería ir a clase, no me contaba nada, trepaba a los depósitos de agua…

—Amma se equivoca. Lena está perfectamente.

—Las mujeres son otra especie. —Asentí intentando no mirarle a los ojos. Mi padre no sabía hasta qué punto había dado en el clavo—. Por mucho que quisiera a tu madre, la mitad de las veces no habría podido decirte qué pasaba por su cabeza. Las relaciones son complicadas. Ya sabes, puedes preguntarme lo que quieras.

¿Qué iba yo a preguntarle? ¿Qué hay que hacer cuando casi te da un infarto cada vez que besas a tu chica? ¿Hay momentos en que se debe leerle el pensamiento y momentos en que no? ¿Cuáles son las primeras señales de que tu novia empieza a cristalizar en el bien o en el mal para el resto de la eternidad?

Me estrujó el hombro y, cuando yo intentaba hilvanar una frase, dio media vuelta y se alejó por el pasillo en dirección al estudio.

En el pasillo colgaba el retrato de Ethan Carter Wate. Aún no me había acostumbrado a verlo, por mucho que hubiera sido yo quien lo colgué al día siguiente del entierro de Macon. Había estado escondido debajo de una sábana toda mi vida y no me parecía bien. Ethan Carter Wate se había apartado de una guerra en la que no creía y muerto intentando proteger a la Caster a la que amaba.

Así que busqué un clavo y colgué el retrato, que parecía lo más correcto. Después entré en el estudio de mi padre y recogí los folios desperdigados por el suelo. Contemplé los círculos y garabatos por última vez, eran la prueba de lo profundo que puede ser el amor y cuánto puede durar el duelo. Luego tiré las hojas, que también parecía lo más correcto.

Mi padre se detuvo ante el cuadro y lo observó como si lo viera por primera vez.

—Hacía mucho tiempo que no veía a este hombre.

Me alegré tanto de que hubiéramos cambiado de tema que empecé a farfullar.

—Yo colgué ese retrato. Espero que te parezca bien. Pensé que tenía que estar ahí y no en un rincón tapado con una sábana.

Por un momento mi padre se quedó mirando el retrato de aquel muchacho con uniforme confederado que no debía de ser mucho mayor que yo.

—Cuando yo era pequeño, siempre lo tenían tapado con una sábana. Mis abuelos no comentaban nada, pero, por su forma de ser, seguro que se negaban a colgar el retrato de un desertor. Cuando heredé esta casa, lo encontré en el ático y lo bajé al estudio.

—¿Por qué no lo colgaste?

Nunca había pensado que mi padre se hubiera fijado en aquel cuadro tapado cuando era niño.

—No lo sé. Tu madre quería. Le encantaba la historia, que ese muchacho dejase la guerra aunque acabara por costarle la vida. Y yo también quería colgarlo, pero estaba tan acostumbrado a verlo tapado… Aún no había tomado una decisión cuando tu madre murió —dijo, pasando un dedo por la talla del marco—. Te llamamos Ethan por él.

—Ya lo sé.

Mi padre me miró como si me viese por primera vez.

—A ella le encantaba este cuadro. Me alegro de que lo hayas colgado. Ahora está en el lugar que le corresponde.

***

No me libré del pollo asado ni de la penitencia que me impuso Amma. Así que, al terminar de comer, fui a dar una vuelta en coche con Link para buscar a *Lucille*. Link llamaba a la gata entre bocado y bocado a un muslo de pollo que agarraba con una grasienta servilleta de papel. Cada vez que se pasaba la mano por sus rubios cabellos, más relucía la brillantina con la grasa.

—Tendrías que haber traído más pollo. Los gatos silvestres cazan pájaros y les gustan los huesos —dijo. Conducía despacio porque yo me fijaba en la calle buscando a *Lucille*. Con golpecitos en el volante seguía el ritmo de «Galleta de amor», la última canción espantosa de su grupo de música.

—¿Y de qué me habría servido? ¿Para asomarme por la ventanilla con un muslo de pollo mientras tú conduces? —repuse. Link era transparente—. Lo que pasa es que te encanta el pollo de Amma y quieres más.

—Pues claro, ya lo sabes. Y pastel de Coca-Cola. —Sacó el hueso de pollo por la ventana—. Gatita, gatita, gatita…

Yo escrutaba la acera en busca de la gata siamesa de tía Mercy cuando algo captó mi atención. En una matrícula vi una media luna entre calcomanías de las barras y las estrellas, la bandera confederada y un concesionario. La matrícula era de Carolina del Sur y llevaba los símbolos del estado, que había visto mil veces sin reparar nunca en ellos: un hoja de palma azul y una media luna que podría ser la de los Caster, que tanto tiempo llevaban en aquellas tierras.

—Si no ha probado el pollo de Amma, ese gato es mucho más tonto de lo que yo pensaba.

—Es una gata. ¿Ya no te acuerdas que se llama *Lucille, Lucille Ball?*

—Pues esa gata, qué más da.

Link giró bruscamente al entrar en la calle principal. *Boo Radley* nos miraba desde la acera. Estuvo moviendo el rabo hasta que desaparecimos en la distancia. Era el perro más solitario del pueblo.

Al ver a *Boo*, Link se aclaró la garganta.

—Hablando de chicas, ¿qué tal le va a Lena?

Llevaba unos días sin verla, aunque en aquella época tal vez fuera de los que más la habían visto. Lena pasaba la mayor parte del tiempo en Ravenwood bajo la atenta mirada de su abuela y tía Del o, dependiendo del día, huyendo de sus ojos vigilantes.

—Sobrevive —repuse, lo cual no era mentira precisamente.

—¿De verdad? Quiero decir, parece muy cambiada. Está mucho más rara que antes.

Link era una de las pocas personas del pueblo que conocía el secreto de Lena.

—Su tío ha muerto. Algo así puede transformar a una persona.

Mi amigo lo sabía mejor que nadie porque fue testigo de lo que me había ocurrido a mí: primero tratando de encontrar un sentido a la muerte de mi madre y luego a un mundo en el que ella ya no estaba. Algo que, como Link sabía bien, era imposible.

—Sí, pero apenas habla y se pone ropa de su tío. ¿No te parece raro?

—Lena está bien.

—Si tú lo dices.

—Tú conduce. Tenemos que encontrar a *Lucille* —dije sin dejar de mirar por la ventanilla—. Gata estúpida.

Link se encogió de hombros y subió el volumen. Los altavoces vibraron con «La chica se ha ido», un tema de los Holy Rollers, su banda. El rechazo y los plantones inspiraban todas las canciones de Link. Era su forma de sobrevivir. Me pregunté cuál sería la mía.

***

No encontramos a *Lucille* y no olvidé la conversación con Link ni la que mantuve con mi padre. La casa estaba tranquila, lo cual resulta poco apropiado si lo que en realidad deseas es escapar de tus pensamientos. La ventana de la habitación estaba abierta, pero el aire era caliente y pesado, parecía estancado, como todo lo demás.

Link tenía razón. Lena estaba muy rara, pero habían pasado muy pocos meses. Lo superaría y todo volvería a ser como antes.

Revolví entre los montones de libros y documentos que tenía sobre la mesa en busca de *Guía del autoestopista galáctico,* mi libro de cabecera para olvidar las preocupaciones. Bajo una pila de viejos cómics de *Sandman* encontré un paquete atado con un cordón y envuelto en papel de estraza. Así solía empaquetar los libros Marian, pero aquél no llevaba el sello de la Biblioteca del Condado de Gatlin.

Marian era la amiga más antigua de mi madre y la bibliotecaria jefe. En el mundo de los Caster era también una Guardiana, es decir, una Mortal que custodiaba los secretos y la historia de los Caster y, en su caso particular, la Lunae Libri, la biblioteca de los textos secretos de los Caster. Marian me había entregado el paquete tras la muerte de Macon, pero yo lo había olvidado por completo. Era el diario de Macon y Marian creía que a Lena le gustaría conservarlo. Pero se equivocaba. Lena no quiso verlo ni tocarlo. Ni siquiera quiso quedárselo en Ravenwood.

—Guárdalo tú —me dijo—. No creo que pueda soportar la visión de su letra.

Desde entonces llevaba acumulando polvo en mi estantería.

Sopesé el paquete. Era demasiado pesado para tratarse de un libro, pero ¿qué otra cosa podía ser? Me pregunté qué aspecto tendría. Probablemente sería muy viejo y con la piel agrietada. Desaté el cordón y lo desenvolví. No pensaba leerlo, sólo verlo, pero cuando retiré el papel de estraza, comprobé que no era un libro, sino una caja de color negro con intrincados símbolos Caster tallados en la madera.

Pasé la mano por la tapa preguntándome qué habría escrito Macon. No me lo imaginaba escribiendo poesía, como Lena. Probablemente estuviera lleno de apuntes sobre horticultura. Abrí la tapa con cuidado. Quería ver algo que Macon tocaba todos los días, que era importante para él. Las guardas eran de seda negra y las hojas, amarillentas y con su letra —desvaída y con trazos largos que recordaban patas de araña—, estaban sueltas. Toqué una con un solo dedo. El cielo empezó a girar y sentí que tiraban de mí. Me vi cada vez más cerca del suelo, pero al ir a golpearlo, lo atravesé y quedé envuelto en una nube de humo.

Los incendios jalonaban el río, únicos restos de plantaciones florecientes tan sólo unas horas antes. Greenbrier estaba en llamas y Ravenwood lo estaría muy pronto. Los soldados de la Unión debían de haberse tomado un respiro. Estarían borrachos de victoria y del licor de las mansiones que habían saqueado.

Abraham no tenía mucho tiempo. Los soldados estaban cerca y tenía que matarlos. Era la única forma de salvar Ravenwood. Los Mortales no tenían la menor posibilidad contra él, aunque fueran soldados. A un Íncubo no le podían hacer frente. Y si Jonás, su hermano, volvía alguna vez a los Túneles, los soldados tendrían que luchar contra dos. Abraham sólo temía las armas de fuego. Aunque las de los Mortales no pueden acabar con los de su clase, las balas los debilitan. Los soldados dispondrían de tiempo para prender fuego a Ravenwood.

Abraham necesitaba alimento y aun entre el humo podía oler la desesperación y el miedo de un Mortal que estuviera cerca. El miedo le daría fuerzas. Daba más poder y sustento que los recuerdos o los sueños.

Viajó hacia el olor, pero cuando se materializó en los bosques que hay al otro lado de Greenbrier, era demasiado tarde. El aroma era muy leve. A lo lejos divisó a Genevieve Duchanne, encorvada sobre un cadáver que yacía en el barro. Ivy, la cocinera de Greenbrier, agarraba algo contra el pecho.

En cuanto lo vio, la anciana corrió a su encuentro.

—Señor Ravenwood, gracias a Dios —dijo, y bajó la voz—. Tiene que guardar esto. Póngalo a buen recaudo hasta que yo vuelva.

Sacó un grueso libro negro del bolsillo de su delantal y se lo dio a Abraham, que percibió su poder nada más tocarlo.

El volumen estaba vivo, palpitaba como si le latiera un corazón. Abraham casi lo oía susurrar, cómo lo incitaba a tomarlo, a abrirlo y a liberar lo que guardaba dentro. En la portada no había palabras, sólo una media luna. Abraham pasó los dedos por el borde.

Ivy seguía hablando. Confundió el silencio de Abraham, lo tomó por vacilación.

—Por favor, señor Ravenwood, no tengo a nadie a quien dárselo y no se lo puedo dejar a la señorita Genevieve. Ya no.

Genevieve levantó la cabeza, como si los oyera a pesar de la lluvia y del fragor de las llamas. Abraham comprendió. A través de la oscuridad vio los ojos amarillos de Genevieve, los ojos de Caster oscuro. Y comprendió también qué tenía en las manos.

El Libro de las Lunas.

Lo había visto ya en los sueños de Marguerite, la madre de Genevieve. Era un libro de un poder infinito, un libro al que Marguerite *temía y veneraba en igual medida. Se lo había ocultado a su marido y a sus hijas y jamás habría permitido que cayera en manos de un Caster oscuro o de un Íncubo. Era un libro que podía salvar Ravenwood.*

Ivy sacó un objeto de los pliegues de su falda y lo frotó contra la portada del libro. Los blancos cristales rodaron al suelo. Era sal, el recurso de las mujeres supersticiosas que de las islas del Azúcar de sus ancestros habían traído sus propias armas. Decían que la sal protegía de los demonios, creencia que a Abraham siempre le había parecido divertida.

—Vendré a buscarlo en cuanto pueda. Lo juro.

—Lo guardaré en lugar seguro, te doy mi palabra.

Abraham limpió de sal la cubierta del libro para sentir su calor y volvió a los bosques tras caminar unos metros para que Ivy no lo viera viajar. Las mujeres de color siempre se asustaban, se acordaban de quién era en realidad.

—Señor Ravenwood, escóndalo dónde quiera, pero no lo abra. Sólo trae desgracias a los que se entrometen. No lo escuche cuando lo llame. Ya vendré a buscarlo.

Pero la advertencia de Ivy llegaba demasiado tarde. Abraham ya había empezado a escuchar.

***

Cuando recobré el sentido estaba tendido de espaldas en el suelo mirando al techo de mi habitación. Era azul, como todos los techos de mi casa, para engañar a las abejas carpinteras que allí anidaban.

Estaba mareado, pero me incorporé. La caja estaba cerrada a mi lado. La abrí. Las hojas estaban dentro. Esta vez no las toqué.

Aquello carecía de sentido. ¿Por qué volvía a tener visiones? ¿Por qué había visto a Abraham Ravenwood, un hombre del que en mi pueblo sospechaban desde hacía generaciones porque la suya era la única plantación que sobrevivió al Gran Incendio? Yo no me fiaba mucho de lo que decían en el pueblo, pero…

Sin embargo, si el relicario de Genevieve había provocado aquellas visiones sería por alguna razón, por algo que Lena y yo tendríamos que averiguar. ¿Qué tenía que ver Abraham Ravenwood con nosotros? El *Libro de las Lunas* era el hilo que conectaba toda la trama. Aparecía en las visiones del relicario y en la mía, pero había desaparecido. Nadie había vuelto a saber de él desde la noche del cumpleaños de Lena, cuando lo vieron en el suelo de la cripta cercado por las llamas. Como tantas otras cosas, se había convertido en cenizas.

17 de mayo

Salvo los restos

Al día siguiente me senté a comer en el instituto con Link y sus cuatro desaliñados colegas. Mientras tomaba pizza sólo podía pensar en lo que Link había dicho de Lena. Tenía razón. Poco a poco, pero había cambiado, hasta el extremo de que yo casi no recordaba cómo éramos antes. De haber podido hablarlo con alguien, me habrían dicho que le diera tiempo. Pero es lo que suele decirse cuando no hay nada que decir y no se puede hacer nada. Porque Lena no conseguía salir adelante. No había vuelto a ser la misma y tampoco había vuelto conmigo. En todo caso, la arrastraba una corriente que la alejaba más de mí que de ninguna otra persona. Cada vez me resultaba más difícil llegar hasta ella. No alcanzaba su interior y ya no contábamos con el kelting o los besos o con cualquiera de las formas sencillas o complicadas en que antes nos tocábamos. Cuando le tomaba la mano, ahora sólo sentía frío.

Cuando Emily Asher me miró desde el rincón opuesto del comedor, en sus ojos sólo había pena. Había vuelto a convertirme en una persona digna de lástima. Ya no era *Ethan Wate, el chico cuya madre murió el año pasado,* sino *Ethan Wate, el chico cuya novia se volvió loca al morir su tío.* La gente sabía que habían surgido *complicaciones* y que Lena no había vuelto a aparecer por el instituto.

Aunque Lena no les cayera bien, a los tristes les gusta ver tristes a los demás. Además, yo había abandonado la categoría de los tristes hacía tiempo y descendido a una aún peor que la de los desaliñados colegas de Link, a los que todos marginaban. Yo estaba solo.

***

Una mañana de una semana después un sonido extraño empezó a resonar con insistencia en el fondo de mi mente. Era como un chirrido, o como el ruido que se produce al arañar una superficie metálica o al rasgar un papel. Estaba en clase de historia y debatíamos la reconstrucción, que es la época todavía más aburrida que la Guerra de Secesión, cuando Estados Unidos tuvo que recuperar su unidad. En un instituto de Gatlin aquella lección resultaba tan embarazosa como deprimente, nos recordaba que Carolina del Sur fue un estado esclavista y que en la lucha por la justicia habíamos tomado parte por el bando equivocado. Todos lo sabíamos, pero la clase de aquel día era un recordatorio de que nuestros antepasados nos habían legado un suspenso definitivo en el expediente moral de la nación. Heridas tan profundas dejan huella por mucho que uno se esfuerce por curarlas. El señor Lee proseguía con su monótono discurso y culminaba cada frase con un suspiro dramático.

Yo me esforzaba por no escuchar cuando me llegó un olor a quemado. Parecía un motor recalentado o un encendedor. Miré a mi alrededor. El olor no provenía del señor Lee, la fuente más habitual de aromas horribles en la clase de historia, y parecía que nadie más lo notaba.

El ruido aumentó y se convirtió en una confusa mezcla de estrépito, rasgaduras, conversaciones y gritos. *Lena.*

¿L?

No obtuve respuesta. Por encima del ruido oí a Lena mascullar unos versos muy distintos de esos que se escriben el día de San Valentín.

No los saludo, me estoy ahogando...

Reconocí el poema, lo cual no era buena noticia. Si Lena leía a Stevie Smith, su día estaba a un paso de la sombría Sylvia Plath de *La campana de cristal*. Había sacado bandera roja, como cuando Link oía a los Dead Kennedys o Amma cortaba las verduras de los rollitos de primavera con un cuchillo de carnicero.

Aguanta, L. Ya voy.

Algo había cambiado. Antes de que no hubiera vuelta atrás, tomé los libros y, sin dar tiempo a un nuevo suspiro del señor Lee, salí del aula y eché a correr.

***

Cuando entré, Reece no me miró, señaló las escaleras. Ryan, la prima pequeña de Lena, estaba sentada en el escalón inferior con *Boo*. Parecía triste. Cuando la despeiné con gesto cariñoso, me indicó que no hiciera ruido.

—Hay que estar quieto hasta que lleguen la abuela y mamá. Lena tiene un ataque de nervios.

Ryan se había quedado muy corta.

La puerta de la habitación de Lena estaba entreabierta. Al empujarla, las bisagras chirriaron como en una película de terror. La estancia estaba patas arriba. Los muebles estaban volcados y rotos, algunos faltaban. El suelo, las paredes y el techo estaban cubiertos de páginas arrancadas y en la estantería no quedaba un solo libro. Era como si hubiera explotado una biblioteca. En el suelo había algunas páginas quemadas y todavía humeantes. Pero no veía a Lena por ninguna parte.

L, ¿dónde estás?

La busqué con la vista por toda la habitación. La pared de encima de su cama no estaba cubierta con pedazos de los libros que amaba, sino con los siguientes versos:

Nadie difunto y Nadie con vida
Nadie cede y Nadie se entrega
Nadie me oye, pero Nadie me cuida
Nadie me teme, pero Nadie me observa
Nadie es mío y Nadie presente
Nadie no sabe, no hay Nadie que sepa
 Salvo los restos, el resto está ausente

Nadie y Nadie. Uno era Macon, ¿verdad? El *difunto.*

Y el otro, ¿quién era? ¿Yo?

¿Me había convertido en *Nadie?*

¿Tenían todos los novios que esforzarse tanto para comprender a sus novias? ¿Desentrañar los intrincados poemas que escribían sobre el yeso con un plumón aprovechando las grietas de las paredes?

Salvo los restos, el resto está ausente.

Tapé la primera parte del último verso. No sólo quedaban los restos, sino bastante más. Y no se trataba únicamente de Macon. Mi madre también había muerto, pero como los últimos meses me habían demostrado, una parte de ella seguía conmigo. Cada día pensaba más en ella.

«Sé tú misma» fue el mensaje que mi madre dejó a Lena en los números de página de libros esparcidos por el suelo de su habitación favorita. Su mensaje para mí no necesitaba escribirlo ni con números ni con letras, ni siquiera decírmelo en sueños.

La habitación de Lena, repleta de libros tirados por todas partes, se parecía mucho al estudio de mi madre aquel día. Sólo que a los libros de Lena les faltaban las páginas, lo cual transmitía un mensaje totalmente distinto.

Dolor y culpa. Era el segundo capítulo de los libros que tía Caroline me había comprado sobre las cinco —o las que sean— fases del duelo. Si Lena ya había superado la conmoción y la negación, que eran las dos primeras, yo debía haber intuido que la siguiente estaba al caer. Supongo que para ella significaba desprenderse de los libros, que eran lo que más apreciaba.

Al menos, eso esperaba yo que significase aquel incidente. Entré con cuidado de no pisar el montón de sobrecubiertas quemadas y oí sus sollozos. Abrí la puerta del armario y allí estaba, a oscuras, acurrucada, con la barbilla apoyada en las rodillas.

Hola, L. Tranquila.

Me miró, pero no sé si llegó a verme.

Los libros me recordaban a él, sonaban como él y no podía hacerlos callar.

Tranquila. Ya pasó todo.

Yo era consciente de que la calma no duraría. Porque no había pasado todo. En algún lugar entre la furia, el miedo y la tristeza, Lena había traspasado un umbral y, por experiencia, yo sabía que no había vuelta atrás.

***

Finalmente, intervino la abuela. Lena tendría que volver a clase en una semana tanto si le gustaba como si no. Sólo tenía dos opciones: una, el instituto; dos, la que nadie se atrevía a decir en voz alta: Blue Horizons o donde fueran los Caster cuando se encontraban en su estado. Hasta entonces sólo me permitirían verla para llevarle las tareas. Subí a pie la cuesta de su casa con la mochila cargada de preguntas fáciles y absurdas.

¿Por qué yo? ¿Qué he hecho?

Se supone que no debo estar con nadie que me ponga nerviosa. Eso dice Reece.

Y yo, ¿te pongo nerviosa?

Intuí que en el fondo de mis pensamientos se formaba algo parecido a una sonrisa.

Pues claro que sí. Sólo que no como ellos creen.

Cuando Lena abrió por fin la puerta, solté la mochila y la estreché entre mis brazos. No llevaba más que unos días sin verla, pero extrañaba la familiar fragancia a limón y romero de su pelo. Apoyé la cabeza en su hombro y, sin embargo, no pude olerla.

Yo también te extrañaba.

Lena me miró. Llevaba una camiseta negra y unos leotardos negros llenos de cortes extravagantes. Del broche del pelo escapaban algunos cabellos y el collar de los amuletos estaba retorcido y demasiado largo. Además, tenía ojeras. Me preocupé. Luego me fijé en su habitación y me preocupé todavía más.

Su abuela se había salido con la suya. De los libros quemados no había ni rastro y ni un solo objeto estaba fuera de su sitio. Pero existía un problema. En las paredes no había trazos de plumón, ni poemas, ni páginas arrancadas. Formando una fila que recorría todo el perímetro de la habitación había fotografías cuidadosamente pegadas con celo, como si Lena o quien las hubiese colgado hubiera querido improvisar una verja.

Sagrada. Reposo. Amada. Hija.

Eran fotografías de lápidas tomadas tan de cerca que lo único que podía advertirse era la tosca textura de la piedra y las palabras cinceladas en ella.

Padre. Gozo. Desesperación. Descanso eterno.

—No sabía que fueras aficionada a la fotografía —dije, preguntándome cuántas cosas no sabría de Lena.

—En realidad, no tanto —repuso ella. Parecía incómoda.

—Son geniales.

—Se supone que me vienen bien. Tengo que demostrar que por fin he aceptado su muerte.

—Ya. Mi padre lleva un diario en el que tiene que anotar sus sentimientos —dije, pero enseguida me arrepentí. La comparación con mi padre no podía tomarse como un cumplido. Lena, sin embargo, no pareció darse cuenta. Me pregunté cuánto tiempo habría estado haciendo aquellas fotos en el Jardín de la Paz Perpetua y pensé en cuánto la había extrañado.

Soldado. Reposo. A través de un cristal, oscuramente.

Llegué a la última fotografía, la única que se salía un poco del tono general. Aparecía una moto, una Harley apoyada en una lápida. Los brillantes cromados parecían fuera de lugar al lado de las lápidas erosionadas. Al verla, mi corazón empezó a palpitar más deprisa.

—¿Y ésta?

Lena hizo un ademán, quitándole importancia.

—Un tío visitando una tumba, supongo. Una especie de… no sé. La voy a quitar, tiene una luz terrible.

Sacó una a una las chinchetas que sujetaban la foto. Al llegar a la última, la foto se esfumó y en la pared negra sólo quedaron cuatro agujeros.

Aparte de por las fotos, la habitación estaba prácticamente vacía, como si Lena se hubiera mudado a otra. La cama había desaparecido y también la estantería y los libros. La vieja araña, que después de balancearla tantas veces yo temía que se desprendiera del techo, tampoco estaba. En el suelo, justo en el centro de la habitación, había un futón. A su lado estaba el diminuto gorrión de plata. Al verlo acudieron a mi mente las imágenes del entierro de Macon: los magnolios arrancados de cuajo, aquel gorrión en la mano manchada de barro de Lena.

—Todo parece distinto.

No quise pensar en el gorrión ni en por qué estaba junto a su cama, aunque sabía que la respuesta no tendría nada que ver con Macon.

—Bueno, ya sabes, al llegar la primavera hay que hacer limpieza general. Tenía la habitación llena de trastos.

Sobre el futón había unos cuantos libros descuadernados. Abrí uno sin pensar… y me percaté de que había cometido el peor de los delitos. Aunque la cubierta correspondía a un ejemplar viejo y sujeto con celo de *El doctor Jekyll y míster Hyde*, no se trataba de un libro, sino de una de las libretas de espiral de Lena. Además, lo había abierto justo delante de sus narices, como si se tratara de un texto cualquiera o yo tuviera derecho a leerlo.

Luego comprobé que todas las páginas estaban en blanco.

Mi estupor fue mayúsculo, casi tan grande como al descubrir las hojas llenas de garabatos de mi padre cuando creía que estaba escribiendo una novela. Lena se llevaba sus cuadernos a todas partes. Si había dejado de escribir, las cosas estaban peor de lo que yo pensaba. *Ella* estaba peor de lo que yo pensaba.

—¡Ethan! ¿Qué haces?

Me aparté. Lena tomó el libro.

—Lo siento, L —dije. Estaba furiosa—. Pensé que era un libro. Parece un libro. ¿Cómo iba a imaginar que tendrías tu cuaderno encima del colchón, donde cualquiera puede leerlo?

Lena ni siquiera me miró, se limitaba a apretar su cuaderno contra el pecho.

—¿Por qué has dejado de escribir? —pregunté—. Yo creía que te encantaba.

Me miró con gesto de impaciencia y abrió el cuaderno para enseñármelo.

—Y me encanta.

Pasó las páginas. Estaban escritas por las dos caras con su pequeña y preciosa letra. Algunas palabras estaban tachadas varias veces. Aquellos textos habían sido revisados, reescritos y revisitados mil veces.

—¿Lo has hechizado?

—Hice que mi escritura fuera invisible para la realidad Mortal. A no ser que quiera enseñárselo a alguien, sólo los Caster lo pueden leer.

—Vaya idea, Lena. Porque da la casualidad de que Reece, que es quien tiene más probabilidades de querer leerlo, es una Caster.

Reece era tan curiosa como cotilla.

—Ella no necesitar leerlo. Puede leer mi rostro cuantas veces quiera.

Era verdad. Reece era una Sibyl y tenía el poder de leer hasta los más secretos pensamientos y las intenciones con tan sólo mirar a los ojos. Por eso yo solía evitarla.

—¿A qué viene tanto misterio? —dije, sentándome en el futón. Lena se sentó a mi lado y cruzó las piernas. Yo fingía una comodidad que distaba mucho de sentir y ella tampoco parecía cómoda.

—No sé, aunque no se me han quitado las ganas de escribir, es posible que la necesidad de que me comprendan ya no sea tan grande. Ni la de ser como soy.

Apreté los dientes.

—La necesidad de ser como eres... ¿conmigo?

—No quería decir eso.

—¿Qué otros Mortales iban a querer leer tu cuaderno?

—Tú no lo entiendes.

—Yo creo que sí.

—En parte tal vez.

—Lo comprenderé todo si me dejas.

—No se trata de dejar o no dejar, Ethan. No puedo explicarlo.

—Déjame ver —dije, tendiendo la mano para pedirle el cuaderno.

Enarcó las cejas y me lo dio.

—No lo vas a poder leer.

Abrí el cuaderno y le eché un vistazo. No sé si a causa de Lena o del propio cuaderno, pero lo cierto es que lentamente, una a una, las palabras empezaron a emerger. No se trataba de un poema ni tampoco de una canción. Palabras, en realidad, no había muchas, más bien dibujos extraños, una colección de formas y remolinos que se enroscaban en el papel como bocetos tribales.

A pie de página había una lista:

lo que recuerdo
madre
ethan
macon
cazar
el fuego
el viento
la lluvia
la cripta
el yo que no soy yo
el yo que mataría
dos cuerpos
la lluvia
el cuaderno
el anillo
el amuleto de amma
la luna

Lena me quitó el cuaderno. En la página habían aparecido otras palabras, pero no me dio tiempo a leerlas.

—¡Se acabó!

—¿Qué es? —pregunté.

—Nada, es privado. No sé cómo has podido verlo, no es para ti.

—Entonces, ¿por qué he podido?

—He debido de equivocarme con el *Verbum Celatum*, el hechizo de la Palabra Secreta —repuso Lena, y me miró con inquietud. No obstante, ya no tenía una mirada tan acerada—. Da igual. Intentaba acordarme de la noche en que Macon... desapareció.

—Murió, L, la noche en que Macon *murió*.

—Ya sé que murió. Claro que murió, sólo que no tengo ganas de hablar de ello.

—Supongo que estarás deprimida, pero es normal.

—¿Cómo que es normal?

—Estás en la siguiente fase.

A Lena le brillaron los ojos.

—Sé que tu madre está muerta y que mi tío está muerto, pero las fases de mi duelo son mías y sólo mías. Este cuaderno no es el diario de mis sentimientos. Yo no soy como tu padre y tampoco soy como tú, Ethan. No somos tan parecidos como tú crees.

Nos miramos como no lo habíamos hecho en mucho tiempo o tal vez nunca. Fue un instante inefable. Me di cuenta de que en ningún momento habíamos hablado kelting. Por primera vez no sabía lo que Lena estaba pensando y era evidente que ella tampoco comprendía lo que yo estaba sintiendo.

Al cabo de un momento, sin embargo, lo hizo. Extendió los brazos y me dio un abrazo porque esta vez, y también era la primera, era yo quien lloraba.

***

Cuando llegué a casa todas las luces estaban apagadas, pero no entré. Me quedé sentado en el porche observando las luciérnagas, que iluminaban la noche con sus fogonazos intermitentes. No tenía ganas de ver a nadie, quería pensar y tenía la sensación de que Lena no estaría escuchando. Sentarse a solas en medio de la noche nos recuerda cómo es el mundo en realidad y hasta qué punto estamos separados de los demás. Las estrellas parecen tan próximas que casi se pueden tocar. Pero no se puede. A veces tenemos la impresión de que las cosas están mucho más cerca de lo que realmente están.

Cuando llevaba allí sentado un tiempo y mis ojos se habían acostumbrado a la oscuridad, me pareció ver que se movía algo junto al viejo roble. Por un segundo se me aceleró el corazón. La mayoría de los habitantes de Gatlin ni siquiera cerraban la puerta, pero yo sabía que había muchas cosas capaces de entrar por una cerradura. Advertí que el aire volvía a cambiar casi imperceptiblemente, como si hubiera pasado una onda de calor, y me di cuenta de que no era alguien queriendo entrar en casa, sino algo que acababa de salir de la casa de al lado.

Lucille, la gata de las Hermanas. Subió al porche de un salto y vi sus ojos azules brillar en la oscuridad.

—Ya le he dicho yo a todo el mundo que tarde o temprano encontrarías el camino de vuelta, sólo que te has equivocado de casa —dije. *Lucille* ladeó la cabeza y me miró—. Sabrás que, después de lo que has hecho, las Hermanas no te van a quitar esa correa nunca más.

Lucille me miró como si comprendiera perfectamente lo que había dicho, como si supiera las consecuencias de escapar y por alguna razón hubiera querido hacerlo de todas formas. Una luciérnaga parpadeó delante de mí y *Lucille* saltó para atraparla.

La luciérnaga voló más alto, pero aquella gata estúpida volvió a saltar, como si no se diera cuenta de lo lejos que estaba realmente la luciérnaga. Como las estrellas. Como tantas cosas.

12 de junio

LA CHICA DE MIS SUEÑOS

OSCURIDAD.

No veía nada y me faltaba el aire. No podía respirar. El aire estaba lleno de humo y tosía, me ahogaba.

¡Ethan!

Oía su voz, pero desde muy lejos.

Me rodeaba un aire caliente que olía a ceniza y a muerte.

¡Ethan, no!

Vislumbré el destello de un cuchillo sobre mí y oí la carcajada siniestra de Sarafine, aunque no podía verle la cara.

Estaba a punto de morir sobre la cripta de Greenbrier.

Quise gritar, pero no pude emitir ningún sonido. Sarafine volvió a soltar una carcajada. Agarraba con ambas manos el cuchillo que yo tenía clavado en el vientre. Me estaba muriendo y ella se reía. Estaba bañado en sangre, me entraba por los oídos, la nariz y la boca. Tenía sabor a cobre y a sal.

Los pulmones pesaban como si fueran de cemento. Cuando la sangre que inundaba mis oídos apagó su voz, me abrumó una familiar sensación de pérdida. Verde y oro, limones y romero. La fragancia de Lena me llegaba a pesar de la sangre, el humo y las cenizas.

Siempre pensé que no podría seguir viviendo sin ella y ya no tendría que hacerlo.

***

—¡Ethan Wate! ¿Por qué no he oído la ducha todavía?

Me senté en la cama con sobresalto. Estaba empapado en sudor. Metí la mano debajo de la camiseta y me palpé. No había sangre, pero toqué la leve hinchazón de la piel donde, soñando, me había cortado el cuchillo. Me subí la camiseta y me fijé en la rosada línea dentada. Una cicatriz cruzaba la parte baja del abdomen. Parecía una herida reciente de cuchillo. Surgió de la nada. Fue provocada por un sueño.

Pero era real y me dolía. No había vuelto a soñar desde el cumpleaños de Lena y no tenía ni idea de por qué volvía a hacerlo. Tiempo atrás amanecía con la cama manchada de barro o humo en los pulmones, pero aquélla era la primera vez que el dolor me había despertado. Intenté no pensar en él diciéndome que en realidad no había pasado nada, pero sentía punzadas en el vientre. Miré la ventana abierta deseando que apareciera Macon para robar el final del sueño. Ojalá estuviera ahí, me dije. Tenía un buen montón de razones para desearlo.

Cerré los ojos e intenté concentrarme en ver a Lena, aunque sabía que no la vería. Yo siempre anticipaba su ausencia, que en los últimos tiempos era lo más habitual.

—Si no vas al examen final —gritó Amma desde el pie de la escalera—, te prometo que te vas a pasar el verano sentado en tu habitación hasta que se te pelen las posaderas.

Lucille Ball me miraba desde los pies de la cama, como todas las mañanas. Al día siguiente de aparecer en el porche, la llevé a casa de tía Mercy, pero por la noche volvió a presentarse en nuestra casa. Luego, tía Prue convenció a sus hermanas de que *Lucille* era una desertora y la gata se quedó a vivir con nosotros. Me llevé una sorpresa cuando Amma dejó que *Lucille* se quedara, pero tenía sus motivos. «No pasa nada por tener gatos en casa. Ven cosas que la mayoría no vemos, como seres del otro mundo cuando cruzan a éste, sean buenos o malos. Y cazan ratones». Supongo que podría decirse que *Lucille* era la versión gatuna de Amma para el reino animal.

Me metí bajo la ducha y el agua caliente limpió las malas sensaciones. Pero la cicatriz no desapareció. Subí la temperatura, y tampoco. No podía concentrarme. Estaba atrapado en el sueño: el cuchillo, las carcajadas...

El examen final de lengua.

Mierda.

Me había quedado dormido estudiando. Si suspendía aquel examen, suspendería el curso por mucho que me hubiera sentado en el Lado del Ojo Bueno la mayor parte de él. El segundo semestre no había obtenido unas notas precisamente brillantes, o lo que es lo mismo, había descendido hasta ponerme a la par con Link. Además, a diferencia de lo que siempre había ocurrido, no tenía el seis garantizado.

La verdad es que desde que Lena y yo no nos presentamos en la reconstrucción obligatoria de la batalla de Honey Hill, mi seis en historia pendía de un hilo. Si suspendía lengua, tendría que pasarme el verano en una escuela tan vieja que ni siquiera tenía aire acondicionado, o me arriesgaba a repetir curso. Y aquel día había un particular y complicado problema al que todos los alumnos capaces de empuñar un bolígrafo tendríamos que responder: ¿rima asonante o consonante? Lo cierto es que estaba jodido.

Quinto día consecutivo de desayunos supergigantes. Llevábamos con los finales toda la semana y, según Amma, existía una correlación directa entre lo que un estudiante come y las notas que saca. Había perdido la cuenta de los huevos con tocino que me había devorado desde el lunes. No era de extrañar que me doliera el estómago y me acosaran las pesadillas. Con eso, al menos, procuraba tranquilizarme.

—¿Huevos otra vez? —protesté, pinchándolos con el tenedor.

Amma me miró de reojo.

—No sé qué estarás tramando, pero has de saber que no estoy de humor —dijo, sirviéndome otro huevo—. Te aconsejo que no pongas a prueba mi paciencia, Ethan Wate.

No pensaba discutir con ella. Ya tenía bastantes problemas.

Mi padre entró en la cocina y abrió la despensa en busca del muesli.

—No le tomes el pelo a Amma. Ya sabes que no le gusta —dijo, y, esgrimiendo su cuchara, miró a Amma—: Este hijo mío es decididamente I. M. P. O. R. T. U. N. O. Como en…

Amma se le quedó mirando y cerró la puerta de la despensa de un portazo.

—Yo sí que te voy a importunar, Mitchell Wate, como no dejes de meter las narices en mi despensa.

Mi padre se echó a reír y yo habría jurado que vi sonreír a Amma. El momento se desvaneció como una pompa de jabón, pero yo había sido testigo. Algo estaba cambiando.

Todavía no me había acostumbrado a ver a mi padre compartiendo otra vez nuestra vida cotidiana. Me parecía increíble que tía Caroline lo hubiera internado en Blue Horizons tan sólo cuatro meses antes. Aunque no era exactamente un hombre nuevo, como afirmaba mi tía, he de admitir que estaba irreconocible. Aún no me preparaba sándwiches de pollo, tomate y lechuga, pero cada vez pasaba más tiempo fuera del estudio y, a veces, incluso de casa. Marian le había conseguido un puesto de profesor invitado de lengua en la Universidad de Charleston, a la que llegaba tras dos horas de autobús porque todavía no estaba preparado para conducir. Casi parecía feliz, sin embargo, al menos en términos relativos: un hombre que se había pasado meses encerrado en una habitación haciendo garabatos tenía muy bajo el umbral de la felicidad.

Si mi padre se había transformado, si Amma era capaz de sonreír, ¿por qué para Lena no podían cambiar las cosas?

¿O era imposible?

El idilio había terminado y Amma estaba otra vez en pie de guerra. Me di cuenta nada más ver su expresión. Mi padre, que se había sentado a mi lado, echaba leche en el muesli mientras Amma se secaba las manos con el delantal.

—Mitchell, más te vale comer esos huevos. Un tazón de cereales no se puede llamar desayuno.

—Buenos días a ti también, Amma —repuso mi padre sonriendo como un niño.

Amma lo miró de reojo y plantó un vaso de leche con cacao junto a mi plato, aunque yo ya casi nunca tomaba cacao.

—Me parece que te has puesto muy poco tocino —dijo, sirviendo en mi plato unas cuantas rebanadas. Amma siempre me trataría como si tuviera seis años—. Pareces un muerto viviente. Lo que te hace falta es alimento para el cerebro. Tienes que aprobar los exámenes.

—Como usted diga, señora.

Bebí despacio el vaso de agua que Amma le había puesto a mi padre y Amma me amenazó con la Amenaza Tuerta, como yo lo llamaba, un cucharón de madera con un agujero. Era un objeto tristemente célebre. Cuando era pequeño y le daba una mala contestación, Amma me perseguía por toda la casa con él, aunque nunca llegó a darme. Yo, jugando, siempre esquivaba los golpes.

—Y será mejor que los apruebes todos porque no pienso llevarte a esa escuela de verano a la que van a ir los hijos de Petty. Vas a buscarte un trabajo como tú mismo prometiste —dijo, sorbiendo por la nariz y blandiendo la cuchara—. Cuando se tiene mucho tiempo libre, surgen los problemas y últimamente tú ya has tenido demasiados.

Mi padre sonrió por no soltar una carcajada. Apuesto a que Amma le decía lo mismo cuando él tenía mi edad.

—Como usted diga, señora.

Sonó el claxon de un coche. Era Link, que había venido a buscarme. Tomé la mochila y me levanté. Al instante, advertí la borrosa silueta del cucharón zumbando a pocos centímetros de mi espalda.

Me metí en el coche y bajé la ventanilla. La abuela de Lena se había salido con la suya y su nieta había vuelto a clase hacía una semana. El primer día me acerqué a su casa para llevarla y pasé incluso por Stop & Steal para comprarle un bollo de frutas, la especialidad del local, pero cuando llegué a Ravenwood, Lena ya se había marchado. Prefería ir sola al instituto, así que Link y yo habíamos vuelto a las viejas costumbres e íbamos a clase en su vieja chatarra.

Link bajó la música, que atronaba el vecindario.

—Cuando llegues a ese instituto, Ethan Wate, que no tenga que avergonzarme de ti. ¡Y tú apaga esa música, Wesley Jefferson Lincoln! Hasta a los tomates de mi huerta vas a asustar con tanto alboroto —bramó Amma.

Link contestó tocando el claxon.

Amma dio un golpe en el buzón del correo con el cucharón, puso los brazos en jarras y se calmó.

—Apruébame esos exámenes tuyos y a lo mejor te hago un pay.

—¿De durazno? —sugirió Link.

Amma resopló.

—Puede ser —respondió asintiendo con la cabeza.

Nunca habría llegado a admitirlo, pero al cabo de tantos años, Amma tenía debilidad por Link. Mi amigo pensaba que Amma sentía lástima por su madre tras lo ocurrido con Sarafine, una experiencia tipo ladrones de ultracuerpos, pero no se trataba de eso. Lamentaba la situación de Link. «No puedo creer que a ese chico no le quede otro remedio que vivir con esa mujer. Mejor sería que lo criaran los lobos», había dicho la semana anterior mientras envolvía para él un pay de nueces.

—Lo mejor que me ha ocurrido nunca es que la madre de Lena conociera a mi madre —me dijo una vez Link con una sonrisa—, si no, Amma no me hace un pay en su vida.

Fue su único comentario sobre el horrible cumpleaños de Lena, que no volvió a mencionar.

Y así, sin más, nos dirigimos al instituto. No añado nada nuevo al decir que, como de costumbre, llegamos tarde.

—¿Estudiaste lengua?

Era una pregunta retórica. Como yo sabía perfectamente, Link no abría un libro desde séptimo.

—No. Voy a copiar el examen.

—¿A quién?

—¿Y a ti qué te importa? A alguien más listo que tú.

—¿Ah, sí? La última vez se lo copiaste a Jenny Masterson y te suspendieron.

—No he tenido tiempo de estudiar, he estado escribiendo una canción. A lo mejor la tocamos en la Feria del Condado. A ver qué te parece. —Link me cantó la canción entera. Fue muy raro, porque lo hizo al tiempo que en el equipo de música del coche sonaba una grabación con su voz—. *Niña de la paleta, te fuiste sin decir adiós. Grité tu nombre, pero nadie me oyóóó.*

Genial, otra canción inspirada en Ridley. Lo cual no debería haberme sorprendido, porque en los últimos cuatro meses Link sólo escribía canciones sobre Ridley. Yo empezaba a pensar que se pasaría la vida componiendo canciones para la prima de Lena, a la que, por cierto, Lena no se parecía en nada. Ridley era una Siren y empleaba su Poder de Persuasión para conseguir lo que se proponía con sólo lamer una paleta. En este caso, Link era la paleta. Se aprovechó de él y luego desapareció, pero Link no la había olvidado. De todas formas, yo no lo culpaba. Debía de ser muy duro enamorarse de una Caster Oscura, porque a veces lo era y mucho más estarlo de una Caster de Luz.

El ruido era ensordecedor, pero yo iba pensando en Lena. Transcurridos unos minutos, la voz de Link se perdió bajo el tronar de mis pensamientos y empecé a oír «Diecisiete lunas», sólo que la letra había cambiado:

«Diecisiete lunas», *diecisiete vueltas,*
ojos oscuros que brillan y queman,
llega la hora, aunque uno es primero,
arrastra la luna y le prende fuego...

¿Llegaba la hora? ¿Qué quería decir eso? Todavía quedaban ocho meses para la decimoséptima luna de Lena. ¿Por qué había llegado la hora? ¿Quién era «uno»? ¿A qué fuego se refería la canción?

Link me hizo volver en mí con una palmada en la cabeza y dejé de oír la canción. Link tenía la música a todo volumen y hablaba a gritos.

—Si no puedo conseguir un ritmo más lento, va a sonar muy rockera. —Lo miré y me dio otra palmada en la cabeza—. No te preocupes tanto, hombre, que no es más que un examen. A veces pienso que estás más loco que una cabra.

Lo malo era que no iba desencaminado.

Ni siquiera al llegar al instituto tuve la sensación de que era el último día de clase. Para los alumnos de último curso no lo era, todavía les quedaba la ceremonia de graduación del día siguiente y una fiesta que duraba toda la noche y en la que normalmente más de uno acababa con intoxicación etílica. Pero a los alumnos de segundo y tercero no nos quedaba más que un examen. Luego seríamos libres.

Nada más bajarnos del coche, Savannah y Emily pasaron a nuestro lado sin prestarnos atención. Llevaban una minifalda más corta de lo habitual y unos tops bajo los que asomaban las cintas del bikini. El de Savannah era estampado; el de Emily, de cuadros color rosa.

—¿Viste? —dijo Link con una sonrisa—. ¡Empieza el verano!

Yo casi lo había olvidado, pero estábamos a un solo examen de las tardes en el lago. Aquel día, todo el que era alguien en aquel instituto llevaba puesto el bañador, porque el verano no empezaba oficialmente hasta darse un baño en el lago Moultrie. Los alumnos del Jackson High solíamos darnos cita en un lugar llamado Monck's Corner, donde el lago era más ancho y profundo y al nadar te daba la impresión de que estabas en el mar. Y, en efecto, salvo por los siluros y la maleza de las orillas era igual que el mar. El año anterior Link y yo habíamos ido al lago en la camioneta del hermano de Emory acompañados de Emily, Savannah y la mitad del equipo de basquetbol. Pero eso había sido el año anterior.

—¿Vas a ir?

—No.

—Llevo otro bañador en la parte de atrás, aunque no es tan fresco como éste —me dijo Link levantándose la camisa para que pudiera ver su traje de baño, que era de cuadros escoceses naranjas y amarillos. Mi amigo siempre tan discreto.

—Yo no voy, paso.

Link sabía por qué, pero no quiso hacer ningún comentario. Prefería actuar como si nada hubiera cambiado. Como si entre Lena y yo todo siguiera igual.

—Estoy seguro —insistió Link, que al parecer no se daba por vencido— de que Emily te tiene reservada la mitad de su toalla —dijo con ironía, porque los dos sabíamos que no era cierto. Nuestros compañeros habían iniciado ya hacía tiempo una campaña de odio y de lástima y supongo que en aquellos días Link y yo éramos blancos fáciles. El acoso no tenía ninguna emoción, era como pescar peces en un barril.

—Déjalo ya.

Link se paró en seco y me agarró del brazo. Aparté su mano y, con una mirada, le pedí que no siguiera. Sabía perfectamente lo que iba a decir, así que di por terminada nuestra conversación antes de empezarla.

—Oh, vamos. Ya sé que su tío ha muerto, pero tienen que dejar de actuar como si lo hubieran enterrado ayer. Sé que la quieres, pero...

Era algo de lo que no había querido hablar aunque los dos lo hubiéramos pensado. Pero no volvió a sacar el tema. Era Link, mi amigo, y se sentaba a mi lado en el comedor cuando nadie más lo hacía.

—No te preocupes, no pasa nada.

Lena y yo teníamos que resolver nuestros problemas. No quedaba otro remedio. Yo no sabía estar sin ella.

—Resulta doloroso verlo, colega. Te trata como...

—¿Como qué? —repliqué, desafiándole. Cerré el puño. Aguardaba a que Link me diera un motivo para estallar. Me resultaba muy difícil reprimir las ganas de ponerme a dar puñetazos.

—Como las tías me suelen tratar a mí —dijo, y creo que esperaba que le pegase. Puede incluso que desease que lo hiciera si con ello podía ayudarme.

Pero se encogió de hombros. Yo aflojé el puño. Link era Link, por mucho que a veces me entraran ganas de darle una patada en el culo.

—Lo siento, amigo.

Se rio y echó a andar por el pasillo algo más deprisa de lo habitual.

—No pasa nada, psicópata.

Cuando subía la escalera hacia mi inevitable condenación, sentí la familiar punzada de la soledad. Tal vez Link tuviera razón. La tensa situación con Lena no podía prolongarse durante mucho tiempo. Ya nada era lo mismo. Si hasta Link se daba cuenta, quizás había llegado el momento de afrontar la realidad.

Me empezó a doler la tripa. Coloqué las manos en los costados. Como si apretando pudiera extraer la pena.

L, ¿dónde estás?

***

Me senté en mi mesa justo cuando sonó el timbre. Lena estaba en la mesa contigua, en el Lado del Ojo Bueno, donde solía estar. Pero no parecía la misma.

Llevaba una camiseta con cuello de pico varias tallas más grande y una minifalda negra muy corta que jamás se habría puesto tres meses antes y que, con la camisa de Macon encima, apenas se veía. También lucía el anillo de su tío, que él solía girar en el dedo cuando estaba pensando. Lo llevaba colgado de una cadena nueva —la vieja se había roto y perdido entre las cenizas la noche de su cumpleaños—, junto con el anillo de mi madre, que yo le había regalado por amor, un gesto que tal vez ella ya no apreciara. Por algún motivo, Lena cargaba fielmente con sus fantasmas y con los míos y se negaba a desprenderse de ellos. Mi madre muerta y su difunto tío atrapados en anillos de oro, platino y otros metales preciosos, colgando en su collar de amuletos, ocultos bajo prendas de ropa que había tomado prestadas.

La señora English empezó a repartir los exámenes y parecía que le agradaba mucho que la mitad de sus alumnos llevaran bikini o toalla de baño. Emily, naturalmente, no había olvidado ninguna de las dos cosas.

—Cinco preguntas cortas: diez puntos cada una; preguntas tipo test: veinticinco puntos; redacción: otros veinticinco puntos. Lo siento, pero esta vez *Boo Radley* no se puede quedar. Tema: *El extraño caso del doctor Jekyll y míster Hyde.* Lo siento mucho, señores, pero todavía no ha llegado el verano.

En primavera habíamos leído *Matar a un ruiseñor.* Yo recordé la primera vez que Lena se presentó en el aula con un ejemplar destrozado.

—*Boo Radley* está muerto, señora English. Le clavaron una estaca en el corazón.

No sé quién de las amigas de Emily lo dijo, pero todos entendimos que se estaba refiriendo a Macon. Como en los viejos tiempos, la ocurrencia iba dirigida a Lena. Cuando la oleada de carcajadas que recorrió la clase se disipó, me mantuve expectante esperando a que las ventanas se cerrasen de golpe o algo parecido, pero no se oyó ni un chirrido. Lena no reaccionó. Quizá no lo hubiera oído o quizá le diera igual lo que pudieran decir los demás.

—Apuesto a que el viejo Ravenwood ni siquiera está en el cementerio. Seguro que su ataúd está vacío. Si es que tiene ataúd, claro.

Lo dijeron lo bastante alto para que la señora English levantase la vista y mirase al fondo del aula.

—Cállate, Emily —dije yo entre dientes.

Esta vez Lena se volvió y miró a Emily a los ojos. Con eso fue suficiente. Emily echó un vistazo al examen, como si tuviera algo que decir de *El doctor Jekyll y míster Hyde*. Nadie se atrevía a enfrentarse a Lena, todo lo más, murmuraban sobre ella. Lena se había convertido en la nueva *Boo Radley*. Me pregunté qué habría dicho Macon al respecto.

Y aún seguía preguntándomelo cuando alguien gritó desde las últimas filas de la clase.

—¡Socorro! ¡Fuego!

Estaba ardiendo el examen de Emily, que lo dejó caer al suelo de linóleo y siguió gritando. La señora English tomó su suéter del respaldo de la silla, se dirigió al fondo del aula y ladeó la cabeza para mirar por su ojo sano. Tres buenas manotadas y sofocó el pequeño incendio. En el suelo quedó el examen humeante y carbonizado y una zona ennegrecida.

—Le juro que fue una combustión espontánea. Yo estaba escribiendo y empezó a arder.

La señora English tomó un pequeño encendedor del pupitre de Emily.

—¿De verdad? Recoge tus cosas, vete al despacho del señor Harper y se lo cuentas a él.

Emily salió del aula hecha una furia y la señora English regresó a su sitio. Cuando pasó a mi lado, advertí que el mechero estaba adornado con una media luna de plata.

Lena volvió a su examen y siguió escribiendo. Yo me fijé en su holgada camiseta blanca y en el collar que tintineaba debajo. Llevaba un peinado curioso, con el cabello recogido en un moño muy raro, otro cambio que no se molestó en explicar. La avisé dándole un toquecito con el lápiz. Dejó de escribir y me miró con una sonrisa llena de malicia. Lo mejor que en aquellos días fue capaz de dedicarme.

Yo le devolví la sonrisa, pero ella volvió a concentrarse en su examen como si prefiriera reflexionar sobre la asonancia y la consonancia en lugar de mirarme. Como si mirarme doliera o, peor, como si no tuviera ganas de hacerlo.

Cuando sonó el timbre, fue como si el Jackson High se convirtiera en Nueva Orleans en pleno Mardi Grass de carnaval. Las chicas se quitaron las camisetas y echaron a correr por el estacionamiento en bikini, las taquillas se quedaron vacías y los cubos de basura abarrotados de cuadernos. Las palabras se convirtieron primero en exclamaciones y luego en gritos de celebración porque los alumnos de segundo curso pasarían a tercero y los de tercero a cuarto. Finalmente, todos habían conseguido lo que llevaban todo el año esperando: la libertad y un nuevo comienzo partiendo de cero.

Todos menos yo.

Lena y yo nos dirigimos a los coches. Al subir un bordillo, ella tropezó y nos tocamos un instante. Sentí la electricidad de antaño, pero fría, como las últimas veces. Lena se apartó para evitarme.

—Bueno, ¿qué tal te salió? —dije, intentando entablar conversación como si no fuéramos más que dos extraños.

—¿El qué?

—Pues el examen.

—Supongo que habré reprobado. No leí lo que mandaron.

Resultaba difícil creer que Lena no leyera ninguno de los libros obligatorios de lengua, sobre todo teniendo en cuenta que meses atrás había contestado a todas las preguntas a propósito de *Matar a un ruiseñor*.

—¿Ah, no? Pues a mí me salió genial. Robé una copia del examen de la mesa de la señora English la semana pasada. —Era mentira. En Casa Amma, antes reprobar que hacer trampas. Pero Lena no me escuchaba. Agité la mano delante de sus ojos—. L, ¿oíste lo que estaba diciendo?

Quería comentarle mi sueño, pero primero tenía que lograr que me prestara atención.

—Lo siento. Tengo muchas cosas en qué pensar —me respondió. Era poca cosa, pero más de lo que había conseguido en las últimas semanas.

—¿Qué cosas?

Vaciló.

—Nada.

¿Nada bueno o nada de lo que se pueda hablar aquí?

Se paró en seco y me miró. Comprendí que no quería que escuchase sus pensamientos.

—Nos mudamos, dejamos Gatlin.

—¿Qué?

No me lo esperaba, probablemente como ella pretendía. Me estaba cerrando el paso para que no pudiera ver su interior. Algo le estaba sucediendo, pero ocultaba los sentimientos que no deseaba compartir. Yo creía que necesitaba tiempo y no me había dado cuenta de que en realidad quería alejarse de mí.

—No quería que lo supieras todavía. Sólo serán unos meses.

—¿Tiene algo que ver con...? —pregunté con un nudo en el estómago. Estaba empezando a acostumbrarme a la sensación de pánico.

—No tiene nada que ver con ella —respondió Lena agachando la cabeza—. La abuela y tía Del opinan que si me alejo de Ravenwood pensaré menos en... pensaré menos en él.

Que si me alejo de ti fue lo que yo entendí.

—Las cosas no funcionan así, Lena.

—¿No funcionan cómo?

—Aunque salgas huyendo, no vas a olvidar a Macon.

Cuando mencioné a su tío se puso tensa.

—¿Ah, no? ¿Eso dicen tus libros? ¿Y en qué fase del duelo opinas que estoy? ¿En la quinta o en la sexta? ¿O ya he llegado a la última?

—No te pongas así...

—¿Recuerdas ese consejo que dice: déjalo todo y vete ahora que todavía estás a tiempo? Tal vez sea en la fase en la que me encuentro, ¿no?

Me paré en seco y la miré.

—¿Es eso lo que quieres?

Enroscó un dedo en el collar de los amuletos y retorció la larga cadena de plata. De aquella cadena colgaban nuestros pequeños recuerdos, vestigios de lo que habíamos hecho y visto juntos. Siguió retorciéndola hasta que temí que se rompiera.

—No lo sé. Una parte de mí quiere irse para no volver nunca y otra no puede soportar la idea de marcharse porque él amaba Ravenwood y me lo legó a mí.

¿Ésa es la única razón?

Esperé que completara su explicación, que dijera que no quería separarse de mí. Pero no lo dijo.

Cambié de tema.

—Tal vez por eso hemos soñado con aquella noche.

—¿De qué sueño estás hablando? —dijo. Por fin había logrado captar su atención.

—Del sueño que tuvimos anoche acerca de tu cumpleaños. Quiero decir, parecía tu cumpleaños hasta que apareció Sarafine y me clavó el cuchillo. Era todo tan real... Hasta me desperté con esto —dije, levantándome la camiseta.

Lena se fijó en la cicatriz de mi abdomen, una línea dentada aún inflamada y sonrosada. Su estupor fue mayúsculo, tanto que me pareció que estaba a punto de desmayarse. Se quedó pálida, con expresión de pánico. Por primera vez en varias semanas, advertí una emoción auténtica en sus ojos.

—No sé a qué te refieres. Yo anoche no soñé nada.

Por su mirada y la seguridad con que lo dijo supe que hablaba en serio.

—Qué raro. Lo normal es que soñemos lo mismo —dije. Quería aparentar tranquilidad, pero me palpitaba el corazón. Lena y yo teníamos los mismos sueños antes incluso de conocernos. Ésa había sido la razón de las primeras visitas nocturnas de Macon, que extraía de mis sueños algunas partes para que Lena no las viera. Macon llegó a afirmar que entre Lena y yo existía un vínculo tan fuerte que ella soñaba mis sueños. Si ya no lo hacía, ¿qué podía significar?

—Soñé con la noche de tu cumpleaños. Te oía llamarme, pero al llegar a la cripta me encontraba con Sarafine y me sacaba un cuchillo.

—Lena parecía a punto de caerse redonda. Tendría que haber interrumpido mi relato, pero no pude. No sabía por qué, pero algo me obligaba a proseguir—. ¿Qué ocurrió aquella noche, L? No llegaste a contármelo. Tal vez por eso sueño con ello.

Ethan, no puedo, no me obligues.

No podía creerlo. Oía a Lena de nuevo dentro de mi cabeza, hablándome kelting otra vez. Quise entrar en su cabeza.

Claro que podemos hablar. Tú me tienes que hablar.

No sé qué sentía en aquellos momentos, pero no quiso contármelo. La puerta que comunicaba nuestras mentes se cerró de un portazo.

—Ya sabes lo que ocurrió. Te caíste al intentar trepar a la cripta y perdiste el conocimiento.

—Pero ¿qué le pasó a Sarafine? —pregunté.

—No lo sé —respondió agarrando con fuerza las correas de su mochila—. Había fuego por todas partes, ¿no te acuerdas?

—¿Desapareció así, sin más?

—No lo sé, no se veía nada. Lo único que sé es que cuando el fuego se extinguió, no estaba por ninguna parte. —Se puso a la defensiva, como si yo la estuviera acusando de algo—. ¿Por qué insistes tanto? Tú has soñado y yo no, de acuerdo, ¿y qué? No habrá sido un sueño como los otros. No querrá decir nada —concluyó alejándose.

Me interpuse en su camino y volví a levantarme la camiseta.

—Entonces, ¿qué explicación le das a esto?

La cicatriz tenía un color rosado, como si la herida se hubiera cerrado hacía muy poco. Lena abrió mucho los ojos, que captaron el esplendor del primer día del verano. A la luz del sol, sus ojos color avellana desprendían destellos dorados. No respondió.

—Además, la letra de la canción está cambiando. Y sé que tú también la oyes. ¿«Llega la hora»? ¿Es que no vamos a hablar de ello?

Retrocedió, alejándose de mí. Era, supongo, su manera de responder a mi pregunta. No me importó. Nada podría detenerme.

—¿Qué está pasando, Lena? Dímelo, por favor —insistí. Lena negó con la cabeza—. ¿Qué está pasando?

No pude seguir porque Link se acercó a nosotros.

—Me parece —dijo, dándome en el hombro con la toalla— que, excepto ustedes dos, hoy nadie se va a dar un baño en el lago.

—¿De qué estás hablando?

—Ay, fíjate en las llantas, maldito. Todas están ponchadas. Todos los coches del instituto tienen las llantas ponchadas. Hasta mi montón de chatarra.

—¿Todos los coches?

Fatty, el conserje del Jackson, no podría dar abasto. Calculé mentalmente cuántos automóviles había en el estacionamiento. Suficientes para trasladar el asunto a Summerville o, quizás, a la oficina del sheriff. No, Fatty no podría dar abasto. Aquel incidente sobrepasaba sus competencias.

—Todos los coches menos el de Lena —dijo Link señalando el Fastback. Aquél era, en efecto, el nuevo coche de Lena, pero a mí todavía me costaba hacerme a la idea.

En el estacionamiento reinaba el caos. Savannah hablaba por el celular, Emily se dirigía a gritos a Eden Westerly, el equipo de basquetbol no iría a ninguna parte.

Link chocó su hombro con el de Lena.

—La verdad es que no te culpo por los demás, pero ¿tenías que cargarte también mi estupenda chatarra? Últimamente ando escaso de fondos y no sé si me alcanza para comprar unos neumáticos nuevos.

Miré a Lena. Se había quedado estupefacta.

Lena, ¿fuiste tú?

—No fui yo.

Algo no marchaba bien. La Lena de siempre nos habría decapitado sólo por preguntar.

—¿Crees que habrá sido Ridley o...? —me interrumpí y miré a Link. No quería pronunciar el nombre de Sarafine.

—Ridley no fue —repuso Lena negando con la cabeza. Ni parecía ella ni parecía segura de sí misma—. Aunque no me crean, ella no es la única que odia a los Mortales.

La miré, pero fue Link quien preguntó lo que ambos estábamos pensando.

—¿Cómo lo sabes?

—Porque lo sé.

En medio del desorden del estacionamiento se oyó arrancar a una moto. Conducida por un hombre con camiseta negra, se paseó por entre los coches echando humo delante de las narices de las furiosas animadoras. Luego enfiló la carretera y desapareció. El hombre que la conducía llevaba casco, así que no pudimos verle la cara. Pero la moto era una Harley.

Sentí una punzada en el estómago, aquella moto me resultaba familiar. ¿Dónde la había visto? En el Jackson nadie tenía moto. El quad de Hank Porter, que estaba en el taller tras volcar en la última fiesta de Savannah, era lo más parecido. O ésa al menos era la información que, ahora que nadie me invitaba a ninguna fiesta, había llegado a mis oídos.

Lena se quedó mirando la moto como si hubiera visto un fantasma.

—Vámonos de aquí —dijo y bajó las escaleras y corrió hacia su coche.

—¿Adónde? —dije yo yendo tras ella mientras Link se esforzaba por alcanzarnos.

—A cualquier sitio menos a éste.

12 de junio

EL LAGO

—Sɪ ɴᴏ ꜰᴜᴇ Rɪᴅʟᴇʏ, ¿por qué no poncharon las llantas de tu coche? —insistí. Lo que había pasado en el estacionamiento no tenía sentido y no podía dejar de pensar en ello. Tampoco en la moto. ¿Dónde la había visto?

Lena contemplaba el lago y no me prestó atención.

—Lo más probable es que sea casualidad —respondió. Ni ella ni yo creíamos en las casualidades.

—No lo dirás en serio.

Tomé un puñado de la arena gruesa y marrón de la orilla. Exceptuando a Link, teníamos el lago entero para nosotros solos. Los demás alumnos del instituto debían de estar en la gasolinera haciendo cola para comprar neumáticos nuevos antes de que Ed echara el cierre.

En cualquier otro pueblo lo normal al llegar al lago habría sido no descalzarse, a lo que nosotros llamábamos arena lo llamarían tierra y a aquella parte del lago, ciénaga inmunda. Pero las turbias aguas del lago Moultrie eran lo más parecido a una piscina que teníamos en Gatlin. Casi todo el mundo acudía a la orilla norte porque había árboles y los coches se estacionaban cerca, de modo que en aquella parte, la parte en la que estábamos, jamás te encontrabas con nadie que no fuera alumno del instituto y mucho menos con tus padres.

Me pregunté qué estábamos haciendo allí. Se me hacía muy raro estar solos porque aquel día todos tenían planeado ir al lago. Cuando Lena me dijo que quería ir, no le creí. Sin embargo, fuimos. Link chapoteaba en el agua y Lena y yo compartíamos la toalla sucia que él sacó del asiento trasero de su coche al marcharnos del instituto.

Lena estaba sentada a mi lado y por un momento tuve la sensación de que todo había vuelto a la normalidad y de que sólo deseaba estar a mi lado. Pero esa sensación duró poco, hasta que se hizo un denso silencio. Su pálido cuerpo brillaba bajo la fina camiseta blanca, que se le pegaba a la piel por el calor y la humedad de aquel día de junio. El silencio era incómodo y casi ahogaba el canto de las cigarras. Casi. Allí sentada, a Lena se le había bajado la falda *casi* hasta las caderas. Ojalá hubiéramos llevado el traje de baño, me dije por enésima vez. Nunca había visto a Lena en bikini. Intenté no pensar en ello.

¿Ya te olvidaste de que puedo oír tus pensamientos?

La miré con gesto de sorpresa. Allí estaba Lena otra vez. De vuelta en mi cabeza en dos ocasiones aquel día, como si nunca se hubiera marchado. Prácticamente no me hablaba y al minuto siguiente actuaba como si entre nosotros nada hubiera cambiado. Yo sabía que teníamos que hablar, pero estaba cansado de discutir.

Lo que no creo que olvide es el momento en que te vea en bikini por primera vez.

Se acercó más y me sacó la camisa por la cabeza. Al hacerlo, sus rizados cabellos me rozaron los hombros. Me tomó del cuello y tiró de mí hasta que quedamos cara a cara. Me fijé en el destello de oro que con el sol desprendían sus ojos. Nunca habían sido tan dorados.

Me tiró la camisa a la cara, corrió hacia el agua y se metió hasta la cintura riéndose como una niña. Hacía meses que no la oía reír ni bromear. Fue como recuperar a la Lena de siempre por una tarde. Aparté esta idea de mi cabeza y la perseguí hasta el agua.

—¡Para! —exclamé. Lena me salpicaba y yo la salpicaba a ella. Su ropa chorreaba, como mis pantalones cortos, pero era maravilloso mojarse bajo el sol abrasador de Carolina del Sur. Link nadaba en dirección a un muelle distante. Nos habíamos quedado completamente solos—. L, espera —llamé. Ella volvió la cabeza, me sonrió y se zambulló en el agua—. No creas que vas a escapar tan fácilmente.

La tomé por una pierna antes de sumergirse y tiré. Se echó a reír y se defendió a patadas, retorciéndose hasta que yo también caí al agua.

—¡Creo que me mordió un pez! —exclamó.

Rodeé su cintura y la atraje hacia mí. Estábamos frente a frente. El sol, el agua y nosotros dos solos. No teníamos por qué evitarnos.

—No quiero que te vayas. Quiero que todo vuelva a ser como antes. ¿Por qué no podemos volver a estar como cuando…?

Lena tocó mis labios.

—Chist.

El calor se extendió desde la punta de su dedo hasta mis hombros y luego por todo mi cuerpo. Ya casi había olvidado aquella sensación: el calor y la electricidad. Recorrió mis brazos con sus manos y me abrazó con fuerza apoyando la cabeza en mi pecho. Sentí que mi piel desprendía vapor y un cosquilleo donde ella me tocaba. Hacía semanas que no estábamos tan cerca. Respiré hondo. Lena olía a limones y a romero. Y a otra cosa más. Algo diferente.

L, te quiero.

Lo sé.

Me miró y la besé. Al cabo de unos instantes, se acurrucó entre mis brazos, algo que no había hecho en varios meses. Fue besarnos y empezar a movernos involuntariamente, como si nos encontráramos bajo una especie de hechizo. La tomé por los hombros y las piernas y la saqué del agua, que resbalaba por nuestros cuerpos. La llevé hasta la toalla y rodamos sobre la arena. El calor se transformó en fuego. Me di cuenta de que habíamos perdido el control y teníamos que parar.

L.

Lena jadeó bajo el peso de mi cuerpo y rodamos por la tierra otra vez. Intenté recobrar el aliento. Lena echó la cabeza hacia atrás y se rio. Sentí escalofríos. Recordaba bien esa risa. La había oído en mi sueño, era la risa de Sarafine. Lena se había reído exactamente igual que ella.

Lena.

¿Serían imaginaciones mías? Antes de que pudiera extraer alguna conclusión, Lena volvió a colocarse encima de mí y ya no pude pensar en nada más. Al cabo de unos instantes estaba perdido de nuevo entre sus brazos. Sentí tensión en el pecho. Tenía la respiración entrecortada. Sabía que si no nos separábamos pronto, acabaría en la sala de urgencias de un hospital. O algo peor.

¡Lena!

Noté dolor en el labio, como si me hubieran cortado. Aparté a Lena y me eché a un lado, aturdido. Lena hincó las rodillas en el suelo y retrocedió. Dorados y enormes, los ojos le brillaban sin apenas matices de verde. Jadeaba ruidosamente. Yo me agaché para recobrar el aliento. Todos los nervios de mi cuerpo se habían encendido y estaban en llamas. Lena levantó la cabeza, pero el pelo desordenado y manchado de tierra me impidió verle la cara. Sólo observé el extraño brillo dorado que iluminaba sus ojos.

—Aléjate de mí —dijo lentamente, como si sus palabras provinieran de un lugar profundo e intocable.

Link había salido del agua y se frotaba la cabeza con la toalla. Tenía un aspecto ridículo con las mismas gafas de plástico que su madre le obligaba a ponerse de pequeño.

—¿Me perdí de algo?

Me toqué el labio con una mueca de dolor y miré mis dedos. Los tenía manchados de sangre.

Lena se puso en pie y se alejó.

Podría haberte matado.

Giró sobre sus talones y echó a correr en dirección al bosque.

—¡Lena! —llamé, y corrí tras ella.

Correr descalzo a través de los bosques de Carolina del Sur no se lo recomiendo a nadie. Acabábamos de superar una sequía y las orillas del lago estaban cubiertas de agujas de ciprés secas que se clavaban en mis pies como miles de diminutas navajas. Pero seguí corriendo. Oía a Lena más que la veía. Bajo sus pies, las agujas crujían unos pasos por delante.

¡Aléjate de mí!

La rama de un pino se tronchó sin previo aviso y cayó pesadamente sobre el camino a unos metros de mí. Al poco oí que se tronchaba otra rama.

L, ¿te has vuelto loca?

A mi alrededor cayeron más ramas. Yo no corría peligro porque las ramas caían cerca y no me golpeaban, pero la advertencia era evidente.

¡Detente!

¡No me persigas, Ethan! ¡Déjame en paz!

La distancia entre nosotros aumentaba, así que aceleré. Pasaba a toda velocidad entre árboles y arbustos. Lena había abandonado el camino y avanzaba haciendo eses en dirección a la carretera.

Delante de mí cayó otro árbol y se quedó cruzado sobre dos troncos impidiéndome el paso. En el árbol tronchado vi un nido de quebrantahuesos vuelto del revés. De haber estado en su sano juicio, Lena jamás habría hecho nada por estropearlo y hacer daño a los pájaros. Palpé las ramas en busca de huevos rotos.

Oí el ruido de una moto y me dio un vuelco el corazón. Pasé como pude bajo las ramas, que me arañaron la cara y me sacaron sangre, pero llegué a la carretera a tiempo de ver a Lena subir a una Harley.

L, ¿qué haces?

Se volvió un instante para mirarme y desapareció en la distancia. El viento agitaba sus cabellos.

Se aleja de mí.

Sus pálidos brazos se aferraban al motociclista del Jackson High, el que había ponchado los neumáticos. La moto, recordé por fin, era la misma de las fotos que Lena había hecho en el cementerio, concretamente la que aparecía en la que quitó de la pared nada más preguntarle por ella.

No se habría marchado con el primero que pasaba.

De modo que ya lo conocía.

Yo no sabía cuál de las dos posibilidades era peor.

12 de junio

OTRO CASTER

EN EL CAMINO DE VUELTA, Link y yo apenas hablamos. Llevábamos el coche de Lena, pero yo no estaba en condiciones de conducir. Me había hecho cortes en la planta de los pies y torcido un tobillo al pasar el último árbol.

A Link no le importaba. Gozaba conduciendo el deportivo de Lena.

—Amigo, este coche vuela. Ciento cincuenta caballos de potencia, colega.

En esos momentos, la adoración de Link por aquel coche resultaba molesta. Me daba vueltas la cabeza y no tenía ganas de oír mil elogios sobre el coche de Lena por enésima vez.

—Pues pisa el acelerador. Tenemos que encontrarla. Pidió aventón y se subió en la moto del primer tipo que pasaba.

No podía decirle a Link que, como todo parecía indicar, Lena ya conocía a aquel motociclista. ¿Cuándo había hecho la foto del cementerio? Me invadió la frustración y le di un fuerte codazo a la puerta.

Link no mencionó lo obvio, que Lena salió corriendo para alejarse de mí y que era evidente que no quería que la encontrásemos. Conducía en silencio mientras yo iba asomado a la ventanilla. El aire caliente escocía en los cientos de arañazos que me había hecho en la cara.

Hacía tiempo que algo no marchaba bien entre Lena y yo, pero me había negado a afrontarlo. No sabía si la culpa era de algo que nos habían hecho, algo que yo le había hecho a ella o algo que ella me hubiera hecho. Tal vez fuera algo que se estaba haciendo a sí misma. Todo empezó el día de su cumpleaños y siguió con la muerte de Macon. Me pregunté si Sarafine tendría alguna influencia.

Llevaba meses confiando en que, sencillamente, Lena tenía que atravesar las distintas fases del duelo, pero en esos momentos no podía dejar de pensar en el brillo dorado de sus ojos y en las carcajadas de Sarafine en mi sueño. ¿Y si la explicación estaba en otro tipo de fases, en las fases de un proceso muy distinto, un proceso sobrenatural y Oscuro?

¿Y si ya había empezado la transformación que siempre habíamos temido?

Di otro codazo a la puerta.

—Estoy seguro de que Lena se encuentra bien. Necesitará un poco de espacio. Es lo que siempre dicen las chicas, que necesitan espacio —dijo Link. Encendió la radio y la apagó al instante—. Impresionante equipo.

—Lo que tú digas.

—Oye, ¿por qué no nos pasamos por el Dar-ee Keen? Si está Charlotte, a lo mejor se hala. Sobre todo si nos presentamos con este carro.

Link intentaba distraerme, pero era imposible.

—Como si hubiera una sola persona en el pueblo que no supiera que este coche es de Lena. De todas formas, tenemos que pasarnos por su casa. Tía Del estará preocupada.

Sólo era una excusa para ver si la Harley estaba allí.

—¿Quieres presentarte en casa de Lena sin Lena y crees que así tía Del no se va a preocupar? Vamos al Dar-ee Keen, tomamos un helado y nos lo pensamos. Quién sabe, a lo mejor encontramos allí a Lena. Como el Dar-ee está junto a la carretera...

Aunque Link tenía razón, no consiguió que me sintiera mejor. Al contrario.

—Si tanto te gusta, ¿por qué no pides trabajo en el Dar-ee Keen? Pero espera un momento, ¿qué estoy diciendo? No puedes, tienes que pasar julio y agosto en la escuela de verano diseccionando ranas con los condenados a cadena perpetua que también suspendieron biología.

Llamábamos condenados a cadena perpetua a los estudiantes de cuarto que parecían estar en el instituto eternamente y nunca se graduaban. Los mismos que años después llevarían típicas chamarras de universitario cuando en realidad trabajaban en el Stop & Steal.

—Mira quién habla. Ayudante de la bibliotecaria... ¿no podías haber encontrado un trabajo un poquito mejor?

—Si quieres un libro, te lo puedo traer. Claro que antes tendrías que aprender a leer.

A mí me daba igual que a Link le dejaran perplejo mis planes de trabajar en la biblioteca todo el verano. Todavía me quedaban por resolver muchas interrogantes sobre Lena, su familia y los Caster de Luz y de Sombra. ¿Por qué Lena no había cristalizado en su decimosexto cumpleaños? No era una pregunta que uno pudiera dejar de contestar. ¿Podría Lena elegir sin más entre la Luz y las Tinieblas? En el *Libro de las Lunas* tal vez se hallara la respuesta, pero el fuego lo había destruido.

Luego estaban las demás interrogantes. No quería pensar en mi madre. No quería pensar en el extraño de la moto, ni en mi pesadilla de la noche anterior, ni en el labio partido, ni en los ojos dorados. Me limité a mirar por la ventanilla y ver pasar los árboles.

El Dar-ee Keen estaba abarrotado, pero no había de qué extrañarse, era uno de los pocos locales a los que se podía llegar andando desde el Jackson High. En verano bastaba con seguir un reguero de moscas para llegar. Antiguamente, era un Dairy King y luego cambió de nombre, pero los Gentry, sus nuevos propietarios, se negaron a soltar el dinero para cambiar todas las letras del cartel. Aquel día todo el mundo parecía aún más fastidiado y sudoroso de lo habitual. Andar dos kilómetros bajo el sol de Carolina del Sur y perderse el primer día en el lago, el lugar perfecto para amigarse y beber cerveza caliente, no era precisamente el mejor plan para pasarlo bien. Fue como cancelar un día de fiesta.

Emily, Savannah y Eden estaban sentadas en un rincón con el equipo de béisbol. Iban descalzas, en bikini y con una minifalda vaquera supercorta, de esas que se llevan con un botón desabrochado para que por encima se vea la bragueta del bikini. Nadie estaba de buen humor —en Gatlin no quedaba un solo neumático, así que la mitad de los coches seguían estacionados en el instituto—, pero abundaban las risitas y las sacudidas de melena. Emily se estaba soltando el bikini y Emory, su última víctima, parecía encantado.

—Vale, ¿viste a esas dos? Qué esfuerzo por ser la novia en la boda y el muerto en el entierro —dijo Link.

—Mientras a mí no me inviten...

—Colega, *necesitas un poco de azúcar*. Voy a ponerme en la cola. ¿Quieres algo?

—No, gracias. ¿Te hace falta dinero? —A Link siempre le hacía falta dinero.

—No, voy a ver si Charlotte se amiga.

Link conseguía casi todo a base de hablar demasiado. Me abrí paso a través del local, el caso era alejarme lo máximo posible de

Emily y Savannah. Me senté pesadamente en la mesa del rincón malo del Dar-ee, de espaldas a la puerta y bajo los estantes con la colección de latas y botellas de refresco traídas de todo el país. Algunas llevaban allí desde que mi padre era pequeño, así que el líquido rojo, marrón o naranja se había ido evaporando y adensando con el paso de los años. Su visión era tan asquerosa como el papel pintado con botellas de refresco de los años cincuenta que cubría las paredes, por no hablar de las moscas. Al cabo de unos minutos, sin embargo, ya te habías acostumbrado a todo.

Me quedé mirando una botella medio llena de un jarabe negruzco, que era el color de mi estado de ánimo. Me preguntaba qué le habría ocurrido a Lena en el lago. Nos estábamos besando y echó a correr despavorida. Pensé también en el brillo dorado de sus ojos. Como no soy ningún estúpido, sabía lo que quería decir. Los Caster de la Luz tenían los ojos verdes, los Caster Oscuros los tenían dorados. Los de Lena no eran totalmente dorados, pero sí lo bastante para inquietarme.

Una mosca se posó en la reluciente mesa roja. Mientras la miraba, reconocí una sensación familiar: un nudo de pánico y espanto en el estómago que se iba transformando en rabia. Estaba tan enfadado con Lena que me daban ganas de romper a puñetazos el cristal que separaba mi mesa de la de al lado. Pero al mismo tiempo quería saber qué estaba ocurriendo y quién era el tipo de la Harley. Para coserlo a patadas.

Llegó Link con el batido más grande que había visto en mi vida. La nata sobresalía unos diez centímetros por encima de la copa de plástico.

—Charlotte tiene mucho potencial, te lo digo yo —dijo, sorbiendo por la pajita.

El aroma dulzón del batido me dio náuseas. Tuve la sensación de que el sudor, la grasa, las moscas y todos los Emorys y las Emilys que se encontraban en el local se abalanzaban sobre mí.

—Lena no está aquí, así que vámonos —dije. No podía quedarme allí sentado como si no hubiera pasado nada. Link, sin embargo, sí podía. A él lo mismo le daba que lloviera o que tronase.

—Tranquilo, tío. Me lo acabo en cinco segundos.

Eden pasó a nuestro lado para ir a rellenar su Coca-Cola Light. Como siempre, al vernos nos dedicó una sonrisa falsa.

—Pero si hacéis muy buena pareja... ¿Ves, Ethan? No sé qué hacías perdiendo el tiempo con esa niña aficionada a romper ventanas y pinchar ruedas. Link y tú, mis queridos tortolitos, están hechos el uno para el otro.

—No fue Lena quien ponchó las llantas.

Yo sabía qué consecuencias podía acarrear para Lena aquel asunto y tenía que cortar todas las sospechas antes de que intervinieran las madres.

—No, fui yo —dijo Link con la boca llena de helado—. Aunque es verdad que Lena siente mucho que no se le haya ocurrido a ella primero.

Link no perdía oportunidad de meterse con las animadoras. Para ellas, Lena era un chiste viejo que todos seguían contando aunque ya no hiciera gracia. Es lo que ocurre en los pueblos pequeños, por mucho que cambies, los demás siempre tendrán la misma opinión de ti. Cuando fuera bisabuela, Lena aún sería la chica loca que rompió las ventanas de la clase de lengua. Suponiendo, claro, que para entonces mis compañeros de clase de lengua siguieran viviendo en Gatlin.

Yo, por el contrario, si no cambiaban las cosas, estaría lejos. Era la primera vez que pensaba seriamente en irme del pueblo desde la llegada de Lena. La caja llena de folletos de distintas universidades seguía debajo de mi cama, es verdad, pero, tras conocer a Lena, ya no contaba los días para marcharme de allí.

—Eh, fíjate... ¿quién es ese tipo? —preguntó Eden elevando la voz.

Oí la campanilla de la puerta del local. Fue como en las películas de Clint Eastwood cuando el protagonista entra en el bar tras haber estado pegando tiros por todo el pueblo. Las chicas se volvieron para mirar y sus relucientes coletas rubias volaron en semicírculo.

—No lo sé, pero lo voy a averiguar —susurró Emily, que se había acercado a Eden.

—No lo conozco, ¿y tú? —dijo Savannah. La imaginé repasando mentalmente el álbum de fotos de todos los alumnos ya graduados del instituto.

—Para nada. Si lo hubiera visto, me acordaría.

Pobre chico. Emily lo tenía en su punto de mira y ya estaba cargando la escopeta. Yo, que estaba de espaldas a la puerta, ni siquiera le había visto la cara, pero sabía que no tenía la menor oportunidad. Me volví para ver cómo era. Earl y Emory lo sacarían a patadas de allí en cuanto se dieran cuenta de que a sus novias se les estaba cayendo la baba sólo con verle.

Estaba de pie en la puerta y llevaba una camiseta negra gastada, pantalón de mezclilla y unas botas militares negras llenas de rozaduras. Desde mi sitio yo no veía las rozaduras de las botas, pero sabía que las tenían. Porque aquel chico iba vestido exactamente igual que cuando lo vi acercarse a hablar con Lena en el funeral de Macon antes de desaparecer con un desgarro del cielo.

Era el extraño, el Íncubo que no parecía un Íncubo. El Íncubo que soportaba el contacto con la luz. Me acordé del gorrión de plata que Lena tenía en la mano la noche que durmió en mi cama.

¿Qué hacía allí?

Llevaba un tatuaje tribal alrededor del brazo parecido a otro que yo había visto. Tuve la sensación de que me hincaban un cuchillo en el vientre y toqué la cicatriz. Palpitaba.

Savannah y Emily se acercaron a la barra fingiendo que querían pedir algo cuando en aquel lugar jamás tomaban otra cosa que Coca-Cola Light.

—¿Quién será? —preguntó Link.

—No lo sé, pero lo vi en el funeral de Macon.

—¿Es uno de los parientes raros de Lena? —se interesó Link, que lo miraba fijamente.

—No sé quién es. Sólo sé que no, que no es pariente de Lena.

Y, sin embargo, había acudido al funeral para presentar sus respetos a Macon. Pese a todo, había en él algo muy extraño que percibí nada más verlo.

Volví a oír la campanilla de la puerta.

—Eh, carita de ángel, espérame.

Me quedé helado. Habría reconocido esa voz en cualquier parte. Link, que no había apartado la mirada de la puerta, reaccionó como si hubiera vista un fantasma. O algo peor.

Era Ridley, una especie de prima de Lena y una Caster Oscura peligrosa e insinuante. Iba tan escasa de ropa como de costumbre o más, porque estábamos en verano: un top de seda negro ajustado y una minifalda negra tan corta que probablemente la había encontrado en la sección de ropa infantil. Gracias a unas sandalias de tacón que habrían servido para matar a un vampiro, sus piernas parecían más largas que nunca.

Ahora no sólo a las chicas se les caía la baba. Sin embargo, a Ridley casi todos la conocían. Los había dejado con la boca abierta en el Baile de Invierno, cuando consiguió estar más atractiva que ninguna otra chica de la fiesta con la excepción de Lena.

Ridley cruzó las manos detrás de la cabeza y se estiró como si se estuviera desperezando de una larga siesta. Entrelazó los dedos y se estiró aún más, enseñando su cuerpo todavía más y el tatuaje negro que rodeaba su ombligo. Se parecía mucho al que llevaba su amigo en el brazo. Le susurró algo al oído.

—Mierda, ha vuelto —dijo Link, haciéndose a la idea poco a poco. No había visto a Ridley desde el cumpleaños de Lena, cuando consiguió sonsacarle que tenía intención de matar a mi padre. Pero no necesitaba verla para pensar en ella. A juzgar por las canciones que escribía desde que se fue, era evidente que no la había olvidado—. ¿Y está con ese tipo? ¿Crees que él será… ya sabes, como ella? —Link se estaba preguntando si el tipo que acompañaba a Ridley también sería un Caster Oscuro, pero no se atrevía a decirlo en voz alta.

—Lo dudo. No tiene los ojos amarillos.

Aquel tipo era, sin embargo, una criatura especial, aunque yo no sabía de qué clase.

—Vienen hacia aquí —dijo Link bajando la mirada.

—Bueno, bueno, bueno, pero si son dos de mis seres humanos favoritos. Quién me iba a decir a mí que los iba a encontrar en este sitio. John y yo nos moríamos de sed y hemos parado a tomar algo —dijo Ridley echando hacia atrás su melena rubia con mechas rosas. Se sentó frente a nosotros e invitó con un gesto al chico, que, sin embargo, prefirió quedarse de pie.

—John Breed —se presentó, dirigiéndose a mí. Tenía los ojos tan verdes como antaño los de Lena. ¿Sería un Caster de Luz? Y, en tal caso, ¿por qué estaba con Ridley?

—Es el chico de Lena —dijo Ridley mirando a John con una sonrisa—, el chico del que te hablé —explicó, menospreciándome con un ademán. Llevaba las uñas pintadas de púrpura.

—Hola, soy Ethan, el novio de Lena.

Por un instante, John pareció confuso. Era de ese tipo de personas que siempre están tranquilas, como si supieran que acabarán saliéndose con la suya.

—Lena no me dijo que tuviera novio.

Me puse tenso. Él conocía a Lena y yo no lo conocía a él. La había visto después del funeral o al menos había hablado con ella. Pero ¿cuándo? ¿Y por qué Lena no me había dicho nada?

—¿De qué dices que conoces a mi novia? —pregunté con voz demasiado aguda. Noté que nos estaban mirando desde otras mesas.

—Tranquilo, Malapata, que estamos en tu pueblo —replicó Ridley, y se dirigió a Link—: ¿Qué tal estás, Mecánico?

Link se aclaró la garganta.

—Bien —respondió tragando saliva—. Muy bien, la verdad. Creía que te habías marchado.

Ridley no dijo nada.

Yo no apartaba los ojos de John, que me devolvía la mirada, evaluándome, quizás imaginando mil maneras de librarse de mí. Porque andaba detrás de algo —o de alguien— y yo me interponía en su camino. Ridley no se habría presentado en pueblo al cabo de tanto tiempo sin más y mucho menos acompañada por alguien como él.

—Ridley —dije con los ojos clavados en John—, no deberías haber venido.

—No te mees en los calzoncillos, novio. Íbamos de camino a Ravenwood y paramos aquí por casualidad —dijo.

Me eché a reír.

—¿A Ravenwood? Ni siquiera te van a dejar cruzar la puerta. Lena quemaría la casa antes de permitirlo.

Lena y Ridley habían crecido juntas y habían sido como hermanas hasta que Ridley optó por el lado Oscuro. Ridley ayudó a Sarafine a encontrar a Lena el día de su cumpleaños, cuando todos, incluido mi padre, estuvimos a punto de perder la vida. Era imposible que Lena quisiera recuperar el contacto con ella.

—Los tiempos cambian, Malapata —repuso Ridley con una sonrisa—. No estoy en los mejores términos con el resto de la familia, pero Lena y yo hemos hecho las paces. ¿Por qué no se lo preguntas a ella?

—Porque estás mintiendo.

Ridley quitó la envoltura a una paleta de cereza, un gesto inocente para cualquiera menos para ella.

—Es evidente que Lena y tú tienen un problema de confianza, ya no se cuentan las cosas. Y me encantaría ayudarte, pero debemos irnos. John tiene que echar gasolina a la moto antes de que esa gasolinera chafa que tienen en el pueblo se quede sin suministro.

Me aferré con tanta fuerza a la mesa que los nudillos se me pusieron blancos.

La moto.

Estaba estacionada delante del local y yo estaba convencido de que era una Harley, la misma que había visto en la fotografía que Lena puso en su habitación. John Breed recogió a Lena en el lago y no hacía falta saber más: comprendí en ese momento que no se marcharía de Gatlin. La próxima vez que Lena quisiera salir corriendo, él estaría esperando.

Me levanté. No estaba seguro de lo que quería. Link, al parecer, sí. Se apartó de la mesa y me empujó hacia la puerta.

—Vámonos de aquí, amigo.

Ridley nos siguió.

—Te he extrañado, flacucho —dijo con intención sarcástica. Pero el sarcasmo se ahogó en su garganta y pareció sincera.

Apoyé la mano en la puerta y la empujé con fuerza. Antes de que se cerrara oí a John.

—Encantado de conocerte, Ethan —dijo—. Saluda a Lena de mi parte.

Me temblaban las manos. Oí las carcajadas de Ridley. Aquel día no le hacía falta mentir para herirme. Le bastaba con la verdad.

***

En el camino de vuelta a Ravenwood no cruzamos palabra. Ni Link ni yo sabíamos qué decir. Es uno de los efectos de las chicas en los chicos, sobre todo cuando son Caster. Tras subir la larga cuesta que conducía a Ravenwood, comprobamos que la verja estaba cerrada, lo que no había sucedido nunca. La hiedra cubría el metal retorcido como si llevara años así. Bajé del coche y empujé la valla para comprobar si se abría, pero no lo hizo. Me fijé en la mansión. El cielo que la cubría estaba sombrío y en las ventanas no se veía ninguna luz.

¿Qué habría ocurrido? Yo podría haber ayudado a Lena cuando sufrió aquel ataque de locura en el lago y habría comprendido sus deseos de tener algo de espacio. Pero ¿por qué lo eligió a él? ¿Por qué prefería al Caster de la Harley? ¿Cuánto tiempo llevaba saliendo con él sin decírmelo? ¿Y qué tenía Ridley que ver?

Nunca había estado tan furioso con ella. Sufrir el ataque de una persona a quien odias es terrible, pero lo que yo sentía en aquellos momentos no tenía nada que ver con eso. No hay ningún dolor que se parezca al que te puede infligir la persona a quien amas cuando crees que ya no te ama. Fue como si me dieran una puñalada desde el interior de mi cuerpo.

—¿Estás bien, amigo? —me preguntó Link cerrando el coche de un portazo.

—No —repuse con la vista fija en la larga cuesta.

—Yo tampoco.

Metió la llave del coche por la ventanilla abierta y nos marchamos.

Volvimos al pueblo pidiendo aventón. Link se volvía a cada poco para ver si en la distancia aparecía una Harley. Por mi parte, no creía que Ridley y el Caster quisieran seguirnos. Esa Harley en particular no se dirigiría al pueblo. Mucho me temía que estuviera estacionada al otro lado de la verja de Ravenwood.

***

No bajé a cenar, ése fue mi primer error. El segundo fue abrir la caja de mis Converse negros. La volqué encima de la cama. En ella había una nota de Lena escrita en la envoltura arrugado de un Snickers, la entrada de la película que vimos en nuestra primera cita, un recibo desvaído del Dar-ee Keen y una página arrancada de un libro que me recordaba a ella. Era la caja donde guardaba nuestros recuerdos, mi versión de su collar de amuletos. No era el tipo de cosas que suele tener un chavo, así que nadie, ni siquiera ella, estaba al corriente.

Tomé la foto arrugada del Baile de Invierno, hecha un segundo antes de que mis presuntos amigos nos rociaran con nieve líquida. Estaba borrosa, pero nos sorprendieron besándonos y tan felices que en aquellos días me resultaba doloroso mirarla. Al recordar aquella noche, aunque sabía que luego me iba a sentir muy mal, tuve la sensación de que una parte de mí aún estaba besando a Lena.

—Ethan Wate, ¿estás ahí?

Al oír la puerta metí todo en la caja con tanta prisa que se me cayó y el contenido se esparció por el suelo.

—¿Te encuentras bien?

Era Amma. Entró y se sentó a los pies de la cama. No lo hacía desde que tuve una gripe estomacal en sexto. No es que no me quisiera, pero entre nosotros había determinados acuerdos tácitos y no contemplaban ir por ahí sentándose en las camas.

—Estoy cansado. Nada más.

Amma se fijó en los objetos del suelo.

—Estás más triste que un siluro en el fondo de un río. Y en la cocina te está esperando una magnífica chuleta de cerdo más triste que una lechuga. Una lástima por partida doble —dijo, inclinándose para apartarme el flequillo de los ojos. Siempre me decía que llevaba el pelo demasiado largo.

—Ya sé, ya sé. Los ojos son el espejo del alma y tengo que cortarme el pelo.

—Más que un corte de pelo lo que necesitas es ver bien. —Parecía triste. Me tomó la barbilla como si fuera a levantarme y no dudo de que en las circunstancias propicias habría sido capaz de hacerlo—. Tú no estás bien.

—¿Ah, no?

—No. Y como eres mi chico, la culpa es mía.

—¿Qué quieres decir? —Yo no entendía nada y ella no se explicaba. Era nuestra forma habitual de dialogar.

—Ella tampoco está bien, eso ya lo sabes —respondió, con suavidad, mirando por la ventana—. No siempre tenemos la culpa de no estar bien. A veces no es más que un hecho, como las cartas. —Para Amma, el destino lo explicaba todo: las cartas de su baraja del tarot, los huesos del cementerio, el universo, que también era capaz de leer.

—Sí, es verdad.

Me miró a los ojos. Advertí un brillo en los suyos.

—A veces las cosas no son lo que parecen y ni siquiera una Vidente sabe lo que puede ocurrir. —Me tomó la mano y puso en ella un cordón rojo con algunas cuentas pequeñas. Era uno de sus amuletos—. Póntelo en la muñeca.

—Amma, los chavos no llevamos este tipo de pulseras.

—¿Desde cuándo me dedico yo a la bisutería? Eso es para las mujeres con exceso de tiempo y falta de seso —dijo, y se alisó el delantal—. Un cordón rojo es un vínculo con el Otro Mundo y te da la protección que yo no puedo ofrecerte. Póntelo, anda.

Yo sabía que era inútil discutir con Amma cuando, como en ese instante, me miraba con aquella mezcla de temor y tristeza, como si cargara con un peso que no podía soportar sola. Le ofrecí la muñeca y ató el cordón. Antes de que yo pudiera añadir nada más, se acercó a la ventana y derramó un puñado de sal en el alféizar.

—Todo va a salir bien, Amma, no te preocupes.

Se detuvo en el umbral de la puerta y se volvió para mirarme.

—Llevo toda la tarde cortando cebolla —me dijo, limpiándose las lágrimas de los ojos.

Como ella misma había dicho, algo no andaba bien. Yo, sin embargo, tenía la sensación de que no se refería a mí.

—¿Conoces a un tipo llamado John Breed?

—Ethan Wate —respondió irguiéndose—, no me obligues a darle esa chuleta a *Lucille*.

—No, claro que no.

Amma sabía algo y no era bueno. Pero no pensaba decírmelo, tan seguro como que su receta de chuleta de cerdo no llevaba ni una pizca de cebolla.

14 de junio

RATÓN DE BIBLIOTECA

—Si es lo bastante bueno para Melvil Dewey, también lo es para mí.

Marian me guiñó un ojo mientras, resoplando, sacaba otro buen montón de libros nuevos de una caja. A su alrededor había formado un círculo que le llegaba casi a la cabeza.

Lucille zigzagueaba entre las torres de libros a la caza de una cigarra. Marian había hecho una excepción a la regla que prohibía meter animales domésticos en la Biblioteca del Condado de Gatlin porque el lugar estaba repleto de libros pero vacío de gente. Sólo un idiota pasaría por la biblioteca el primer día del verano. Un idiota o alguien con necesidad de distraerse, alguien que no se hablaba con su novia, a quien su novia no le hablaba y que ni siquiera sabía si seguía teniendo novia... alguien que de todo eso se había enterado en los dos días más largos de su vida.

Yo, que seguía sin hablar con Lena, me decía que estaba demasiado furioso, pero era una de esas mentiras que uno se dice cuando quiere convencerse de que está haciendo lo correcto. Lo cierto es que no habría sabido qué decirle. No quería hacer preguntas porque temía las respuestas. Además, no fui yo quien salió huyendo con un tipo en una moto.

—Es el caos. El sistema decimal de Dewey es una burla. Ni siquiera encuentro un almanaque sobre la historia de la trayectoria orbital de la Luna.

Una voz se oía entre los libros. Me llevé una sorpresa.

—Mira, Olivia...

Marian, que estaba examinando la encuadernación de algunos libros, se sonrió. Me resultaba difícil creer que tuviera edad suficiente para ser mi madre. Ni una cana en su corta melena, ni una arruga en su piel trigueña, como si no pasara de los treinta.

KAMI GARCIA Y MARGARET STOHL

—Profesora Ashcroft, no estamos en 1876. Los tiempos cambian.

—Era una muchacha con acento británico. O eso me pareció, porque sólo había oído esa forma de hablar en las películas de James Bond.

—Como el sistema decimal de Dewey. Veintidós veces para ser exactos.

Marian colocó un libro suelto en un estante.

—¿Y qué hay de la Biblioteca del Congreso? —preguntó la muchacha con exasperación.

—Ya veremos dentro de cien años.

—¿La Clasificación Decimal Universal? —Ahora con irritación.

—Estamos en Carolina del Sur, no en Bélgica.

—¿Y el sistema Harvard-Yenching?

—En este condado no hablan chino, Olivia.

Una chica rubia y larguirucha asomó la cabeza al otro lado de las estanterías.

—Eso no es verdad, profesora Ashcroft. Al menos, no en las vacaciones de verano.

—¿Tú hablas chino? —intervine sin poder contenerme. Cuando Marian mencionó a la investigadora que la ayudaba en verano no me dijo que se trataba de una versión adolescente de ella misma. Salvo por su cabello color miel, la piel pálida y su acento, Marian y aquella chica eran como madre e hija. A primera vista incluso, la chica tenía un vago grado de *mariandad,* cualidad difícil de describir pero imposible de encontrar en ninguna otra mujer del pueblo.

Olivia me miró.

—¿Tú no? —dijo, y me dio con el codo—. Era una broma. En mi opinión, sin embargo, en este condado la gente ni siquiera habla bien inglés. —Me sonrió y me ofreció la mano. Era alta, pero no tanto como yo. Me miró con la misma confianza que si ya fuéramos grandes amigos—. Olivia Durand. Liv para los amigos. Tú debes de ser Ethan Wate, algo que, en realidad, me cuesta creer. Por cómo habla de ti la profesora Ashcroft, yo esperaba encontrarme un caballero con espada o un soldado con bayoneta.

Marian se echó a reír. Yo me puse colorado.

—¿Qué te ha dicho?

—Que eres increíblemente brillante, valiente y virtuoso. De esas personas que siempre ayudan a los demás. Que eres en todos los aspectos el hijo que cabría esperar de nuestra querida y apreciada Lila Evers Wate. Y también que serías mi ayudante este verano y que podré mangonearte cuanto me venga en gana —dijo, sonriendo. Me quedé mudo.

No se parecía en nada a Lena, pero tampoco a las chicas de Gatlin, lo cual resultaba muy desconcertante. Llevaba una ropa que parecía muy vieja y gastada, desde su pantalón de mezclilla descolorido hasta los variopintos cordones llenos de cuentas que lucía en la muñeca, las agujereadas playeras de basquetbol atadas con cinta adhesiva y una andrajosa camiseta de Pink Floyd. Y entre los cordones que llevaba por pulsera había un reloj enorme de plástico negro con la esfera más vistosa que yo haya visto jamás. Estaba, en efecto, demasiado abrumado para decir nada.

—No te preocupes por Liv —intervino Marian, acudiendo en mi rescate—, no habla en serio. «Hasta los dioses disfrutan con las bromas», Ethan.

—Platón. Y deja ya de lucirte —dijo Liv riendo.

—Vale —replicó Marian impresionada.

—A éste las bromas no le hacen gracia —dijo Liv apuntando hacia mí. Se había puesto seria de pronto—. «Carcajadas huecas en salas de mármol».

—¿Shakespeare? —dije, mirándola.

Me guiñó un ojo y señaló su camiseta.

—Pink Floyd. Ya veo que te queda mucho por aprender.

Marian adolescente y en absoluto lo que yo esperaba al firmar el contrato para trabajar en la biblioteca en verano.

—Atención, chicos —dijo Marian, tendiéndome la mano. Tiré de ella y la levanté. Incluso en días tan calurosos como aquél, Marian conseguía mantener un aspecto impoluto. No tenía ni un pelo fuera de su sitio. Caminó delante de mí y su blusa estampada se agitó ligeramente—. Olivia, encárgate tú de los libros. Tengo un proyecto especial para Ethan en el archivo.

—Sí, claro, cómo no. La estudiante de sólida formación histórica tiene que colocar los libros mientras al perezoso alumno prácticamente analfabeto lo promueven al archivo. Qué americano me suena todo eso —dijo Olivia. Miró al cielo y tomó una caja de libros.

El archivo no había cambiado desde el mes último, cuando me acerqué a pedirle a Marian trabajo para el verano y me quedé a hablar de Lena, mi padre y Macon. Estuvo muy comprensiva, como siempre. Sobre la mesa de mi madre había decenas de viejos documentos de la Guerra de Secesión y su colección de pisapapeles de cristal antiguos. Junto a la deforme manzana de barro que le hice en primero tenía una reluciente esfera negra. La mesa aún estaba cubierta con sus libros y sus notas y las de Marian sobre unos mapas abiertos y amarillentos de Ravenwood y Greenbrier. Con cada trozo de papel que veía, sentía que ella seguía viva. Aunque en mi vida todo me fuera mal, en aquel sitio siempre me sentía mejor. Era como estar con mi madre, la persona que siempre sabía arreglar las cosas o, al menos, cómo hacerme creer que había forma de arreglarlas.

Pero yo estaba pensando en otra cosa.

—¿*Ésa* es tu ayudante?

—Claro.

—No me habías dicho que era así.

—¿Que era cómo, Ethan?

—Como tú.

—¿Es eso lo que te molesta? ¿Su inteligencia? ¿O tal vez que sea rubia? ¿Es que una bibliotecaria no puede serlo? ¿Tiene que llevar gafas y moño? Yo creía que entre tu madre y yo te habíamos quitado esa idea de la cabeza. —Tenía razón. Mi madre y ella siempre fueron las dos mujeres más guapas de Gatlin—. Liv no se va a quedar mucho tiempo y sólo es un poco mayor que tú. Estaba pensando que lo menos que podrías hacer es enseñarle el pueblo, presentarle a algunos chicos de tu edad.

—¿A qué chicos? ¿A Link? ¿Para que mejore su vocabulario y acabe con unas cuantas miles de neuronas menos? —No dije que Link se pasaría la mayor parte del tiempo intentando amigarse con ella para que al final no pasase nada.

—Yo pensaba más bien en Lena —dijo. Siguió un silencio embarazoso incluso para mí. Claro que Marian había pensado en Lena, la cuestión era por qué yo no. Me miró a los ojos—. ¿Por qué no me dices qué te preocupa?

—¿Qué quieres que haga, tía Marian? —repuse. No tenía ganas de hablar.

Marian suspiró y volvió al archivo.

—Se me había ocurrido que podrías ayudarme a ordenar todo esto. Evidentemente, una gran parte de este material pertenece al relicario y a Ethan y Genevieve. Ahora que conocemos el final de esa historia, tal vez convenga dejar sitio a la siguiente.

—¿Cuál es la siguiente? —dije tomando la vieja foto de Genevieve con el relicario. Me acordé de la vez que la vi con Lena. Sólo habían pasado unos meses, pero parecía que fueran años.

—Yo diría que la tuya y la de Lena. Lo que sucedió el día de su cumpleaños da pie a muchas preguntas a la mayoría de las cuales no puedo responder. No conozco ningún caso en que un Caster no tenga que escoger entre la Luz y la Oscuridad la noche de su cristalización. Menos en la familia de Lena, claro, donde la elección no depende de ellos. Ahora que Macon no está aquí para ayudarnos, me temo que nos toca a nosotros encontrar las respuestas.

Lucille irguió las orejas y subió de un salto a la silla de mi madre.

—No sabría por dónde empezar.

—Quien elige por dónde empezar su camino elige también el lugar de su destino.

—¿Thoreau?

—Harry Emerson Fosdick. Algo anterior y más oscuro, pero, en mi opinión, muy importante —dijo Marian. Sonrió y colocó la mano en la puerta.

—¿No me vas a ayudar?

—No puedo dejar sola a Olivia mucho tiempo, es capaz de recolocar toda la colección. Y entonces sí que tendría que ponerme a estudiar chino. —Se quedó quieta un momento, observándome, como habría hecho mi madre—. Creo que puedes arreglártelas solo. Al menos de momento.

—No me queda más remedio, ¿verdad? No me puedes ayudar, porque eres una Guardiana.

Aún me dolía la revelación de Marian: conocía la relación de mi madre con el mundo de los Caster, pero nunca me explicaría en qué consistía ni los motivos. Había muchas cosas sobre mi madre y su muerte que Marian no me había contado. Siempre aludía a las innumerables normas que la obligaban en virtud de su condición de Guardiana.

—Sólo puedo ayudarte a que te ayudes. No puedo intervenir en el curso de los acontecimientos, en el devenir de la Luz y las Tinieblas, en el Orden de las Cosas.

—Pues una mierda.

—¿Cómo?

—Como la primera norma de *Star Trek*. Hay que dejar que el planeta siga su propio curso. No se puede introducir el hiperespacio ni la velocidad de curvatura. Los habitantes tienen que descubrirlos por sí mismos. Pero el capitán Kirk y la tripulación del *Enterprise* siempre acaban rompiendo las reglas.

—Al contrario que el capitán Kirk, yo no tengo elección. Un Guardián está obligado a no intervenir en favor de las Tinieblas o de la Luz. No podría cambiar mi destino aunque quisiera. Ocupo mi propio lugar en el orden natural del mundo de los Caster, en el Orden de las Cosas.

—Lo que tú digas.

—No es una elección. No tengo autoridad para cambiar el funcionamiento de las cosas y si lo intentase, no sólo me destruiría a mí misma, sino a las personas a quienes intentase ayudar.

—Pero mi madre acabó muerta. —No sé por qué dije eso, pero no encontraba ninguna lógica en el razonamiento de Marian. Para proteger a las personas a las que quería, no podía intervenir, pero la persona a la que más había querido había muerto de todas formas.

—¿Me estás preguntando si pude evitar la muerte de tu madre?

Claro que se lo estaba preguntando. Bajé la cabeza. No sabía si estaba preparado para escuchar la respuesta.

Marian me levantó la barbilla para que la mirase a los ojos.

—Yo no sabía que tu madre estaba en peligro, Ethan. Pero ella sí sabía el riesgo que corría —dijo con voz vacilante. Comprendí que había ido demasiado lejos, pero tampoco pude evitarlo. Llevaba meses reuniendo el coraje suficiente para mantener aquella conversación—. Ojalá en aquel coche hubiera ido yo y no ella. ¿No te has parado a pensar que tal vez me haya preguntado miles de veces si sabía algo o podría haber hecho algo para salvar su vida…? —dijo con un hilo de voz y se interrumpió.

Yo me siento igual. Tú sólo te aferras a otra parte del borde del mismo abismo. Los dos estamos perdidos. Eso querría haberle dicho. En vez de ello, dejé que me diera un breve abrazo. Luego se apartó, cerró la puerta dejándome a solas y casi ni me di cuenta.

Me quedé mirando aquel montón de papeles. *Lucille* saltó de la silla a la mesa.

—Ten cuidado. Esas cosas son mucho más viejas que tú.

La gata ladeó la cabeza y me miró con sus ojos azules. Luego se quedó completamente quieta, con los ojos clavados en la silla de mi madre. Allí no había nada, pero recordé lo que Amma me había contado en cierta ocasión sobre los gatos: «Los gatos ven a los muertos. Por eso se quedan tanto tiempo con la mirada fija. Parece que miran al vacío, pero no, miran a través del vacío».

Me acerqué a la silla.

—¿Mamá?

No me respondió. O tal vez sí, porque sobre la silla había un libro que no estaba un minuto antes: *Luz y tinieblas. Los orígenes de la magia.* Era uno de los libros de Macon, lo había visto ya en la biblioteca de Ravenwood. Lo tomé y cayó al suelo un envoltorio de chicle —un separador de mi madre, sin duda—. Me agaché para agarrarlo y todo empezó a dar vueltas. Las luces y los colores giraron a mi alrededor. Intenté fijar la vista en algo, en lo que fuera, para no caerme, pero estaba demasiado mareado. El suelo de madera se fue acercando. Al darme contra él, el humo me abrasó los ojos...

Cuando Abraham regresó a Ravenwood, las cenizas ya habían llegado a la mansión. Los restos calcinados de las grandes casas de Gatlin descendían flotando desde las ventanas abiertas de la segunda planta como copos de nieve negra. Al subir la escalera, sus pisadas quedaron marcadas en la fina capa oscura que cubría el suelo. Cerró las ventanas de arriba sin soltar el Libro de las Lunas *ni por un segundo. Aunque hubiera querido, no podría haberlo hecho. Ivy, la vieja cocinera de Greenbrier, tenía razón, el libro lo llamaba entre susurros que sólo él podía oír.*

Al llegar al estudio, lo dejó en la elegante mesa de caoba. Sabía exactamente qué página quería consultar, como si el propio libro pasara las hojas y supiera lo que Abraham quería. Por su parte, aunque nunca lo había visto, Abraham sabía que aquel libro tenía la respuesta, una respuesta que garantizaría la supervivencia de Ravenwood.

El libro le ofrecía lo que deseaba más que ninguna otra cosa. Pero quería algo a cambio.

Abraham leyó las palabras en latín y las reconoció de inmediato. Era un hechizo sobre el que había leído en otros libros. Siempre pensó que no era más que una leyenda, pero se había equivocado, lo tenía ante sus ojos.

Oyó la voz de Jonás antes de verle.

—Abraham, tenemos que irnos. Llegan los federales. Prenden fuego a todo lo que encuentran y no van a parar hasta que lleguen a Savannah. Tenemos que refugiarnos en los túneles.

Abraham respondió con voz resuelta, con una voz que ni siquiera a él le pareció la suya.

—No pienso ir a ninguna parte, Jonás.

—¿Qué quieres decir? Vamos a salvar lo que podamos y salgamos de aquí —insistió Jonás acercándose a su hermano y poniéndole una mano en el hombro. Al hacerlo, se fijó en el libro y advirtió el texto en latín sin poder creer lo que estaba viendo.

—¿El Daemonis Pactum? ¿El Pacto con el Demonio? —leyó, y retrocedió unos pasos—. ¿Es eso lo que creo que es? ¿El Libro de las Lunas*?*

—Me sorprende que lo reconozcas. Cuando estudiábamos, no le prestaste mucha atención.

Jonás estaba habituado a los insultos de Abraham; lo que le sorprendió fue su tono de voz, tan distinto al de siempre.

—No te atrevas, Abraham. No puedes...

—No te atrevas tú a decirme lo que puedo y lo que no puedo hacer. Te quedarías ahí plantado mirando cómo se quema esta casa sin mover un dedo para impedirlo. Nunca has sido capaz de hacer lo que hay que hacer. Eres débil, igual que madre.

Jonás se tambaleó como si le hubieran dado un puñetazo.

—¿De dónde lo sacaste?

—Eso no te importa.

—Abraham, no seas loco. El Pacto con el Demonio es demasiado poderoso y no se puede controlar. Vas a hacer un trato sin saber qué tendrás que sacrificar a cambio. Tenemos otras casas.

Abraham apartó a su hermano. Aunque apenas lo tocó, Jonás cruzó volando la estancia.

—¿Otras casas? Ravenwood es la base del poder de nuestra familia en el mundo Mortal, ¿y tú crees que voy a permitir que un puñado de soldados lo queme? Voy a valerme de esto para salvar Ravenwood —dijo, y levantó la voz—. Exscinde, neca, odium incende; mors portam patefacit. Destruye, mata, odia; la muerte abre las puertas.

—¡Abraham, detente!

Era demasiado tarde. Abraham pronunció el hechizo como si lo conociera desde siempre. Jonás miró a su alrededor con pánico, esperando a que cobrara forma. Pero ignoraba lo que había pedido su hermano, lo único que sabía era que se cumpliría. Así de poderoso era aquel hechizo, que, sin embargo, también se cobraba un precio que siempre era distinto. Jonás corrió hacia su hermano y una esfera pequeña y perfecta del tamaño de un huevo cayó de su bolsillo y rodó por el suelo.

El objeto, que brillaba, fue a parar a los pies de Abraham, que lo recogió y le dio vueltas en la mano.

—¿Qué pretendías hacer con un Arco de Luz, Jonás? ¿Tenías pensado atrapar a algún Íncubo en particular con este ingenio tan arcaico?

Jonás retrocedió a medida que Abraham se le acercaba, pero éste era demasiado rápido. En el espacio de un parpadeo, lo empujó contra la pared y le apretó el cuello con su enorme mano.

—No, claro que no. Sólo...

Abraham apretó más.

—¿Qué iba a hacer un Íncubo con el único recipiente que puede apresar a los de su especie? ¿Acaso crees que soy estúpido?

—Sólo intento protegerte de ti mismo.

Con rapidez y destreza, Abraham clavó los dientes en el cuello de su hermano e hizo lo impensable... bebió.

El pacto estaba sellado. Ya no se alimentaría ni de los recuerdos ni de los sueños de los Mortales. A partir de ese día, ansiaría sangre.

Cuando se sació, soltó el cadáver fláccido de su hermano y lamió la ceniza que manchaba su mano. El negro residuo todavía conservaba el sabor de la carne.

—Deberías haberte preocupado más de protegerte a ti mismo —dijo Abraham, y se apartó del cuerpo de su hermano.

—¡Ethan!

***

—¡Ethan!

Abrí los ojos. Estaba tendido en el suelo del archivo. Marian se inclinaba sobre mí con un pánico impropio de ella.

—¿Qué ha pasado?

—No lo sé. —Me incorporé frotándome la cabeza y frunciendo el ceño. Bajo el pelo noté un chichón—. Al caer debo de haberme dado con la mesa.

El libro de Macon estaba abierto en el suelo. Marian me miró con cara de haber puesto en marcha su misteriosa percepción extrasensorial... o quizá no tan misteriosa considerando que hacía tan sólo unos meses había podido acompañarme en mis visiones. Al cabo de unos instantes aplicó una bolsa de hielo en mi dolorida cabeza.

—Vuelves a tener visiones, ¿verdad?

Asentí. En mi cabeza se sucedían las imágenes, pero no podía concentrarme en ninguna.

—Es la segunda vez. Tuve una la otra noche al tomar el diario de Macon.

—¿Qué viste?

—Era la noche de los incendios, como en las visiones del relicario. Ethan Carter Wate ya había muerto. Ivy tenía el *Libro de las Lunas* y se lo daba a Abraham Ravenwood, que ha aparecido en las dos visiones.

—Al pronunciarlo, el nombre de Abraham Ravenwood sonó denso y confuso. Era el personaje más infame del condado de Gatlin.

Me agarré al borde de la mesa para mantener el equilibrio. ¿Quién quería que yo tuviera aquellas visiones? Y lo más importante, ¿por qué?

Marian guardó silencio unos instantes sin soltar el libro.

—¿Y? —se interesó, con atención.

—Había alguien más. Su nombre empieza por J. Judas… José… ¡Jonás! Eso es. Creo que eran hermanos. Y los dos eran Íncubos.

—No sólo Íncubos —afirmó Marian cerrando el libro—. Abraham Ravenwood era un poderoso Íncubo de sangre, el primero del linaje de Íncubos de sangre de los Ravenwood.

—¿Qué quieres decir?

¿De modo que la leyenda que se contaba en el pueblo era cierta? Al parecer, yo había atravesado otra capa de niebla de la historia sobrenatural de Gatlin.

—Aunque todos los Íncubos son Oscuros por naturaleza, no todos ellos se alimentan de sangre. Pero en cuanto uno elige hacerlo, los demás heredan ese instinto.

Me apoyé en la mesa. La visión empezaba a perfilarse.

—Abraham… Por eso Ravenwood no se quemó, ¿verdad? Pero no firmó un pacto con el Diablo, lo firmó con el *Libro de las Lunas.*

—Abraham era peligroso, quizá más peligroso que ningún otro Caster. No sé por qué aparece ahora en tus visiones. Por suerte murió joven, antes de nacer Macon.

Hice un cálculo mental.

—¿Eso es joven? ¿Cuánto tiempo viven los Íncubos?

—De ciento cincuenta a doscientos años —respondió Marian, y dejó el libro sobre su mesa—. No sé qué tiene que ver todo eso contigo o con el diario de Macon. Lo que sí sé es que no debí dártelo. He interferido. Deberíamos dejar este libro aquí.

—Tía Marian…

—No insistas, Ethan. Y no se lo digas a nadie, ni siquiera a Amma. No sé cómo podría reaccionar si mencionas el nombre de Abraham Ravenwood en su presencia. —Me rodeó por los hombros y me dio un apretón afectuoso—. Y ahora, vamos a terminar de colocar esos libros antes de que Olivia llame a la policía.

Se volvió e introdujo la llave en la cerradura de la puerta.

Había una cosa más y tenía que decírsela.

—Me vio, tía Marian. Abraham me miró a los ojos y me llamó por mi nombre. Es la primera vez que me ocurre, en ninguna otra visión había pasado.

Dos horas más tarde habíamos entregado ya la mayoría de los libros y visitado el Jackson High y el Stop & Steal. Mientras recorríamos la calle principal, comprendí por qué Marian había insistido tanto en contratarme aunque en verano la biblioteca siempre estuviera vacía y no necesitara empleados. Quería que fuese el cicerone de Liv y mi tarea consistía en enseñarle el lago y el Dar-ee Keen y rellenar las lagunas entre lo que los habitantes de la zona querían decir y lo que realmente decían. Mi trabajo, fundamentalmente, consistía en hacerme su amigo.

Me pregunté qué pensaría Lena. Aunque tal vez ni siquiera llegara a enterarse.

—Sigo sin entender por qué tienen justo en mitad del pueblo la estatua de un general que luchó en una guerra que el sur no ganó y que en términos generales fue un fastidio para todo el país —dijo Liv. No me extraña que no lo entendiera.

—En estas tierras nos gusta honrar a los caídos. Hasta les hemos dedicado un museo. —No mencioné que ese museo era también el lugar donde, inducido por Ridley, mi padre había intentado suicidarse hacía unos meses.

Miré a Liv de reojo para seguir pendiente de la calzada. Exceptuando a Lena, no podía recordar cuándo fue la última vez que había llevado a una chica en el Volvo.

—Eres un guía horrible.

—Estamos en Gatlin, no hay mucho que ver. —Miré por el espejo retrovisor—. Ni mucho que no quiera enseñarte.

—¿Qué quieres decir?

—Un buen guía sabe qué enseñar y qué no.

—Retiro lo que dije. Eres un guía horriblemente desorientado —dijo Liv, sacando un chicle del bolsillo.

—En todo caso dirás que, como he nacido en el sur, soy un guía horriblemente desnortado. —Como todos los míos, el juego de palabras tenía muy poca gracia.

—Lo que diré es que, en términos generales, estoy totalmente en desacuerdo con tu humor y con tu filosofía de las visitas turísticas —dijo Liv, que se estaba haciendo trenzas y tenía las mejillas coloradas a causa del calor. No estaba acostumbrada a la humedad de Carolina del Sur.

—¿Qué te gustaría ver? ¿Quieres que te lleve a probar tu puntería con unas latas al viejo molino de algodón de la carretera 9? ¿Prefieres aplastar monedas en la vía del tren? ¿O seguimos la senda de las moscas hasta un tugurio grasiento y acaso peligroso para tu salud al que llamamos Dar-ee Keen?

—Si me das a elegir, me quedo con el tugurio. Me muero de hambre.

***

Liv soltó el último resguardo en uno de los dos montoncitos que había formado con ellos en la mesa de plástico verde.

—Siete, ocho, nueve. Lo cual, si no me equivoco, quiere decir que yo gano y tú pierdes. Y quita esa mano de las papas. Ahora son mías —dijo, tirando de la bolsa de papas fritas para colocarla en su lado de la mesa.

—Qué acaparadora.

—Un trato es un trato. —En *su* lado de la mesa se acumulaban ya unos aros de cebolla, una hamburguesa, el *ketchup*, la mayonesa y mi té helado. Yo sabía perfectamente cuál era su lado de la mesa porque se había encargado de trazar una línea de papas fritas que cruzaba de parte a parte formando la Gran Muralla China—. «Buenas cercas hacen buenos vecinos.»

Esta vez recordé haber oído la cita en la clase de lengua.

—¿Walt Whitman?

Liv negó con la cabeza.

—Robert Frost. Y quita las manos de mis aros de cebolla.

Ése tenía que haberlo recordado. ¿Cuántas veces me había citado Lena poemas de Frost de los que en ocasiones cambiaba palabras y versos hasta hacerlos suyos?

Nos paramos a comer algo en el Dar-ee Keen porque se encontraba en la misma carretera que las dos últimas entregas: señora Ipswich (*Guía para la limpieza del colon*) y señor Harlow, cuyo libro (*Chicas de revista de la Segunda Guerra Mundial*) tuvimos que dárselo a su mujer porque él no estaba. Comprendí por primera vez cuán necesario era envolver los libros en papel de estraza.

—No me lo puedo creer —dijo Liv mientras yo arrugaba la servilleta—, ¿quién me iba a decir que Gatlin pudiera ser tan romántico?

Yo aposté por los libros piadosos, Liv por las novelas románticas. Yo perdí por ocho a nueve.

—No sólo romántico, sino romántico *y* recto. Es una combinación maravillosa, es tan...

—¿Hipócrita?

—En absoluto. Iba a decir «americana». ¿Te has percatado de que hemos entregado *Coge la Biblia* y *Divina y deliciosa Dalila* en el mismo domicilio?

—Yo creía que *Dalila* era un libro de cocina.

—A ti lo que te pasa es que te crees muy gracioso.

Me puse colorado como un jitomate al recordar el aturdimiento de la señora Lincoln cuando llamamos a su puerta para entregarle sus libros. No le dije a Liv que se trataba de la madre de mi mejor amigo y de la mujer más cruelmente recta del pueblo.

—¿Así que te gusta el Dar-ee Keen? —dije, cambiando de tema.

—Me vuelve loca —repuso Liv dando a su hamburguesa un bocado tan grande que habría dejado en ridículo al mismísimo Link. A mediodía la había visto superar la dieta media de un jugador de basquetbol. No parecía importarle lo más mínimo lo que yo pudiera pensar ni para bien ni para mal, lo cual suponía un gran alivio. En especial porque últimamente cuando estaba con Lena cada vez que abría la boca metía la pata.

—Así pues, ¿qué encontraríamos en tu paquete de papel de estraza, Ethan? ¿Libros piadosos, novelas románticas o ambas cosas?

—No lo sé. —Tenía tantos secretos que no sabía dónde meterlos, pero no estaba dispuesto a compartir ninguno.

—Anda. Todos tenemos nuestros secretos.

—No todos —mentí.

—¿Debajo del papel no habría nada?

—No. Supongo que sólo otra capa de papel. —En cierto modo, deseé que fuera cierto.

—Entonces, ¿eres más parecido a una cebolla?

—Soy más parecido a una papa.

Liv tomó una papa y la examinó.

—Ethan Wate, señoras y señores, es una papa frita —dijo, y se metió la papa en la boca, sonriendo.

Me eché a reír.

—Órale, soy una papa frita, pero sin papel de estraza. Y no tengo nada que contar.

Liv removió el té helado con el popote.

—Eso confirma mis sospechas. Ya no me cabe duda de que acabarás en la lista de espera para llevarte prestado *Divina y deliciosa Dalila*.

—Me cachaste.

—No te puedo prometer nada, pero te diré que conozco a la bibliotecaria. Y bastante bien, por cierto.

—Entonces, ¿me vas a conectar?

—Te voy a conectar, colega —dijo Liv, y se rio. Yo también me reí. Me encontraba cómodo a su lado, como si la conociera de toda la vida. Y me divertía, lo que en cuanto dejamos de reírnos me hizo sentir culpable sin saber por qué. Tomó otra papa—. Todo lo misterioso me parece romántico, ¿a ti no? —Yo no sabía qué responder, sobre todo teniendo en cuenta que Gatlin abundaba en misterios—. En mi pueblo, el pub está en la misma calle que la iglesia y los feligreses van directamente de la segunda al primero. Hay domingos en que después de misa comemos en el pub.

—¡Qué divino y delicioso me parece! —dije con una sonrisa.

—Casi, aunque no tan picante como *Dalila*. Eso sí, no tomamos bebidas tan frías —dijo señalando el té helado con una papa—. El hielo, mi querido amigo, es algo que nos gusta más en el suelo que en el vaso.

—¿Tienes algún problema con el famoso té helado del condado de Gatlin?

—El té se toma caliente, señor mío, directamente de la tetera.

Le robé una papa para señalar el vaso de té helado yo también.

—He de confesarle, señora, que para los baptistas sureños más estrictos, eso que tiene usted ahí es la bebida del Diablo.

—¿Porque está frío?

—Porque es té. Tienen prohibida la cafeína.

Liv se quedó muy sorprendida.

—¿No pueden tomar té? Nunca entenderé este país.

Robé otra papa.

—¿Quieres que hablemos de auténticas blasfemias? Tú no estabas presente en Millie's Breakfast 'n' Biscuits, una cafetería de la calle principal, cuando nos pusieron galletas precocinadas. Mis tías abuelas, las Hermanas, montaron en cólera y estuvieron a punto de echar abajo el local. Imagínate, volaron las sillas.

—¿Son monjas? —dijo Liv metiendo un aro de cebolla en la hamburguesa.

—¿Quiénes?

—Las Hermanas. —Y otro más.

—No, son hermanas.

—Comprendo. —Y aplastó el pan.

—No creo.

Tomó la hamburguesa y le dio un bocado.

—Yo tampoco.

Nos echamos a reír otra vez. Tanto nos estábamos riendo que no oí acercarse al señor Gentry.

—¿Les gustó la comida? —nos preguntó limpiándose las manos con un trapo.

—Sí, señor —asentí.

—¿Qué tal está esa novia tuya? —me preguntó como si esperase que hubiera recobrado el juicio y dejado plantado a Lena de una vez.

—Muy bien, señor.

Asintió decepcionado y volvió a la barra.

—Saluda a Amma de mi parte.

—Me parece que tu novia no le cae bien —dijo Liv. Yo no sabía qué decir. Técnicamente, ¿sigue una chica siendo tu novia después de largarse en una moto con otro?—. Creo que la profesora Ashcroft la mencionó en una ocasión.

—Lena, mi… Lena, se llama Lena —dije con la esperanza de aparentar que el tema me resultaba tan incómodo como realmente me resultaba. Liv siguió en lo suyo.

—Probablemente la vea por la biblioteca —dijo, bebiendo un trago de té.

—No sé si irá. Estamos pasando una época rara. —No sé por qué dije eso. Apenas conocía a Liv y, sin embargo, me dieron ganas de confesarlo en voz alta. Mi tensión se aflojó un poco.

—Seguro que lo superan. Yo me paso la vida peleándome con mi novio —dijo Liv con una sonrisa. Se esforzaba para que me sintiera mejor.

—¿Cuánto tiempo llevan juntos? —le pregunté.

Liv me respondió con un ademán. Su curioso reloj se deslizó por debajo de su muñeca.

—Oh, ya rompimos. Era un idiota. No soportaba tener una novia más lista que él.

Yo quería dejar el tema novias y ex novios.

—Por cierto, ¿eso qué es? —dije señalando el reloj o lo que fuera.

—¿Esto? —Apoyó la mano en la mesa para que yo pudiera ver su macizo reloj negro. Tenía tres esferas y una sola aguja plateada en un rectángulo lleno de eses. Era como uno de esos aparatos que miden la potencia de los terremotos—. Es un selenómetro. —Me quedé como estaba—. Selene es la diosa griega de la Luna y *metron* en griego significa «medida» —explicó Liv con una sonrisa—. Veo que tienes un poco oxidados tus conocimientos de etimología griega.

—Un poco sí.

—Mide la atracción gravitatoria de la Luna —dijo y giró una de las esferas con gesto de concentración. Debajo de la aguja aparecieron unos números.

—¿Por qué quieres saber la atracción gravitatoria de la Luna?

—Soy astrónoma aficionada y lo que más me interesa es la Luna. Tiene una influencia tremenda en la Tierra. Ya sabes, las mareas y todo eso. Por eso fabriqué esto.

Estuve a punto de atragantarme con la Coca-Cola.

—¿Que lo fabricaste tú? ¿Lo dices en serio?

—No te sorprendas tanto, no es tan difícil —dijo Liv, poniéndose colorada otra vez. La estaba incomodando. Tomó otra papa frita—. Estas papas están realmente buenas.

Intenté imaginar a Liv sentada en la versión inglesa del Dar-ee Keen midiendo la atracción gravitatoria de la Luna en una montaña de papas fritas. Era mejor que imaginarse a Lena a lomos de la Harley de John Breed.

—Bueno, y ahora háblame un poco de tu Gatlin, el pueblo donde beben té helado.

Yo, que no conocía lugar más lejano que Savannah, no podía hacerme una idea de cómo era la vida en otro país.

—¿Mi Gatlin? —Los puntitos rosados que le habían salido en las mejillas desaparecieron—. ¿Tú de dónde eres?

—De un pueblo al norte de Londres llamado Kings Langley.

—¿Cómo?

—Está en Hertfordshire.

—No me suena.

Dio otro bocado a su hamburguesa.

—Tal vez te ayude saber que es el lugar donde inventaron el Ovaltine... ya sabes, la bebida de cacao... —Suspiró—. Lo echas en la leche y es como malteada de chocolate.

Abrí los ojos de par en par.

—¿Leche con cacao? ¿Como el Quick?

—Exacto. Está buenísimo. Tienes que probarlo.

Me eché a reír y me salió la Coca-Cola por la boca manchando mi gastada camiseta de Atari. Chica Ovaltine conoce a chico Quick. Me dieron ganas de contárselo a Link, pero se habría llevado una impresión equivocada.

Aunque sólo habían transcurrido unas horas, tenía la sensación de haber trabado una amistad sincera con Liv.

—¿Qué haces cuando no bebes Ovaltine ni fabricas artilugios científicos, Olivia Durand de Kings Langley?

Liv arrugó el papel de la hamburguesa.

—Veamos… Sobre todo, leer e ir a clase. Estudio en Harrow, aunque no es el famoso colegio para chicos.

—Ahora comprendo.

—¿El qué?

—Que hayas salido huyendo de ese sitio horroroso para pasar el verano en mi fantástico pueblo.

—Pues yo no lo comprendo.

—Ya sabes, como en inglés *harrow* quiere decir horroroso…

—No puedes resistir la tentación de hacer un juego de palabras por poco gracioso que sea, ¿verdad? —dijo Liv, sonriendo.

—Puede ser. Pero, dime, ¿es un sitio horroroso o no?

—No especialmente. Para mí al menos no lo es.

—¿Por qué no?

—Porque, para empezar, soy un genio —aseveró con la misma naturalidad que si hubiera dicho que era rubia o inglesa.

—Entonces, ¿por qué has venido a Gatlin, que no es precisamente un imán para genios?

—Vine dentro del Programa de Intercambio de Alumnos Superdotados entre la Universidad de Duke y Harrow.

—¿Y por qué desde Duke te han mandado a Gatlin? ¿Para ir a clase en el Summerville Community College?

—No, tonto. Para estudiar con la asesora de mi tesis, la célebre doctora Marian Ashcroft, verdaderamente única en su especie.

—¿De qué trata tu tesis?

—De las referencias a la reconstrucción de la comunidad tras la Guerra de Secesión en el folclore y la mitología de la región.

—Por aquí llamamos a esa guerra la guerra entre los estados —expliqué.

Se echó a reír, encantada. Yo me alegré de que a alguien el tema pudiera parecerle gracioso. A mí me resultaba embarazoso.

—¿Es verdad que en el sur a veces se ponen uniformes de la Guerra de Secesión y reviven las batallas?

Me levanté. Una cosa era que lo dijera yo y otra muy distinta oírselo decir a Liv.

—Es hora de irse. Hay más libros que entregar.

Liv asintió y recogió las papas.

—Mejor que no las desperdiciemos, ¿no te parece? —explicó—. Se las daremos a *Lucille.*

No dije que *Lucille* estaba acostumbrada a una dieta a base de pollo asado y verduras que, siguiendo instrucciones de las Hermanas, Amma le preparaba y le daba en su platillo de porcelana. No imaginaba a *Lucille* comiendo papas llenas de grasa. *Lucille* era muy especial, como decían las Hermanas. Pero aun así le gustaba Lena.

Al dirigirnos hacia la puerta, a través del grasiento escaparate del Dar-ee Keen, vi el Fastback de Lena. Estaba dando media vuelta en el estacionamiento de grava. Era evidente que Lena había visto mi coche y que prefería marcharse.

Genial.

Me quedé parado en la puerta viendo desaparecer al Fastback por Dove Street.

***

Esa misma noche me quedé tumbado en la cama mirando el techo azul con las manos cruzadas detrás de la cabeza. Pocos meses antes ése era el momento de recostarme junto a Lena a leer, reírnos y comentar cómo nos había ido en el día, aunque cada uno desde su habitación. Yo casi había olvidado lo que era dormir sin ella.

Estiré el brazo y tomé el celular de la mesilla. Desde el cumpleaños de Lena prácticamente no lo había utilizado, pero aunque estaba viejo y maltrecho, si alguien me llamaba, sonaría. Si alguien me llamaba...

Lo malo era que Lena no usaba el teléfono.

Me sentí como cuando tenía siete años, volcaba los puzles en el suelo y al ver tantas piezas revueltas, me entraba angustia. Cuando tenía siete años, sin embargo, mi madre se sentaba en el suelo y me ayudaba a componer con aquel embrollo una imagen completa y bonita. Pero ya no era un niño, y mi madre había muerto. Me puse a reflexionar y di vueltas y más vueltas a las piezas de mi particular rompecabezas, pero no pude encajarlas. La chica de la que estaba perdidamente enamorado seguía siendo la chica de la que estaba perdidamente enamorado. Eso no había cambiado. Pero ahora esa chica, de la que, en efecto, estaba perdidamente enamorado, tenía secretos para mí y apenas me hablaba.

Y luego estaban las visiones. Abraham Ravenwood, un Íncubo de sangre que había matado a su propio hermano, sabía mi nombre y me había visto.

Tenía que averiguar la forma de juntar las piezas para encontrar cierta lógica. No podía volver a guardar el puzle en la caja. Era demasiado tarde para eso. Ojalá alguien pudiera decirme dónde colocar las piezas, aunque no fuera más que la primera.

Sin pensar en lo que hacía, me levanté y abrí la ventana. Al asomarme para respirar el aire de la noche, oí el singular maullido de *Lucille*. Amma debía de haberse olvidado de dejarla entrar. Estaba a punto de llamar a la gata para decirle que bajaba a por ella cuando vi que estaba acompañada. Bajo la ventana, al borde del porche, *Lucille Ball* y *Boo Radley* se sentaban juntos a la luz de la luna.

Boo meneó el rabo y, a modo de respuesta, *Lucille* maulló. Estaban los dos sentados en el borde de las escaleras del porche meneando la cola y maullando y parecía que mantenían una conversación civilizada como cualquier pareja una noche de verano. No sé de qué estarían chismorreando, pero debía de ser muy importante. Volví a tumbarme en la cama y, escuchando el tranquilo diálogo entre el perro de Macon y la gata de las Hermanas, logré conciliar el sueño.

15 de junio

DÍA DE FERIA

—No te atrevas a tocar mis pays hasta que no te dé permiso, Ethan Wate.

Retrocedí con las manos en alto.

—Sólo quería ayudar.

Amma me dirigió una mirada feroz mientras envolvía en un trapo de cocina un pay de camote con cuya receta ya había ganado dos concursos. La nata y el pay de pasas se encontraban en la mesa de la cocina, junto al bizcocho de mantequilla, que ya estaba listo para meterlo en en refrigerador. Los pays de frutas seguían sobre las rejillas, enfriándose, y la harina cubría hasta el último rincón de la cocina.

—¿No llevamos más que dos días del verano y ya me sigues a todas partes? Si tiras uno de mis premiados pays, te vas a arrepentir de no haber ido a la escuela de verano. ¿Quieres ayudarme? Pues deja de fisgonear, toma el coche y vete a dar una vuelta.

Los ánimos estaban tan revueltos como altas las temperaturas y en el bacheado camino que conducía a la carretera hablamos muy poco. Yo, en realidad, no abrí la boca, pero no creo que nadie se diera cuenta. Era el día más importante del año para Amma. Desde que yo tenía uso de razón había obtenido el primer puesto en el concurso al Mejor Pay de Frutas de la Feria del Condado de Gatlin y el segundo en Pays de Crema. Sólo el año anterior se quedó sin la banda que concedían a las premiadas porque únicamente habían transcurrido dos meses desde el accidente de mi madre y no quisimos acudir. No obstante, Gatlin no podía jactarse de tener la feria del condado mayor o más antigua. El Festival del Melón del Condado de Hampton nos llevaba la delantera por dos kilómetros y veinte años y el prestigio de ser Príncipe Durazno o Reina del Desfile de Gatlin no se podía comparar con el honor de ser Míster Espectáculo o Miss Melón de Hampton.

Pero al estacionarnos en el polvoriento *parking*, la cara de póquer de Amma no nos engañó ni por un momento a mi padre o a mí. Aquel día lo único importante eran las reinas de belleza y los concursos de pays, y quien no llevaba un pay envuelto (como algunos envuelven a sus bebés recién nacidos) empujaba a su niña inmaculadamente ataviada con ricitos, su mejor vestido y un bastoncillo para desfilar, hasta el gran pabellón. La madre de Savannah, que organizaba el concurso de Príncipe Durazno, se pasaría el día entero viendo candidatos mientras su hija defendía el título de Princesa Durazno. En Gatlin, donde por otra parte no había mujer u hombre demasiado mayor para lucir una corona, el Concurso al Mejor Bebé, en el que las mejillas sonrosadas y la colocación de los pañales tenían tanta importancia como la crema en el concurso de pays, suscitaba más interés que el Derby de Demolición. El año anterior, los jueces habían descalificado por fraude al bebé de los Skipett nada más verlo. La Feria del Condado tenía normas estrictas: no se podía llevar uniforme hasta los dos años ni maquillaje antes de los seis, y de los seis a los doce, sólo el «apropiado para su edad».

Cuando vivía, mi madre siempre estaba dispuesta a relevar a la señora Snow, y el concurso para elegir al Príncipe y la Princesa Durazno era uno de sus favoritos. Aún me parecía oírla: «¿Maquillaje apropiado para su edad dicen? Pero ¿ustedes de dónde han salido? ¿Qué maquillaje apropiado puede llevar una niña de siete años?».

Ni siquiera mi familia se perdía la Feria del Condado —salvo el año anterior, obligatoriamente—, así que allí estábamos como siempre, abriéndonos paso entre la multitud que se dirigía al recinto, llevando un par de pays que se tambaleaban peligrosamente.

—No me empujes, Mitchell. Cuidado, Ethan Wate. No pienso dejar que Martha Lincoln o alguna de esas mujeres me birle la banda de ganadora por culpa suya —dijo Amma. Mi padre y yo sabíamos quiénes eran *esas mujeres*: la señora Lincoln, la señora Asher, la señora Snow y el resto de Hijas de la Revolución Americana.

Por fin me pusieron el sello de entrada en el dorso de la mano. Había muchísima gente, como si en Gatlin se hubieran dado cita tres o cuatro condados. Nadie quería perderse el día inaugural de la feria y eran muchos los que se acercaban al recinto, que quedaba a medio camino entre Gatlin y Peaksville. Acudir a la feria, por otra parte, equivalía a consumir una cantidad exagerada de tortas fritas con mermelada y azúcar, sufrir un día de calor tan pegajoso que estar de pie mucho tiempo era arriesgarse a un síncope y cerrar, si había suerte, algún trato detrás de las barracas de pollos que montaban los Futuros Granjeros de América. Aquel año, la probabilidad de que yo consiguiera algo más que tortas fritas y calor sofocante era menor que cero.

Mi padre y yo acompañamos sumisamente a Amma hasta las mesas de los jueces del concurso de pays, que estaban instaladas bajo una enorme pancarta de Southern Crusty, la marca de productos del sur. Los concursos de belleza eran lo más popular, pero la competición de pays era el acontecimiento con mayor tradición de la feria. Las mismas familias habían preparado las mismas recetas durante varias generaciones y las bandas que concedían a las ganadoras constituían el orgullo de toda gran casa sureña y el oprobio de la adversaria. Aquel año corría el rumor de que algunas mujeres se habían conjurado para que Amma no consiguiera el primer premio, pero, a juzgar por los rezongos que llevaba oyendo en la cocina toda la semana, eso sólo ocurriría si el infierno se cubría de hielo y *esas mujeres* lo recorrían sobre patines.

Cuando descargamos su valiosa mercancía, Amma ya estaba protestando ante los jueces por la colocación de la mesa.

—No se puede probar el vinagre a continuación de un pay de cerezas, ni un pastel de ruibarbo entre mis pays de crema. No se apreciaría el sabor. A no ser, muchachitos, que eso sea precisamente lo que ustedes pretenden.

—Aquí está —dijo mi padre casi sin respiración en el preciso momento en que Amma dirigió a los jueces su famosa mirada. Los graciosos señores se revolvieron en sus asientos, es decir, en sus sillas plegables.

Mi padre me indicó con la mano que saliéramos y nos escabullimos sin dar a Amma oportunidad de que nos alistara para la audaz misión de aterrorizar a inocentes voluntarios e intimidar a los jueces. En cuanto nos vimos entre la multitud, nos dirigimos instintivamente en dirección contraria.

—¿Vas a recorrer la feria con esa gata? —me dijo mi padre mirando a *Lucille,* que se había sentado a mis pies.

—Supongo que sí.

Se echó a reír. Yo todavía no me había acostumbrado a su risa.

—Bueno, no te metas en líos.

—Nunca lo hago.

Muy en su papel de padre, Mitchell asintió y yo, muy en mi papel de hijo, también asentí. Prefería olvidarme de que, porque mi padre aún sufría el shock de la muerte de mi madre, el año anterior yo tuve que interpretar el papel de adulto. En definitiva, mi padre se fue por su lado y yo por el mío, y desaparecimos entre masas sudorosas.

La feria estaba abarrotada, así que tardé un buen rato en encontrar a Link. Fiel a sí mismo, estaba en la zona de juegos tratando de ligarse a la primera chica que se fijase en él. Aquel día había buenas oportunidades de conocer a algunas chicas que no fueran de Gatlin. Mi amigo estaba en una de esas atracciones en las que hay que dar un golpe con un mazo de goma gigante para probar lo fuerte que eres y tenía el mazo echado al hombro. Iba disfrazado de batería, con una camiseta vieja del grupo Social Distortion, las baquetas en el bolsillo trasero de los pantalones y la cadena con la que sujetaba su cartera colgando por fuera.

—Van a ver, princesas, voy a demostraros cómo se hace. Atrás, por favor, no les vaya a hacer daño.

Las chicas se rieron y Link golpeó con todas sus fuerzas. El indicador subió por la escala midiendo la fuerza de Link y sus posibilidades de ligar al mismo tiempo. Superó DECEPCIÓN TOTAL y DEBILUCHO y se encaminó a toda velocidad hacia la campanilla de AUTÉNTICO CAMPEÓN, pero no la alcanzó. En realidad, ni siquiera estuvo cerca. Se paró a mitad de camino, donde decía GALLITO. Las chicas lo miraron con decepción y se encaminaron al tiro con anillos.

—¡Este cacharro está trucado, todo el mundo lo sabe! —les gritó Link dejando el mazo tirado en el suelo. Probablemente tuviera razón, pero daba igual. En Gatlin todo estaba trucado, ¿por qué iba a suceder lo contrario con los juegos de la feria?

—Oye, vale, ¿tienes dinero? —me pidió Link y, disimulando, rebuscó en sus bolsillos como si tuviera más de diez céntimos.

Le di cinco dólares con gesto de reprobación.

—Tienes que ponerte a trabajar, vale.

—Tengo trabajo. Soy batería.

—Eso no es trabajo. Si no te pagan, no es trabajo.

Link miró a su alrededor. Buscaba chicas o tortas fritas, pero me habría sido difícil precisar qué, porque ante ambas cosas respondía de la misma manera.

—Estamos a punto de cerrar un concierto.

—¿Van a tocar en la feria?

—¿En esa porquería de escenario? Ni mucho menos —dijo, dando una patada en el suelo.

—¿Al final no los contrataron?

—Nos dijeron que somos una mierda. Al principio también Led Zeppelin le parecía una mierda a todo el mundo.

Nos dimos una vuelta por la feria. No era difícil darse cuenta de que aquel año las atracciones tenían circuitos algo más cortos y juegos algo menos vistosos. Un payaso patético pasó a nuestro lado vendiendo globos.

Link se paró de pronto y me dio un codazo.

—Eh, vale, mira eso. A las seis en punto. Quemaduras de tercer grado. —Según la escala de Link, ése era el máximo calificativo que podía otorgarse a una chica atractiva.

Me señaló una rubia que avanzaba hacia nosotros sonriendo. Era Liv.

—Link… —quise explicarle, pero Link ya estaba de misión.

—Como diría mi madre: aleluya, qué buen gusto tiene el buen Dios, amén.

—¡Ethan! —dijo Liv saludándonos con la mano.

Link me miró.

—¡No me lo puedo creer! Pero si estás con Lena. Eso está pero que muy mal, amigo.

—Con quien no estoy es con Liv, aunque en realidad ya no sé con quién estoy. Tú, en todo caso, tranquilo.

Miré a Liv y sonreí. Se me heló la sonrisa en cuanto advertí que llevaba una camiseta raída de Led Zeppelin.

Link se fijó al mismo tiempo que yo.

—La chica perfecta.

—¿Qué tal, Liv? Éste es Link —dije y le di un codazo a mi amigo para indicarle que se comportase—. Liv es la ayudante de Marian. Va a trabajar conmigo en la biblioteca todo el verano.

Liv le ofreció la mano. Link estaba boquiabierto.

—¡Guau!

La cosa con Link es que él nunca se avergonzaba de nada. Era yo el que sentía vergüenza ajena.

—Estudia en Inglaterra y vino con un programa de intercambio.

—¡Reguau!

Miré a Liv y me encogí de hombros.

—Te lo dije.

Link le dedicó la mayor de sus sonrisas.

—Ethan no me había dicho nada, pero tienes un atractivo de proporciones cósmicas.

Liv me miró fingiendo sorpresa.

—¿No le habías dicho nada? Me parece trágico —dijo y, riéndose, se colocó entre los dos y nos tomó del brazo—. Vamos, chicos, explíquenme exactamente cómo se hace esa cosa tan extraña, el algodón de azúcar.

—Señorita, no estoy autorizado a revelarle secretos de estado.

—Yo sí —dijo Link, estrechándole el brazo contra el suyo.

—Pues cuéntamelo todo.

—¿Túnel del amor o tienda de los besos? —sugirió Link con una sonrisa cada vez más amplia.

Liv ladeó la cabeza.

—Veamos… Es una elección difícil. Me inclino por… ¡la noria!

Fue en ese momento cuando la brisa me trajo una fragancia a limones y romero y vi una melena negra que me resultó familiar.

Fue lo único, sin embargo, que reconocí. Se trataba de Lena, que se encontraba detrás de las taquillas, a unos metros de distancia, y con ropa que debía de haberle tomado prestada a Ridley. Vestía un top negro que le dejaba el ombligo al descubierto y una falda negra unos diez centímetros más corta de las que solía ponerse. Llevaba una larga mecha azul desde el nacimiento del pelo hasta la espalda, pero no fue eso lo que más me sorprendió. Lena, la chica que jamás se ponía nada en la cara salvo crema protectora, estaba cubierta de maquillaje. A algunos tipos les gustan las chicas con la cara pintada, pero yo no soy uno de ellos. Los ojos, maquillados en negro, resultaban especialmente perturbadores.

Entre tantas personas con ropa vaquera y mesas con manteles de cuadros, y en medio de tanto polvo, paja y sudor parecía todavía más fuera de lugar. Sólo reconocí sus viejas botas y el collar de los amuletos. Se me ocurrió que era la cuerda de salvamento que conducía a la auténtica Lena. Porque ella jamás se había vestido así. Al menos, no mientras estuvo conmigo.

Tres chicos con muy mala facha la miraron de arriba abajo. Tuve que contenerme para no darles un puñetazo en la cara.

Solté el brazo de Liv.

—Nos vemos luego, chicos.

Link no daba crédito. Aquél parecía su día de suerte.

—Si quieres te esperamos —dijo Liv.

—No se preocupen. Luego los alcanzo.

No esperaba encontrarme a Lena en la feria y no sabía qué decir para no dar la impresión de que me había quedado todavía más boquiabierto que Link. Como si hubiera forma de aparentar tranquilidad cuando tu novia se fuga con otro chico.

—Ethan, te estaba buscando —dijo Lena, acercándose. Parecía sincera, la misma de siempre, la que yo recordaba de meses atrás. Parecía la Lena de la que yo estaba desesperadamente enamorado, la que me amaba. Aunque se hubiera vestido y maquillado como Ridley. Me apartó el pelo de la cara, rozándome levemente la línea de la mandíbula.

—Es gracioso que ahora me busques cuando el otro día saliste huyendo —dije. Quise aparentar desenfado, pero mi tono fue demasiado grave, como si estuviera molesto.

—No salí huyendo —dijo Lena poniéndose a la defensiva.

—No, sólo me tirabas árboles y te subiste a la moto de otro chico.

—Yo no te tiré ningún árbol.

La miré enarcando las cejas.

—¿Ah, no?

—Eran ramas —dijo, encogiéndose de hombros.

Pero estaba en mis manos. Lo supe por la manera en que retorcía el clip en forma de estrella que le había regalado. Tanto lo retorció que pensé que iba a romper el collar.

—Lo siento, Ethan. No sé qué me pasa —dijo con voz suave, sincera—. A veces es como si todo me envolviera, me encerrara, y no puedo aguantarlo. En el lago no huía de ti, huía de mí misma.

—¿Estás segura?

Me miraba fijamente. Una lágrima resbaló por su mejilla. Se limpió con el dorso de la mano y cerró el puño con frustración. Luego lo abrió y apoyó la mano en mi pecho, sobre el corazón.

No es por ti. Te quiero.

—Te quiero —repitió en voz alta, y sus palabras quedaron colgando en el aire. Era una declaración pública, distinta a cuando nos comunicábamos en kelting. Me puse tenso al oírla y se me hizo un nudo en la garganta. Quise responder con algún comentario irónico, pero no se me ocurría nada salvo lo hermosa que era y cuánto la quería.

Esta vez, sin embargo, no estaba dispuesto a dejar que se me escapara tan fácilmente y puse fin a la tregua.

—¿Qué ocurre, L? Si tanto me quieres, ¿por qué no me dices quién es John Breed?

Apartó la mirada sin responder.

Contéstame.

—No es nadie, Ethan, sólo un amigo de Ridley. Entre nosotros no hay nada.

—¿Desde cuándo no hay nada? ¿Desde que le hiciste la foto del cementerio?

—No le hice una foto a él, sino a su moto. Yo había quedado con Ridley y él llegó con ella.

No pasé por alto que Lena no había respondido a mi pregunta.

—¿Desde cuándo sales con Ridley? ¿Has olvidado ya que nos separó para que tu madre pudiera encontrarte a solas y convencerte de que te pasaras al lado Oscuro? ¿Has olvidado ya que estuvo a punto de matar a mi padre?

Se apartó de mí. Percibí que volvía a retraerse, que regresaba a un lugar donde yo no podía alcanzarla.

—Ridley me advirtió que no lo entenderías. Eres un Mortal y no sabes nada de mí, de cómo soy en realidad. Por eso no te he dicho nada.

Sentí una brisa súbita. Nubes de tormenta se avecinaban en señal de advertencia.

—¿Por qué estás tan segura de que no lo entendería si no me cuentas nada? Si me dieras una oportunidad en lugar de escabullirte…

—¿Qué quieres que te diga? ¿Que no tengo ni idea de lo que me pasa? ¿Que algo está cambiando y no lo comprendo? ¿Que me siento como un monstruo y que Ridley es la única que puede ayudarme?

La escuchaba con los cinco sentidos. Me di cuenta de que tenía razón. No la comprendía, no entendía lo que me estaba diciendo.

—Pero ¿te estás oyendo? ¿De verdad crees que Ridley intenta ayudarte, que puedes confiar en ella? Es una Caster Oscura, L. ¡Pero, mírate! ¿Te parece que ésta eres tú? Eso que dice que sientes… lo más probable es que ella sea la causa de todo.

Yo esperaba que empezase a llover en cualquier momento. En vez de ello se abrieron las nubes. Lena se acercó y volvió a apoyar la mano en mi pecho. Me dirigió una mirada de súplica.

—Ethan, Ridley ha cambiado. No quiere ser Oscura. Destrozó su vida, perdió a todo el mundo incluida a ella misma. Dice que convertirte al lado Oscuro cambia tu forma de sentir. Puedes sentir lo mismo que sentías, apreciar las cosas que amabas, pero con una continua sensación de distancia, como si tus sentimientos pertenecieran a otra persona.

—Pero me dijiste que no lo podía controlar.

—Me equivoqué. Recuerda a mi tío Macon, él sabía cómo controlarlo y Ridley está aprendiendo.

—Ridley no es Macon.

Un relámpago cruzó el cielo.

—Tú no sabes nada.

—Eso es verdad. Soy un estúpido Mortal. No sé nada de tu secreto mundo de Caster ni de tu repugnante prima Caster ni del tío Caster de la Harley.

Lena estalló.

—Ridley y yo éramos como hermanas, no puedo darle la espalda. Ya te dije que en estos momentos la necesito. Y ella me necesita a mí.

No dije nada. Lena traslucía frustración. Yo estaba sorprendido de que la noria no hubiera saltado de sus goznes y hubiera salido rodando. Por el rabillo del ojo veía las luces de la montaña rusa. La misma sensación de vértigo que en una montaña rusa experimentaba yo cuando me perdía en los ojos de Lena. A veces el amor es así y encuentras una tregua cuando en realidad no la quieres.

Otras veces la tregua te encuentra a ti.

Lena me echó los brazos al cuello y me atrajo hacia ella. Encontré sus labios y nos besamos y abrazamos como si temiéramos no hacerlo nunca más. Esta vez, cuando me mordió el labio, acarició levemente mi piel con sus dientes y no hubo sangre. Sólo urgencia. La empujé contra la tosca pared de madera de detrás de las taquillas. Oía más su respiración agitada que la mía. Hundí mis dedos en sus cabellos y volví a besarla. Empecé a sentir aquella presión en el pecho, la falta de aire, el estertor al querer llenar los pulmones. El fuego.

Lena también lo sintió y se apartó. Yo me agaché intentando recobrar el aliento.

—¿Estás bien?

Respiré hondo y me incorporé.

—Sí, estoy bien. Para un Mortal.

Me dedicó una sonrisa auténtica y buscó mi mano. Advertí entonces que se había hecho un dibujo muy extraño en la palma. Líneas curvas y espirales que se enroscaban hasta la muñeca y el antebrazo. Eran trazos parecidos a los de henna con que se adornaba la adivina que echaba las cartas en un puesto con olor a incienso barato del otro extremo del recinto.

—¿Qué es eso? —pregunté tomándola de la muñeca, que ella apartó de un tirón. Acordándome del tatuaje de Ridley, me pregunté si el dibujo de Lena sería de plumón.

Así es.

—Será mejor que bebas algo.

Tiró de mí para rodear las taquillas y yo la dejé. No quería seguir enfadado cuando vislumbraba la posibilidad de que el muro que se interponía entre nosotros se viniera abajo. Lo sentí al besarnos unos momentos antes. Aquel beso no tenía nada que ver con el del lago, que me había cortado la respiración por razones muy distintas. Quizá nunca supiera el significado de aquel beso, pero sabía que el que acabábamos de darnos era para nosotros una oportunidad. Tal vez la única que nos quedaba.

Pero sólo duró dos segundos.

En cuanto vi a Liv, que llevaba dos nubes de algodón de azúcar en una mano y me saludaba con la otra, supe que el muro volvía a levantarse. Quizá para bien.

—Ethan, te he comprado algodón de azúcar. ¡Ven, vamos a la noria!

Lena me soltó. Comprendí la idea que se había formado: chica rubia y delgada con largas piernas, dos nubes de algodón de azúcar y sonrisa expectante. Estaba sentenciado antes incluso de que Liv pronunciase la palabra *vamos.*

Ésa es Liv, la ayudante de Marian. Trabaja conmigo en la biblioteca.

¿También trabaja contigo en el Dar-ee Keen? ¿Y en la feria?

Otro relámpago atravesó el cielo.

No es lo que parece, L.

Liv me dio el algodón de azúcar y miró a Lena con una sonrisa y le tendió la mano.

¿Una rubia? Lena no había apartado la vista de mí. *¿En serio? ¡No me digas!*

—Lena, ¿verdad? Hola, soy Liv.

Ay, y el acento. Eso lo explica todo.

—Hola, *Liv* —dijo Lena, pronunciando el nombre como si tuviéramos al respecto una broma privada. No tocó la mano de Liv.

Si Liv advirtió el desprecio, no dejó que se notase y retiró la mano.

—¡Por fin! Llevo días intentando que Ethan nos presente como es debido, porque parece que él y yo vamos a pasar juntos todo el verano.

No me digas.

Lena no me miraba y Liv no dejaba de mirarla a ella.

—Liv, lo siento, pero éste no es buen… —intervine, pero no podía impedirlo. Era una situación penosa: dos trenes a cámara lenta a punto de chocar.

—No seas tonto —me interrumpió Lena con los ojos clavados en Liv, como si, dotada de los poderes de una Sybil, fuera capaz de interpretar su rostro—. Encantada de conocerte.

Es todo tuyo. Por mí puedes quedarte con el pueblo entero.

Liv tardó unos dos segundos en darse cuenta de que había interrumpido algo. Intentó llenar el silencio de todas formas.

—Ethan y yo no paramos de hablar de ti. Me ha dicho que sabes tocar la viola.

Lena se puso tensa.

Ethan y yo... Liv añadió un tono malicioso, pero con las palabras habría bastado. Yo sabía cómo se las tomaría Lena: Ethan y la chica Mortal, la chica capaz de ser todo lo que ella no podía ser.

—Tengo que irme —dijo Lena dando media vuelta sin que yo pudiera cogerla del brazo.

Lena...

Ridley tenía razón. Sólo era cuestión de tiempo, hasta que otra chica llegara al pueblo.

Me pregunté qué otras cosas le habría dicho Ridley.

¿De qué estás hablando? Sólo somos amigos, L.

Nosotros también éramos sólo amigos.

Se marchó abriéndose paso a empujones entre la sudorosa multitud y provocó una caótica reacción en cadena. El efecto dominó parecía interminable. No pude verlo bien, pero en algún sitio entre ella y yo un payaso tropezó y uno de los globos que llevaba estalló, un niño se echó a llorar porque se le había caído el helado y una mujer se puso a gritar porque una máquina de hacer palomitas empezó a echar humo y arder. Incluso en la resbaladiza confusión de calor, brazos y ruido, todo cambió al pasar Lena. Su fuerza de atracción fue tan poderosa como la Luna para las mareas o el Sol para los planetas. Respecto a mí, estaba atrapado en su órbita aunque ella se alejara de la mía.

Di un paso hacia ella, pero Liv me tomó del brazo frunciendo el ceño, como si estuviera analizando la situación o haciéndose cargo de ella por primera vez.

—Lo siento, Ethan. No quería interrumpir. Quiero decir, si, ya sabes, he interrumpido algo...

Quería saber lo que había pasado entre Lena y yo sin preguntarlo, pero no dije nada. Supongo que era la mejor respuesta.

El caso es que no seguí andando y dejé que Lena se fuera.

Llegó Link abriéndose paso entre la gente. Traía tres latas de Coca-Cola y una nube de algodón de azúcar.

—¡Hey!, en el puesto de las bebidas hay una cola brutal —dijo, dándole una lata a Liv—. ¿Me perdí algo? ¿Ésa de ahí era Lena?

—Se fue —dijo Liv sin más explicaciones, como si las cosas fueran así de simples.

Y ojalá lo hubieran sido.

—Da igual. Olvídense de la noria —dijo Link—. Será mejor que vayamos a la carpa principal. Van a anunciar a las ganadoras del concurso de pays en cualquier momento y como no seas testigo de su momento de gloria, Amma te va a arrancar la piel a tiras.

—¿Hay pay de manzana? —preguntó Liv.

—Sí, pero para probarla hay que ponerse unos Levi's, beberse Coca-Cola y conducir un Chevrolet mientras cantas *American Pie.*

Aunque iban a un paso de mí, oí en la lejanía las bromas de Link y la risa fácil de Liv. Ellos no tenían pesadillas ni eran víctimas de una maldición. Ni siquiera estaban preocupados.

Link tenía razón. No podíamos perdernos el momento de gloria de Amma. Por mi parte, seguro que ese día no me daban ninguna banda de ganador. Tampoco me hacía falta dar un mazazo en la vieja y trucada atracción de feria para saber qué resultado obtendría. Link sería un GALLITO, pero yo me sentía menos que una DECEPCIÓN TOTAL. Ya podía dar el golpe más fuerte del mundo que la respuesta siempre sería la misma. Por mucho que me esforzara, últimamente siempre acababa entre PERDEDOR y NULIDAD ABSOLUTA. Además, empezaba a tener la impresión de que Lena tenía el mazo entre las manos. Por fin comprendí por qué Link escribía tantas canciones sobre el abandono.

15 de junio

EL TÚNEL DEL AMOR

—COMO SUBA LA TEMPERATURA un poco más, vamos a empezar a caer como moscas y las moscas van a empezar a caer como moscas —dijo Link limpiando su sudorosa frente con su sudorosa mano y rociando a cuantos teníamos la suerte de estar a su lado.

—Muchas gracias —dijo Liv limpiándose la cara con una mano y despegando del cuerpo su empapada camiseta con la otra.

La carpa de Southern Crusty estaba atestada y las finalistas ya se encontraban en el improvisado estrado de madera. Yo intentaba ver algo por encima de las filas de mujeronas que nos precedían, pero era como hacer cola en la cafetería del Jackson High el día que reparten galletas gratis.

—Casi no puedo verlas —dijo Liv poniéndose de puntillas—. ¿Se supone que está pasando algo? ¿Nos lo habremos perdido?

—Espera un momento. —Link intentó asomarse entre dos mujeres inmensas que estaban delante—. Bah, es imposible acercarse más. Me rindo.

—Allí está Amma —dije yo—. Gana el primer premio casi todos los años.

—¿Amma Treadeau? —preguntó Liv.

—Exacto. ¿Cómo lo sabes?

—No sé. La profesora Ashcroft me la habrá mencionado alguna vez.

La voz de Carlton Eaton retumbó en las bocinas. Se estaba haciendo un lío con el micrófono. Siempre anunciaba a las ganadoras del concurso. Porque sólo había una cosa que le gustaba más que abrir el correo: la luz de los focos.

—Si tienen la amabilidad de escucharme un momento, amigos… Tuvimos algunas dificultades técnicas… Espera un momento… ¿Pueden llamar a Red? ¡Yo qué voy a saber arreglar el maldito micrófono! Maldita sea, aquí hace más calor que en el Hades.

Se limpió el sudor con un pañuelo. Nunca conseguía saber cuándo el micrófono estaba apagado y cuándo encendido.

Amma, muy orgullosa, se encontraba a su derecha. Llevaba su mejor vestido, el estampado con pequeñas violetas, y sostenía su preciado y premiado pay de camote. La señora Snow y la señora Asher estaban a su lado con sus propias creaciones. Iban ataviadas para el Desfile de Madre e Hija Durazno, que comenzaba a continuación del concurso de repostería, y estaban igualmente espantosas con sus vestidos de gasa de colores azul cielo y rosa respectivamente. Parecían salidas de un baile de graduación de los años ochenta. Por fortuna, la señora Lincoln, que estaba junto a la señora Asher, no participaba en el desfile, así que llevaba uno de los vestidos que solía ponerse para ir a la iglesia —y sostenía su famoso pay de mantequilla—. Al mirarla me acordé del cumpleaños de Lena y la locura que se desató. Ver salir a la madre de tu novia del cuerpo de la madre de tu mejor amigo es un espectáculo digno de contemplarse. Aquella noche, al ver a la señora Lincoln, pensé en el momento en que Sarafine salió de su cuerpo igual que una serpiente muda la piel. Me entraron escalofríos.

—Mira, colega —dijo Link dándome un codazo—, fíjate en Savannah. ¡Con corona y todo! Seguro que sabe sacarle partido al premio.

Enfundadas en sus chabacanos vestidos y sudando a mares, Savannah, Emily y Eden estaban sentadas en primera fila con el resto de participantes en el Desfile del Durazno. Savannah asomaba bajo metros de reluciente durazno y tenía la corona de brillantes falsos de princesa de Gatlin perfectamente colocada, pero la cola de su vestido se enganchaba en la barata silla plegable en la que estaba sentada. Posiblemente había comprado el vestido en Little Miss, la tienda de ropa femenina del pueblo, que lo habría encargado a medida en Orlando.

Liv se acercó para comentar ese singular fenómeno cultural llamado Savannah Snow.

—Pero, entonces, ¿es la reina de la feria? —preguntó con un brillo en los ojos. Yo intenté ponerme en su piel, comprender lo raro que debía de parecerle todo aquello a una extranjera.

—Está a punto de serlo —dije, casi con una sonrisa.

—No tenía ni idea de que la repostería fuera tan importante para los americanos. Desde el punto de vista antropológico, quiero decir.

—No sé qué pasará en otros sitios, pero en el sur las mujeres se la toman muy en serio. Y éste es el concurso de repostería más importante del condado de Gatlin.

—¡Ethan, acércate!

Tía Mercy me llamaba agitando el pañuelo con una mano mientras con la otra sostenía su infame pay de coco. Thelma empujaba su silla de ruedas, con la que iba apartando a la gente. Tía Mercy participaba en el concurso todos los años y todos los años su pay de coco obtenía una mención de honor por mucho que hubiera olvidado la receta hacía más de veinte años y ni uno solo de los jueces tuviera valor suficiente para probarlo.

Tía Grace y tía Prue iban tomadas del brazo. Llevaban al terrier de Yorkshire de tía Prue, *Harlon James.*

—Ethan, qué alegría que estés aquí. ¿Has venido a ver cómo le dan la banda a tía Mercy?

—Pues claro, Grace. ¿Qué otra cosa iba a hacer en una carpa llena de mujeres?

Quise presentarles a Liv a las Hermanas, pero no me dieron oportunidad. No paraban de parlotear. De todas formas, para qué preocuparse si tía Prue siempre se encargaba de las formalidades.

—¿Quién es ésta, Ethan, tu nueva novia?

Tía Mercy se ajustó las gafas.

—¿Qué le ha pasado a la otra, a la chica de los Duchanne, la morena?

Tía Prue miró a su hermana con reprobación.

—Pero, Mercy, eso no es asunto nuestro. No tendrías ni que haberle preguntado. A lo mejor fue ella la que lo dejó a él.

—¿Y por qué iba a dejarlo? Ethan, no le habrás pedido a esa chica que se desnude, ¿verdad?

Tía Prue dio un respingo.

—¡Mercy Lynne! Si el buen Dios no nos castiga a todos por ser tú tan deslenguada…

Liv estaba aturdida. Evidentemente, no estaba acostumbrada a seguir el parloteo de unas ancianas de más de trescientos años de edad y con acento del sur.

—No, tía, tranquila. Y tranquilas las dos que Lena y yo no lo hemos dejado. Todo va bien entre nosotros —mentí, aunque si subían lo suficiente el volumen de sus audífonos para oír los chismorreos de los feligreses, sabrían la verdad en cuanto pisaran la iglesia—. Ésta es Liv, la ayudante de Marian. Pasará aquí el verano. Trabajamos juntos en la biblioteca. Liv, éstas son mis tías abuelas Grace, Mercy y Prudence.

—¡Ése, ése es su nombre, Lena! Lo tenía en la punta de la lengua —dijo tía Mercy mirando a Liv con una sonrisa que ésta le devolvió.

—Es un placer conocerlas.

Justo a tiempo, Carlton Eaton dio unos golpecitos en el micrófono.

—Atención, señoras y señores, creo que ya podemos empezar.

—Chicas, tenemos que ponernos en primera fila. Dentro de nada van a decir mi nombre —dijo tía Mercy abriéndose paso por el pasillo como si la silla de ruedas fuera un tanque—. Nos vemos en menos de lo que canta un gallo, corazón.

La gente seguía llegando a la carpa por sus tres entradas y Lacy Beecham y Elsie Wilks, ganadoras de los concursos a la Mejor Cazuela y a la Mejor Barbacoa, ocuparon su sitio cerca del estrado luciendo su banda azul. Barbacoa era una categoría importante, incluso más que Platos Picantes, así que era normal que la señora Wilks no cupiera en sí de satisfacción.

Me fijé en Amma, que traslucía orgullo y no miró a *esas mujeres* ni una sola vez. Desvió la vista hacia uno de los lados de la carpa y se le ensombreció la expresión.

Link volvió a clavarme el brazo en las costillas.

—Eh, ¿viste? Quiero decir, ya sabes, la mirada.

Seguimos la mirada de Amma. En cuanto vi lo que ella estaba viendo, me estremecí.

Lena estaba apoyada en una de las columnas que sostenían la carpa con los ojos clavados en el estrado. Yo sabía que no tenía el menor interés por el concurso de pays, pero tal vez hubiera acudido para apoyar a Amma. A juzgar por su mirada, sin embargo, Amma no pensaba como yo. Sin dejar de mirar a Lena, sacudió la cabeza ligeramente y Lena apartó la mirada. Tal vez me estuviera buscando, aunque probablemente yo fuera la última persona a quien en aquellos momentos quería ver. Pero entonces, ¿qué estaba haciendo allí?

Link me tiró del brazo.

—Es... ella...

En la columna opuesta a la de Lena estaba Ridley. Llevaba una minifalda rosa y estaba desenvolviendo una paleta. Miraba fijamente al estrado como si el concurso no le diera absolutamente igual, como si causar problemas no fuera lo único que le importara. Aquella noche, el aforo de la carpa debía rebasarse en más de doscientas perso-

nas, así que aquél parecía un lugar tan bueno como cualquier otro
para provocar algún lío.

La voz de Carlton Eaton retumbó por encima de los presentes.

—Probando, probando. ¿Pueden oírme? De acuerdo, pues comence-
mos con los pays de crema. Este año el concurso estuvo muy reñido,
amigos. He tenido el placer de probar algunas de los pays y puedo ase-
gurarles que, en mi opinión, todos y cada uno de ellos son merecedores
del primer premio. Considero, sin embargo, que no puede haber más
que una ganadora, de modo que, adelante y veamos quién ha sido la
afortunada. —Carlton se hizo un lío con el primer sobre, que rasgó haciendo un ruido ensordecedor—. Aquí está, amigos. La ganadora del tercer premio es… el pay de helado de naranja de la señora Tricia Asher.

La señora Asher frunció el ceño por una milésima de segundo y
luego esbozó su falsa y brillante sonrisa.

Yo no apartaba los ojos de Ridley. Algo tenía que estar tramando. A
Ridley ni los pays ni los acontecimientos sociales ni nada de lo que sucedía en Gatlin le importaban lo más mínimo. Se volvió para mirar hacia el fondo de la carpa y asintió con la cabeza. Yo también me volví.

El Caster contemplaba la escena con una sonrisa en los labios. Estaba en la entrada posterior y no apartaba la mirada de las finalistas,
adonde Ridley volvió a dirigir su atención. A continuación, lenta y
deliberadamente, Ridley empezó a lamer la paleta. Lo que nunca era
buena señal.

¡Lena!

Lena ni siquiera parpadeó. No corría una brizna de aire, pero empezó a soltársele el pelo. Reconocí en su gesto una Brisa Caster. No sé
si a causa del calor, la cercanía de Lena o la mirada sombría de Amma,
pero empecé a preocuparme. ¿Qué estarían tramando Ridley y John?
¿Por qué estaba Lena realizando uno de sus hechizos precisamente
allí? En cualquier caso, si Ridley y John se habían propuesto alguna
fechoría, Lena se interpondría.

No tardé en averiguar qué ocurría. Amma no era la única que repartía su mirada como una mala mano de cartas. Ridley y John también la miraban. ¿Sería Ridley tan estúpida como para enfrentarse a
Amma? ¿Existía alguien lo bastante estúpido para intentarlo?

Como si me hubiera oído y quisiera responderme, Ridley levantó
la paleta en alto.

—Oh, oh —exclamó Link—, será mejor que nos vayamos.

—¿Por qué no te llevas a Liv a la noria? —dije—. Me parece que
esto va a ser un poco aburrido.

—Y llegamos a la parte más emocionante del concurso —dijo Carlton Eaton como si me hubiera oído—. Muy bien, vamos allá. Veamos quién de estas damas se va a llevar la banda del segundo premio y utensilios y accesorios de cocina por valor de quinientos dólares o la banda de ganadora y los setecientos cincuenta dólares que regala Southern Crusty. *Porque si no es Southern Crusty, ni es crujiente ni es del sur...*

Cartlon Eaton no llegó a terminar, porque antes de hacerlo, todos los presentes comprobamos que los pays llevaban sorpresa.

Los moldes empezaron a temblar y la gente tardó unos segundos en darse cuenta de lo que estaba pasando antes de ponerse a gritar. Larvas, gusanos, cucarachas y ciempiés empezaron a salir de los pays. Fue como si todo el odio y la hipocresía del pueblo —los de la señora Lincoln, la señora Asher y la señora Snow, los del director del Jackson High, los de las Hijas de la Revolución Americana y de la Asociación de Padres y Madres, los de todos los colaboradores de la iglesia— se hubieran amasado junto con los pays y ahora cobraran vida. De todos los pays que había en el escenario salían bichos, muchos más de los que los moldes podían contener.

Salían bichos de todos los pays... menos del de Amma, que sacudía la cabeza y entrecerraba los ojos con gesto de desafío. Hordas de ciempiés y cucarachas rebosaban de los moldes y caían a los pies de las concursantes. Al llegar a los pies de Amma, sin embargo, los insectos los rodeaban sin tocarlos.

La señora Snow fue la primera en reaccionar. Tiró su pay y bichos manchados de crema saltaron por los aires para aterrizar sobre los asistentes sentados en primera fila. La señora Lincoln y la señora Asher reaccionaron a continuación y los gusanos de sus pays cayeron como la lluvia sobre los vestidos de seda de las mujeres que iban a participar en el Baile del Durazno. Savannah se puso a chillar. Sus gritos no eran fingidos, como de costumbre, sino auténticos y estremecedores berridos de pánico. A cualquier parte que miraras, veías gusanos manchados de pay, y gente que se esforzaba para no vomitar. Algunos lo consiguieron, otros no. Vi al director Harper doblado sobre un cubo de basura echando por la boca todas las tortas fritas del día. Si Ridley se había propuesto crear problemas, lo había conseguido.

Liv parecía mareada. Link intentaba abrirse paso entre la multitud probablemente para rescatar a su madre, como últimamente había tenido que hacer tantas veces. Considerando que su madre era irrecuperable, sentí admiración por él.

Liv me tomó del brazo mientras la gente se apresuraba hacia las puertas de salida.

—Liv, sal de aquí. Ve por ahí. Todo el mundo se dirige hacia los lados —dije, señalando la puerta trasera de la carpa. John Breed seguía apostado allí, contemplando su magnífica obra con una sonrisa y los ojos clavados en el estrado. Sus ojos eran verdes, era cierto, pero no pertenecía al bando de los buenos.

Link llegó al estrado y limpiaba a manotazos los bichos del vestido de su madre, que estaba totalmente histérica. Yo conseguí acercarme al estrado.

—¡Que alguien me ayude! —gritó la señora Snow presa del pánico. No dejaba de chillar, era como un personaje de una película de terror. Su vestido estaba cubierto de tantos gusanos que parecía que estaba vivo. No me caía bien, es cierto, pero no la odiaba tanto como para desearle aquel castigo.

Vi a Ridley. No había terminado la paleta y cada vez que le daba una chupada aparecían más bichos. Yo dudaba de que tuviera poder suficiente para organizar aquel embrollo por sí sola, así que lo más probable era que el Caster también hubiera intervenido.

Lena, ¿a qué viene todo esto?

Amma seguía en el estrado y parecía capaz de echar abajo la carpa con la fuerza de su mirada. Cientos de cucarachas y ciempiés correteaban y reptaban a sus pies, pero ninguno se atrevía a tocarla. Hasta los bichos sabían con quién se las gastaban. Ella no había dejado de mirar a Lena y fruncía el ceño y apretaba los dientes. No había cambiado de expresión desde que apareció el primer gusano en el pay de mantequilla de la señora Lincoln. «¿Fuiste tú la que provocó esta hecatombe en el peor momento para mí?».

Lena estaba al fondo de la carpa, con el pelo aún revuelto por la Brisa del Hechizo. Las comisuras de sus labios formaban una sonrisa casi inapreciable en la que reconocí satisfacción.

No todo el mundo está al corriente de los verdaderos ingredientes de sus pays.

Comprendí que Lena en ningún momento había intentado impedir aquel desastre. Al contrario, había participado en él.

Lena, ¡ya está bien!

Pero no había forma de detenerla. Se vengaba en aquellos momentos de los Ángeles Guardianes y de la reunión del Comité Disciplinario, de los guisos que le dejaron a las puertas de Ravenwood y de las miradas de lástima y la falsa compasión de los habitantes de Gatlin.

Devolvía cuanto había recibido como si hubiera guardado hasta el más ínfimo fragmento, como si hubiera acumulado todo el desprecio de que había sido objeto y ahora reventara delante de sus narices. Supongo que era su forma de despedirse.

Amma se dirigió a ella como si no hubiera más personas bajo la carpa.

—Ya basta, niña. De esta gente no vas a conseguir lo que quieres. Esperar compasión de un pueblo que se compadece de sí mismo es inútil. No te darán más que un molde de pay lleno de nada.

La voz de tía Prue resonó por encima del estrépito.

—¡Dios mío, socorro! ¡A Grace le ha dado un infarto!

Tía Grace estaba inconsciente en el suelo. Grayson Petty estaba arrodillado a su lado comprobándole el pulso mientras tía Prue y tía Mercy apartaban cucarachas con los pies para que no treparan sobre su hermana.

—¡He dicho que basta! —bramó Amma desde el estrado.

Eché a correr hasta tía Grace y habría jurado que la carpa empezaba a vencerse sobre nosotros.

Me agaché para ayudar y vi que Amma sacaba algo del bolso y lo sostenía por encima de la cabeza: Ciclópea Amenaza, el viejo cucharón de madera, en todo su esplendor. Dio un sonoro golpe en la mesa.

—¡Ay!

Al otro lado de la carpa, Ridley hizo una mueca de dolor como si Amma le hubiera atizado directamente con Ciclópea Amenaza y la paleta rodó por el suelo.

La catástrofe cesó.

Busqué a Lena con la mirada, pero se había marchado. El hechizo, o lo que fuera, se había roto. Las últimas cucarachas salieron de la carpa y sólo quedaron unos cuantos gusanos y ciempiés.

Me incliné sobre tía Grace para comprobar que seguía respirando.

Lena, pero ¿qué has hecho?

***

Link salió conmigo de la carpa. Estaba tan confuso como de costumbre.

—No lo entiendo. ¿Por qué iba Lena a ayudar a Ridley y a ese Caster a realizar un hechizo así? Alguien podría haber salido muy malparado.

Me fijé en las atracciones que había cerca en busca de Lena y de Ridley, pero no las vi, sólo a los voluntarios de la organización 4-H abanicando a ancianas y dando vasos de agua a las víctimas del maldito concurso de repostería.

—¿Como tía Grace?

Link daba tirones a sus pantalones comprobando que no tuvieran bichos.

—Pensé que no lo contaba. Menos mal que sólo fue un desmayo. Será debido al calor.

—Sí, tuvo suerte.

Yo, en cambio, tenía la sensación de que no tenía suerte. Estaba demasiado furioso. Tenía que encontrar a Lena aunque ella no quisiera que la encontrase. Tendría que explicarme por qué había sembrado el terror, para saldar qué cuenta y con quién. ¿Con una reina de la belleza ya entrada en años? ¿Con la madre de Link, que era tan mayor como ella? El lío que se había armado era propio de Ridley, no de Lena.

Empezaba a anochecer. Link buscó entre la multitud bajo las luces recién encendidas y entre feligresas piadosas e histéricas.

—¿Adónde fue Liv? ¿No estaba contigo?

—No lo sé. En cuanto empezó el concurso de bichos le dije que saliera por la puerta del fondo.

Link puso cara de asco al oír la palabra «bichos».

—Estoy seguro de que sabe cuidar de sí misma. Creo que esto es algo que nos toca hacer a los dos solos.

—Totalmente de acuerdo.

Al poco llegamos al túnel del amor y vimos que Ridley, Lena y John estaban delante de los deslucidos vagones de plástico que remedaban unas góngolas. Lena iba entre los dos y llevaba una chamarra de cuero echada sobre los hombros. Pero ella no tenía ninguna chamarra de cuero y John sí.

La llamé casi sin darme cuenta.

—¡Lena!

Déjame en paz, Ethan.

No. ¿En qué estabas pensando?

No estaba pensando. Por una vez, estaba actuando, haciendo algo.

Sí, una estupidez.

No me digas que te has puesto de su parte.

Yo andaba deprisa. Link mantenía mi paso a duras penas.

—Vas en busca de pelea, ¿a que sí? Vale, espero que el Caster no nos prenda fuego o nos convierta en estatuas o algo parecido.

Normalmente, Link nunca rehuía una pelea. Aunque era delgado era casi tan alto como yo y estaba el doble de loco. Pero enfrentarse a un Sobrenatural no tenía el mismo atractivo. Ya habíamos salido escaldados otras veces.

—Yo me encargo, tú vete a buscar a Liv —dije con la intención de mantenerlo al margen.

—Ni lo sueñes, colega. Te cubro las espaldas.

Cuando llegamos a las góndolas, John se adelantó con ademán protector y se colocó ante las chicas, como si fueran ellas quienes necesitaban protección.

Ethan, márchate de aquí.

Oía miedo en su voz, pero esta vez era yo el que no pensaba responder.

—¿Qué tal, novio? ¿Cómo te va? —dijo Ridley sonriendo y desenvolviendo una paleta azul.

—Vete a la goma, Ridley.

Al ver a Link detrás de mí, le cambió el semblante.

—Hola, flacucho. ¿Quieres dar una vuelta en el túnel del amor? —dijo para dar la impresión de que la situación le divertía. Su voz, sin embargo, expresaba nerviosismo.

Link la tomó del brazo con fuerza, como si en verdad fuera su novio.

—¿Qué hacías en la carpa? ¿Qué pretendías que ocurriese? Podías haber matado a alguien. La tía de Ethan es muy mayor y casi le da un infarto.

Ridley se soltó con un tirón.

—Si sólo han sido unos cuantos bichos, no te pongas tan melodramático. Me gustabas más cuando eras un poco más complaciente.

—Eso seguro.

Lena dio un paso al frente y se colocó junto a John.

—¿Qué pasó? ¿Tu tía está bien? —preguntó con tono amable y sincera preocupación. Fue como si la Lena de siempre, mi Lena, hubiera vuelto, pero yo había dejado de confiar en ella. Hacía unos minutos atacaba a las mujeres que odiaba y a todas las personas que había en la carpa y ahora era la chica a la que había besado detrás de las taquillas. ¿Cómo podía confiar en ella?

—¿Qué hacías en la carpa? ¿Cómo pudiste ayudarlos?

No me di cuenta de lo enfadado que estaba hasta que me oí gritar. Pero John sí. Me golpeó en el pecho con la mano abierta.

—¡Ethan! —gritó Lena. Desde luego, estaba asustada.

¡Déjalo! No sabes lo que estás haciendo.

Como tú misma dijiste, por lo menos estoy haciendo algo.

Pues haz otra cosa. ¡Vete de aquí!

—No puedes hablarle así. ¿Por qué no te marchas antes de que sufras algún daño?

¿Me perdí de algo? Lena se había separado de mí hacía apenas una hora y John Breed la estaba defendiendo como si fuera su novia.

—Ten cuidado y mira bien a quién empujas, Caster.

—¿Caster? —repitió John Breed acercándose más a mí y cerrando sus enormes puños—. No me llames así.

—¿Y cómo quieres que te llame? ¿Saco de mierda? —dije. Quería que me pegara.

Me embistió, pero fui yo quien di el primer puñetazo. Así de estúpido soy. Liberé toda la ira y frustración que llevaba dentro en el momento en que mi suave puño humano impactó en su dura mandíbula sobrenatural. Fue como dar un puñetazo a una pared de cemento.

John parpadeó y sus verdes ojos se tornaron negros como el carbón. Ni siquiera había notado el golpe.

—Yo no soy un Caster.

Me había visto involucrado en unas cuantas peleas, pero ninguna me preparó para lo que sentí al golpear a John Breed. Recordaba la lucha entre Macon y su hermano Hunting, su fuerza y rapidez increíbles. John apenas se movió, pero enseguida me vi en el suelo. Y muerto.

—¡Ethan! ¡Déjalo, John! —gritó Lena, con dos regueros de maquillaje en el rostro a causa de las lágrimas.

Oí cómo John tiraba también a Link. En favor de mi amigo he de decir que se levantó antes que yo. Sólo que también volvió a caer antes que yo. Me incorporé como pude. No estaba muy dolorido, aunque me iba a ser difícil ocultarle mis moretones a Amma.

—Ya es suficiente, John —dijo Ridley aparentando tranquilidad. Su voz, sin embargo, denotaba que estaba asustada, tan asustada como era capaz. Tomó a John por el brazo—. Vámonos.

Link la miró a los ojos.

—No quiero que me hagas ningún favor, Rid. Sé cuidar de mí mismo.

—Ya lo veo. Eres un verdadero peso pesado.

Link hizo una mueca, no sé si a causa del comentario o del dolor. Lo cierto, en todo caso, era que no estaba acostumbrado a ser el que mordía el polvo cuando se peleaba. Se puso en pie y enseñó los puños, listo para proseguir la pelea.

—Son los puños de una furia, nena, y esto no ha hecho más que empezar.

Ridley se interpuso entre él y John.

—No. Ya se acabó.

Link bajó los puños y dio una patada al suelo.

—Podría con él si no fuese un… ¿Qué demonios eres, cabrón?

No di a John oportunidad de responder. Estaba completamente seguro de lo que era.

—Es una especie de Íncubo —dije y miré a Lena. Seguía llorando con los brazos cruzados sobre el vientre, pero no intenté hablar con ella. Ya ni siquiera estaba seguro de en qué se había convertido.

—¿Crees que soy un Íncubo? ¿Un Soldado del Demonio? —dijo John echándose a reír.

Ridley sonrió con sarcasmo.

—No seas presumido, John. Ya nadie llama Soldados del Demonio a los Íncubos.

John chascó los nudillos.

—Es que soy de la vieja escuela.

Link parecía confuso.

—Yo creía que ustedes, los vampiros, no podían ver la luz del día.

—Y yo creía que ustedes, los provincianos, tenían un Trans Am con la bandera confederada pintada en el capó —dijo John, y se echó a reír. La situación, sin embargo, no tenía ninguna gracia. Ridley aún se interponía entre los dos.

—¿A ti qué te importa, flacucho? En realidad, John es de los que les gusta respetar las reglas. Es una especie de… ser único. A mí me gusta pensar que tiene lo mejor de ambos mundos.

Yo no tenía ni idea de qué estaba hablando Ridley. En cualquier caso, no nos dijo qué era John.

—¿Ah, sí? Pues a mí me gusta pensar que va a volver a su mundo y se va a largar a rastras del nuestro —dijo Link con desprecio, pero cuando John lo miró, se le demudó visiblemente el rostro.

Ridley se volvió.

—Vámonos —le dijo a John.

Se dirigieron al túnel del amor cuando los vagones aún no habían pasado bajo el arco de madera decorado como un puente veneciano. Lena vaciló.

—Lena, no vayas con ellos.

Se quedó inmóvil un instante, como si estuviera pensando en volver a mis brazos, pero algo la detuvo. John le susurró algo al oído y subió a la góndola de plástico. Me quedé mirando a la única chica que había amado en mi vida. Tenía el pelo negro y los ojos dorados.

Y ya no podía seguir fingiendo que aquel color no significaba nada. Ya no.

Vi desaparecer los vagones del túnel del amor y me quedé a solas con Link. Estábamos tan doloridos y golpeados como el día de quinto curso en que nos peleamos con Emory y su hermano en el recreo.

—Vámonos de aquí —dijo Link, y echó a andar. Había anochecido. Vimos a lo lejos las luces de la noria, que estaba girando—. ¿Por qué creías que era un Íncubo?

A Link le gustaba pensar que le había dado una patada en el trasero un demonio y no alguien normal.

—Se le oscurecieron los ojos y tuve la misma sensación que si me hubieran golpeado con una llave inglesa —respondí.

—Sí, pero lleva todo el día expuesto a la luz. Y tiene los ojos verdes, como Lena … —adujo Link, y se interrumpió. Yo sabía que él también se había dado cuenta.

—Como Lena los tenía antes, ¿verdad? Lo sé, y no tiene ningún sentido.

En realidad, nada de lo sucedido aquella noche tenía sentido. No podía olvidarme del modo en que me había mirado Lena. Por un instante estuve seguro de que no pensaba seguir a John y a Ridley. Pero yo seguía pensando en Lena cuando Link quería hablar de John.

—¿Y a qué ha venido esa idiotez de tener lo mejor de ambos mundos? ¿Qué mundos? ¿El espantoso y el horripilante?

—No sé. Yo creía que era un Íncubo.

Link movió los hombros para comprobar si le dolían.

—Sea lo que sea, ese tío tiene superpoderes. Me pregunto qué más puede hacer.

Pasamos cerca de la salida del túnel del amor. Me detuve. *Lo mejor de ambos mundos.* ¿Y si John era capaz de mucho más que desaparecer como un Íncubo y hacernos papilla a Link y a mí? Tenía los ojos verdes. ¿Y si era un Caster especial con su propia versión del Poder de Persuasión de Ridley? Ridley no podía ejercer por sí sola tanta influencia sobre Lena, pero ¿y si John la estaba ayudando?

Eso explicaría el extraño comportamiento de Lena, por qué me dio la impresión de que quería quedarse con nosotros hasta que John le susurró algo al oído. ¿Cuánto tiempo llevaba susurrándole frases al oído?

Link me pegó en el brazo.

—¡Qué raro! —dijo.

—¿Qué?

—Que no hayan aparecido.

—¿Cómo que no han aparecido?

Me indicó la salida del túnel del amor.

—Los vagones ya han dado la vuelta, pero ellos no han salido.

Link tenía razón. No podían haber salido antes de que nosotros dobláramos la esquina. Nos quedamos mirando, pero las góndolas iban vacías.

—¿Dónde se han metido?

Link negó con la cabeza. De momento se le había agotado la llave de las ideas.

—No lo sé. A lo mejor son unos pervertidos y se han quedado ahí dentro haciendo... ya sabes. —Nos miramos frunciendo el ceño—. Vamos a comprobarlo. Nadie nos ve —dijo Link, encaminándose a la salida.

Tenía razón. Los vagones seguían saliendo vacíos de la atracción. Link saltó por la puerta lateral y se metió en el túnel. Dentro había muy poco espacio y era complicado pasar al lado de los vagones sin llevarse un golpe. Link se dio en la barbilla con uno de ellos.

—Aquí no hay nadie. ¿Adónde habrán ido?

—No pueden haber desaparecido —dije, y recordé cómo había desaparecido John Breed el día del funeral de Macon. Pero aunque él pudiera viajar, Lena y Ridley no podían.

Link pasó sus manos por las paredes.

—¿Crees que ahí dentro habrá una puerta secreta de los Caster o algo así?

Las únicas puertas Caster que yo conocía conducían a los Túneles, el laberinto de pasadizos subterráneos horadados debajo de Gatlin y del resto del mundo Mortal. Era un mundo dentro de otro mundo y tan distinto del nuestro que en él se alteraban el tiempo y el espacio. Por lo que yo sabía, sin embargo, todas las entradas se encontraban en edificios: Ravenwood, la Lunae Libri, la cripta de Greenbrier. Unas cuantas tablas de contrachapado no alcanzaban la categoría de edificio y bajo el túnel del amor el suelo era de tierra.

—¿Una puerta? Pero ¿adónde podría llevar? Esto lo acaban de levantar hace dos días, y está justo en medio de la feria.

Link se abrió paso hasta la salida.

—Pero, si aquí no hay ninguna puerta secreta, ¿dónde se han metido?

Lo que yo quería era averiguar si John y Ridley estaban utilizando sus poderes para dominar a Lena. Eso no explicaría su comportamiento de los últimos meses ni el dorado de sus ojos, pero tal vez sí por qué estaba con John.

—Tengo que irme —dije.

—¿Por qué me imaginaba yo que ibas a decir algo así? —repitió mi amigo, que ya había sacado las llaves de su coche del bolsillo trasero del pantalón.

Me siguió hasta su vieja chatarra. La grava crujió bajo sus sandalias cuando corrió para alcanzarme. Abrió la oxidada puerta y se sentó al volante.

—¿Adónde vamos? Aunque será mejor que yo no…

Link seguía hablando cuando oí unas palabras, apenas un susurro desde el fondo de mi corazón.

Adiós, Ethan.

Y se desvanecieron. Las palabras y la chica. Como una bomba de jabón o un algodón de azúcar, o como la última esquirla plateada de un sueño.

15 de junio

INCONFUNDIBLE

LAS RUEDAS PATINARON al parar ante la Historical Society y los frenos chirriaron con estruendo. El estrépito del motor se fue apagando poco a poco en la calle desierta.

—¿No podrías hacer un poquito menos de ruido por una vez? Nos van a oír —dije, aunque sabía que Link no cambiaría su estrafalaria forma de conducir.

Nos estacionamos a pocos metros de la sede de las Hijas de la Revolución Americana. Observé que por fin habían reparado el tejado. Un huracán provocado por Lena lo había levantado poco antes del cumpleaños. El Jackson High también padeció las consecuencias del mismo temporal, pero imagino que las autoridades competentes pensaron que la rehabilitación del instituto podía esperar. En Gatlin, las prioridades estaban claras.

En Carolina del Sur casi todo el mundo tenía algún pariente confederado, así que unirse a las Hijas de la Revolución era fácil. Para formar parte, sin embargo, era necesario un linaje que se remontara hasta una persona que hubiera combatido en la guerra de independencia. El mayor problema, no obstante, era demostrar ese linaje. Salvo que el pariente en cuestión hubiera firmado personalmente la Declaración de Independencia, puestos uno detrás de otro, los documentos acreditativos podían formar una fila de un kilómetro. E incluso en ese caso, en la sociedad sólo se ingresaba con previa invitación, para lo cual era necesario lamerle el trasero a la madre de Link y estampar tu firma en la solicitud que en esos momentos se trajera entre manos. Probablemente, en el sur el proceso fuera mucho más engorroso que en el norte, como si los sureños tuviéramos que demostrar que habíamos combatido en el mismo bando al menos en una ocasión. En la parte Mortal de mi pueblo reinaba tanta confusión como en la parte Caster.

Aquella noche, la sede de las Hijas estaba desierta.

—No creo que nadie nos oiga. Hasta que no acabe el Derby de Demolición, todo el mundo está en la feria.

Link tenía razón. Gatlin parecía un pueblo fantasma. La mayoría de sus habitantes todavía estarían en la feria. O en casa hablando por teléfono, relatando los detalles de cierto concurso de repostería que permanecería en la memoria colectiva de la comunidad durante décadas. Yo estaba convencido de que la señora Lincoln no había permitido que ningún miembro de la sociedad dejara de verla compitiendo con Amma por el primer puesto del concurso de pays. Aunque, por otro lado, seguro que en aquellos momentos se estaría preguntando por qué no se había presentado mejor al concurso de quimbombó en vinagre.

—No todo el mundo —dije. Me había quedado sin ideas ni explicaciones, pero sabía dónde conseguir ambas cosas.

—¿Seguro que esto es buena idea? ¿Y si Marian no está?

Link estaba nervioso. Ver a Ridley con una especie de Íncubo mutante no había sacado precisamente lo mejor de él. Yo, sin embargo, creía que no tenía nada de qué preocuparse. Era evidente que John Breed no andaba detrás de Ridley, sino de Lena.

Consulté la hora en el celular. Eran casi las once.

—Es día festivo y ya sabes lo que eso significa. Marian debe de estar en la Lunae Libri.

Así funcionaban las cosas en Gatlin. Marian trabajaba de bibliotecaria jefe de la Biblioteca del Condado de nueve de la mañana a seis de la tarde de lunes a viernes, pero los días festivos era bibliotecaria jefe de la Biblioteca Caster de nueve de la noche a seis de la mañana. Cuando la biblioteca de Gatlin estaba cerrada, la biblioteca de los Caster estaba abierta. Y en la Lunae Libri había una puerta que llevaba a los Túneles.

Bajé del coche mientras Link tomaba una linterna de la guantera.

—Lo sé, lo sé. La biblioteca de Gatlin está cerrada y la biblioteca de los Caster está abierta toda la noche puesto que la mayoría de los clientes nocturnos de Marian no pueden salir durante el día —dijo Link iluminando la fachada de la Historical Society. Frente a nosotros apareció un letrero de bronce con la leyenda: HIJAS DE LA REVOLUCIÓN AMERICANA—. De todas formas, si mi madre, la señora Asher o la señora Snow supieran lo que se oculta en el sótano de su edificio...

Llevaba su pesada linterna metálica como si blandiera un arma.

—¿Estás pensando en tumbar a alguien con ese cacharro?

Link se encogió de hombros.

—Uno nunca sabe lo que puede encontrar por ahí.

Yo sabía en qué estaba pensando. Ninguno de los dos había vuelto a la Lunae Libri desde el cumpleaños de Lena. Y en nuestra última visita habíamos encontrado pocos diccionarios y mucho peligro.

Peligro y muerte. Aquella noche cometimos un error y las consecuencias se dejaron sentir allí mismo y en otros sitios. Si yo hubiera llegado antes a Ravenwood, si hubiera encontrado el *Libro de las Lunas*, si hubiera podido ayudar a Lena a luchar contra Sarafine... si hubiéramos hecho una sola cosa de otra forma, ¿seguiría Macon con vida?

Rodeamos el viejo edificio de ladrillo rojo para llegar a la parte de atrás, que bañaba la luz de la luna. Link apuntó la linterna a una ventana enrejada próxima al suelo, se acercó y se puso en cuclillas.

—¿Estás listo, amigo?

La linterna temblaba en sus manos.

—¿Y tú? ¿Estás listo?

Metí la mano a través de la reja, que tan bien conocía, y desapareció como siempre, en la ilusoria entrada de la Lunae Libri. En Gatlin, pocas cosas eran lo que aparentaban a primera vista. Al menos, en lo que se refería a los Caster.

—Me sorprende que ese hechizo siga funcionando —dijo Link, observando cómo yo sacaba la mano intacta de la reja.

—Lena me dijo que no es de los más difíciles. Una especie de hechizo de ocultación típico de Larkin.

—¿Te has preguntado si no será una trampa?

La linterna temblaba tanto que el haz de luz casi no paraba quieto en la reja.

—Sólo hay una forma de averiguarlo.

Cerré los ojos y atravesé la reja. Si antes me encontraba entre los crecidos arbustos de la parte trasera del edificio, ahora estaba en la escalera de piedra que bajaba al corazón de la Lunae Libri. Sentí un escalofrío al cruzar el umbral encantado que daba paso a la biblioteca, pero no por el contacto con lo sobrenatural. El escalofrío, la incomodidad se debían a todo lo contrario, a que ya nada parecía diferente. El aire era aire a ambos lados de la reja por mucho que ahora la oscuridad fuera absoluta. Tampoco sentía ya el poder de la magia, ni en Gatlin ni debajo de Gatlin. Estaba dolorido y furioso, pero también esperanzado. Estaba convencido de que Lena sentía algo por John, pero existía la posibilidad de que me equivocara, de que, sencillamente, John y Ridley estuvieran ejerciendo su influencia sobre ella. Merecía la pena haber cruzado otra vez al lado equivocado de la reja.

Link se tropezó al entrar en el mundo de los Caster y soltó la linterna, que cayó con ruido metálico escalera abajo. Nos quedamos a oscuras hasta que las antorchas que iluminaban el empinado pasadizo empezaron a encenderse una a una.

—Lo siento. Esa cosa siempre me pone de nervios.

—Link, si no quieres venir…

Entre las sombras no podía ver su rostro.

Hizo una pausa antes de responderme.

—Pues claro que no quiero, pero tengo que ir. Es decir, no digo que Rid sea el amor de mi vida, que no lo es, ¡menuda locura! Pero ¿y si Lena te ha dicho la verdad y Rid quiere cambiar? ¿Y si ese Vampiro la ha hechizado también a ella?

Yo dudaba de que Ridley estuviera bajo el hechizo de nadie salvo el de ella misma, pero no dije nada.

Link no estaba allí ni por Lena ni por mí. Por desgracia, todavía llevaba a Ridley bajo la piel. Si enamorarse de una Caster era duro, no había nada peor que perder la cabeza por una Siren.

Lo seguí por aquella escalera oscura bajo la parpadeante luz de las antorchas en nuestro descenso a ese mundo que habita debajo del nuestro. Abandonábamos Gatlin para entrar en el mundo de los Caster, un lugar donde podría ocurrir cualquier cosa. No quise recordar los tiempos en que eso, que ocurriera algo, era lo que más deseaba.

Al atravesar el arco de piedra donde estaban talladas las palabras DOMUS LUNAE LIBRI, entramos en otro mundo, en un universo paralelo. Ciertos elementos de ese mundo me resultaban familiares: el olor de la piedra cubierta de musgo, el aroma a almizcle de pergaminos que se remontaban a la Guerra de Secesión y a épocas anteriores, el humo que se elevaba de las antorchas hasta el artesonado de los techos. Olía a humedad y se oía la caída ocasional del agua subterránea, que se abría paso hasta unos canalitos abiertos en el suelo. Pero había cosas a las que jamás podría acostumbrarme. La oscuridad al final de las estanterías, las secciones de la biblioteca que ningún Mortal había visto. Me pregunté cuánto habría conocido mi madre de todo aquello.

Llegamos al pie de las escaleras.

—¿Y ahora qué? —Link encontró la linterna y apuntó con ella a la columna que tenía al lado. Un grifo le devolvió un gruñido de amenaza. Apartó la linterna y bajo el haz de luz aparecieron las fauces de una gárgola—. Si esto es la biblioteca, ¿cómo será la cárcel?

Oímos el rugido de unas llamas recién prendidas.

—Mejor que no lo sepas.

Una a una se fueron encendiendo otras antorchas y comprobamos que nos encontrábamos en una sala redonda. Había una columnata adornada con varias hileras de criaturas mitológicas Caster y Mortales que se enroscaban en torno a los pilares.

Link estaba asustado.

—Te lo digo en serio, tío, este sitio es espantoso.

Toqué un rostro tallado en la piedra, el de una mujer que se retorcía de agonía entre unas llamas. Link pasó la mano por otra cara con enormes colmillos.

—Mira qué perro. Se parece a *Boo* —comentó. Volvió a mirar y se dio cuenta de que era la cara de un hombre de enormes colmillos. Apartó la mano rápidamente.

En otra columna había un remolino que parecía de piedra y de humo a la vez. De sus pliegues y huecos emergía un rostro que me recordaba a alguien, pero me habría sido difícil concretar a quién porque la roca lo rodeaba por completo. Parecía luchar por separarse de la piedra, por acercarse a mí. Por un instante creí ver que movía los labios, como si tratara de hablar. Retrocedí.

—¿Qué demonios es eso?

—¿Qué demonios es qué? —Link estaba a mi lado, observando la columna, que volvía a ser otro pilar adornado con ondas y espirales. El rostro había desaparecido bajo la piedra como si se lo hubiera tragado el mar—. No sé. El mar... humo de un incendio. Qué más da.

—Olvídalo.

No pude olvidarlo. Aunque no lo comprendía: había visto el rostro de un conocido. Aquel lugar era misterioso e inquietante. Nos advertía de que el mundo de los Caster era un sitio Oscuro con independencia de en qué bando estuvieras.

Se prendió otra antorcha e iluminó estanterías de libros, manuscritos y viejos rollos de pergamino Caster. Salían de la rotonda en todas direcciones, como los radios de una rueda, y desaparecían en la oscuridad. Se encendió la última antorcha y pude ver el mostrador de caoba redondo donde tendría que estar Marian.

Pero allí no había nadie. Aunque Marian siempre decía que la Lunae Libri era un lugar ni Luminoso ni Oscuro donde habitaba la magia, sin ella, la biblioteca me pareció sombría.

—Aquí no hay nadie —dijo Link. Estaba derrotado.

Tomé una antorcha de la pared y se la di. Tomé otra para mí.

—Están aquí.

—¿Cómo lo sabes?

—Lo sé, eso es todo.

Avancé entre las estanterías como si supiera adónde me dirigía. El aire era denso y olía a los viejos libros y manuscritos de lomos doblados y gastados, a las polvorientas estanterías de roble combadas bajo el peso de cientos de años y de siglos de palabras. Acerqué la antorcha a la más próxima.

—*Cabellos: para hechizar el de tu doncella. Cebolla: para vínculos y hechizos. Cortezas: para hechizos de ocultación.* Debemos de estar en la «C».

—*Destrucción de la vida Mortal.* Y éste debe de pertenecer a la «D» —dijo Link y fue a tomar el libro.

—No lo tomes. Te quemará la mano. —Yo lo sabía bien por culpa del *Libro de las Lunas.*

—Por lo menos podremos esconderlo, ¿no? Detrás del dedicado a la cebolla. —No le faltaba razón.

No habíamos avanzado ni tres metros cuando oí una risa, la risa de una chica, que me pareció inconfundible. Su eco me llegó a través de los techos.

—¿Oíste?

—¿Qué? —dijo Link, a punto de quemar unos rollos de pergamino con su antorcha.

—Ten cuidado, que en este sitio no hay salida de incendios.

Llegamos a una encrucijada. Volví a oír aquella risa casi musical. Era bonita y familiar y su sonido hacía que me sintiera seguro, que el mundo se volviera un lugar un poco menos extraño.

—Creo que es una chica.

—Tal vez sea Marian, que es una chica —sugirió Link. Me le quedé mirando como si se hubiera vuelto loco. Se encogió de hombros—. En cierto sentido al menos.

—No es Marian.

Me aparté un poco para que Link oyera mejor, pero ya no se escuchaba nada. Avanzamos hacia el lugar de donde había provenido la risa. El pasillo describía una curva y terminaba en otra rotonda parecida a la anterior.

—¿Serán Lena y Ridley?

—No lo sé. Vamos por aquí.

Me costaba orientarme, pero sabía perfectamente a quién pertenecía aquella risa. Una parte de mí siempre había sospechado que encontraría a Lena sin importar dónde se ocultara. No podía explicar por qué, sencillamente lo sabía.

Tenía mucho sentido. Si nuestra conexión era tan intensa que compartíamos los sueños y nos hablábamos sin hablar, ¿por qué no iba a intuir dónde se encontraba? Era como cuando vuelves en coche desde el instituto o desde un lugar al que vas todos los días y sólo te acuerdas del momento en que sales del estacionamiento y del momento en que llegas al garaje, pero no tienes ni idea de cómo has llegado desde un lugar hasta el otro.

Lena era mi destino. Yo siempre iba en su busca, incluso cuando me separaba de ella, incluso cuando ella no iba en mi busca.

—Sigamos un poco más.

Tras la siguiente curva había un pasillo cubierto de hiedra. Sostuve en alto la antorcha y una lámpara de latón se encendió en mitad de las hojas.

—Mira.

La lámpara iluminó una puerta oculta bajo las enredaderas. Tanteé la pared hasta encontrar un frío picaporte metálico. Tenía forma de media luna, de media luna Caster.

Volví a oír la risa. Tenía que ser Lena. Hay ciertas cosas que un hombre sabe. Yo supe que era L. Y supe también que mi corazón no me engañaba.

Me palpitaba el corazón. Empujé la puerta, que era pesada y chirriaba. Daba paso a un estudio amplio y magnífico. Al fondo había una cama con dosel sobre la cual había una chica escribiendo en un cuaderno.

—¡L!

Me miró, sorprendida.

Sólo que no era Lena.

Era Liv.

15 de junio

EL WAYWARD

AQUEL PRIMER INSTANTE se quedó colgando en el aire, silencioso e incómodo. El segundo fue un estallido de ruidosa confusión. Link gritó mirando a Liv, que a su vez gritó mirándome a mí, que a mi vez grité mirando a Marian, que a su vez se quedó esperando a que nos cansáramos de gritar.

—¿Qué estás haciendo aquí?

—¿Por qué me dejaron tirada en la feria?

—¿Qué está haciendo ella aquí, tía Marian?

—Pasen.

Marian abrió la puerta y nos dejó entrar. Oí que cerraba la puerta con llave y sentí pánico y claustrofobia, lo cual no tenía ningún sentido, porque la estancia no era pequeña en absoluto. Pero yo me sentía encerrado igualmente. El aire era denso y tuve la sensación de que habíamos entrado en un lugar privado, íntimo, como un dormitorio. Una sensación extraña. Extraña como la risa, que había creído reconocer equivocándome. Extraña como el rostro de la piedra.

—¿Dónde estamos?

—Cálmate, EW. Tú me haces una pregunta y yo la respondo. Yo te hago una pregunta y tú la respondes.

—¿Qué está haciendo ella aquí? —No sabía por qué estaba enfadado, pero lo estaba. ¿Es qué ninguno de mis amigos o parientes podía ser una persona normal? ¿Por qué todos tenían una doble vida?

—Siéntense, por favor —dijo Marian indicando una mesa circular en el centro de la estancia.

Liv parecía irritada. Se levantó y cruzó por delante de una chimenea imposible: el fuego no era anaranjado y tampoco ardía, era blanco y desprendía luz.

—Olivia está aquí porque es mi ayudante. Ahora me toca a mí.

—Espera un momento. Eso no es una respuesta. Me has dicho algo que ya sabía.

Yo era tan terco como Marian. Mi voz resonó entre aquellas cuatro paredes. Me fijé en la intrincada lámpara que colgaba del alto techo abovedado. Era blanca, de un material liso y pulido como el marfil, ¿sería hueso? También había unas lámparas sobre herrajes que derramaban por la estancia una luz delicada y temblorosa iluminando algunos rincones y dejando otros en sombra. En el más alejado advertí las columnas de ébano del dosel de la cama. ¿Dónde había visto yo una cama exactamente igual? Ese día todo me parecía un gigantesco *déjà vu* que empezaba a volverme loco.

Marian se sentó, impertérrita.

—Ethan, ¿cómo encontraste este lugar?

¿Qué iba a decir con Liv allí presente? ¿Que me había parecido oír a Lena, que la había intuido pero mi instinto me condujo hasta Liv? Ni siquiera yo lo comprendía.

Aparté la mirada. Unas estanterías negras ocupaban todo el espacio desde el suelo hasta el techo. Estaban atestadas de libros y objetos curiosos que, evidentemente, pertenecían a la colección personal de alguien que había viajado más veces por todo el mundo que yo visitado el Stop & Steal. Una de las estanterías exponía una colección de frascos y botes como los de una vieja botica. Otra estaba abarrotada de libros. Me recordó a la habitación de Amma, sólo que sin los montones de periódicos viejos y tarros llenos de tierra de camposanto. Pero había un libro que destacaba entre los demás: *Luz y tinieblas. Los orígenes de la magia.*

Lo reconocí enseguida... y al instante reconocí también la cama, la estantería, la inmaculada colocación de objetos hermosos. Aquella estancia no podía pertenecer más que a una persona que ni siquiera era una persona.

—Ésta es la habitación de Macon, ¿verdad?

Link soltó una extraña daga ceremonial con la que estaba jugueteando. La daga cayó con un ruido metálico y mi amigo volvió a colocarla en su sitio con evidente nerviosismo. Muerto o no, Macon Ravenwood todavía le daba miedo.

—Supongo que un Túnel de los Caster comunica directamente con su dormitorio de Ravenwood. —La estancia en la que estábamos casi era una copia perfecta de la habitación de Macon en Ravenwood, con la excepción de las pesadas cortinas, que impedían pasar la luz.

—Puede ser.

—Has traído este libro aquí porque, después de mi visión del archivo, no querías que lo viera.

Marian respondió lentamente.

—Digamos que tienes razón y que éste es el estudio privado de Macon, el lugar al que venía a poner en orden sus ideas. Aun así, ¿cómo nos encontraron?

Me tropecé con la gruesa alfombra india que cubría el suelo. Tenía un complicado dibujo en blanco y negro. No quería explicar cómo había encontrado aquel lugar. Estaba confuso. Pero ¿y si mi explicación era la correcta? ¿Cómo podía mi instinto llevarme a nadie que no fuera Lena? Por otro lado, si no se lo confesaba a Marian, tal vez no volviera a salir de aquella habitación. Decidí contar una verdad a medias.

—Estábamos buscando a Lena. Está aquí abajo con Ridley y con su amigo John, y yo creo que tiene problemas. Hoy en la feria hizo algo que...

—Digamos que Ridley se ha portado como Ridley y que Lena también se ha portado como Ridley. Las paletas deben de tener trabajo doble —dijo Link. Estaba desenvolviendo un chocolate y no se dio cuenta de que yo lo miraba fijamente. Quería advertirle que no quería que Marian ni Liv supieran ningún detalle.

—Estábamos en la biblioteca y oír reír a una chica. Era una risa, no sé, feliz, y la seguimos hasta aquí. En realidad, no puedo explicarlo. —Miré a Liv de reojo. Se había sonrojado y miraba fijamente un punto vacío de la pared.

Marian dio una palmada, señal inequívoca de que había hecho un descubrimiento.

—Supongo que esa risa te resultaba familiar.

—Sí.

—Y la has seguido sin pensarlo dos veces. Por instinto.

—Sí, creo que sí.

No sé adónde quería ir a parar Marian, pero me miraba con esos ojos de científico loco que a veces ponía.

—Cuando estás con Lena, ¿hay veces en que puedes hablar con ella sin palabras?

Asentí.

—¿Hablar kelting quieres decir?

Liv me miró, sorprendida.

—¿Cómo puede un Mortal normal conocer el kelting? —dijo.

—Excelente pregunta, Olivia —dijo Marian, y cruzó con Liv una mirada que me irritó—. Tanto que merece una respuesta.

Mi tía se acercó a las estanterías y revolvió buscando un libro como si hubiera metido la mano en el bolso para buscar sus llaves. Se trataba de los libros de Macon, así que el gesto me molestó por mucho que él no estuviera presente.

—Simplemente ocurre —expliqué—. Como si nos diéramos cita en el interior de nuestras cabezas.

—¿Puedes leer el pensamiento y no me habías dicho nada? —dijo Link mirándome como si acabara de descubrir que yo era el Llanero Solitario. Se frotó la cabeza con nerviosismo—. Oye, vale, todo ese rollo con Lena... Y yo molestándote... —añadió, apartando la mirada—. ¿Lo estás haciendo ahora? Lo estás haciendo, ¿a que sí? Sal de mi cabeza, colega —dijo, y retrocedió hasta chocar con la estantería.

—No puedo leerte el pensamiento, idiota. Algunas veces Lena y yo podemos oír nuestros pensamientos, eso es todo. —Link pareció aliviado, pero no iba a escapar tan fácilmente—. ¿Qué estabas pensando de Lena?

—Nada, sólo quería meterme contigo —dijo mi amigo, y, tomando un libro de la estantería, fingió que leía.

Marian se lo arrebató.

—Aquí está. Precisamente el libro que estaba buscando —dijo y abrió el viejo volumen de piel. Hojeó las páginas rotas tan deprisa que era evidente que buscaba algo muy concreto. Parecía un viejo libro de texto o un manual de referencia—. Aquí. —Le enseñó el libro a Liv—. ¿Te suena esto? —Liv se aproximó para leer y pasaron algunas páginas asintiendo. Marian se irguió y cerró el libro—. Bueno, dinos. ¿Cómo puede un Mortal normal hablar kelting, Olivia?

—No puede. A no ser que no sea un Mortal normal, profesora Ashcroft.

Se me quedaron mirando como si yo fuera un niño y acabara de dar mis primeros pasos, o como si estuvieran a punto de comunicarme que padecía una enfermedad terminal. El efecto combinado de ambas miradas me dio ganas de salir corriendo.

—¿Les importa decirme qué significa esta broma?

—No es ninguna broma. ¿Por qué no lo compruebas por ti mismo? —dijo Marian, entregándome el libro.

Leí la página que mi tía y Liv ya habían leído. Se trataba, en efecto, de una especie de enciclopedia Caster con ilustraciones y escrita en idiomas que no reconocí. Algunos párrafos, sin embargo, estaban en mi idioma.

—«Wayward: el que conoce el camino» —leí, mirando a Marian—. ¿Eso es lo que crees que soy?

—Sigue leyendo.

—«Wayward: el que conoce el camino. Sinónimos: *dux, speculator, gubernator*, general, explorador, navegante. El que marca la senda».

Estaba confuso, pero, por una vez, Link lo estaba menos que yo.

—O sea, una brújula humana. En lo que a superpoderes se refiere, es bastante flojo. Eres el equivalente en Caster de Aquaman.

—¿Aquaman? —Marian no leía cómics.

—Un tipo que habla con los peces —explicó Link con gesto de desaprobación—. Lo cual no es precisamente como la visión de rayos X.

—Yo no tengo superpoderes. —¿Tendría?

—Sigue leyendo —repitió Marian.

—«Desde antes de las cruzadas hemos prestado nuestros servicios. Han sido muchos nuestros nombres y ninguno. Como el susurro del primer emperador de China al contemplar la Gran Muralla o como el fiel compañero del caballero más valiente en la lucha por la independencia de Escocia. Los Mortales con un destino elevado siempre han tenido a alguien que les guíe. Como los bajeles perdidos de Colón y Vasco da Gama tuvieron quien los guiara hacia Nuevos Mundos, nosotros existimos para guiar a los Caster cuyo camino encierra un gran significado. Somos…».

Aquellas palabras no tenían ningún sentido para mí.

A continuación, oí la voz de Liv, como si se hubiera aprendido la definición de memoria.

—«El que encuentra lo que está perdido, el que conoce el camino».

—Termina. —Marian se puso seria de pronto, como si aquellas palabras encerraran una especie de profecía.

—«Tenemos inclinación a lo grandioso, a los grandes objetivos, a las grandes metas. Tenemos inclinación a lo grave, a los graves objetivos, a las graves metas». —Cerré el libro y se lo devolví a Marian. No quería saber más.

Era difícil descifrar la expresión de Marian. Sopesaba el libro y guardaba silencio. Miró a Liv.

—¿Qué opinas?

—Es posible. Ha habido otros.

—No para un Ravenwood. Ni para un Duchanne, que sería casi lo mismo.

—Pero usted misma ha dicho, profesora Ashcroft, que la decisión de Lena tendrá consecuencias. Si elige la Luz, todos los Caster Oscuros de su familia morirán, y si elige la Sombra… —dijo Liv, y se interrumpió. Pero todos sabíamos cómo terminaba la frase: todos los Caster de Luz de su familia morirán—. ¿No diría usted que su camino tiene un gran significado?

No me gustaba el cariz que estaba tomando la conversación por mucho que no estuviera totalmente seguro de adónde querían llegar Marian y Liv.

—Hola. Por si no lo habían notado, sigo aquí. ¿Quiere alguien ilustrarme un poco?

Liv se acercó a mí despacio, como si estuviera en la biblioteca leyendo un cuento a un niño.

—Ethan, en el mundo de los Caster, sólo aquellos que tienen grandes propósitos gozan de un guía, de un Wayward. Los Wayward no abundan. Hasta ahora no ha aparecido más de uno por siglo y nunca por casualidad. Si tú eres un Wayward, estás aquí por un motivo… por un propósito grandioso o terrible que sólo tú puedes llevar a cabo. Eres un puente entre el mundo de los Caster y el de los Mortales y tienes que ser muy cauto en todo lo que hagas.

Me senté en la cama. Marian se acercó y se sentó a mi lado.

—Tienes un destino que cumplir, igual que Lena. Lo cual significa que podrían complicarse mucho las cosas.

—¿No te parece que los últimos meses ya han sido bastante complicados?

—No tienes ni idea de las cosas que he visto, de las cosas que vio tu madre —dijo Marian, apartando la mirada.

—¿Así que crees que soy un Wayward de ésos, que soy, como ha dicho Link, una brújula humana?

—Mucho más que eso. Los Wayward no sólo conocen el camino, *son* el camino. Guían a los Caster por el camino que les marca el destino, un camino que de otro modo no encontrarían. Podrías ser el Wayward de un Ravenwood o de un Duchanne. De momento no está claro de quién —dijo Liv, y tuve la impresión de que sabía lo que decía. Pero al escucharla a ella y a Marian, yo no dejaba de decirme que todo aquello no tenía ningún sentido.

—Tía Marian, dile que yo no puedo ser uno de esos Wayward, que mis padres son Mortales normales y corrientes.

Ni Marian ni Liv decían lo obvio: que nadie quería revelarme la implicación de mi madre en el mundo Caster ni que Marian formaba parte de ese mundo.

—Los Wayward son Mortales, un puente entre el mundo de los Caster y el nuestro —dijo Liv, y tomó otro libro—. Por supuesto, tu madre no era lo que podríamos llamar una Mortal corriente, de igual forma que ni la profesora Ashcroft ni yo lo somos.

—¡Olivia! —exclamó Marian levantándose. Se había quedado helada.

—No querrás decir que…

—Su madre no quería que lo supiera. Y yo le prometí que no se lo diría. Si ocurre algo que…

—¡Un momento! —dije, dejando el libro en la mesilla con un sonoro golpe—. No estoy de humor para esas reglas que tanto te gustan, Marian. Esta noche no.

Liv jugueteó con el artilugio parecido a un reloj. Estaba nerviosa.

—Soy una tonta.

—¿Qué sabes de mi madre? —dije, mirando a Liv—. Dímelo ahora mismo.

Marian se sentó en la silla que había al lado de la cama.

—Lo siento —dijo Liv, que se había sonrojado e, indefensa, nos miraba a Marian y a mí alternativamente.

—Olivia lo sabe todo de tu madre —intervino Marian.

Me volví hacia Liv. Comprendí lo que iba a decirme antes de que lo dijera. La verdad había ido revelándose. Liv sabía demasiado de los Caster y los Wayward y allí estaba, en los Túneles, en el estudio de Macon. Si lo que creían que era no me hubiera confundido tanto, me habría dado cuenta enseguida de que Liv era como ellas. En realidad, no sé por qué tardé tanto en descubrirlo.

—Ethan.

—Eres una de ellas, como tía Marian y como mi madre.

—¿Una de ellas? —preguntó Liv.

—Eres una Guardiana.

Al decirlo se concretaba, se hacía realidad. Sentí todo y no sentí nada al mismo tiempo… mi madre, allí en los Túneles, con el enorme aro en que Marian llevaba las llaves de los Caster. Mi madre y su vida secreta, en aquel secreto mundo del que ni mi padre ni yo formábamos ni podríamos formar parte.

—No soy una Guardiana —dijo Liv, que parecía incómoda—. Todavía no. Algún día, quizás. Me estoy formando.

—¿Te estás formando para ser algo más que bibliotecaria del condado de Gatlin? ¿Por eso estás aquí, en medio de ninguna parte a pesar de tu maravillosa beca? ¿O no te han dado una beca y también eso era mentira?

—Soy una mentirosa compulsiva. Tengo una beca, pero me la ha concedido una sociedad de sabios mucho más antigua que la Universidad de Duke.

—Y que tu horroroso colegio.

—Y que mi horroroso colegio.

—Y el Ovaltine, ¿tampoco eso es verdad?

Liv sonrió con expresión de arrepentimiento.

—Soy de Kings Langley y me encanta el Ovaltine, pero si te soy sincera, desde que estoy en Gatlin, prefiero el Quick.

Link se sentó en la cama.

—No entiendo una palabra de lo que están diciendo.

Liv pasó las páginas del libro hasta que apareció una cronología de los Guardianes. Entre los nombres que allí figuraban, estaba el de mi madre.

—La profesora Ashcroft tiene razón. He estudiado los trabajos de Lila Evers Wate. Tu madre era una Guardiana brillante, una autora muy importante. Es parte de mi formación leer las notas que dejaron los Guardianes que me han precedido.

¿Notas? ¿Mi madre había dejado unas notas y Liv las había leído y yo no? Me aguanté las ganas de abrir un agujero en la pared de un puñetazo.

—¿Por qué? —pregunté con rabia—. ¿Para que no cometas los errores que ellas cometieron? ¿Para que no acabes muriendo en un accidente que nadie vio y que nadie puede explicar? ¿Para que a tu muerte no dejes a una familia preguntándose en qué habrá consistido tu vida secreta y por qué nunca hablaste de ella?

Liv volvió a sonrojarse. Yo empezaba a acostumbrarme a los círculos rosas que se formaban en sus mejillas.

—Para poder continuar con su trabajo y que sus voces sigan vivas. Para que un día, cuando yo sea Guardiana, sepa cómo proteger el archivo de los Caster, la Lunae Libri, los pergaminos, los documentos de los propios Caster. Y eso es imposible sin consultar las voces de los Guardianes que me han precedido.

—¿Por qué?

—Porque ellos son mis maestros. Yo aprendo de su experiencia, de los conocimientos que acumularon mientras fueron Guardianes. Todo está conectado y, sin sus archivos, no podré entender lo que yo vaya descubriendo.

Negué con la cabeza.

—No lo entiendo.

—¿Qué no entiendes? Yo no entiendo una palabra de nada. ¿De qué demonios están hablando? —dijo Link desde la cama.

Marian apoyó una mano en mi hombro.

—Esa voz que has oído, esa risa, creo que era de tu madre. Lila te ha traído hasta aquí. Probablemente porque quería que tuviéramos esta conversación. Para que comprendieras cuál es tu destino, y el de Lena y el de Macon. Porque estás Vinculado a una de sus Casas y a uno de sus destinos. Aunque todavía no sé a cuál.

Pensé en el rostro que había visto en la columna, en la risa y en la sensación de *déjà vu* por la habitación de Macon. ¿Era mi madre? Llevaba meses esperando una señal suya, desde la tarde en que Lena y yo encontramos su mensaje en los libros del estudio.

¿Estaba por fin intentando ponerse en contacto conmigo?

¿O no?

También me di cuenta de otra cosa.

—Si soy uno de esos Wayward, y no quiero decir que me trague nada de lo que están diciendo, puedo encontrar a Lena, ¿verdad? Se supone que debo cuidar de ella porque soy su brújula.

—Eso todavía no lo sabemos. Estás Vinculado a alguien, pero no sabemos a quién.

Me levanté y me acerqué a la librería. El libro de Macon estaba en el borde de un estante.

—Apuesto a que conozco a alguien que sí lo sabe —dije, y tomé el libro.

—¡Ethan, detente! —gritó Marian. Apenas rocé la cubierta, sentí que el suelo dejaba paso al vacío del otro mundo.

En el último segundo, una mano tomó la mía.

—Llévame contigo, Ethan.

—Liv, no…

Una muchacha de largos cabellos castaños se aferraba desesperadamente a un chico alto y apoyaba la cabeza en su pecho. Las ramas de un roble enorme los ocultaban dando la impresión de que estaban solos en un lugar a algunos metros del claustro cubierto de hiedra de la Universidad de Duke.

El chico tomó entre sus manos el rostro bañado en lágrimas de la chica.

—¿Crees que esto es fácil para mí? Te quiero, Jane, y sabes que no volveré a sentir por nadie lo que siento por ti. Pero no tienes elección. Sabías que llegaría el momento de decirnos adiós.

Jane miró al muchacho con gesto de determinación.

—*Siempre hay elección, Macon.*

—*No en esta situación. No una elección que no te ponga en peligro.*

—*Pero tu madre dijo que tal vez hubiera una manera. ¿Y la profecía?*

Lleno de rabia y frustración, Macon golpeó el tronco del árbol con la mano abierta.

—*Maldita sea, Jane, eso son cuentos de viejas. No hay ninguna manera en la que tú no termines muerta.*

—*Así que no podemos estar juntos físicamente... pues me da igual. Aun así, podemos estar juntos. Es lo único que importa.*

Macon se apartó de Jane con expresión de dolor.

—*En cuanto cambie, seré peligroso, un Íncubo de sangre. Están sedientos de sangre y mi padre dice me voy a convertir en uno de ellos, igual que él e igual que su padre antes que él. Como todos los varones de mi familia desde mi tatarabuelo Abraham.*

—*¿El abuelo Abraham, el que creía que el mayor pecado imaginable para un Sobrenatural era enamorarse de una Mortal y mancillar el linaje de los sobrenaturales? No te fíes de tu padre, que opina igual que él. Quiere separarnos para que vuelvas a Gatlin, ese maldito pueblo, para que te ocultes y vivas en su subsuelo como tu hermano. Como si fueras un monstruo.*

—*Es demasiado tarde. Ya siento la Transformación. Me paso las noches despierto oyendo con ansia los pensamientos de los Mortales. Y pronto ansiaré algo más que sus pensamientos. Mi cuerpo apenas puede contener ya lo que está dentro de mí, como si la bestia pugnara por liberarse.*

Jane volvió la cara con los ojos bañados en lágrimas. Pero esta vez, Macon no iba a permitir que hiciera caso omiso de sus palabras. La amaba. Y porque la amaba, tenía que hacerla comprender que no podían estar juntos.

—*Incluso aquí, debajo de la luz, empieza a quemarme la piel. Desde hace unos días siento el calor del sol con mucha intensidad. He empezado a cambiar y el proceso sólo puede ir a peor.*

Jane ocultó la cara entre las manos. Sollozaba.

—*Lo dices para asustarme, porque no quieres encontrar la manera.*

Macon la tomó por los hombros y la obligó a mirarlo.

—*Tienes razón, estoy intentando asustarte. ¿Sabes qué hizo mi hermano a su novia Mortal después de la Transformación? —dijo Macon, e hizo una pausa antes de proseguir—: Abrirla en canal.*

Macon echó la cabeza hacia atrás con violencia. Sus ojos desprendían un brillo amarillo y dorado en torno a sus negras y extrañas pupilas, como el eclipse de dos soles gemelos. Apartó la mirada de Jane y se volvió hacia un lado.

—No lo olvides, Ethan —dijo—. Las cosas nunca son lo que parecen.

***

Abrí los ojos pero no pude ver nada hasta que se dispersó la niebla. Luego, ante mi vista fue apareciendo el techo abovedado del estudio.

—Me dieron escalofríos, amigo, como en *El exorcista* —dijo Link negando con la cabeza. Le tendí la mano y me ayudó a levantarme. Todavía me palpitaba el corazón. Me esforcé por no mirar a Liv. A excepción de Lena y de Marian, nunca había compartido una visión con nadie y no me sentía cómodo. Cada vez que la miraba, me acordaba del momento en que, al entrar en la estancia, la confundí con Lena.

Liv se incorporó. Estaba aturdida.

—Me había hablado de las visiones, profesora Ashcroft, pero nunca pensé que fueran tan físicas.

—No deberías haber hecho eso —dije. Tenía la sensación de que al permitir que Liv entrara así en su vida privada estaba traicionando a Macon.

—¿Por qué no? —dijo ella frotándose los ojos.

—Porque a lo mejor no deberías haber visto lo que has visto.

—Lo que yo vea durante una visión es totalmente distinto a lo que puedas ver tú. Tú no eres un Guardián. No te ofendas, pero no tienes ninguna formación.

—¿Por qué dices que no me ofenda cuando lo que pretendes es ofenderme?

—Ya basta —dijo Marian, que nos miraba esperando una explicación—. ¿Qué ha pasado?

Pero Liv tenía razón. Yo no comprendía qué significaba la visión más allá de que los Íncubos no podían estar con los Mortales como tampoco podían los Caster.

—Vi a Macon con una chica. Decía que se iba a convertir en un Íncubo de sangre.

Liv me miró con engreimiento.

—Macon iba a sufrir la Transformación. Se encontraba en un estado muy vulnerable. No sé por qué, pero la visión nos mostraba ese momento en particular. Debe de tener su importancia.

—¿Están seguros de que era Macon y no Hunting? —preguntó Marian.

—Sí —respondimos Liv y yo al unísono.

—Macon no era como Hunting —dije, mirándola.

Liv reflexionó unos instantes y luego tomó el cuaderno que había dejado sobre la cama. Lo abrió, anotó algo rápidamente y lo cerró.

Genial. Otra chica con cuaderno.

—¿Saben qué? Que como ustedes son las expertas, voy a dejar que sean ustedes las que lo aclaren todo. Yo me voy a buscar a Lena antes de que Ridley y su amigo la convenzan de que haga algo de lo que pueda arrepentirse.

—¿Estás sugiriendo que Lena está bajo la influencia de Ridley? Eso no es posible, Ethan. Lena es una Natural. Una Siren no puede controlarla —dijo Marian, rechazando la idea.

Pero Marian no estaba al corriente de la existencia de John Breed.

—¿Y si Ridley tuviera ayuda?

—¿Qué tipo de ayuda?

—Un Íncubo capaz de soportar la luz del día o un Caster con la fuerza y el poder de viajar de Macon. No estoy seguro de cuál de las dos cosas. —No era la mejor de las explicaciones, pero es cierto que no sabía qué demonios era John Breed.

—Ethan, debes de estar equivocado. En los archivos no hay noticia de que exista un Íncubo o un Caster con esos poderes —dijo Marian, tomando un libro de la estantería.

—Pues existe. Se llama John Breed. —Si Marian no sabía qué era John, no íbamos a obtener la respuesta en ninguno de aquellos libros.

—Si lo que dices es verdad, aunque me cuesta creerlo, no sé de qué puede ser capaz esa criatura.

Miré a Link. Enroscaba en un dedo la cadena de su cartera. Evidentemente, estaba pensando lo mismo que yo.

—Tengo que encontrar a Lena —dije, y no esperé respuesta.

Link descorrió el cerrojo.

Marian se levantó.

—No puedes ir a buscarla. Es demasiado peligroso. Hay Caster y criaturas de un poder desconocido en esos Túneles. Sólo has estado aquí una vez y las partes que has visitado son pequeños pasillos comparados con los Túneles de mayor tamaño. Es otro mundo totalmente distinto.

No necesitaba su permiso. Mi madre me había conducido hasta allí, pero no estaba presente para impedir mi marcha.

—No puedes detenerme porque no puedes intervenir, ¿verdad? Lo único que puedes hacer es quedarte aquí sentada y observar cómo yo lo fastidio todo y escribir sobre ello para que después alguien como Liv lo pueda estudiar.

—No sabes con qué te vas a encontrar y, cuando lo hagas, no podré ayudarte.

Me daba igual. Cuando Marian terminó, yo estaba ya en la puerta. Liv se acercó.

—Voy con ellos, profesora Ashcroft. Me aseguraré de que no les pase nada.

Marian se acercó.

—Olivia, ése no es el lugar que te corresponde.

—Lo sé, pero me necesitan.

—No puedes cambiar el destino. Tienes que quedarte al margen por mucho que te duela. El papel de una Guardiana consiste en ser testigo y tomar nota, no en cambiar lo que tenga que ser.

—O sea, que eres como el bedel del instituto —dijo Link con una sonrisa—. Igual que Fatty.

Liv frunció el ceño. Seguro que en Inglaterra también había bedeles.

—No es necesario que me explique el Orden de las Cosas, profesora Ashcroft. Llevo estudiándolo desde el nivel K. Pero ¿cómo voy a ser testigo de lo que no se me permite ver?

—Puedes leerlo en los Pergaminos de los Caster, como los demás Guardianes.

—¿De verdad? ¿Puedo leer sobre la Decimosexta Luna? ¿Sobre la Cristalización que podría haber roto la maldición de los Duchanne? ¿Pudo usted leer todo eso en un pergamino? —dijo Liv, y consultó su reloj lunar—. Algo se está fraguando. Ese Sobrenatural con poderes desconocidos, las visiones de Ethan…y las anomalías científicas. Cambios sutiles que ha captado mi selenómetro.

¿Anomalías sutiles? Más que sutiles, inexistentes. Siempre he sabido reconocer una patraña en cuanto la veo. Olivia Durand estaba tan atrapada en aquella historia como todos los demás y Link y yo éramos su boleto de ida. Lo que pudiera ocurrirnos a Link y a mí en los Túneles no le preocupaba lo más mínimo. Lo que quería era vivir. Como otra chica que yo había conocido… no hacía tanto tiempo.

—¿Recuerdas…?

Dejamos a Marian con la palabra en la boca, cerramos la puerta y nos fuimos.

15 de junio

EXILIO

LA PUERTA SE CERRÓ CON VIOLENCIA. Liv se colgó del hombro su viejo bolso de piel y Link tomó una antorcha de la pared del túnel. Se preparaban para seguirme en busca de lo desconocido. Pero no emprendimos la marcha de inmediato, nos quedamos los tres parados sin saber qué hacer.

—¿Y bien? —dijo Liv, expectante—. No hace falta ser ingeniero espacial. O sabes el camino o...

—Chist, dale un segundo —la interrumpió Link tapándole la boca con la mano—. Piensa en la fuerza, joven Skywalker.

Al parecer, eso de ser un Wayward tenía su importancia. Liv y Link estaban convencidos de que yo sabría por dónde ir. Lo cual tenía un ligero problema: que no sabía.

—Por aquí.

Ya lo averiguaría a medida que avanzásemos.

Marian nos había dicho que los Túneles de los Caster eran interminables, un mundo bajo nuestro mundo, pero no comprendí la verdadera dimensión de sus palabras hasta que doblamos la primera esquina. El pasadizo cambiaba, se hacía más angosto y con paredes más húmedas y curvadas. Parecía un estrecho pozo más que un túnel. Tanteé las paredes y mi antorcha se apagó.

—Mierda —dije, tomando la antorcha entre los dientes para avanzar con ayuda de las manos.

—Esto no tiene buena pinta —dijo Link detrás de mí cuando su antorcha también se apagó.

—Yo también me he quedado sin antorcha —dijo Liv, que avanzaba en tercer lugar.

La oscuridad era completa y el techo tan bajo que teníamos que andar agachados.

—Esto no me agrada nada —comentó Link, a quien la oscuridad nunca le había gustado.

—Dentro de poco llegaremos a la…

—¡Ay! —Me golpeé la cabeza contra algo duro.

—… puerta.

Link sacó su linterna y un tembloroso círculo de luz iluminó la puerta redonda que yo tenía justo delante. Era de metal, ni de madera vieja y agrietada ni de piedra erosionada, como las puertas que habíamos visto hasta ese momento. Parecía una boca de alcantarilla colocada en una pared. Empujé con el hombro y no se abrió.

—¿Y ahora qué? —le pregunté a Liv, sustituta de Marian en asuntos relacionados con los Caster. Oí que pasaba las páginas de su cuaderno.

—No lo sé. ¿Y si empujas más fuerte?

—¿Tienes que mirar el cuaderno para saber eso? —dije, irritado.

—¿Quieres que me acerque a rastras y pruebe yo? —Liv tampoco parecía muy contenta.

—Vamos, chicos —intervino Link—. Yo empujo a Ethan, tú me empujas a mí y Ethan empuja la puerta.

—Brillante —dijo Liv.

—¿Hombro con hombro, MJ?

—¿Perdón?

—Marian Junior. Eras tú la que querías venirte de aventura. ¿Se te ocurre otra idea que empujar todos a una?

La puerta no tenía ni picaporte ni cerradura y estaba encajada en el hueco: un círculo metálico perfecto en un marco circular perfecto. Por la rendija no pasaba ni un rayo de luz.

—Link tiene razón. No nos queda otra y no nos vamos a rendir ahora —dije, apoyando el hombro en la puerta—. Una, dos y tres. ¡Empujen!

Nada más tocarla con la punta de los dedos, la puerta giró sobre sus goznes como si mi piel fuera la llave. Quién sabe, al apoyar la mano quizá hubiera accionado un mecanismo de reconocimiento genético. Link se echó sobre mí y Liv cayó encima de ambos. Me golpeé la cabeza de nuevo, esta vez contra el suelo de piedra. Estaba tan mareado que no podía ver nada. Cuando abrí los ojos, distinguí una luz.

—¿Qué pasó? —preguntó Link, que parecía tan desorientado como yo.

Palpé las piedras del suelo, recorrí el borde con los dedos. Eran adoquines.

—Nada más tocar la puerta, se ha abierto.

—Asombroso —dijo Liv, y se incorporó, examinando el lugar con la mirada.

Estábamos en una calle que parecía sacada del antiguo Londres o de alguna vieja ciudad de nuestro libro de historia. Detrás de mí pude ver la puerta redonda por la que habíamos llegado y el final de la calle. Junto a la puerta había un letrero de latón que decía: PUERTA OCCIDENTAL, BIBLIOTECA CENTRAL.

Link estaba sentado a mi lado.

—Mierda, mierda, mierda. Es como una de esas calles en las que Jack el Destripador mataba a sus víctimas —dijo, y tenía razón. Bien podríamos encontrarnos en la boca de un callejón del Londres decimonónico. El lugar estaba oscuro, iluminado sólo por el tenue resplandor de algunas farolas. A ambos lados del callejón se alineaba la parte trasera de edificios de ladrillo de varias plantas.

Liv se levantó y caminó por el desierto callejón. A los pocos metros se paró ante un letrero que decía: LA TORRE.

—Debe de ser el nombre de este túnel. Increíble, la profesora Ashcroft me habló de todo esto, pero jamás habría podido imaginar algo así. Supongo que los libros no le pueden hacer justicia, ¿verdad?

—Sí, no se parece en nada a las ilustraciones —dijo Link, poniéndose en pie—. Lo único que ahora me importa saber es dónde está el techo.

La bóveda del techo había desaparecido y en su lugar observábamos un cielo nocturno y estrellado inmenso y real como cualquiera que yo hubiera contemplado.

Liv sacó su cuaderno y tomó nota.

—¿No lo entienden? Éstos son los Túneles de los Caster, no una red de metro sobrenatural por la que los Caster repten a través del subsuelo de Gatlin y vayan la biblioteca a consultar unos libros.

—Pero ¿qué son?

Pasé la mano por la áspera superficie de ladrillo del edificio más cercano.

—Rutas a otro mundo. O, en cierto modo, un mundo completo en sí mismos.

Oí algo y me dio un vuelco el corazón. Pensé que Lena me estaba hablando en kelting, quería ponerse en contacto conmigo. Pero me equivoqué.

Era música.

—¿Oyen eso? —preguntó Link.

Sentí alivio. Por una vez, la música no provenía del interior de mi cabeza. Procedía, en cambio, del fondo de aquel callejón. Era parecida a la música Caster que sonó en la última fiesta de Halloween celebrada en Ravenwood la noche que salvé a Lena del ataque de su madre. Recordando esa noche, me compadecí de Lena y agucé el oído. Pero tampoco así la oí.

Liv consultó su selenómetro y volvió a tomar nota.

—*Carmen*. Ayer precisamente estuve transcribiendo uno.

—En cristiano, por favor —pidió Link, que seguía contemplando el cielo tratando de comprender.

—Lo siento. Quiere decir «Canción Encantada». Es música Caster. Emprendí la marcha en busca del origen de aquella música.

—Sea lo que sea, viene de allí —dije.

Marian tenía razón. Una cosa era recorrer los húmedos pasadizos de la Lunae Libri y otra muy distinta visitar el mundo subterráneo de los Caster. De lo que estaba seguro era de que no teníamos ni la menor idea de dónde nos estábamos metiendo.

A medida que avanzábamos, oíamos la música con mayor claridad. Dejamos atrás el pavimento de adoquines y entramos en una calle asfaltada, que ya no parecía un callejón del viejo Londres, sino una avenida olvidada de los suburbios de alguna gran ciudad moderna. Las edificaciones parecían almacenes abandonados con ventanas enrejadas de cristales rotos, y lo que quedaba de unos letreros de neón que parpadeaban iluminando la oscuridad. El suelo estaba lleno de colillas y de basura, y las paredes pintadas con una especie de graffiti Caster con símbolos que no entendía.

—¿Comprendes lo que pone? —le pregunté a Liv.

—No, nunca había visto nada parecido. Pero seguro que significa algo. En el mundo de los Caster, todos los símbolos tienen su significado.

—Este sitio es todavía más raro que la Lunae Libri. —Link intentaba aparentar tranquilidad delante de Liv, pero estaba pasando un mal rato.

—¿Quieres volver? —dije. Quería darle la oportunidad. Sabía, sin embargo, que tenía tantos motivos como yo para seguir la búsqueda. Aunque sus motivos eran mucho más rubios.

—¿Insinúas que soy un gallina?

—Chist, calla…

Lo oía de nuevo. La seductora música Caster fue desapareciendo para ser sustituida por otra. Esta vez, sólo yo oí la letra:

«Diecisiete lunas», *diecisiete miedos,*
dolor y muerte, llanto sin remedio,
halla la señal, camina en su auxilio,
a los diecisiete conocerá el exilio.

—Oigo algo. Debemos estar cerca.

Seguí la canción, que se repetía en mi cabeza.

Link me miró como si me hubiera vuelto loco.

—¿Cómo que oyes algo? ¿Qué oyes?

—Nada. Ustedes síganme.

Todos los almacenes de aquella calle abandonada tenían enormes puertas metálicas abolladas y llenas de arañazos, como si hubieran sufrido la embestida de un animal de gran tamaño o de algo peor. Excepto la de la última edificación, de cuyo interior provenía el sonido de la canción. Era de madera y pintada de negro. Estaba como las demás, cubierta de símbolos y graffitis. Uno de los símbolos, sin embargo, parecía distinto y no estaba pintado con espray, sino grabado en la madera. Lo recorrí con los dedos.

—Este graffiti es distinto, parece escrito en celta.

—No es celta —dijo Liv bajando la voz—, es niádico, una antigua lengua Caster. Muchos pergaminos antiguos de la Lunae Libri están escritos en ella.

—¿Qué dice?

Estudió el símbolo con atención.

—El niádico no se traduce directamente. Quiero decir que cada símbolo no equivale exactamente a una palabra, no es así como funciona. Este símbolo de aquí significa «lugar» o «momento» en el espacio físico o en el espacio temporal —explicó, y pasó el dedo por las hendiduras de la madera—. Pero esta línea lo atraviesa, ¿lo ves? Así que en vez de «lugar», aquí dice «no-lugar».

—¿Cómo puede un lugar ser un «no-lugar»? O se está en un lugar o no se está en un lugar —dije, pero mientras lo decía, me di cuenta de que estaba equivocado. En realidad, yo llevaba meses en un no-lugar. Y Lena también.

—Creo que dice algo así como «exilio» —añadí.

A los diecisiete conocerá el exilio.

—Eso es exactamente lo que dice —dijo Liv, mirándome con sorpresa y extrañeza—. Es imposible. ¿Cómo lo has sabido? ¿O es que de repente hablas niádico? —Le brillaban los ojos como si hubiera descubierto una nueva prueba que confirmaba mi condición de Wayward.

—Por una canción.

Fui a abrir, pero Liv me lo impidió.

—Ethan, esto no es un juego ni el concurso de pays de la Feria del Condado. Ya no estamos en Gatlin. Aquí abajo nos acechan muchos peligros, criaturas mucho más feroces que Ridley y sus paletas.

Sabía que intentaba asustarme, pero no lo consiguió. Desde la noche del cumpleaños de Lena, yo sabía más de los peligros del mundo de los Caster que cualquier bibliotecaria por mucho que fuera Guardiana. Pero no la culpaba por tener miedo. Sólo un estúpido no lo habría tenido… un estúpido como yo.

—Tienes razón. Esto no es la biblioteca. Si no quieren entrar, lo comprendo, pero yo tengo que hacerlo. Lena está aquí.

Link abrió la puerta con la misma naturalidad que abría el vestuario del Jackson High.

—Que sea lo que tenga que ser —dijo—. A mí las criaturas peligrosas me atraen.

Me encogí de hombros y entré detrás de él. Liv se aferró a la correa de su bolso presta a romperle la cabeza a quien fuera en caso necesario. La puerta se cerró a sus espaldas nada más pasar.

Dentro la oscuridad era mayor que en la calle. La única luz provenía de unas enormes arañas de cristal completamente fuera de lugar entre las cañerías y los tubos de ventilación del techo. El resto del local respondía plenamente a la moda de la decoración industrial. El espacio era gigante, con reservados circulares tapizados en terciopelo rojo oscuro por todo el perímetro. Algunos tenían pesados cortinajes que colgaban de unas argollas sujetas al techo, para que, como las camas de los hospitales, pudieran cerrarse y ganar intimidad. Al fondo, delante de una puerta redonda cromada y con picaporte, se encontraba la barra.

Link la vio al mismo tiempo que yo.

—¿Es eso lo que yo creo?

—Una cámara acorazada, sí —asentí.

Las curiosas arañas, la barra más parecida a un mostrador, las grandes ventanas cubiertas de cinta adhesiva negra sin ningún orden, la cámara acorazada… aquel lugar bien podría ser un banco si los Caster tuvieran bancos. Me pregunté qué guardarían en aquella cámara. Aunque quizá fuera mejor no saberlo.

Pero lo más raro eran los clientes, o lo que fueran las criaturas que allí había. Aparecían y desaparecían ante nuestros ojos como en aquella fiesta de Macon a la que asistí una vez y nosotros avanzábamos y retrocedíamos en el tiempo dependiendo de adónde mirásemos. Vimos elegantes caballeros de finales del siglo XIX ataviados como Mark Twain con cuello almidonado y corbatas de seda a cuadros, pero también había punkies góticos con prendas de cuero. Y todos bebían y bailaban.

—Colega, dime que esos tipos transparentes y espantosos de ahí no son fantasmas.

Link se apartó de una criatura difusa y al hacerlo estuvo a punto de pisar a otra. Preferí no decirle que se trataba precisamente de eso, de fantasmas. Eran seres parecidos a Genevieve, a quien habíamos visto en el entierro, es decir, materiales sólo en parte. Aunque en aquel local había al menos diez o doce. Pero si a Genevieve no la vimos moverse, aquellos fantasmas, que no levitaban como los de los dibujos animados, andaban, bailaban y se desplazaban como la gente normal, con los mismos pasos y movimientos, sólo que sin tocar el suelo. Uno nos miró y nos saludó levantando la copa de la mesa como si brindara por nosotros.

—¿Son imaginaciones mías o ese fantasma de ahí está tomando una copa? —dijo Link avisando con el codo a Liv, que se había colocado entre mi amigo y yo.

—Técnicamente —dijo Liv en voz tan baja que tuve que ladear la cabeza para oírla—, no se les llama fantasmas, sino Sheer. Son almas que no han podido cruzar al otro mundo porque han dejado algún asunto inconcluso en el mundo de los Caster o de los Mortales. No sé por qué esta noche hay tantos. Normalmente no salen. Debe ocurrir algo raro.

—En este sitio todo lo que ocurre es raro —dijo Link sin dejar de mirar al Sheer de la copa—. Pero no has contestado a mi pregunta.

—Sí, pueden tomar lo que quieran. Si no, ¿cómo iban a cerrar puertas y correr muebles en las casas encantadas?

Yo no tenía el menor interés por las casas encantadas.

—¿Qué tipo de asuntos inconclusos? —pregunté. Conocía a demasiados difuntos con asuntos inconclusos y no tenía ganas de conocer a más.

—Los que dejaron sin resolver antes de morir: una maldición poderosa, un amor perdido, un destino no cumplido. Déjate llevar por la imaginación.

Pensé en Genevieve y en el relicario y me pregunté cuántos secretos perdidos, cuántos asuntos inconclusos, yacerían enterrados en los cementerios de Gatlin.

Link miraba fijamente a una chica muy guapa que tenía en el cuello un tatuaje muy elaborado parecido a los de Ridley y John.

—Pues a mí encantaría tener entre manos algún asunto inconcluso con esa criatura.

—Y a ella también, pero en menos tiempo del que crees acabaría obligándote a saltar desde un acantilado —dije.

Recorrí el local con la mirada. No había rastro de Lena, pero cuanto más me fijaba en aquellos seres, más agradecía la penumbra. Los reservados se iban llenando de parejas que bebían y se holgaban y la pista de chicas daba vueltas y giros como si tejieran una especie de red. «Diecisiete lunas» había dejado de sonar, si es que había sonado alguna vez, y ahora ponían una música mucho más agresiva, más intensa, una versión Caster del rock industrial de grupos como Nine Inch Nails. Todas las chicas vestían de modo distinto: una llevaba un vestido medieval, otra ropa de cuero ajustada. Y luego estaban las Ridley, chicas con minifalda y top negro y mechas rojas, azules o violetas, que bailaban de forma insinuante, tejiendo otro tipo de red. Tal vez, no habría sabido decirlo, todas fueran Siren. Todas, esto sí era evidente, eran guapas y llevaban una versión distinta del tatuaje oscuro de Ridley.

—Vamos a echar un vistazo al fondo del local.

Dejé que Link fuera delante para que Liv siguiera entre los dos. Aunque examinaba cada rincón del club como si quisiera recordar todos los detalles, me di cuenta de que estaba nerviosa. Aquél no era sitio para una chica Mortal. Ni, en realidad, para un chico Mortal. Me sentía responsable por haber arrastrado a mis amigos hasta allí. Íbamos cerca de la pared, rodeando el perímetro, el local estaba abarrotado. Tropecé con alguien. Alguien corpóreo.

—Perdón —dije, mecánicamente.

—No te preocupes —repuso el tipo y al ver a Liv añadió—: Es un placer. ¿Te has perdido? —dijo guiñándole el ojo y sonriendo. Sus brillantes ojos negros destellaron en la oscuridad. Liv se quedó de piedra. Cuando se inclinó sobre Liv, vislumbré un líquido rojo en el vaso de aquel ser.

—No —respondió Liv tragando saliva—, estoy bien, gracias. Estamos buscando a una amiga.

—Pues a mí me encantaría ser tu amigo —dijo aquel tipo con otra sonrisa. Bajo la tenue luz del club, sus dientes emitieron un brillo exageradamente blanco.

—Ya estoy con… unos amigos, gracias.

Vi de reojo la mano con que Liv sujetaba la correa de su bolso. Temblaba.

—Cuando encuentres a tu amiga, búscame. Las estaré esperando.

El tipo se dirigió a la barra, donde otros Íncubos hacían cola para llenar sus vasos con un líquido rojo que salía de una extraña llave de vidrio. Traté de no pensar en lo que podía ser.

Link se apoyó en una de las cortinas de terciopelo de la pared y tiró de nosotros.

—Empiezo a pensar que venir a este sitio no ha sido muy buena idea.

—¿Cuándo llegaste a esa brillante conclusión?

Link no entendió la ironía de Liv.

—No lo sé, pero más o menos cuando me di cuenta de lo que ese colega estaba bebiendo. Supongo que no era ponche precisamente —dijo, y volvió a recorrer el local con la mirada—. Amigo, ni siquiera estamos seguros de que estén aquí.

—Están aquí.

Yo sí estaba prácticamente seguro. Iba a decirle a Link que había oído la canción y que tenía el presentimiento de que se encontraban en aquel lugar cuando divisé una chica con melena rubia y rosa entre las que estaban en la pista.

Ridley.

Al vernos, Ridley dejó de bailar. De inmediato vi detrás de ella a John Breed, que estaba bailando con una chica que le echaba los brazos al cuello. John, por su parte, tomaba a la chica por la cintura. Se apretaban el uno contra el otro y parecían perdidos en su propio mundo. Al menos, así me había sentido las veces que había tomado a aquella misma chica por la cintura.

Fue como si me dieran un puñetazo en el estómago. Apreté los puños. Supe que era ella antes incluso de ver su negro cabello rizado.

Lena…

¿Ethan?

15 de junio

El Vex

NO ES LO QUE PIENSAS.

¿Qué pienso?

Se apartó de John al verme cruzar la pista. Él se volvió. Sus ojos se habían vuelto negros y su mirada era amenazante. Sonrió para hacerme saber que yo no suponía ninguna amenaza para él. Era consciente de que no podíamos competir físicamente y supongo que, si ahora bailaba de aquel modo con Lena, ya ni siquiera me consideraba un peligro en ningún otro sentido.

¿Qué pensaba yo?

Sabía que me encontraba en uno de esos momentos en que está a punto de suceder algo que cambia tu vida para siempre. Era como si el tiempo se hubiera detenido aunque a mi alrededor todo siguiera su curso. Lo que llevaba meses temiendo por fin había ocurrido. Lena se me escurría entre los dedos y no a causa de su cumpleaños, ni de su madre o de Hunting, ni tampoco por una maldición, un hechizo o un ataque.

La estaba perdiendo por otro chico.

¡Ethan! Tienes que marcharte.

No pienso ir a ninguna parte.

Ridley se acercó a mí. Las demás chicas siguieron bailando a nuestro alrededor.

—Tranquilo, novio, tranquilo —me dijo—. Sabía que tenías valor, pero esto que has hecho es una locura. —Parecía preocupada, como si de verdad le importase lo que pudiera sucederme. Era mentira, como todo cuanto la rodeaba.

—Apártate.

—Aquí no tienes nada que hacer, Malapata.

—Lo siento, Ridley, pero a mí las paletas no me hacen efecto, y tampoco el hechizo con el que John y tú tienen controlada a Lena.

Me tomó por el brazo y el hielo de sus dedos penetró en mi piel. Había olvidado lo fuerte y fría que era.

—No seas estúpido —dijo bajando la voz—, te estás excediendo, aquí no tienes la menor oportunidad. ¿Has perdido la cabeza?

—Tú sabrás.

Me apretó el brazo.

—Eres más inconsciente de lo que yo creía. No deberías estar aquí. Vuelve a tu casa antes de que…

—¿Antes de qué? ¿Antes de que causes más problemas de lo normal?

Link llegó a mi lado. Ridley lo miró con furia. Por un instante me pareció ver un pestañeo, un ligero brillo en sus ojos, como si al ver a Link se hubiera despertado en ella algo casi humano, algo que la hacía vulnerable. Pero desapareció tan pronto como había surgido.

Estaba nerviosa, al borde de la histeria. Me percaté por su forma de desenvolver una paleta y su hablar atropellado.

—¿Qué demonios estás haciendo aquí? Vete ahora mismo y llévatelo —dijo, sin su habitual ironía—. ¡Vete!

Nos empujó con todas sus fuerzas, pero yo me resistí.

—No pienso irme hasta que no hable con Lena.

—Es ella la que no quiere que estés aquí.

—Pues tendrá que decírmelo a la cara.

Dímelo a la cara, L.

Lena se abría paso entre las criaturas que llenaban la pista. John Breed se quedó en su sitio, pero sin dejar de mirarnos. Yo no quería pensar qué le habría dicho ella para que no se acercara. ¿Que podía manejar sola aquella situación? ¿Que no era nada, sólo un tipo que no había superado una ruptura? ¿Un Mortal desesperado que no podía competir con él?

Ella tenía a John y John me vencía en el único terreno que importaba. John formaba parte de su mundo.

No pienso irme si tú no me lo pides.

Ridley volvió a dirigirse a mí. Me habló entre dientes. Nunca la había visto tan seria.

—No hay tiempo para que se anden con pendejadas. Sé que estás fuera de ti, pero no comprendes lo que está pasando. Los matará y, con un poco de suerte, los demás se abstendrán de sumarse a la fiesta.

—¿Quién nos matará? ¿El Chico Vampiro? Podemos con él.

Link fanfarroneaba, pero no quería dar su brazo a torcer. Como yo y como Ridley.

—No pueden, idiota —dijo Ridley negando con la cabeza. Volvió a empujar a Link—. Éste no es lugar para un par de boy scouts como ustedes. Váyanse.

Quiso agarrar a Link por el cuello, pero él la tomó por la muñeca antes de que pudiera tocarlo. Ridley era como una bella serpiente, no podías dejar que se acercara sin arriesgarte a un mordisco.

Lena estaba sólo a unos cuantos pasos.

Si no quieres que esté aquí, dímelo.

Una parte de mí me decía que si podíamos estar a solas unos instantes, podría romper el hechizo con el que Ridley y John la estaban dominando.

Lena se puso detrás de Ridley. Su semblante era indescifrable, pero advertí el rastro plateado de una lágrima.

Dilo, L. Dilo o ven conmigo.

Le brillaban los ojos. Parpadeó y dirigió la vista a un punto situado al borde de la pista, donde estaba Liv.

—Lena, no deberías estar aquí. No sé qué te estarán haciendo Ridley y John, pero…

—Nadie me está *haciendo* nada y no soy yo quien está en peligro aquí. Yo no soy una Mortal —dijo, mirando a Liv.

Como ella.

Su rostro se ensombreció. Vi que sus cabellos sueltos empezaban a enroscarse.

—Tú tampoco eres como ellos, L.

Las luces de la barra parpadearon y las que iluminaban la pista estallaron en mil pedazos. Trozos de cristal cayeron sobre nosotros. Las criaturas que estaban bailando en la pista empezaron a apartarse.

—Te equivocas. Soy igual que ellos y éste es el lugar al que pertenezco.

—Lena, podemos superar esto.

—No, no podemos. Esto no.

—¿No hemos superado juntos todo lo demás?

—No. Juntos no. Ya no sabes nada de mí.

Por un segundo, una sombra cruzó su rostro. De tristeza tal vez. O de arrepentimiento.

Ojalá todo fuera distinto, pero no lo es.

Giró sobre sus talones y se alejó.

No puedo ir adonde tú vas, Lena.

Lo sé.

Estarás sola.

No se volvió.

Ya estoy sola, Ethan.

Entonces, dime que me vaya, si es eso lo que realmente quieres.

Se paró y se volvió lentamente para mirarme.

—No quiero que estés aquí, Ethan —dijo, y desapareció al otro lado de la pista.

Antes de poder dar un paso, oí el desgarro...

John Breed se materializó delante de mí. Llevaba su chamarra de cuero negro.

—Yo tampoco.

Nos separaba apenas un metro.

—Me voy, pero no por ti —dijo, sonriendo y con un brillo en sus ojos, de nuevo verdes.

Di media vuelta y me abrí paso. Podía molestar o enfadar a alguien capaz de beber mi sangre o de hacerme saltar de un acantilado, pero me daba igual. Seguí andando porque quería alejarme de allí más que ninguna otra cosa en el mundo. La pesada puerta de madera se cerró de un portazo a mis espaldas. Al otro lado quedaron el ruido, las luces y los Caster.

Pero no lo que más deseaba dejar para siempre en aquel sitio. La imagen de las manos de aquel Íncubo en su cintura, sus cuerpos meciéndose al ritmo de la música, el cabello rizado de Lena. Lena en brazos de otro.

El pavimento cambió y del asfalto cubierto de colillas y basura volvimos a los adoquines. Pero apenas me di cuenta. ¿Cuánto tiempo llevaban juntos? ¿Qué había en realidad entre ellos? Los Caster y los Mortales no podían unir sus vidas. Era lo que me transmitían las visiones, como si los Caster creyeran que yo todavía no lo había comprendido.

Oí ruido de pasos.

—Ethan, ¿estás bien?

Era Liv. Me puso la mano en el hombro. Ni siquiera me había dado cuenta de que iba detrás de mí.

Me volví, pero no sabía qué decir. Nos encontrábamos en una calle del pasado, en un Túnel subterráneo de los Caster, y no podía dejar de pensar que Lena estaba con un tipo que era el polo opuesto a mí. Un tipo que podía tener todo lo que quisiera en el momento en que quisiera. Lo que acababa de suceder era la prueba.

—No sé qué hacer. Lena ya no es la chica que conocí. Ridley y John tienen algún tipo de influencia sobre ella.

Liv se mordió el labio nerviosamente.

—Sé que no es lo que quieres oír, pero es Lena quien toma sus propias decisiones.

Liv no comprendía. No había conocido a la auténtica Lena, no sabía cómo era antes de la muerte de Macon y de la aparición de John Breed.

—No hay forma de saberlo. Ya has oído a mi tía. Desconocemos los poderes que John pueda tener.

—Me imagino lo duro que tiene que ser esto para ti. —Liv recurría a las verdades absolutas, pero no existían verdades absolutas en lo que nos estaba sucediendo a Lena y a mí.

—Tú no la conoces…

—Ethan —dijo Liv casi entre susurros—, tiene los ojos dorados.

Sus palabras retumbaron en mi cabeza. De pronto, fue como si estuviera debajo del agua. Mis emociones se hundieron como una piedra mientras la lógica y la razón ascendían hacia la superficie.

Tiene los ojos dorados.

Era un detalle nimio, pero lo decía todo. Nadie la obligaba a elegir el lado Oscuro, nadie había pintado sus ojos de oro.

Nadie, en efecto, la tenía bajo su control. Nadie había recurrido a su Poder de Persuasión para manipularla y que subiera a la moto de John. Nadie la obligaba a estar con él. Era ella quien tomaba sus propias decisiones y ella quien lo había elegido. *No quiero que estés aquí, Ethan.* Oía sus palabras sin cesar. Pero ni siquiera eso era lo peor. Lo peor era que las había dicho en serio.

Todo se hizo lento y se envolvió en bruma como si no estuviera sucediendo.

Liv me miraba con preocupación, clavando en mí sus ojos azules. Había serenidad en aquel azul, tan distinto al verde de los Caster de Luz, al negro de los Íncubos, al dorado de los Caster Oscuros. Liv era diferente a Lena en lo básico. Era una Mortal. Liv no iba a cristalizar en Luz o en Sombra ni a engañarte con un chico de fuerza sobrenatural capaz de chuparte la sangre o robarte los sueños. Liv se estaba formando para ser una Guardiana, pero aun así, sería una mera observadora. Al igual que yo, jamás formaría parte del mundo de los Caster. Y en esos momentos, no había nada que yo deseara más que irme lo más lejos que pudiera de ese mundo.

—Ethan.

No respondí. Aparté sus brillantes y rubios cabellos de su cara y me acerqué hasta que nuestros rostros quedaron a sólo unos centímetros. Inspiró suavemente y nuestros labios casi se tocaron. Sentí su respiración y la fragancia a madreselva de su piel. Olía a té dulce y a libros viejos, como si nunca se hubiera apartado de mi lado.

Le acaricié la nuca enredando los dedos en sus cabellos. Su piel era suave y cálida, como la de las chicas Mortales, sin corriente ni descargas eléctricas. Podríamos besarnos el tiempo que quisiéramos. Si nos peleábamos, no se desencadenaría una inundación ni un huracán. Nunca la encontraría tumbada en el techo de su habitación, nunca se romperían las ventanas, ningún examen se prendería fuego.

Liv deseaba que la besara.

Ni limones ni romero, ni ojos verdes ni cabello negro. Ojos azules, pelo rubio...

No me daba cuenta de que estaba hablando kelting, de que deseaba a alguien que no estaba allí. Me aparté tan rápido que Liv no tuvo tiempo de reaccionar.

—Lo siento. No debí hacer eso.

Liv habló con voz vacilante y se llevó la mano a la nuca, donde yo había puesto mis manos un momento antes.

—Está bien. —No, no estaba bien. Las emociones la embargaban: decepción, vergüenza, pesar, arrepentimiento—. No pasa nada —mintió. Se había sonrojado y agachaba la cabeza—. Estás afectado por lo de Lena. Lo entiendo.

—Liv, yo...

Link interrumpió mi lánguido intento de pedir disculpas.

—Bonita salida de escena, vale. Gracias por dejarme plantado. —Fingía que no le había importado, pero su tono era cortante—. Por lo menos tu gata sí me ha esperado.

Lucille apareció trotando detrás de él.

—¿Cómo habrá llegado hasta aquí?

Me agaché para acariciarle la cabeza y ronroneó. Liv tenía la mirada perdida.

—Cualquiera sabe. Esta gata está como un cencerro, como tus tías. Te habrá seguido.

Seguimos caminando. Hasta Link percibió el peso del silencio.

—Bueno, ¿qué ha pasado? ¿Lena está saliendo con ese Vampiro o no?

Yo no quería pensar en eso, pero además estaba seguro de que Link tampoco quería pensar en sus propios problemas. No llevaba a Ridley metida en la piel, sino más bien en las venas.

Liv caminaba un metro por delante atenta a nuestra conversación.

—No lo sé, pero eso me ha parecido —respondí. Negarlo no tenía ningún sentido.

—La puerta debe de estar justo ahí delante —dijo Liv, que iba tan rígida y erguida que tropezó con un adoquín y estuvo a punto de caerse al suelo.

Yo me daba cuenta de que nuestra relación se había enrarecido y seguiría así en el futuro. ¿Cuántas cosas puede estropear un chico en veinticuatro horas? Aquel día tal vez yo batiera el récord.

—Lo siento, colega —dijo Link poniéndome la mano en el hombro—, es una verdadera... —se interrumpió. Había tropezado con Liv, que se había parado en seco—. Eh, ¿qué pasa, MJ?

Link le dio un codazo cariñoso, pero Liv siguió impertérrita. *Lucille* se había quedado clavada, con el pelo erizado y la mirada fija. Seguí sus ojos para ver hacia dónde miraba y en la calle, bajo un arco de piedra, advertí una sombra etérea. Parecía una niebla densa y cambiaba de forma constantemente. Era algo envuelto en un manto o en una mortaja. No tenía ojos, pero tuve la impresión de que nos estaba mirando.

Link retrocedió.

—¿Qué demonios...?

—Chist —siseó Liv—. No atraigas su atención. —Se le demudó el semblante.

—Demasiado tarde —susurré.

Aquella cosa, que había empezado a cambiar de forma, se desplazó hacia el centro de la calle en dirección a nosotros.

Tomé inconscientemente a Liv de la mano y advertí que vibraba. Me confundí, lo que vibraba era el selenómetro. Giraban todas sus agujas. Liv desabrochó la correa y lo tomó para observarlo mejor.

—Se ha vuelto loco —susurró.

—Yo creía que sabías interpretar sus mediciones.

—Hasta ahora siempre he sabido —me dijo en voz baja.

—¿Y ahora no?

—No. No tengo la menor idea —concluyó sin quitar los ojos del aparato.

La sombra seguía acercándose.

—Lamento molestarte cuando te lo estás pasando tan bien con ese cacharro, pero ¿qué es esa cosa? ¿Un Sheer?

Liv levantó la vista. Yo no le había soltado la mano, que ahora sí temblaba.

—Qué más quisiéramos. Es un Vex, una furia. He leído algo sobre ellos, pero nunca había visto ninguno y ojalá tampoco hubiera visto éste.

—Fascinante, pero ¿por qué no nos vamos borrando y seguimos hablando luego?

Veíamos la puerta redonda, pero Link había dado media vuelta. Prefería vérselas con los Caster Oscuros y las criaturas del Exilio.

—No corras —dijo Liv agarrándolo del brazo—. Pueden Viajar, desaparecer y materializarse en cualquier parte en menos de lo que dura un parpadeo.

—Como los Íncubos.

Liv asintió.

—Esto explicaría por qué hemos visto tantos Sheer en el Exilio. Es posible que su presencia se debiera a algún tipo de perturbación del orden natural. El Vex debe de ser esa perturbación.

—En cristiano, por favor —dijo Link al borde de un ataque de pánico.

—Los Vex forman parte del Subsuelo, el mundo de los Demonios. Son lo más parecido al mal absoluto del universo Mortal o Caster —explicó Liv con voz temblorosa.

El Vex se movía lentamente, como empujado por la brisa. Pero no se acercaba, parecía aguardar a que sucediera algo.

—No son Sheer o fantasmas, si prefieren llamarlos así. No tienen cuerpo físico a no ser que se apoderen de un ser vivo. Habitan en el Subsuelo y sólo ascienden cuando los convoca alguien muy poderoso y para las tareas más sombrías.

—Pues ya estamos en el Subsuelo, así que fenomenal —dijo Link, que no quitaba los ojos de la criatura.

—No me refiero a este Subsuelo.

—¿Qué querrá de nosotros? —preguntó Link, mirando calle abajo para calcular la distancia al Exilio.

El Vex empezó a desplazarse, disolviéndose en niebla y otra vez en sombra.

—Me parece que estamos a punto de averiguarlo —dije apretando la mano de Liv. Ahora la mía también temblaba.

La negra niebla, es decir, el Vex, avanzaba. Era como unas fauces abiertas y coléricas. De su interior salió un alarido difícil de describir: feroz y amenazante como un rugido y aterrador y espantoso como un chillido. *Lucille* bufó y agachó las orejas. El alarido creció y el Vex retrocedió y se elevó como si fuera a atacarnos. Empujé a Liv al suelo y la protegí con el cuerpo. Me tapé la nuca, como si estuviera a punto de ser devorado por un oso en lugar de asaltado por un Demonio capaz de apoderarse de mi cuerpo.

Pensé en mi madre. ¿Sentiría ella lo que yo estaba sintiendo cuando estaba a punto de morir?

Pensé en Lena.

El alarido aumentó, pero oí otro ruido aún más potente, una voz conocida. Pero no la de mi madre ni la de Lena.

—¡Oscuro Demonio del Infierno, pliégate a Nuestra voluntad y abandona este lugar!

Levanté la cabeza y la vi a nuestra espalda, a la luz de una lámpara. Enarbolaba un collar de cuentas y huesos como si fuera un crucifijo. En torno a ella se agrupaban unos seres luminosos de mirada intensa y resuelta.

Amma y sus Antepasados.

No puedo explicar lo que sentí al ver a Amma y a los espíritus de cuatro generaciones de antepasados, que parecían salidos de unas fotos en blanco y negro y se congregaban a su alrededor, formados en varias filas por encima de su cabeza. Reconocí a Ivy, que ya había aparecido en mis visiones: llevaba una blusa de cuello cerrado y una falda de percal y su negra piel refulgía. Pero su aspecto era mucho más intimidatorio que en las visiones. Sólo había un espíritu más feroz, una mujer que estaba a su derecha con la mano apoyada en su hombro. Llevaba un anillo en cada dedo y un vestido largo que parecía hecho con pañuelos de seda y un pequeño pájaro estampado en los hombros. Era Sulla, una Prophet. Yo no podía dejar de mirarla. A su lado, Amma parecía tan inofensiva como un profesor de catequesis.

Había otras dos mujeres, probablemente tía Delilah y su Hermana, y un viejo con el rostro castigado por el sol y una barba que habría envidiado el mismísimo Moisés. Tío Abner. Me habría gustado tener a mano un buen bourbon para regalárselo.

Los Antepasados se apretaron en torno a Amma repitiendo una y otra vez la misma salmodia. Cantaban en gullah, la lengua original de la familia. Amma repetía lo mismo en inglés a voz en grito y agitando las cuentas y los huesos.

—Ira y venganza, expulsa al que flota, haz que se vaya.

El Vex se elevó más. La niebla y la sombra formaron un remolino sobre Amma y sus antepasados. Su alarido era ensordecedor, pero Amma ni siquiera parpadeó. Cerró los ojos y levantó más la voz para equipararla al grito demoniaco.

—Ira y venganza, expulsa al que flota, haz que se vaya.

Sulla levantó el brazo, cargado de brazaletes, y dio vueltas a una larga vara con decenas de pequeños amuletos. Quitó la mano del hombro de Ivy y la colocó en el de Amma. Su piel traslúcida y luminosa emitía destellos. Nada más tocar a Amma, el Vex profirió un chillido espeluznante y desapareció succionado por el vacío del cielo nocturno.

Amma se volvió a sus Antepasados.

—Quedo en deuda con ustedes.

Los Antepasados desaparecieron sin dejar rastro, como si nunca hubieran estado allí.

Probablemente para mí habría sido mejor irme a hacer compañía a los Antepasados, porque bastó una mirada de Amma para constatar que sólo nos había salvado de las garras del Vex para poder triturarnos con sus propias manos. Contra el Vex habríamos tenido más probabilidades de sobrevivir.

Amma estaba que echaba chispas. Tenía los ojos entrecerrados, concentrados en su objetivo principal: Link y yo.

—F. U. R. I. O. S. A. —Nos tomó por el cuello a los dos como si quisiera meternos por la puerta redonda al mismo tiempo—. Como cuando uno tiene problemas, preocupación, inquietud, molestia. ¿Quieren que siga?

Negamos con la cabeza.

—Ethan Lawson Wate, Wesley Jefferson Lincoln, no sé qué asunto se traían entre manos para bajar a estos Túneles —dijo amenazándonos con su huesudo dedo—, pero veo que no tienen ni una pizca de sentido común. ¿Acaso creían que estaban preparados para enfrentarse a las Fuerzas Oscuras?

Link quiso explicarse. Craso error.

—Amma, nosotros no pensábamos enfrentarnos a ninguna Fuerza Oscura, de verdad. Sólo que…

Amma se acercó a él con su dedo amenazante.

—No me digas. Cuando acabe contigo, vas a desear que le hubiera contado a tu madre lo que te sorprendí haciendo en el sótano de mi casa cuando tenías diez años. —Link retrocedió hasta darse contra el muro donde estaba la puerta redonda. Amma no lo dejó escapar todavía—. Una historia triste y larga como la noche —dijo, y se dirigió a Liv—. ¿Y tú? ¿Eres tú la que está estudiando para ser Guardiana? ¡Pero si tienes menos seso que ese par de zoquetes! Sabiendo dónde te metías, ¿permitiste que te arrastrasen al sitio más peligroso del mundo? Vete preparando porque vas a tener que vértelas con Marian.

—Link se escabulló como pudo y me llegó el turno—. Y tú —dijo, tan furiosa que hablaba sin separar los dientes—, ¿creías que no sabía lo que te traías entre manos? ¿Te crees que porque soy mujer y estoy vieja me puedes engañar? Te harían falta por lo menos tres vidas para darme la vuelta. En cuanto Marian me dijo que estaban aquí abajo, no he tardado ni dos minutos en encontrarlos.

No le pregunté cómo lo había hecho. Mi estrategia era la misma que ante el ataque de un perro: evitar el contacto visual y mantener la cabeza gacha y la boca cerrada. Me limité a seguir andando. Cada pocos pasos, Link volvía la cabeza para mirar a Amma. Liv iba detrás, confusa. Yo sabía que no había contado con la posibilidad de que nos topásemos con un Vex, pero Amma era un enemigo muy superior a sus fuerzas.

Amma iba al último, mascullando para sí o para los Antepasados.

—¿Te crees que eres la única capaz de encontrar algo? No hace falta ser Caster para comprender lo que se proponen. —Yo oía el tintineo de los huesos contra las cuentas—. ¿Por qué te crees que dicen que soy Vidente? Porque veo el lío en que te has metido en cuanto te has metido en él.

Seguía murmurando y negando con la cabeza al desaparecer por la puerta redonda sin una gota de barro en las mangas ni una arruga en el vestido. Lo que al bajar nos había parecido una madriguera de conejo se había convertido en una amplia y cómoda escalera, como si aquel agujero se hubiera ensanchado por puro respeto a la señorita Amma.

—Como si un día con ese niño no fuera bastante, encima hay que enfrentarse a un Vex...

Rezongó en todos los escalones y no dejó de hacerlo en todo el camino de vuelta. Dejamos a Liv nada más abandonar los Túneles, pero Link y yo seguimos andando. No queríamos estar demasiado cerca de aquel dedo ni de aquellas cuentas.

16 de junio

REVELACIONES

LLEGUÉ A MI HABITACIÓN casi al amanecer. De seguro Amma no había terminado conmigo todavía y ese día todavía tendría que pasar por un infierno, pero intuía que Marian no me esperaba para trabajar. Temía más a Amma que a cualquier otra cosa en el mundo. Me quité los zapatos con los pies y me quedé dormido antes de apoyar la cabeza en la almohada.

Luz cegadora.

Me inundaba la luz. ¿O era la oscuridad?

Me dolían los ojos como si hubiera pasado un rato mirando el sol y veía manchas oscuras. Sólo distinguía una silueta y tenía miedo. La conocía íntimamente: su estrecha cintura, sus manos delicadas, sus largos dedos. Todos sus cabellos se enroscaban con el soplo de la Brisa Caster.

Se acercó y me tendió la mano. Paralizado, observé cómo sus manos salían de la oscuridad para entrar en la luz donde yo me encontraba. La luz fue descubriendo sus brazos y luego su cintura, sus hombros, su pecho.

Ethan.

El rostro seguía envuelto en sombras, pero ahora sus dedos me tocaban, ascendían por mis hombros, mi cuello y mi cara. Sostuve su mano en mi mejilla, pero me quemaba. No porque estuviera caliente, sino porque estaba helada.

Estoy aquí, L.

Yo te quería, Ethan, pero ahora tengo que irme.

Lo sé.

En la oscuridad pude ver los párpados abiertos y el brillo dorado. Los ojos de la maldición. Los ojos de un Caster Oscuro.

Yo también te quería, L.

Cerré sus ojos con suavidad. El frío que me había dejado su mano desapareció. Aparté la mirada y me obligué a despertarme.

***

Bajé dispuesto a hacer frente a la ira de Amma. Mi padre había ido al Stop & Steal a comprar el periódico y estábamos los dos solos. Los tres, en realidad, contando a *Lucille,* que miraba fijamente el reseco alimento para gatos de su traste de comida. Era, probablemente, la primera vez que veía algo así. Supongo que Amma también estaba enfadada con ella.

Estaba sacando un pay del horno. Había puesto la mesa, pero el desayuno no estaba preparado. No había ni cereales ni huevos, ni siquiera una mísera tostada. La cosa estaba peor de lo que yo pensaba. La última vez que en lugar de hacer el desayuno se había puesto a cocinar fue el día después del cumpleaños de Lena, y antes de eso, el día después de morir mi madre. Trabajaba la masa como si le fuera la vida en ello. Su ira, al menos, serviría para hacer las galletas necesarias para dar de comer a baptistas y metodistas. La observé unos momentos con la esperanza de que la masa se hubiera llevado ya la peor parte.

—Lo siento, Amma. No sé qué quería de nosotros esa cosa.

Cerró la puerta del horno de un golpe y me miró.

—Pues claro que no lo sabes. Hay demasiadas cosas que no sabes, pero eso no te ha impedido bajar a un sitio en el que no se te ha perdido nada. ¿O sí?

Tomó un tazón y removió el contenido con ciclópea amenaza. Qué lejano me pareció el momento en que, el día anterior, había amedrentado a Ridley con aquel cucharón.

—Bajé a buscar a Lena. Lleva un tiempo saliendo con Ridley y creo que tiene algún problema.

Amma se volvió a la velocidad del rayo.

—¿Crees que tiene algún problema? ¿Tienes idea de lo que era esa cosa? ¿Eso que estaba a punto de arrebatarte de este mundo para llevarte al siguiente? —Siguió removiendo como una loca.

—Liv dice que se llama Vex y que lo convoca alguien poderoso.

—Poderoso y Oscuro. Alguien que no quiere que tú y tus amigos metan las narices en esos Túneles.

—¿Y quién iba a tener interés en que no bajáramos a los Túneles? ¿Sarafine y Hunting? Pero ¿por qué?

Amma dejó el tazón en el lavabo con un golpazo.

—¿Por qué? Y tú, ¿por qué siempre tienes que hacer tantas preguntas sobre cosas que no te incumben? Reconozco que es culpa mía por permitírtelo cuando no levantabas medio metro del suelo —dijo, negando con la cabeza—. Pero estamos metidos en un juego de locos que nadie puede ganar.

Genial. Más enigmas.

—Amma, ¿de qué juego estás hablando?

Volvió a apuntarme con el dedo como la noche anterior.

—Te repito que no se te ha perdido nada en los Túneles, ¿me oyes? Lena lo está pasando mal y lo siento muchísimo por ella, pero tiene que solucionar sus problemas sola. Tú no puedes hacer nada. Así que aléjate de esos Túneles. Ahí abajo hay cosas peores que un Vex —dijo, y echó el contenido del tazón en el molde del pay. La conversación había finalizado—. Y ahora vete a trabajar y mantén los pies sobre la tierra.

—Sí, Amma.

Mentirle a Amma no me gustaba, pero, técnicamente, no le estaba mintiendo. Así, al menos, intentaba convencerme. Iba a trabajar. Después de pasar por Ravenwood, claro. Tras la última noche no quedaba nada y todo estaba por decir.

Necesitaba respuestas. ¿Cuánto tiempo llevaba Lena mintiéndome y engañándome con aquel Íncubo? ¿Desde el funeral, que fue la primera vez que los vi juntos? ¿O desde el día en que le hizo la foto en el cementerio? ¿Estábamos hablando de días, de semanas o de meses? Para un hombre, la diferencia es importante. Hasta que no lo supiera, las dudas me corroerían a mí y al poco orgullo que me quedaba.

Porque el asunto era el siguiente: la había oído, en kelting y de palabra. Lo había dicho y la había visto con John. *No quiero que estés aquí, Ethan.* Lo nuestro se había acabado. Lo único que jamás se me pasó por la cabeza que podría ocurrir entre nosotros.

***

Me estacioné junto a la verja de Ravenwood. Apagué el motor y me quedé sentado en el coche con las ventanillas subidas aunque el día era sofocante. El calor sería insoportable al cabo de un minuto o dos, pero en aquellos momentos era incapaz de moverme. Cerré los ojos y oí el canto de las cigarras. Si no me bajaba del coche, no lo sabría. No tendría que volver a atravesar aquella verja. Las llaves seguían puestas. Podía darme media vuelta y dirigirme a la biblioteca.

Y nada de lo que estaba ocurriendo ocurriría.

Arranqué el coche y se encendió la radio, aunque no estaba puesta cuando había apagado el motor. La antena del Volvo no era mejor que la del cacharro de Link, pero junto con las interferencias de la radio se oía la canción.

«Diecisiete lunas», *diecisiete esferas,*
antes de tiempo, la luna que esperas,
los corazones se irán y las estrellas tras ellos,
uno está roto y el otro está hueco.

El motor se apagó y cesó la música. No comprendía la referencia a la luna, que no podía llegar antes de tiempo, pero no necesitaba que una canción me dijera quién de los dos había dejado la relación.

Finalmente, abrí la puerta. El agobiante calor húmedo de Carolina del Sur me pareció una brisa fresca en comparación. La verja chirrió al entrar y, ahora que Macon no estaba, cuanto más me aproximaba a la mansión, más triste y lúgubre me parecía. Me transmitió una sensación más sombría que en mi última visita.

Subí los escalones de la balaustrada y todos los tablones crujieron. Seguramente la mansión estaba en tan mal estado como el jardín, pero no me daba cuenta. Allí donde mirase, sólo veía a Lena: intentando convencerme de que volviera a mi casa la noche que conocí a Macon, sentada en las escaleras la semana anterior a su cumpleaños con su moño de color naranja carcelario. Una parte de mí deseaba seguir por el sendero hasta Greenbrier, hasta la tumba de Genevieve, para poder recordar a Lena acurrucada a mi lado con el viejo diccionario de latín mientras intentábamos descifrar el *Libro de las Lunas*.

Pero todas esas escenas se habían convertido en espectros del pasado.

Me fijé en las figuras grabadas sobre la puerta y encontré la familiar luna Caster. Pasé el dedo por la astillada madera del dintel y vacilé. No estaba seguro de ser bien recibido. Empujé la puerta de todos modos.

—¡Ethan! —me saludó tía Del con una sonrisa—. Esperaba que vinieras antes de marcharnos —dijo, y me dio un abrazo.

El interior de la mansión estaba oscuro. Vi un montón de maletas junto a la escalera. Habían tapado con sábanas la mayoría de los muebles y las persianas estaban bajadas. Era verdad. Se marchaban. Lena no había vuelto a mencionar el viaje desde el último día de curso y con todo lo que había pasado desde entonces, yo casi me había olvidado. O eso me habría gustado. Lena no me dijo que ya había hecho el equipaje. Eran tantas las cosas que ya no me decía.

—Por eso has venido, ¿verdad? —dijo tía Del bizqueando—. A despedirte...

Era una Caster Palimpsest, no podía discernir entre los estratos temporales, por eso siempre estaba un poco perdida. Era capaz de ver todo cuanto había ocurrido o iba a ocurrir en una habitación, pero lo veía todo al mismo tiempo. Me pregunté si cuando entré en el vestíbulo estaba viendo lo que sucedería después. Pero quizás fuera mejor no saberlo.

—Sí, he venido a despedirme. ¿Cuándo se van?

Reece estaba en el comedor rebuscando entre unos libros, pero aun así advertí que fruncía el ceño. Aparté la mirada, como tenía por costumbre. Lo último que me hacía falta era que Reece leyera mi rostro y supiera todo lo que había ocurrido la noche anterior.

—Nos vamos hasta el domingo, pero Lena ni siquiera ha hecho las maletas. No la distraigas —dijo, elevando la voz.

Dos días. Lena se marchaba al cabo de dos días y no me lo había dicho. ¿Acaso no pensaba despedirse?

Ladeé la cabeza y entré en el salón para saludar a la abuela de Lena. Sentada en su mecedora transmitía una fuerza inconmovible. Tenía una taza de té en una mano y el periódico en la otra, como si el ajetreo que reinaba en la mansión no fuera con ella. Sonrió y dobló el periódico por la mitad. Me pareció *Barras y Estrellas,* el diario oficial del ejército de Estados Unidos, pero estaba escrito en un idioma que no reconocí.

—Ethan, me encantaría que vinieras con nosotras. Te voy a extrañar y estoy segura de que Lena va a estar contando los días hasta que volvamos —dijo. Se levantó de la mecedora y me dio un abrazo.

Sí, tal vez Lena contase los días, pero por un motivo distinto al que pensaba la abuela. Su familia no estaba al corriente de lo que ocurría entre nosotros, ni siquiera de lo que le ocurría a Lena. Tuve la sensación de que no sabían que ahora frecuentaba locales del Subsuelo como el Exilio, ni que se movía de un lado para otro sobre la Harley de John Breed. Tal vez ni siquiera conocieran a John.

Recordé la primera vez que la vi, la larga lista de lugares en que había vivido, los amigos que nunca tuvo, los colegios a los que nunca fue. Me pregunté si estaría volviendo a ese tipo de vida.

La abuela me miraba inquisitivamente. Me acarició la mejilla. Su mano era suave como los guantes que las Hermanas se ponían para ir a la iglesia.

—Ethan, has cambiado.

—¿Perdón?

—No podría decir por qué, pero te veo distinto.

Aparté la mirada. Fingir no tenía sentido. La abuela acabaría por saber que entre Lena y yo ya no había nada. Si es que no lo sabía ya. Siempre era la persona con mayor autoridad allí donde se encontrara. Por la pura fuerza de la voluntad.

—No soy yo quien ha cambiado.

Volvió a sentarse y abrió el periódico.

—Tonterías. Todos cambiamos, Ethan. Así es la vida. Anda, sube a decirle a mi nieta que haga las maletas. Tenemos que marcharnos antes de que cambie la marea y no quiero que nos quedemos aquí varadas para siempre.

Sonrió como si yo comprendiera el chiste. Pero no lo comprendí.

La puerta de la habitación de Lena estaba entreabierta. Todo era negro: las paredes, el techo y los muebles. Las paredes ya no estaban pintadas con plumón, ahora garabateaba sus poemas con gis blanco. La misma frase cubría la puerta del armario: *correrparaseguirenelmismositiocorrerparaseguirenelmismositiocorrerparaseguirenelmismositio*. Entendí lo que decía separando las palabras como tantas veces había hecho al leer algo escrito por Lena. En cuanto lo hice, las reconocí: era un verso de un tema de U2. Comprendí cuánta verdad había en él.

Era lo que Lena llevaba haciendo todo aquel tiempo, cada segundo transcurrido desde la muerte de Macon.

Su primita, Ryan, estaba sentada en la cama. Lena apoyaba la cabeza en su regazo y Ryan le acariciaba la cara. Era una Thaumaturge y sólo empleaba sus poderes curativos cuando alguien pasaba grandes sufrimientos. Normalmente, su paciente era yo, pero aquel día le había tocado a Lena.

Estaba apenas reconocible, con aspecto de no haber dormido. Llevaba una camiseta negra gastada varias tallas grande. Debía de haberla usado a modo de camisón. Tenía el cabello enredado y los ojos enrojecidos e hinchados.

—¡Ethan! —En cuanto me vio, Ryan volvió a comportarse como una niña normal. Corrió hacia mí y la tomé en brazos, columpiándola a ambos lados—. ¿Por qué no vienes con nosotras? Nos vamos a aburrir mucho. Reece se va a pasar el verano dándome órdenes y con Lena no me divierto.

—Tengo que quedarme a cuidar de Amma y de mi padre, princesa —dije, y la dejé en el suelo con suavidad.

Lena parecía molesta. Se sentó en la cama sin hacer ruido y cruzó las piernas.

—Vete, por favor —dijo, echando a Ryan de la habitación.

Ryan la miró contrariada.

—Bien. Si hacen alguna tontería y necesitan que venga, me llaman. Estaré abajo.

Ryan me había salvado la vida en más de una ocasión en que Lena y yo habíamos ido demasiado lejos y la corriente eléctrica que surgía entre nosotros me había puesto al borde del infarto.

Lena nunca tendría ese problema con John Breed. Me pregunté si la camiseta que llevaba sería suya.

—¿Qué haces aquí, Ethan? —me preguntó Lena con los ojos clavados en el techo.

Seguí su mirada y me fijé en uno de los poemas de la pared. No podía mirarla. *Cuando levantas la vista/¿ves el cielo azul de lo que podría ser/o la oscuridad de lo que nunca será?/¿Me ves a mí?*

—Quiero que hablemos sobre lo que pasó anoche.

—¿Quieres decir que me vas a explicar por qué me estabas siguiendo? —me preguntó con aspereza. Me sentí ofendido.

—Yo no te seguía. Te buscaba porque estaba preocupado. Pero comprendo que eso te molestara si estabas ocupada cachondeándote con John.

Apretó los dientes y se levantó. La camiseta le llegaba casi por las rodillas.

—John y yo sólo somos amigos. No nos estábamos cachondeando.

—¿Y bailas así con todos tus amigos?

Se acercó. Las puntas de sus cabellos empezaron a rizarse. La lámpara del techo se balanceó.

—¿Y tú intentas besar a todas tus amigas? —me preguntó mirándome a los ojos.

Se produjo un fogonazo seguido de unas chispas y la habitación quedó a oscuras. Las bombillas de la lámpara estallaron y la cama se cubrió de trocitos de cristal. Por el golpeteo que provenía del tejado, supe que había empezado a llover.

—¿Dónde quieres…?

—No te molestes en mentir, Ethan. Sé lo que tú y tu amiga de la biblioteca hicieron al salir del Exilio.

La oí también en mi cabeza. Me hablaba con dureza y amargura.

Los oí. Estabas hablando kelting. «Ojos azules y pelo rubio», ¿te suena?

Tenía razón. Había hablado kelting. Y ella había oído todas y cada una de las palabras.

No pasó nada.

La lámpara se estrelló contra la cama a unos centímetros de mí. Tuve ganas de que me tragara la tierra. Me había oído.

¿No pasó nada? ¿Creías que no me enteraría? ¿Creías que no lo sentiría?

Era peor que mirar a los ojos a Reece. Lena podía verlo todo sin necesidad de poderes.

—Me volví loco cuando te vi con ese tipo, con John, y no sabía lo que hacía.

—Puedes engañarte si quieres, pero todo ocurre por una razón. Estuviste a punto de besarla y lo hiciste porque querías.

Quizá lo único que quería era hacerte daño porque te había visto con otro tipo.

Ten cuidado con lo que deseas.

La miré. Me fijé en sus ojeras, en su tristeza. Pero no encontré los ojos verdes que tanto amaba… sino los dorados de los Caster Oscuros.

¿Por qué sigues conmigo, Ethan?

La verdad es que ya no lo sé.

Le cambió la expresión, pero recobró la compostura enseguida.

—Te morías por que te hiciera esa pregunta, ¿verdad? Ahora ya puedes irte con tu novia Mortal sin sentirte culpable. —Pronunció la palabra Mortal como si no pudiera soportar su sonido—. Supongo que estarás deseando llevártela al lago.

Estaba furiosa. Partes enteras del techo empezaron a caer donde había caído la lámpara. El dolor que pudiera sentir había sido eclipsado por la rabia.

—El primer día del curso habrás vuelto al equipo de basquetbol. Así ella puede unirse a las animadoras. Emily y Savannah la van a adorar.

El techo siguió agrietándose y cayó otro trozo a pocos centímetros de mí.

Sentí dolor en el pecho. Lena se equivocaba, pero yo sólo pensaba en lo fácil que sería todo si saliera con una chica normal, con una chica Mortal.

Siempre supe que eso era lo que querías. Ahora ya puedes tenerlo.

Más ruido de grietas y trozos de techo cayendo. Estaba cubierto de fino polvo blanco de escayola y a mi alrededor se esparcían trozos de techo.

Lena se esforzaba por contener las lágrimas.

No es eso lo que quería y tú lo sabes.

¿De verdad? Lo único que sé es que no tendría que ser tan difícil. Amar a alguien no tendría que ser tan difícil.

A mí eso nunca me ha importado.

Sentí que se me escapaba, que me expulsaba de su cabeza y de su corazón.

—Te corresponde estar con alguien como tú y yo debo estar con alguien como yo, alguien que comprenda por lo que estoy pasando. Ya no soy la misma de hace unos meses. Pero supongo que eso es algo que los dos ya sabíamos.

¿Por qué no dejas de castigarte, Lena? No fue culpa tuya. Tú no podías salvarlo.

No sabes de qué estás hablando.

Sé que te culpas por la muerte de tu tío y que torturarte es una especie de penitencia.

Lo que yo hice no tiene penitencia.

Se volvió.

No huyas.

No huyo. Ya me fui.

Casi no oía su voz. Me acerqué a ella. No me importaba lo que hubiera hecho ni si todo había terminado entre nosotros. No podía ver cómo se destruía.

Tiré de ella contra mi pecho y la estreché entre mis brazos como si se estuviera ahogando y quisiera sacarla del agua. Sentía en mí cada centímetro de su frío abrasador. Rozó la punta de mis dedos con la punta de los suyos. Mi pecho se entumeció en el lugar donde apoyaba la mejilla.

No importa si estamos juntos o no. Tú no eres uno de ellos, L.

Tampoco soy uno de los tuyos.

Las últimas palabras las dijo entre susurros. Enredé los dedos en su pelo. Ni una sola parte de mí podía separarse de ella. Creo que ella lloraba, pero no me atrevería a afirmarlo. Levanté la vista. Alrededor del agujero que había dejado la lámpara empezaron a abrirse mil fisuras, como si el techo fuera a derrumbarse en cualquier momento.

Entonces, ¿eso es todo?

Lo era, pero yo no quería que me respondiera. Quería que aquel instante durase un poco más. Quería seguir con ella y fingir que ella todavía seguía conmigo.

—Mi familia se va dentro de dos días. Mañana cuando se despierten, me habré ido.

—L, no puedes...

Me tapó la boca con suavidad.

—Si alguna vez me has amado, y sé que sí, aléjate de mí. No voy a permitir que por mi culpa mueran más personas que quiero.

—Lena.

—La maldición me atañe sólo a mí. A nadie más que a mí. Deja que cargue con ella.

—¿Y si me niego?

Me miró. Su semblante se oscureció como si lo atravesara una sombra.

—No tienes elección. Si mañana vienes a Ravenwood, te garantizo que no tendrás ganas de hablar. Y que tampoco podrás.

—¿Estás diciendo que me vas a lanzar un hechizo?

Era un pacto tácito entre nosotros que jamás había incumplido.

Sonrió y puso un dedo sobre mis labios.

—*Silentium*, que es un término latino que significa «silencio», es lo que oirás si intentas decirle a alguien que me voy mañana.

—No te atreverás.

—Ya lo he hecho.

Finalmente sucedió. Lo único que quedaba entre nosotros era el inimaginable poder que nunca había empleado contra mí. Sus ojos desprendieron destellos de oro. No había en ellos ni un mínimo matiz verdoso. Comprendí que hablaba en serio.

—Júrame que no vendrás —dijo separándose de mí y apartando la mirada. No quería que viera sus ojos. Y yo no soportaba verlos.

—Te lo juro.

No dijo nada más. Asintió y se limpió las lágrimas que resbalaban por sus mejillas. Me marché bajo una lluvia de escayola.

***

Me paseé por los salones de Ravenwood por última vez. Cada sala que cruzaba era más oscura. Lena se iba, Macon ya se había ido. Todo el mundo se marchaba, el lugar se quedaba como muerto. Pasé la mano por la reluciente barandilla de caoba. Quería recordar el olor del barniz, la suave sensación de la madera, el levísimo aroma a los cigarros de importación de Macon, a jazmín confederado, a sanguinas y a libro viejo.

Me detuve ante el dormitorio de Macon. La puerta estaba pintada de negro mate y podría haber sido la puerta de cualquier otra estancia de la casa, pero era la del cuarto de Macon. *Boo* dormía a sus pies esperando a un amo que no volvería. Ya no parecía un lobo, sino un perro cualquiera. Sin Macon, estaba tan perdido como Lena. Me miró y movió la cabeza con gesto cansino.

Tomé el picaporte y empujé la puerta. La habitación de Macon estaba exactamente como yo la recordaba. Nadie se había atrevido a tapar ningún mueble. La cama con dosel del centro brillaba como si Casa o Cocina, los criados invisibles de Ravenwood, la hubieran lacado un millar de veces. Los postigos típicos de las plantaciones —aunque éstos estaban pintados de negro— mantenían la estancia totalmente a oscuras para no distinguir el día de la noche. Unos enormes candelabros sostenían velas negras y del techo colgaba una enorme lámpara de hierro también negra en la que reconocí las filigranas de los Caster. Al principio no me di cuenta, pero al cabo de unos instantes me acordé.

Ridley y John las llevaban en la piel y también las había visto en el Exilio. El emblema de los Caster Oscuros, el tatuaje que todos compartían. Todas eran distintas, pero inconfundiblemente parecidas. En lugar de tatuadas parecían marcadas a fuego. Me estremecí.

Tomé un pequeño objeto de la parte de arriba del vestidor. Era una fotografía en la que Macon aparecía junto a una mujer, pero la imagen estaba muy oscura y sólo se distinguía el perfil de una silueta. Parecía una sombra. Me pregunté si sería Jane.

¿Cuántos secretos se habría llevado Macon a la tumba? Volví a colocar la foto en su sitio, pero había tan poca luz que calculé mal y se cayó. Me agaché a recogerla y advertí que una de las esquinas de la alfombra estaba doblada. La alfombra, además, era exactamente igual a la del estudio de Macon en los Túneles.

La levanté. Debajo había una trampilla lo suficientemente grande para que cupiera una persona. Otra puerta a los Túneles. Tenía una anilla. Tiré y se abrió. Daba al estudio de Macon, pero no tenía escaleras y había demasiada altura para saltar. Me podía romper la cabeza contra el suelo de piedra.

Recordé la puerta secreta de la Lunae Libri. Tenía que intentarlo, no había otra forma de averiguarlo. Me agarré a la cama y tanteé con el pie con mucho cuidado. Estuve a punto de caerme, pero entonces encontré algo sólido. Un escalón. Aunque no podía verla, tocaba la vieja escalera de madera con el pie. Segundos después me encontraba en el suelo de piedra del estudio de Macon.

No se pasaba todo el día durmiendo. Bajaba a los Túneles probablemente con Marian. Pensé en los dos revisando viejas leyendas Caster, discutiendo sobre la arquitectura de paisajes anterior a la guerra mientras bebían té. Es probable que Macon hubiera pasado más tiempo con Marian que con nadie, exceptuando a Lena.

Me pregunté si no sería Marian la mujer de la foto y Jane su verdadero nombre. Nunca se me había ocurrido, pero explicaría muchas cosas. Por qué incontables paquetes de papel de estraza de la biblioteca se apilaban ordenadamente en el estudio de Macon, por qué una catedrática de la Universidad de Duke había acabado en una biblioteca de un pueblo apartado como Gatlin aunque fuera Guardiana, por qué Marian y Macon eran inseparables y pasaban tanto tiempo juntos.

Tal vez porque se amaban.

Miré a mi alrededor y vi la caja de madera que guardaba las reflexiones y los secretos de Macon. Estaba en el estante donde Marian la había dejado.

Cerré los ojos y la toqué...

Ver a Jane por última vez era lo que Macon más y menos quería. Hacía semanas que no se citaban, aunque muchas noches la había seguido hasta su casa desde la biblioteca, observándola desde lejos, deseando tocarla.

Pero no quería hacerlo cuando quedaba tan poco tiempo para la Transformación. Y, sin embargo, ella estaba allí aunque hubiera insistido en que no quería verla.

—Jane, tienes que marcharte. Aquí no estás a salvo.

Jane cruzó la habitación despacio.

—¿No comprendes que no me puedo marchar?

—Lo comprendo —respondió él y la abrazó y besó por última vez. Sacó algo de una cajita que guardaba en el armario. Era una esfera perfecta y completamente lisa. La puso en la mano de Jane y cerró sus dedos sobre ella.

—Después de la Transformación no podré protegerte —dijo con voz grave—, al menos no de lo que supone la mayor amenaza para tu vida. De mí. —Se miró las manos, sopesando el objeto que tan cuidadosamente había ocultado—. Si ocurre algo y te ves en peligro, usa esto.

Jane abrió la mano. La esfera era negra y opalescente como una perla. Al mirarla empezó a brillar y a cambiar de color. Jane notó que vibraba.

—¿Qué es?

Macon retrocedió, como si, ahora que había cobrado vida, no quisiera tocar la esfera.

—Es un Arco de Luz.

—¿Para qué sirve?

—Si llega un momento en que me convierta en un peligro para ti, estarás indefensa. No podrás hacerme daño ni matarme. Sólo otro Íncubo podría.

La mirada de Jane se ensombreció. Habló con un hilo de voz.

—Yo nunca te haría daño.

Macon le acarició la cara con suavidad.

—Lo sé, pero aunque quisieras, sería imposible. Un mortal no puede matar a un Íncubo. Por eso necesitas el Arco de Luz. Es lo único que puede contener a los de mi especie. La única forma de detenerme si...

—¿Contener? ¿Qué quieres decir?

Macon volvió la cabeza.

—Es como una celda, Jane. La única en la que se nos puede encerrar.

Jane se fijó en la esfera negra que brillaba en la palma de su mano. Ahora que sabía lo que era, le pareció que horadaba su mano y su corazón. La colocó en la mesa de Macon. El objeto rodó hasta el otro lado y dejó de brillar.

—¿Crees que te voy a enjaular en esa cosa como si fueras un animal?

—Seré peor que un animal.

Jane derramó unas lágrimas que le corrieron por la cara hasta llegar a su boca. Tomó a Macon por el brazo para obligarlo a que la mirase.

—¿Cuánto tiempo estarías ahí encerrado?

—Probablemente para siempre.

Jane negó con la cabeza.

—No lo haré. Nunca te condenaría a algo así.

Aunque sabía que era imposible, Jane tuvo la impresión de que los ojos de Macon se llenaban de lágrimas. Macon no tenía lágrimas que derramar, pero ella habría jurado que las vio brillar en sus ojos.

—Si te ocurriera algo, si te hiciera daño, me estarías condenando a un destino, a una eternidad, mucho peor de la que podría encontrar aquí —dijo Macon tomando el Arco de Luz—. Tienes que prometerme que si llega el momento de usarlo, lo harás.

Jane se esforzó por contener las lágrimas sin lograrlo.

—No sé si… —dijo con voz temblorosa.

Macon apoyó su frente en la de Jane.

—Prométemelo, Janie. Si me quieres, tienes que prometérmelo.

Jane apoyó la cabeza en el frío hombro de Macon, respiró profundamente y dijo:

—Te lo prometo.

Macon levantó la cabeza, miró a un lado y dijo:

—Una promesa es una promesa, Ethan.

***

Cuando me desperté estaba tumbado en una cama. Entraba mucha luz por una ventana, así que no podía encontrarme en el estudio de Macon. Miré al techo, pero tampoco vi ninguna lámpara negra, de modo que tampoco estaba en su dormitorio de Ravenwood

Aturdido y confuso, me incorporé. Estaba en mi propia cama, en mi habitación. La ventana estaba abierta y la luz de la mañana me daba en los ojos. ¿Cómo era posible que me hubiera desmayado en el estudio de Macon y despertado en mi cama horas después? ¿Qué había pasado en aquel intervalo con el tiempo y el espacio y todas las leyes físicas? ¿Qué Caster o Íncubo era suficientemente poderoso para hacer algo así?

Las visiones nunca me habían afectado. Tanto Abraham como Macon me habían visto. ¿Cómo podía ser? ¿Qué intentaba decirme Macon? ¿Por qué quería que tuviera precisamente esas visiones? No comprendía nada excepto una cosa. O las visiones estaban cambiando o, como Lena se había propuesto, era yo quien había cambiado.

17 de junio

HERENCIA

ME MANTUVE ALEJADO DE RAVENWOOD, como prometí. No sabía dónde estaba Lena ni adónde había ido. Me pregunté si John y Ridley se habrían marchado con ella.

Lo único que sabía es que Lena había esperado toda su vida para hacerse cargo de su destino, para encontrar la forma de Cristalizar como ella deseaba a pesar de la maldición, y yo no podía interponerme en su camino. Además, como se había encargado de señalarme, tampoco me lo habría permitido.

Por mi parte, tenía que hacer frente a mi destino inmediato: quedarme todo el día en la cama compadeciéndome de mí mismo. Con algunos cómics, naturalmente. Aunque no de *Aquaman*.

Gatlin, sin embargo, tenía otros planes para mí.

La Feria del Condado era un día de pays y concursos y, si habías tenido suerte y habías conseguido enrollarte con alguna tía, una noche de diversión. El Día de Difuntos, otra de las grandes tradiciones de Gatlin, era totalmente distinto. Cambiabas las chanclas y los *short* por la ropa de los domingos y te marchabas al cementerio a presentar tus respetos a los muertos de tu familia y de las demás. En Gatlin, además, prescindíamos del hecho de que el Día de Difuntos es una festividad eminentemente católica que se celebra en noviembre. En mi pueblo, teníamos nuestra propia forma de hacer las cosas y esa fiesta se convertía en un día para el recuerdo y la culpa y en una competición generalizada por ver quién amontonaba más ángeles y flores de plástico en las tumbas de sus ancestros.

El Día de Difuntos todo el mundo salía: baptistas, metodistas, evangelistas y pentecostales. Las dos únicas personas del pueblo que no aparecían por el cementerio eran Amma, que pasaba el día en Wader's Creek, donde estaba la sepultura de su familia, y Macon Ravenwood.

Me pregunto si alguna vez pasarían la fiesta juntos en la marisma, con sus Antepasados. Pero lo dudo. No creo que Macon o los Antepasados supieran apreciar el valor estético de las flores de plástico.

Me pregunté también si los Caster tendrían su propia versión del Día de Difuntos, si en aquellos momentos Lena sentiría lo mismo que yo, si sólo tendría ganas de quedarse acurrucada en la cama hasta que pasara aquel maldito día. El año anterior había transcurrido muy poco tiempo desde la muerte de mi madre y no acudí al cementerio. Hasta entonces dedicaba el día a visitar sepulturas de miembros de la familia Wate que no había tenido el placer de conocer.

Ese día, sin embargo, acudiría a la tumba de una persona en la que no había dejado de pensar un solo día. Mi madre.

Amma estaba en la cocina. Se había puesto su mejor blusa blanca, la del cuello de encaje, y su larga falda azul. Estaba agarrando uno de esos bolsitos diminutos que llevan las señoras mayores.

—Será mejor que pases por casa de tus tías —dijo, colocándome el nudo de la corbata—. Ya sabes lo nerviosas que se ponen si llegas tarde.

—Claro, Amma —dije yo, y tomé del lavabo las llaves del coche de mi padre, a quien había dejado a las puertas del Jardín de la Paz Perpetua hacía una hora porque quería pasar un rato a solas con mi madre.

—Espera un momento.

Me puse tenso. No quería que Amma me mirase a los ojos. No podía hablar de Lena y no quería que insistiera.

Metió la mano en su bolsito y sacó algo que no pude ver. Abrió mi mano y colocó en la palma una fina cadena de oro con un colgante en forma de pájaro mucho más pequeño que los del entierro de Macon. Pero lo reconocí en seguida.

—Es un gorrión para tu madre —me explicó. Le brillaban los ojos como las carreteras después de llover—. Para los Caster, el gorrión es un símbolo de libertad, para una Sheer son el presagio de un viaje sin novedad. Los gorriones son muy listos: pueden recorrer grandes distancias y siempre encuentran el camino de vuelta.

—No creo que mi madre haga más viajes —dije con un nudo en la garganta.

Amma se secó las lágrimas y cerró el bolso.

—Ya veo que estás muy seguro de todo, ¿verdad, Ethan Wate?

***

Cuando me estacioné en la entrada de grava de la casa de las Hermanas y abrí la puerta, *Lucille* no saltó fuera y se quedó sentada en el asiento. Sabía dónde estábamos y sabía que estaba exiliada. Le hice algunas caricias y la obligué a salir del coche. Pero se quedó sentada en la acera, con medio cuerpo en el cemento y el otro medio en la hierba.

Sin darme tiempo a tocar el timbre, Thelma abrió la puerta y antes de dedicarme una mirada miró a la gata.

—¿Qué tal, *Lucille*, cómo estamos? —*Lucille* se lamió la pata perezosamente y se olisqueó el rabo. Evidentemente, ignoraba olímpicamente a Thelma—. ¿A qué has venido? ¿A decirme que las galletas de Amma son mejores que las mías? —*Lucille* era la única gata que conocía que se alimentaba a base de galletas y carne en salsa en lugar de comida para gatos. Maulló como si respondiera a la pregunta de Thelma—. ¿Qué tal, corazoncito? ¿Por fin te has levantado? —dijo Thelma, esta vez dirigiéndose a mí, y me dio un beso en la frente. Siempre me dejaba una mancha rosa chillón que por mucho que frotara era incapaz de borrar—. ¿Estás bien?

Todo el mundo era consciente de que aquél no sería un buen día para mí.

—Sí, muy bien. ¿Están listas las Hermanas?

Thelma puso los brazos en jarras.

—¿Han estado esas chicas listas para algo alguna vez en su vida?

Thelma llamaba «chicas» a las Hermanas por mucho que le doblaran la edad.

—¡Ethan! ¿Eres tú? —llamó una voz desde el cuarto de estar—. ¡Pasa! ¡Quiero que veas una cosa!

Era imposible anticipar de qué se trataba. Lo mismo la revista *Barras y Estrellas* había organizado un concurso a la mejor familia de mapaches que mis tías estaban planeando la cuarta boda de tía Prue —¿o era la quinta?—. Por supuesto, existía una tercera posibilidad que no me paré a considerar, una de la que yo podría ser parte implicada.

—Entra —dijo tía Grace haciéndome una indicación con la mano—. Mercy, dale estampas azules. —Tía Grace se estaba abanicando con un viejo programa de la iglesia, probablemente del funeral de alguno de sus maridos. Como mis tías no permitieron a los invitados quedarse con ninguno, la casa estaba llena—. Se las daría yo, pero tengo que cuidarme. A raíz del accidente sufro algunos achaques. —Desde la Feria del Condado no hablaba de otra cosa. La mitad del pueblo estaba enterado ya de su desmayo a fuerza de oír a mi tía contar que había sufrido una complicación casi mortal que obligaría a

Thelma, tía Prue y tía Mercy a sustituirla en sus imprescindibles tareas hasta el fin de sus días.

—No, no. Ya te he dicho que las de Ethan son de color rojo. Dale las rojas, por favor —dijo tía Prue, que anotaba algo apresuradamente en una libreta de hojas amarillas.

Tía Mercy me dio un pliego con calcomanías redondas de color rojo.

—Y ahora, Ethan, mira a ver qué encuentras en este cuarto de estar que te guste y le pones una calcomanía roja. Vamos, empieza ahora mismo —me instó con mirada inquisitiva, como si fuera a ofenderse por colocarle a ella una calcomanía en la frente.

—¿Por qué tengo que hacerlo, tía Mercy?

Tía Grace descolgó de la pared la fotografía de un hombre con uniforme confederado.

—Éste es Robert Charles Tyler, el último general rebelde que murió en la guerra de los estados. Dame una de esas calcomanías. Seguro que esto tiene algún valor.

Yo no tenía ni idea de qué se traían entre manos y me daba miedo preguntar.

—Tenemos que irnos. ¿Se olvidaron de que es el Día de Difuntos?

—Naturalmente que no —repuso tía Prue frunciendo el ceño—. Por eso estamos poniendo nuestras cosas en orden.

—Para eso son las calcomanías. Todo el mundo tiene su color: Thelma el amarillo, tú el rojo, tu padre el azul —explicó tía Mercy, y se interrumpió de pronto, como si hubiera perdido el hilo de lo que estaba diciendo.

Pero no: tía Prue la había silenciado con la mirada. No estaba de humor para interrupciones.

—Pon esas calcomanías en las cosas que te gusten. Así, cuando nos muramos, Thelma sabrá exactamente quién se queda con qué.

—Se nos ha ocurrido precisamente porque es Día de Difuntos —dijo tía Grace sonriendo con mucho orgullo.

—Yo no quiero nada. Además, ustedes no se están muriendo. —Dejé las calcomanías en la mesa.

—Ethan, el mes que viene va a venir Wade, que es más avaricioso que una zorra en un gallinero. Si no quieres quedarte sin nada, tienes que elegir tú antes.

Wade era el hijo ilegítimo de mi tío Landis, otro miembro de mi familia que nunca formaría parte del árbol genealógico de los Wate.

No tenía ningún sentido discutir con las Hermanas cuando insistían de ese modo, así que me pasé media hora poniendo calcomanías en sillas de comedor desparejadas y recuerdos de la Guerra de Secesión. A pesar de eso, me quedó tiempo para aburrirme mientras las Hermanas se colocaban sus sombreros del Día de Difuntos. Escoger el más adecuado era muy importante. La mayoría de las damas de Gatlin se habían desplazado hasta Charleston semanas antes para adquirir los suyos. Al verlas subir la colina del cementerio con sus tocados de plumas de pavo real o rosas recién cortadas uno diría que iban a una fiesta campestre en lugar de a un camposanto.

La casa de mis tías estaba patas arriba. Probablemente, siguiendo órdenes de tía Prue, Thelma había sacado del ático todas las cajas llenas de ropa vieja, colchas y álbumes de fotos. Tomé un álbum y lo hojeé. Tenía las páginas marrones de lo viejas que estaban. Estaba lleno de fotos: tía Prue y sus maridos, tía Mercy ante su vieja casa de Dove Street, Wate's Landing —mi casa— cuando mi abuelo era pequeño. En la última página había una mansión.

Ravenwood.

Pero no era la casa de Ravenwood que yo conocía, sino la que aparecía en el archivo de la Historical Society. Los cipreses jalonaban el paseo que conducía a la inmaculada barandilla y todas las columnas y contraventanas eran de un blanco reluciente. No había rastro de maleza ni de la cochambrosa escalera del Ravenwood de Macon. Bajo la foto había una leyenda cuidadosamente manuscrita:

Ravenwood Manor, 1865

Era el Ravenwood de Abraham.

—¿Qué estás mirando? —me preguntó tía Mercy, que llevaba el sombrero más grande y rosa que había visto en mi vida. Tenía una redecilla que cubría el rostro como un velo y adornaba el ala un pájaro muy poco realista metido en un nido. Al más pequeño movimiento de cabeza, el bicho aleteaba y parecía a punto de echar a volar. Como si Savannah y el resto de las animadoras no contaran ya bastante munición con la que atacarme.

—Es un viejo álbum de fotos. Estaba encima de esta caja —dije entregándole el álbum al tiempo que me esforzaba por no mirar al pajarillo.

—¡Prudence Jane, tráeme las gafas!

Oí ruidos en el recibidor y al poco tía Prue apareció en la puerta con un sombrero igualmente grande y turbador, sólo que negro y con un velo sujeto al ala a su alrededor. Tía Prue parecía la madre de un jefe mafioso el día de su entierro.

—Si te las pusieras en el cuello como te he dicho mil veces...

O bien tía Mercy llevaba el audífono apagado o bien no hizo el menor caso a tía Prue.

—Mira lo que ha encontrado Ethan.

El álbum seguía abierto en la misma página. El Ravenwood del pasado seguía contemplándonos.

—Dios mío, la casa de un Demonio como no ha existido otro igual. —Como todos los ancianos de Gatlin, las Hermanas estaban convencidas de que Abraham Ravenwood había sellado algún tipo de pacto con el Diablo para salvar la plantación de Ravenwood de la campaña de tierra quemada que en 1865 emprendió el general Sherman y en la que todas las demás plantaciones que jalonaban el río quedaron reducidas a cenizas. Si las Hermanas hubieran sabido cuán cerca estaban de la verdad—. Y no sólo se trata del mal que hizo —dijo tía Prue apartando el álbum de su vista.

—¿Qué quieres decir?

Noventa por ciento de lo que decían las Hermanas sólo eran tonterías, pero el otro diez por ciento merecía mucho la pena. Ellas me habían puesto al corriente de la existencia de Ethan Carter Wate, mi misterioso antepasado que murió en la Guerra de Secesión. Tal vez supieran algo de Abraham Ravenwood.

—Nada bueno vamos a conseguir hablando de él —dijo tía Prue negando con la cabeza.

Tía Mercy, sin embargo, nunca resistía la tentación de oponerse a su hermana mayor.

—Mi abuelo decía que en la lucha entre el bien y el mal Abraham Ravenwood había optado en el bando equivocado y que tentó al destino. Se había conjurado con el Diablo, practicaba la magia, se comunicaba con los espíritus del mal.

—¡Mercy! ¡No digas más!

—¿Por qué? ¿Porque no te gusta oír la verdad?

—¡No metas a la verdad en esta casa! —exclamó tía Prue muy nerviosa.

Tía Mercy me miró a los ojos.

—Pero el Diablo se volvió contra él en cuanto Abraham cumplió su mandato y cuando terminó con él no era ni la sombra de un hombre, sino otra cosa.

Las Hermanas opinaban que todo acto malvado, engañoso o criminal era obra del Diablo y a mí no se me pasaba por la cabeza convencerlas de lo contrario. Porque después de saber de lo que Abraham Ravenwood había sido capaz, era consciente de que era mucho más depravado de lo que las Hermanas creían. Y sabía también que no tenía nada que ver con el Diablo.

—Eso son cuentos chinos, Mercy Lynne, y será mejor que dejes el tema antes de que Dios te fulmine aquí mismo y precisamente un día como hoy, Día de Difuntos —dijo tía Prue dando golpes con el bastón en la silla de ruedas de tía Mercy—. No quiero que me alcance ninguna bala perdida, ¿me oyes?

—¿No te parece que el chico está al corriente de que en Gatlin suceden cosas muy extrañas? —intervino tía Grace desde la puerta. También llevaba un sombrero espantoso, sólo que de color lavanda. Antes de nacer yo alguien había cometido el error de decirle que el lavanda era su color y casi todo lo que se ponía desde entonces se empeñaba en desmentirlo—. ¿Qué sentido tiene poner la leche en la jarra cuando ya se ha derramado?

Tía Prue dio un fuerte golpe en el suelo con el bastón. Hablaban como Amma, con insinuaciones y verdades a medias, lo cual quería decir que sabían algo. Tal vez no que los Caster se paseaban por los Túneles que discurrían bajo su propia casa, pero algo.

—Algunos embrollos se solucionan con más facilidad que otros. Yo no quiero formar parte de éste —dijo tía Prue saliendo de forma atropellada de la estancia—. Hoy no es el día indicado para hablar mal de los muertos.

Tía Grace se acercó. La tomé del brazo y la llevé hasta el sofá. Tía Mercy esperó a que el golpeteo del bastón de tía Prue resonase al fondo del pasillo.

—¿Se ha marchado ya? No tengo encendido el audífono.

—Me parece que sí —asintió tía Grace.

Las dos se inclinaron hacia mí como si fueran a comunicarme el código de lanzamiento de unos misiles nucleares.

—Si te cuento una cosa, ¿me prometes no decírsela a tu padre? Porque si lo haces, seguro que acabamos en el Hogar —dijo tía Mercy refiriéndose a la Residencia de Ancianos de Summerville, es decir, para las Hermanas, el séptimo círculo del infierno.

Tía Grace asintió con complicidad.

—¿Qué es? Prometo no decirle nada a mi padre.

—Prudence Jane se equivoca —dijo mi tía bajando la voz—. Abraham Ravenwood sigue vivo. Tan seguro como que estoy aquí sentada.

Me dieron ganas de decirles que se habían vuelto locas. ¿Dos ancianas seniles que afirmaban haber visto a un hombre, o lo que la mayoría tenía por un hombre, a quien nadie había visto en cien años?

—¿Cómo que sigue vivo?

—Lo vi con mis propios ojos el año pasado. ¡Y en el cementerio de la iglesia precisamente! —confesó tía Mercy dándose aire con el pañuelo como si la mera idea fuera a provocarle un desmayo—. Los martes después de misa esperamos a Thelma delante de la iglesia porque tiene que enseñar estudios bíblicos a los metodistas, que está bajando por la misma calle. Pues bien, el martes pasado saqué del bolso a *Harlon James* para que pudiera estirar sus patitas, porque, como sabes, Prudence Jane me obliga a que lo lleve a todas partes, y en cuanto lo dejé en el suelo, echó a correr y dobló la esquina de la iglesia.

—Ya sabes que a ese perro la vida le importa tres pepinos —dijo tía Grace con gesto de preocupación.

Tía Mercy miró hacia la puerta antes de proseguir.

—El caso es que tuve que seguir al animal porque ya sabes lo consentidora que está Prudence Jane con ese perro. Pues bien, me acerqué a la parte de atrás de la iglesia y en cuando doblé la esquina para llamar a *Harlon James*, lo vi. ¡El mismísimo fantasma de Abraham Ravenwood en el cementerio que hay detrás de la iglesia! Al menos hay una cosa en la que esos progresistas de la iglesia redonda de Charleston tienen razón.

En Charleston decían que la iglesia redonda era redonda precisamente para que el Diablo no pudiera ocultarse en los rincones. Por mi parte, nunca señalé lo obvio, que normalmente el Diablo no tiene mayor problema en pasearse por el pasillo central de las iglesias, como, encarnado en algunas vecinas, hacía en la mayoría de las congregaciones locales de Gatlin.

—Yo también lo vi —dijo con voz muy baja tía Grace—. Y sé que era él porque hay un retrato suyo en la Historical Society, adonde voy a jugar al rummy con las chicas. En Founders Circle, la sala dedicada a los fundadores del pueblo, porque, como sabes, dicen que los Ravenwood fueron los primeros habitantes de Gatlin. Como que me llamo Grace que ese que vimos era Abraham Ravenwood.

Tía Mercy hizo callar a su hermana. Cuando tía Prue no estaba presente, la última palabra la tenía ella.

—Era él sin duda. Estaba con el chico de Silas Ravenwood. No Macon, el otro, Phinehas.

Recordé el nombre porque lo había visto en el árbol genealógico de la familia Ravenwood: Hunting Phinehas Ravenwood.

—¿Te refieres a Hunting?

—Nadie llamaba a ese chico por su nombre de pila. Lo llamaban Phinehas, que es un nombre bíblico. ¿Sabes qué significa? —me preguntó tía Grace haciendo una pausa dramática—. Lengua viperina.

Contuve la respiración unos instantes.

—No hay error posible, era el fantasma de ese hombre. Y al buen Dios pongo por testigo de que nos marchamos de allí más aprisa que un gato escaldado. Ay, bien sabe el Señor que ya no soy capaz de correr así. Con estos achaques...

La Hermanas estaban locas y las historias increíbles eran su seña de identidad. Nunca había forma de saber si lo que contaban era verdad o sólo una versión de la verdad. En todo caso, todas las versiones de aquella historia eran peligrosas. Por mi parte, no sabía qué nos depararía todo aquello, pero si algo aprendí aquel año es que, en todo caso, acabaría por saberlo.

Lucille maulló y arañó la puerta mosquitera. Supongo que con lo que había oído tenía bastante. *Harlon James,* que estaba debajo del sofá, gruñó. Por primera vez me pregunté qué no habrían visto aquel perro y aquella gata en esa casa al cabo de tanto tiempo.

Pero no todos los perros son como *Boo Radley*. A veces, un perro no es más que un perro y un gato no es más que un gato. Por si acaso, abrí la mosquitera y le puse a *Lucille* una calcomanía roja en la frente.

17 de junio

SECRETOS

SI EN ESTE PUEBLO existe una fuente de información fiable, son los vecinos. En un día como aquél no había que buscar mucho para encontrar a casi todos en el mismo kilómetro cuadrado. El cementerio estaba abarrotado cuando llegamos —tarde, como siempre, por culpa de las Hermanas: primero a *Lucille* no le daba la gana subir al coche, luego tuvimos que parar en Gardens of Eden porque tía Prue quería comprar flores para todos sus difuntos maridos, pero ninguna de las flores le gustó, y cuando por fin nos montamos otra vez en el coche, tía Mercy no me dejó pasar de treinta por hora—. Día de Difuntos, una fecha que llevaba meses temiendo. Pero había llegado.

Subí a duras penas por el sendero de grava del Jardín de la Paz Perpetua empujando la silla de ruedas de tía Mercy. Thelma iba detrás de mí con tía Prue colgada de un brazo y tía Grace del otro. *Lucille* las seguía pisando cuidadosamente las piedras y manteniendo las distancias. El bolso de piel auténtica de tía Mercy colgaba de los mangos de la silla y me golpeaba en la tripa a cada paso. Sudaba sólo de pensar en que la silla podía quedarse atrancada en la espesa hierba. Existían muchas posibilidades de que Link y yo acabáramos llevándola a pulso como un par de bomberos.

Llegamos al cementerio a tiempo para ver a Emily pavoneándose con un flamante vestido blanco sin mangas ni espalda. Todas las chicas lucían un vestido nuevo el Día de Difuntos. No estaban permitidas chanclas ni tops, sólo ropa de los domingos. Era como una reunión familiar, pero diez veces más numerosa, porque casi todos los habitantes del pueblo eran parientes, vecinos o vecinos de los vecinos.

Colgada del brazo de Emory, Emily no dejaba de proferir sus típicas risitas.

—¿Trajiste cerveza? —preguntó.

—Traje algo mejor —respondió Emory abriendo el saco para enseñar una petaca plateada.

Eden, Charlotte y Savannah recibían en audiencia cerca de la sepultura de la familia Snow, que se encontraba en una ubicación privilegiada: el centro de varias hileras de lápidas. La tumba estaba adornada con vistosas flores de plástico y querubines. Junto a otra lápida, la más alta, pastaba un cervatillo de plástico. Decorar tumbas era otro más de los varios concursos de Gatlin, una forma de demostrar que tu familia, difuntos incluidos, y sobre todo tú eran mejores que el vecino y que la familia del vecino —y que los difuntos de la familia del vecino—. La gente tiraba la casa por la ventana: coronas de plástico envueltas en enredaderas de nailon, brillantes conejos y ardillas, hasta fuentes para pájaros cuya agua el sol calentaba tanto que quemaba los dedos a quien se le ocurriera tocarla. No había límite. Cuanto más extravagante, mejor.

Mi madre escogía sus preferidos y se reía. «A pesar de todo, son reflejos de una vida, obras de arte como las que pintaron los maestros holandeses y flamencos, sólo que de plástico. El sentimiento es el mismo». A mi madre le daban risa las peores tradiciones de Gatlin, pero respetaba las mejores. Tal vez ése fuera el motivo de que, pese a todo, consiguiera sobrevivir en esta comunidad.

Apreciaba particularmente las cruces que encendían por la noche. Algunos días de verano subíamos los dos al cementerio a la hora del crepúsculo para contemplar cómo se iban iluminando igual que si fueran estrellas. Una vez le pregunté por qué le gustaban tanto. «Es historia, Ethan. La historia familiar, las personas que cada familia amaba, las que murieron. Esas cruces, esas flores y esos animales de plástico tan tontos están ahí para recordarnos a los ausentes. Y es bonito verlo, y es también nuestra obligación». Nunca hablábamos con mi padre de aquellas noches en el cementerio. Era una de las cosas que hacíamos solos.

Pasé junto a la mayoría de mis compañeros del Jackson High y pisé uno o dos conejos de plástico antes de llegar a la sepultura de la familia Wate, que estaba en el extremo más alejado del cementerio. Ése era otro de los detalles del Día de Difuntos. En realidad, nadie dedicaba mucho tiempo a la memoria de sus allegados. Transcurrida una hora, todas las personas mayores de veintiún años terminaban de chismorrear de los muertos y se ponían a chismorrear de los vivos y los menores de treinta empezaban a emborracharse detrás de los mausoleos. Ese día, todos menos yo, que estaría demasiado ocupado recordando.

—Eh, amigo. —Link llegó corriendo a nuestro lado y saludó a las Hermanas con una sonrisa—. Buenas tardes, señoras.

—¿Qué tal estás, Wesley? Creciendo como un cardo, ¿verdad? —Tía Prue estaba enfadada y sudorosa.

—Sí, señora.

Detrás de Link estaba Rosalie Watkins, que saludó a tía Prue.

—Ethan, ¿por qué no te vas con Wesley? Acabo de ver a Rosalie y tengo que preguntarle qué harina usa para el pastel de colibrí. —Tía Prue hundió el bastón en la hierba y Thelma empujó la silla de ruedas de tía Mercy.

—¿Están bien solas?

—Por supuesto que estamos bien solas —me respondió tía Prue con enfado—. Llevamos haciéndolo desde antes de que tú vinieras al mundo.

—Desde antes de que su padre viniera al mundo —corrigió tía Grace.

—Ah, casi se me olvida —dijo tía Prue rebuscando en su bolso—. He encontrado la chapa de esa condenada gata —anunció mirando a *Lucille* con desaprobación—. Aunque de bien poco sirvió. A *algunas* les importan tres pepinos los años de lealtad y los innumerables paseos por la cuerda de tender. No valen para ganarse ni una pizca de gratitud, al menos de la gratitud de *algunas*.

La gata se alejó sin molestarse en mirar atrás.

Tomé la chapa de identificación de *Lucille* y la metí en el bolsillo.

—Le falta la anilla.

—Mejor llévala en la cartera por si te paran y te preguntan si está vacunada contra la rabia. Es muy aficionada a morder. Thelma nos va a buscar otra.

—Gracias.

Las Hermanas se tomaron del brazo y caminaron en dirección a sus amigas. Sus pantagruélicos sombreros tropezaban a cada paso. Hasta las Hermanas tenían amigas. Qué vida tan asquerosa la mía.

—Shawn y Earl han traído cerveza y bourbon. Han quedado con todos detrás de la cripta de los Honeycutt. —Bueno, al menos tenía a Link.

Ambos sabíamos que yo no me emborracharía en ninguna parte. Al cabo de unos minutos estaría ante la tumba de mi madre recordando cómo se reía cada vez que le hablaba del señor Lee y de su tergiversada versión de la historia —de la *histeria,* como ella la llamaba— de Estados Unidos. Recordaría también el momento en que la vi bailar con mi padre, descalzos los dos, una canción de James Taylor. Y cómo tenía siempre la palabra justa en el momento en que las cosas me iban mal —como cuando mi ex novia prefería a una especie de mutante sobrenatural en vez de a mí—.

—¿Estás bien? —me preguntó Link poniéndome la mano en el hombro.

—Sí, estoy bien. Vamos a dar un paseo. —Visitaría la tumba de mi madre, por supuesto, pero todavía no. Aún no estaba preparado.

L, ¿dónde est…?

Me sorprendí a mí mismo y traté de pensar en otra cosa. No sé por qué seguía buscándola, al menos con el pensamiento. Era el hábito, supongo. Pero en vez de la voz de Lena, oí la de Savannah. Estaba delante de mí. Se había puesto demasiado maquillaje, pero estaba guapa. Tenía el pelo reluciente y las pestañas exageradamente pintadas y llevaba un vestido de tirantes con unos nudos con el único propósito de que a los hombres les entraran ganas de desatarlos. Los hombres que no supieran lo bruja que era o no les importara lo más mínimo, quiero decir.

—Siento mucho lo de tu madre, Ethan —me dijo, aclarándose la garganta. Debía de haberse acercado por encargo de su madre, porque, en tanto que pilar de la comunidad, la señora Snow siempre estaba al tanto de esos detalles. Aquella noche, y aunque no había transcurrido un año desde la muerte de mi madre, me encontraría más de un guiso a la puerta de casa, como el día después del entierro —en Gatlin el tiempo pasaba despacio, igual que los años de un perro, pero al revés—, y como el día después del entierro, Amma los dejaría en la puerta para las comadrejas, que al parecer nunca se cansaban de la cazuela de cerdo con manzana.

Pero aquello era lo más simpático que me había dicho Savannah desde septiembre. Aunque me daba igual lo que pensara de mí, aquel día me gustó porque, aunque no fuera más que por un instante, dejé de sentirme como una mierda.

—Gracias.

Savannah me dedicó su sonrisa fingida y se marchó dando tumbos porque sus zapatos de tacón se hundían en la hierba. Link se aflojó la corbata, que estaba arrugada y era demasiado corta. La reconocí. Se la había puesto en la ceremonia de graduación de sexto. Debajo de la camisa llevaba una camiseta que decía ESTOY CON ESTÚPIDO y tenía unas flechas que apuntaban en todas las direcciones. Resumía a la perfección mi estado de ánimo: rodeado, acosado y estúpido.

Y la gente siguió disparando. Tal vez se sintiera culpable porque mi padre estaba loco y mi madre muerta, pero lo más probable es que temieran a Amma. De todos modos, debían de tomarme por el sucesor de Loretta West, tres veces viuda, cuyo último marido falleció cuando un cocodrilo le arrancó de cuajo un trozo de estómago. En efecto, yo era el principal candidato a suceder a Loretta en el título de persona más patética del Día de Difuntos. Si hubieran dado premios, a mí me habría tocado la banda azul. Lo comprendí al ver que todos hacían una inclinación de cabeza al cruzarse conmigo. *Qué pena, Ethan Wate se ha quedado sin su mamá.*

Así me miraba la señora Lincoln en aquel momento, con un *pobre y descarriado huerfanito* escrito en la cara. Al verla, Link se escabulló.

—Ethan, quería decirte que *todas* extrañamos mucho a tu madre. —No supe a quién se refería: a sus amigas de las Hijas de la Revolución, que no soportaban a mi madre, o a las componentes de la terturlia del Snip 'n' Curl, que siempre comentaban que mi madre leía demasiados libros y que de eso no puede salir nunca nada bueno. Se limpió una lágrima inexistente y continuó—: Era una buena mujer. ¿Sabes? Recuerdo cuánto le gustaba la jardinería. Siempre estaba cuidando de sus rosas. Qué corazón tan tierno tenía la pobre.

—Sí, señora.

Lo más parecido que mi madre había estado de practicar la jardinería fue cuando roció de cayena sus tomates para que mi padre no matara al conejo que se los comía. De las rosas se ocupaba Amma. Todo el mundo lo sabía. Qué ganas me dieron de que la señora Lincoln hiciera aquel comentario delante de Amma.

—Me gusta pensar que está justo ahí arriba con los ángeles, cuidando del antiguo y precioso Jardín del Edén. Podando y limpiando el árbol de la sabiduría con los querubines y las…

¿Arpías?

—Estoy buscando a mi padre, señora. —Tenía que librarme de la madre de Link antes de que la partiera un rayo… o un rayo me partiera a mí por desearlo.

—¡Dile a tu padre —prosiguió cuando yo me alejaba— que les voy a llevar uno de mis famosos guisos de cerdo con manzana!

Eso decidía el concurso: ya no había ninguna duda de que me darían la banda azul del primer premio. No había conseguido librarme a tiempo, pero en el Día de Difuntos no tenía escapatoria. En cuanto dejabas atrás a un pariente o a un vecino raros, en la siguiente esquina aparecía otro. Pero Link lo tenía aún peor: los más raros de todos eran sus padres. Y también lo aguardaban al doblar la esquina.

—Earl era el mejor de todos —decía su padre rodeando a Tom Watkins por los hombros—. Tenía el mejor uniforme, las mejores formaciones de batalla... —se interrumpió, ahogando un sollozo de borracho—. Y fabricaba la mejor munición.

Daba la casualidad de que Big Earl había muerto precisamente fabricando munición y que el señor Lincoln lo había sustituido como jefe de la caballería en la Reconstrucción de la Batalla de Honey Hill. Parte de su sentimiento de culpa estaba allí presente en forma de güisqui.

—Quería traer mi arma y ofrecerle a Earl la salva que merece, pero Maldita Doreen la ha escondido no sé dónde.

La mujer de Ronnie Weeks era por todos conocida como Maldita Doreen, o MD para abreviar, porque Ronnie no la llamaba de ninguna otra forma. El doliente bebió otro trago de güisqui.

—¡Por Earl!

Los tres amigos se abrazaron y alzaron latas y botellas sobre la tumba de Earl derramando cerveza y güisqui Wild Turkey sobre la lápida. Era el tributo de Gatlin a sus caídos.

—Uf, espero no terminar así —dijo Link, huyendo y yo detrás de él. Sus padres nunca dejaban de avergonzarlo—. ¿Por qué no podrán mis padres ser como los tuyos?

—¿Qué quieres, un padre perturbado, una madre muerta? No te ofendas, pero creo que la parte de la perturbación la tienes bien cubierta.

—Tu padre ya no está perturbado. O, por lo menos, no más que cualquier persona de por aquí. Darte paseos en pijama cuando tu mujer acaba de morir no lo tiene nadie en cuenta, pero mis padres no tienen excusa. Les falta un tornillo.

—Nosotros no terminaremos así. Tú vas a ser un baterista famoso y vas a vivir en Nueva York y yo seré... y yo no sé lo que seré, pero no voy a terminar vestido con un uniforme confederado y bebiendo Wild Turkey —aseguré intentando parecer convincente aunque no sabía qué era más improbable, que Link se convirtiera en un músico famoso o que yo acabara yéndome de Gatlin algún día.

En la pared de mi habitación todavía colgaba un mapa con la delgada línea verde que unía todos los lugares sobre los que había leído y a los que me gustaría viajar. Me había pasado la vida pensando en carreteras que llevaran a cualquier parte menos a Gatlin. Y entonces conocí a Lena y fue como si ese mapa hubiera dejado de existir. Habría sido capaz de vivir toda la vida en el mismo sitio con tal de estar con ella. Qué curioso que el mapa hubiera perdido todo su atractivo en el momento en que más lo necesitaba.

—Será mejor que me acerque a ver a mi madre —dije con el mismo tono que si me dirigiera a la biblioteca para verla en el archivo—. Ya sabes lo que quiero decir.

Choqué los nudillos con Link.

—Luego te busco. Voy a dar un paseo.

¿Dar un paseo? Link no daba paseos. Lo suyo era emborracharse y ligar con chicas que nunca se amigaban con él.

—¿Qué pasa? —le pregunté—. No piensas buscar a la siguiente señora Wesley Jefferson Lincoln, ¿verdad?

Link pasó la mano por sus erizados y rubios cabellos.

—Ojalá. Sé que soy un idiota, pero ahora mismo sólo puedo pensar en una chica.

En la chica menos indicada. ¿Qué podía decir yo? Sabía muy bien lo que era estar enamorado de una chica que no quería ni verte.

—Lo siento, vale. Supongo que no es fácil olvidar a Ridley.

—No. Y haberla visto anoche tampoco ayuda —dijo negando con la cabeza con frustración—. Sé que se supone que es una Caster Oscura y todo eso, pero no puedo evitar la sensación de que no sólo nos involucramos, de que entre nosotros hubo algo más.

—Sé a qué te refieres.

Éramos un par de patéticos perdedores. Aunque no creía que Ridley fuera capaz de nada auténtico, no quería que Link se sintiera peor. En todo caso, no estaba, como yo, buscando respuestas.

—¿Te acuerdas de todo ese rollo que me contaste de que los Caster y los Mortales no pueden tener relaciones porque el Mortal moriría?

Asentí. Era sólo ochenta por ciento de lo que pensaba.

—Sí, ¿qué pasa con eso?

—Estuvimos a punto más de una vez. —Dio una patada en la hierba y abrió un agujero en el césped inmaculado.

—Demasiada información.

—Y quiero decirte algo importante. No era yo el que pisaba el freno, era Rid. Yo creía que estaba jugando conmigo, como si sólo quisiera salir conmigo de vez en cuando pero nada más. —Caminaba de un lado a otro—. Pero ahora, después de pensar en ello, creo que tal vez me equivocaba. Tal vez no quisiera hacerme daño.

Evidentemente, Link le había dado demasiadas vueltas a la cabeza.

—No sé qué decir. Es una Caster Oscura.

Link se encogió de hombros.

—Sí, lo sé, pero un hombre tiene que tener un sueño.

Me dieron ganas de decirle lo que estaba ocurriendo, que Ridley y Lena tal vez ya se hubieran marchado para siempre. Abrí la boca, pero la cerré sin emitir ningún sonido. Si Lena me había hechizado, prefería no saberlo.

***

Después de su entierro, sólo había visitado la tumba de mi madre una vez, pero no el Día de Difuntos. Era algo que no podía afrontar tan pronto. No tenía la sensación de que mi madre estuviera enterrada, como Genevieve y los Antepasados. Sentía su presencia en el archivo o en el estudio de nuestra casa, sitios que amaba, lugares donde podía imaginarla aunque en aquellos momentos estuviera lejos, en otra parte. Pero no en el cementerio, donde mi padre seguía arrodillado y con el rostro entre las manos. Llevaba horas allí y se notaba.

Me aclaré la garganta para que advirtiera mi presencia. Me pareció estar espiando un momento de gran intimidad. Se limpió las lágrimas y se levantó.

—¿Qué tal el día? ¿Qué tal estás? —me preguntó.

—Supongo que bien —respondí.

En realidad, no sabía qué estaba sintiendo, pero, desde luego, no estaba bien.

Mi padre metió las manos en los bolsillos y se quedó mirando la lápida. Junto a su base, sobre la hierba, había colocado una delicada flor blanca. Jazmín confederado. Leí las letras curvadas talladas en la piedra:

LILA EVERS WATE
AMADA MADRE Y ESPOSA
SCIENTIAE GUSTOS

Repetí en voz alta la última línea. Me había fijado a mediados de julio, semanas antes de mi cumpleaños, cuando había visitado la tumba. Pero había ido solo y me había pasado tanto tiempo contemplando la sepultura que al volver a casa la olvidé.

—*Scientiae Gustos*.

—Es latín. Significa «Guardián de la Sabiduría». Me lo sugirió Marian, y encaja, ¿no te parece?

Si mi padre hubiera sabido hasta qué punto. Sonreí forzadamente.

—Sí, le pega.

Mi padre me rodeó por los hombros y me apretó contra él, como hacía siempre que perdía un partido con el equipo.

—La extraño mucho. Todavía no me hago a la idea de que haya muerto.

No pude decir nada. Tenía un nudo en la garganta y el pecho tan tenso que creí que me iba a dar un infarto. Mi madre había muerto y no volvería a verla, por muchos libros que dejara abiertos o muchos mensajes que me enviara.

—Sé que ha sido muy duro para ti, Ethan. Quería decirte que siento mucho no haber podido cuidarte en todo el año. Es sólo que…

—Papá. —Tenía los ojos bañados en lágrimas, pero no quería llorar. No pensaba darle esa satisfacción a la cofradía de los guisos. Por eso lo interrumpí—. No pasa nada.

Me dio un último apretón.

—Estate un rato a solas con ella. Voy a dar un paseo.

Me quedé mirando la lápida, que tenía grabado un pequeño Awen, el símbolo celta que yo conocía porque a mi madre siempre le gustó: tres líneas que representan tres rayos de luz que convergen en la parte de arriba.

—Un Awen. —Era Marian, que se acercó por detrás—. Es un término gaélico que significa «inspiración poética» o «iluminación espiritual». Dos cosas que tu madre respetaba.

Pensé en los símbolos del dintel de Ravenwood, en los símbolos del *Libro de las Lunas* y en el de la puerta del Exilio. Los símbolos significan algo. En ciertos casos, más que las palabras. Mi madre lo sabía. Me pregunté si era ésa la razón de que se convirtiera en Guardiana o lo había aprendido de las Guardianas que la precedieron. Eran tantas las cosas que nunca sabría de ella…

—Ethan, lo siento. ¿Prefieres que te deje solo?

Dejé que Marian me abrazase.

—No. En realidad, tengo la sensación de que no está aquí. ¿Comprendes lo que quiero decir?

—Sí.

Me besó en la frente y sonrió. Sacó un tomate verde del bolsillo y lo colocó encima de la lápida con cuidado para que no se cayera.

—Si fueras una amiga como es debido —dije yo con una sonrisa—, lo habrías traído asoleado.

Marian me rodeó con un brazo. Como todo el mundo, se había puesto su mejor vestido, sólo que el suyo era mejor que el de los demás. Era suave y amarillo, del color de la mantequilla, y tenía un lazo suelto cerca del cuello. La falda era plisada, con un millar de dobleces, inspirada en las de las películas en blanco y negro. Era un vestido que podría llevar Lena.

—Lila sabe que no haría tal cosa. —Me apretó con fuerza—. Sólo he venido a verte.

—Gracias, tía Marian. Han sido dos días muy duros.

—Olivia me lo ha contado. Un bar Caster, un Íncubo y un Vex, y todo en la misma noche. Me temo que Amma no va a volver a dejar que vengas a trabajar conmigo. —No mencionó los problemas que, como yo suponía, tendría Liv.

—Hay otra cosa. —Lena, pero no tuve fuerzas para decir su nombre. Marian me apartó el flequillo de la cara.

—Ya lo he oído y lo siento. Pero te traje algo. —Abrió su bolso y sacó una cajita de madera con un dibujo tallado en su superficie—. He venido a verte y a traerte esto —me dijo, dándome la cajita—. Era una de las posesiones que más apreciaba tu madre. Es más antigua que el resto de su colección. Creo que le habría gustado que la tuvieras tú.

Tomé la caja. Pesaba más de lo que parecía.

—Con cuidado. Es muy frágil.

Levanté la tapa poco a poco esperando encontrar una de las preciadas reliquias de la Guerra de Secesión de mi madre, un trozo de bandera, una bala, un trozo de ropa, un objeto marcado por la historia y el tiempo. Pero cuando abrí la caja comprobé que era algo marcado por otro tipo de historia y de tiempo. Lo reconocí en cuanto lo vi.

El Arco de Luz de mis visiones.

El Arco de Luz que Macon Ravenwood dio a la chica a la que amaba.

Lila Jane Evers.

Jane. Lo había visto bordado en un cojín viejo que perteneció a mi madre cuando era pequeña. Mi tía Caroline decía que sólo mi abuela la llamaba por ese nombre, Jane, pero mi abuela murió antes de nacer yo, así que nunca llegué a oírlo. Tía Caroline se equivocaba. Mi abuela no era la única que la llamaba Jane.

Lo cual significaba que…

Mi madre era la chica que aparecía en las visiones.

Y Macon Ravenwood el amor de su vida.

17 de junio

EL ARCO DE LUZ

MI MADRE Y MACON RAVENWOOD. Solté el Arco de Luz como si quemara. La cajita se estrelló contra el suelo y la esfera rodó por la hierba como si se tratara del inocente juguete de un niño y no de una prisión sobrenatural.

—¿Qué ocurre, Ethan?

Era evidente que Marian no se daba cuenta de que yo había reconocido el Arco de Luz. No lo mencioné al contarle las visiones. En realidad, no había reflexionado mucho sobre él. Era otro de los detalles del mundo Caster que no comprendía.

Sólo que éste era un detalle importante.

Si aquél era el Arco de Luz de mi visión, mi madre había amado a Macon como yo amaba a Lena. Como mi padre la había amado a ella.

Necesitaba saber si Marian estaba al corriente de dónde lo había encontrado mi madre y de quién se lo había dado.

—¿Tú lo sabías?

Marian se agachó y tomó el Arco de Luz. Su negra superficie brilló con el sol. Volvió a ponerlo en la cajita.

—¿Si yo sabía qué? Ethan, dices cosas sin sentido.

Las preguntas surgían con mayor rapidez de lo que mi mente era capaz de procesarlas. ¿Cómo conoció mi madre a Macon Ravenwood? ¿Cuánto tiempo duró su relación? ¿Quién más la conocía? Y la más importante...

¿Qué lugar ocupaba mi padre en todo aquello?

—¿Sabías que mi madre estaba enamorada de Macon Ravenwood?

Fue como si a Marian se le desmoronara el semblante. Para mí fue respuesta suficiente. Sólo pretendía darme un regalo de mi madre, no revelarme su secreto más íntimo.

—¿Quién te dijo eso?

—Tú, al darme el Arco de Luz que Macon le regaló a mi madre, la mujer que amaba.

A Marian se le humedecieron los ojos, pero no lloró.

—Las visiones. En ellas aparecían Macon y tu madre —dijo atando cabos.

Me acordé de la noche que conocí a Macon. *Lila Evers*, dijo, *Lila Evers Wate*, la corregí yo. Mencionó el trabajo de mi madre, pero afirmó que no la conocía. Otra mentira. Me daba vueltas la cabeza.

—Así que lo sabías. —No era una pregunta. Sacudí la cabeza deseando olvidar cuanto conocía—. Y mi padre, ¿lo sabe?

—No. Y no puedes decírselo, Ethan. No lo comprendería —dijo Marian, desesperada.

—¿No lo comprendería? ¡Soy yo quien no lo comprendo!

Las personas que estaban cerca dejaron de chismorrear y nos miraron.

—Lo siento mucho. Creí que nunca tendría que revelar esa historia. Pero pertenece a tu madre. Es su vida, no la mía.

—Por si no te habías dado cuenta, mi madre ha muerto. No puede responder a mis preguntas —dije con un tono duro e implacable, fiel reflejo de cómo me sentía.

Marian se quedó mirando la lápida de mi madre.

—Tienes razón. Necesitas saber.

—Quiero la verdad.

—Y yo voy a intentar que la sepas —dijo, con voz temblorosa—. Si sabes lo del Arco de Luz, presumo que sabes también por qué Macon se lo regaló a tu madre.

—Para que pudiera protegerse si él la atacaba.

Macon siempre me había dado lástima, ahora me daba asco. Mi madre era Julieta en una especie de obra perversa en la que Romeo era un Íncubo.

—En efecto. Macon y Lila tuvieron que enfrentarse a la misma situación que Lena y que tú. Me ha sido difícil observarte todos estos meses sin establecer ciertas… comparaciones. No puedo ni imaginar lo difícil que debió de ser para Macon.

—No sigas, por favor.

—Ethan, comprendo que es muy duro para ti, pero eso no cambia lo que ocurrió. Soy una Guardiana y éstos son los hechos. Tu madre era una Mortal; Macon, un Íncubo. No podían estar juntos, no cuando Macon cambió y se transformó en la criatura Oscura que estaba destinado a ser. Macon no se fiaba de sí mismo. Temía acabar hiriendo a tu madre, por eso le dio el Arco de Luz.

—Verdades. Mentiras. Qué más da. —Estaba harto.

—La amaba más que a su vida. Eso es verdad. —¿Por qué lo defendía hasta ese extremo?

—No matar al amor de tu vida no te convierte en un héroe. Eso también es una verdad. —Estaba furioso.

—También él estuvo a punto de morir, Ethan.

—¿Ah, sí? Mira a tu alrededor. Mi madre está muerta. Los dos están muertos. Así que el plan de Macon en realidad no sirvió de mucho, ¿o sí?

Marian respiró hondo. Me dirigió una mirada que conocía bien. Me aguardaba una lección. Me tiró del brazo y nos alejamos del cementerio, lejos de todos los seres que habitaban sobre la tierra y debajo de ella.

—Se conocieron en Duke. Los dos estudiaban Historia de Estados Unidos. Se enamoraron, como tantos jóvenes.

—Querrás decir como tantas estudiantes inocentes y tantos aspirantes a Demonio. Mejor nos atenemos a los hechos, ¿no te parece?

—Tu madre decía que en la Luz hay Sombra y que en la Sombra hay Luz.

—¿Cuándo le dio el Arco de Luz? —No me interesaban las ideas filosóficas sobre la naturaleza del mundo de los Caster.

—Macon le confesó a Lila qué era y en qué se convertiría, que compartir el futuro era imposible —dijo Marian, despacio y eligiendo las palabras con cautela. Me pregunté si sería tan difícil decirlo como escucharlo y sentí lástima por ella y por mí—. Se les partió el corazón a los dos. Macon le dio el Arco de Luz, que, por fortuna, Lila no tuvo que utilizar. Macon dejó la universidad y volvió a su casa, a Gatlin.

Marian se interrumpió, como si aguardase algún comentario cruel por mi parte. Yo también esperaba una reacción, pero podía más mi curiosidad.

—¿Qué pasó tras el regreso de Macon? ¿Se siguieron viendo?

—Es triste, pero no.

—¿Es triste? —repetí con incredulidad.

Marian me miró fijamente y negó con la cabeza con gesto de reproche.

—Fue muy triste, Ethan. Nunca volví a ver a tu madre tan triste. Me tenía muy preocupada. Además, no sabía qué hacer. Llegué a pensar que se moriría de dolor. Estaba verdaderamente rota.

Habíamos recorrido el paseo que rodeaba el cementerio y en esos momentos nos habíamos internado entre los árboles, lejos de la mirada de la mayoría de ciudadanos de Gatlin.

—Y… —Tenía que saber el final por mucho que pudiera dolerme.

—Y tu madre siguió a Macon hasta Gatlin por los Túneles. No podía soportar estar alejada de él y juró que encontraría una forma de estar juntos, el modo de que Caster y Mortales pudieran compartir sus vidas. Estaba obsesionada con esa idea.

Comprendí. No me gustó, pero comprendí.

—La respuesta a esa pregunta no se encuentra en el mundo de los Mortales, sino en el de los Caster, así que tu madre encontró la manera de formar parte de ese mundo aunque no pudiera vivir con Macon.

Reanudamos el paseo.

—Te refieres a su trabajo como Guardiana, ¿verdad?

Marian asintió.

—Lila encontró una vocación que le permitió estudiar el mundo de los Caster y sus leyes, su parte luminosa y su parte oscura. La forma de buscar la respuesta.

—¿Cómo consiguió el trabajo? —Los Caster no tienen Páginas Amarillas, aunque si Cartlon Eaton las repartía en la superficie y se ocupaba del correo de los Caster en el subsuelo, ¿cómo estar seguro?

—En esa época, en Gatlin no había Guardián… —dijo Marian y se interrumpió. Parecía incómoda—, pero un Caster poderoso solicitó uno puesto que aquí se encuentra la Lunae Libri y aquí estuvo también el *Libro de las Lunas.*

Todo cobró sentido.

—Macon, ¿verdad? Él tampoco podía permanecer alejado de ella.

Marian se limpió las lágrimas con un pañuelo.

—No. Arelia Valentin, su madre.

—¿Por qué iba a querer la madre de Macon que mi madre fuera Guardiana? Aunque le diera pena, sabía que no podían estar juntos.

—Arelia es una poderosa Diviner, capaz de ver fragmentos del futuro.

—¿La versión Caster de Amma?

—Supongo que se puede decir que sí. Arelia advirtió algo en tu madre, la capacidad para encontrar la verdad, para ver lo que está oculto. Me imagino que tenía la esperanza de que tu madre encontrase la respuesta, la manera de que Caster y Mortales puedan estar juntos. Los Caster de la Luz siempre han tenido la esperanza de encontrar esa posibilidad. Genevieve no fue la primera Caster que se enamoró de un Mortal —dijo Marian con la mirada perdida. En el prado, a lo lejos, las familias empezaban a preparar el picnic—. O quizá lo hiciera por su hijo.

Se detuvo. Habíamos completado el círculo y llegado a la tumba de Macon. Vi el ángel doliente desde la distancia. Pero el lugar había cambiado mucho desde el entierro. Donde antes no había más que tierra, crecía un jardín silvestre al que daban sombra dos limoneros inconcebiblemente grandes que flanqueaban la lápida. A la sombra, sobre la tumba, matas de jazmines y romero. Me pregunté si alguien habría visitado la sepultura ese día.

Me acaricié las sienes. Mi cabeza parecía a punto de estallar. Marian apoyó una mano en mi espalda suavemente.

—Sé que tienes que asimilar muchas cosas, pero nada de lo que te he contado cambia lo esencial: tu madre te quería.

Me zafé de la caricia de Marian.

—Pero a mi padre no.

Marian me tiró del brazo para obligarme a mirarla. Lila era mi madre, pero también la mejor amiga de Marian, y yo no podía cuestionar su integridad ante ella sin salir malparado. Ni aquel día espantoso ni ningún otro.

—No digas eso, EW. Tu madre quería a tu padre.

—Pero no se vino a vivir a Gatlin por él. Lo hizo por Macon.

—Tus padres se conocieron en Duke cuando los tres preparábamos la tesis. Por ser Guardiana, tu madre vivía en los Túneles de Gatlin y se desplazaba entre la Lunae Libri y la universidad para trabajar conmigo. No vivía en el pueblo, en el mundo de las Hijas de la Revolución y de la señora Lincoln. Si se mudó a Gatlin, fue por tu padre. Abandonó la oscuridad y salió a la luz. Y créeme que fue un gran paso para ella. Tu padre la salvó de sí misma cuando ninguno habríamos podido. Ni Macon, ni yo.

Miré los limones que daban sombra a la sepultura de Macon y a la tumba de mi madre, que estaba detrás. Pensé en mi padre, que se había pasado la mañana allí arrodillado. Pensé en Macon, en su empeño en ser enterrado en el Jardín de la Paz Perpetua con tal de descansar eternamente a tan sólo un árbol de distancia de mi madre.

—Se trasladó a vivir a un pueblo donde nadie la aceptaba porque tu padre no habría querido marcharse y ella lo amaba —dijo Marian levantándome la barbilla—. Sólo que él no fue el primero.

Respiré hondo. Por lo menos no toda mi vida era mentira. Mi madre quería a mi padre, por mucho que también quisiera a Macon Ravenwood. Tomé el Arco de Luz de manos de Marian. Lo aceptaría para tener un objeto que había pertenecido a ambos.

—No encontró la respuesta, la forma de que Caster y Mortales pudieran estar juntos.

—No sé si existe —dijo Marian rodeándome con un brazo. Apoyé la cabeza en su hombro—. Si hay un Wayward aquí, EW, ése eres tú. Dímelo tú a mí.

Por primera vez desde que vi a Lena bajo la lluvia casi un año antes no supe qué decir. Al igual que mi madre, no había encontrado respuestas, sólo problemas. ¿Le habría pasado lo mismo a ella?

Me fijé en la cajita que Marian sostenía.

—¿Por eso murió mi madre? ¿Porque intentó encontrar la respuesta?

Marian tomó mi mano y depositó en ella la cajita.

—No me quejo, Ethan. Yo elegí este camino. No todos tienen la suerte de poder elegir su lugar en el Orden de las Cosas.

—¿Te refieres a Lena o a mí?

—Tanto si quieres asumirlo como si no, tu papel es importante y el de Lena también. No es algo que puedan elegir —dijo, apartándome el pelo de los ojos como mi madre solía hacer—. La verdad es la verdad. «Rara vez pura y nunca simple», como diría Oscar Wilde.

—No te comprendo.

—Toda verdad es fácil de comprender una vez que ha sido descubierta, el problema es descubrirla.

—¿Otra cita de Oscar Wilde?

—De Galileo, el padre de la astronomía moderna. Otro hombre que se rebeló contra su lugar en el Orden de las Cosas, el primero que dijo que el Sol no gira alrededor de la Tierra. Él sabía quizá mejor que nadie que no elegimos la verdad, sólo nuestra actitud frente a ella.

Tomé la caja. En el fondo comprendía lo que Marian quería decirme, por mucho que no supiera nada de Galileo y todavía menos de Oscar Wilde. Yo formaba parte de aquella historia tanto si me gustaba como si no. Evitarla me habría resultado tan imposible como evitar las visiones.

Ahora tenía que decidir qué hacer al respecto.

17 de junio

SALTA

CUANDO AQUELLA NOCHE me metí en la cama tuve miedo a lo que pudiera soñar. Cuanto más intentaba no pensar en Macon y en mi madre, más pensaba en ellos, y dicen que se sueña con lo último que piensas antes de quedarte dormido. Agotado de pensar en no pensar, sólo era cuestión de tiempo que a través del colchón acabara por hundirme en la oscuridad y mi cama se convirtiera en un barco...

Oí el rumor de unos sauces.

Me mecía. El cielo era azul, límpido y surrealista. Giré la cabeza para mirar hacia un lado. Madera astillada pintada de un azul parecido al del techo de mi habitación. Flotaba en el río en un bote neumático o de remos.

Me incorporé y el bote se balanceó. Una mano pequeña y blanca asomaba por la borda, uno de sus delgados dedos se deslizaba tocando el agua. Me fijé en las olas que alteraban el reflejo de un cielo perfecto. Por lo demás, la superficie del río estaba fresca y tranquila como un cristal.

Lena estaba tumbada en la popa. Llevaba un vestido blanco de película en blanco y negro con seda, cintas y botoncitos de perlas. Llevaba una sombrilla negra. Los cabellos, las uñas y los labios también eran negros. Iba de lado, acurrucada y aplastada contra el bote, el brazo colgaba por el costado.

—Lena.

No abrió los ojos pero sonrió.

—Ethan, tengo frío.

Me fijé en su mano, que ahora estaba metida en el agua hasta la muñeca.

—Es verano, el agua está caliente.

Intenté acercarme a ella a gatas, pero el bote se movía. Se asomó más por la borda. Advertí sus Converse negros por debajo del vestido. Yo no podía moverme.

Ahora el agua le llegaba por el codo y sus cabellos tocaban la superficie del agua, flotaban.

—¡Siéntate, L! ¡Te vas a caer!

Ella se echó a reír y soltó la sombrilla, que quedó flotando. Quise acercarme a ella otra vez, pero el bote se bamboleó violentamente.

—¿No te lo han dicho? Ya he caído.

Me abalancé hacia ella. Que aquello estuviera ocurriendo no podía ser verdad, pero lo era. Lo supe porque esperaba oír la zambullida.

Al golpearme con la borda, abrí los ojos. El mundo se mecía y ella ya no estaba. Miré hacia el fondo y sólo pude ver el agua verduzca y turbia del Santee y los oscuros cabellos de Lena. Metí la mano en el agua. No podía pensar.

Salta o sigue en el barco.

Aún veía su pelo. Se sumergía cada vez más, rebelde, tranquilo e impresionante como una mítica criatura marina. En las profundidades del río vi un rostro blanco y borroso atrapado bajo un cristal.

—¿Mamá?

***

Me senté en la cama empapado y tosiendo. La luz de la luna entraba por la ventana, que estaba abierta otra vez. Me levanté, fui al baño y bebí agua con la mano hasta que remitió la tos. Me miré en el espejo. Estaba oscuro y apenas distinguía mis rasgos. Traté de encontrar mis ojos entre las sombras y vi otra cosa… una luz distante.

Dejé de ver el espejo y las sombras de mi rostro y sólo vi la luz y retazos de imágenes que aparecían y se desvanecían.

Intenté concentrar la mirada y deducir algún sentido de cuanto veía, pero se presentaba y se alejaba muy deprisa y con sobresaltos, como si lo contemplara desde una montaña rusa. Vi la calle mojada, reluciente y oscura. Estaba a pocos centímetros de mí, así que fue como si me arrastrara por el suelo. Pero eso era imposible, porque las imágenes discurrían muy aprisa. Las esquinas, rectas y elevadas, sobresalían al entrar en mi campo de visión. La calzada se levantaba y venía a mi encuentro.

Sólo veía la luz y la calle, tan extrañamente próxima. Me agarré al lavabo para no caerme y sentí el frío de la porcelana. Estaba mareado

221

KAMI GARCIA Y MARGARET STOHL

y las imágenes no dejaban de asaltarme. La luz se acercaba. Mi visión cambió bruscamente, como si hubiera doblado la esquina de un laberinto, y todo se hizo más lento.

Vi a dos personas apoyadas en una pared de ladrillos sucia bajo un farol. Era la luz que había vislumbrado en la distancia. Las veía desde abajo, como si estuviera tumbado en el suelo, y sólo en silueta.

—Tendría que haber dejado una nota. Mi abuela estará preocupada.

Era Lena, que estaba justo delante de mí. No se trataba de una visión, no, al menos, de una visión como las que tuve al tocar el relicario o el diario de Macon.

—¡*Lena!* —llamé, pero no reaccionó.

La otra persona se acercó. Supe que era John antes de verle la cara.

—Si hubieras dejado una nota, la utilizarían para encontrarnos con un simple Localizador. Sobre todo tu abuela, que tiene unos poderes extraordinarios —dijo, y apoyó la mano en el hombro de Lena—. Supongo que es cosa de familia.

—Yo no me siento poderosa. En realidad, no sé cómo me siento.

—No querrás dar media vuelta ahora, ¿verdad? —dijo John tomándole la mano para que Lena le mostrara la palma. Rebuscó en su bolsillo, sacó un plumón y comenzó a escribir en la mano de Lena ajeno a cuanto le rodeaba.

Lena negó con la cabeza al ver lo que ponía.

—No. Ése ya no es el lugar al que pertenezco. Habría acabado por hacerles daño. Siempre hago daño a las personas que me quieren.

—*Lena...* —Era absurdo, no me oía.

—No será así cuando lleguemos a la Frontera. No habrá Luz ni Oscuridad, ni Naturales ni Cataclyst, sólo magia en su forma más pura. Lo cual significa ausencia de juicios y etiquetas.

Los dos observaban con atención lo que John escribía en la mano de Lena. Sus cabezas casi se tocaban. Lena giró la muñeca para que John pudiera seguir escribiendo.

—Tengo miedo —dijo.

—No permitiré que te pase nada —respondió John apartándole el flequillo de la cara y colocándoselo detrás de la oreja. Un gesto que yo solía hacer. Me pregunté si Lena se acordaría.

—Me cuesta creer que exista un lugar así. La gente lleva toda la vida juzgándome —dijo Lena. Se rio, pero percibí cierto nerviosismo en su voz.

—Por eso vamos. Para que por fin puedas ser tú misma —dijo John, y debió de sentir algún dolor en el hombro, porque lo encogió y se lo agarró haciendo una mueca. Lo soltó antes de que Lena pudiera darse cuenta, pero yo sí me percaté.

—¿Yo misma? Pero si ni siquiera me conozco —dijo Lena separándose de la pared y mirando a lo lejos. Se colocó de perfil al farol a y pude ver la silueta de su rostro. Vi también su collar, que brilló en la oscuridad.

—Pues a mí me encantaría conocerte —dijo John acercándose a Lena. Hablaba con tanta delicadeza que me costaba entender lo que decía.

Lena parecía cansada, pero reconocí su maliciosa sonrisa.

—Si alguna vez lo consigo, a mí me encantará que lo hagas.

—Eh, gatitos, ¿están listos ya?

Era Ridley, que apareció por la esquina lamiendo una paleta de cereza.

Lena se volvió y el farol iluminó la mano que John había decorado. Sólo que no lo había hecho con palabras, como yo creía, sino con trazos negros, los mismos que llevaba en la feria y que yo había visto en su cuaderno. Antes de poder observar algo más, mi punto de vista cambió: desaparecieron y sólo pude ver una calle de adoquines ancha y mojada. Y luego la oscuridad.

No sé cuánto tiempo estuve agarrado al lavabo. Tenía la sensación de que si lo soltaba, moriría. Me temblaban las manos y se me doblaban las piernas. ¿Qué había ocurrido? No se trataba de una visión. Lena estaba tan cerca que habría podido tocarla. ¿Por qué no me había oído?

Daba igual. Finalmente, como dijo que haría, había huido. No sabía dónde estaba, pero había visto lo suficiente de los Túneles para reconocerlos.

Se había marchado en dirección a esa Frontera de la que yo no había oído hablar. Ya no tenía nada que ver conmigo. No quería soñar con ella, ni verla, ni saber de ella.

Olvídalo, vuelve a la cama, es lo que te hace falta, me dije.

Salta o sigue en el barco.

Qué sueño más confuso. Pero, en realidad, todo aquello no tenía nada que ver conmigo. El bote se hundía conmigo o sin mí.

Me separé del lavabo poco a poco y me senté en el retrete. Luego volví dando tumbos a mi habitación. Me acerqué a las cajas de zapatos colocadas junto a la pared, contenían cuanto era importante para mí y todo lo que quería guardar en secreto. Me quedé mirándolas unos instantes. Sabía lo que estaba buscando, pero no en qué caja estaba.

Agua como cristal, me dije al pensar en el sueño.

Intenté recordar dónde estaba, lo cual era ridículo, porque sabía perfectamente lo que había en todas las cajas. O, al menos, el día anterior lo sabía. Traté de recordar, pero era incapaz de vislumbrar algo más allá de las setenta u ochenta cajas que se apilaban ante mí. Adidas negros, New Balance verdes... No podía recordar.

Había abierto unas doce cuando encontré la negra de los Converse. La cajita de madera seguía allí. Tomé con cuidado la lisa y delicada esfera del forro de terciopelo, que conservó su huella oscura y aplastada como si llevara allí mil años.

El Arco de Luz.

Era el objeto más preciado de mi madre y Marian me lo había regalado. ¿Por qué aquel día precisamente?

En mi mano, la pálida esfera reflejó la habitación hasta que su superficie cobró vida y se llenó de colores. Tenía un brillo verde pálido. Volví a ver y a oír a Lena. *Siempre hago daño a las personas que me quieren.*

El brillo empezó a apagarse y el Arco de Luz volvió a quedar negro, opaco, frío e inerte. Pero no dejé de sentir a Lena. Sentía dónde estaba, como si el Arca fuera una especie de brújula capaz de guiarme hasta ella. Después de todo, quizá yo fuera un Wayward.

Pero eso no tenía ningún sentido, porque lo último que yo quería era estar con Lena y John. En tal caso, sin embargo, ¿por qué los había visto?

Me bullían las ideas. ¿La Frontera? ¿Un lugar donde no había ni Oscuridad ni Luz? ¿Era eso posible?

Volverme a dormir era absurdo.

Tomé una camiseta arrugada de Atari. Sabía lo que tenía que hacer.

No sabía si acabaríamos juntos, pero aquello era más grande que ella y que yo. Tal vez fuera más grande que el Orden de las Cosas o que el hecho de que Galileo se diera cuenta de que la Tierra gira alrededor del Sol. Que no quisiera ver a Lena no tenía la menor importancia. El caso es que la había visto. Y también a John y a Ridley. Y lo había hecho por una razón.

Pero no tenía la menor idea de cuál podía ser.

Por eso era imperioso hablar con el mismísimo Galileo.

***

Al salir a la calle oí cantar a los curiosos gallos del señor Mackey. Eran las cinco menos cuarto y todavía quedaba mucho para el amanecer, pero recorrí el pueblo como si estuviéramos a media tarde. Oía el ruido de mis pisadas al andar por la agrietada acera y el pegajoso asfalto.

¿Adónde iban? ¿Por qué los había visto? ¿Por qué era importante?

Oí un ruido a mi espalda. Al volverme, *Lucille* ladeó la cabeza y se sentó en la acera. Yo negué con la cabeza y seguí caminando. Esa gata loca pensaba seguirme, pero no me importó. Tal vez fuéramos los dos únicos seres en todo el pueblo que a esas horas ya estábamos despiertos.

Tal vez… pero no. La Galileo de Gatlin también estaba levantada. Nada más doblar la esquina de la calle de Marian, vi luz en su casa, en la habitación de los invitados. Al acercarme, vi parpadear una segunda luz en el porche.

—Liv.

Subí los escalones corriendo y oí un ruido metálico, como si algo hubiera caído al suelo.

—¡Maldita sea!

La lente de un enorme telescopio giró hacia mí y tuve que agacharme. Liv estaba al otro extremo de la lente. Casi no le vi la cara, pero sí el brusco balanceo de sus trenzas.

—¿Por qué tienes que entrar como un ladrón? ¡Vaya susto me has metido! —dijo accionando una palanca para que el telescopio recuperara la posición sobre su alto trípode de aluminio.

—Que yo sepa, los ladrones suelen entrar por la puerta de atrás y sin hacer ruido —dije haciendo esfuerzos por no fijarme en su pijama, una especie de bóxers para chica bajo una camiseta con una imagen de Plutón y la leyenda: EL PLANETA ENANO DICE: ELIGE A ALGUIEN DE TU TAMAÑO.

—No te he visto —dijo Liv ajustando el ocular para mirar por el telescopio—. ¿Qué haces levantado a estas horas? ¿Estás mal de la cabeza?

—Ésa es una de las cosas que todavía trato de averiguar.

—No pierdas el tiempo. La respuesta es sí.

—Hablaba en serio.

Me estudió con la mirada, tomó su cuaderno rojo y empezó a escribir.

—Te estoy escuchando, es que tengo que anotar unos datos.

Me asomé por encima de su hombro.

—¿Qué miras?

—El cielo.

Volvió a girar el telescopio y consultó el selenómetro. Anotó más datos.

—Eso ya lo sé.

—Mira tú. —Se hizo a un lado para dejarme sitio. Miré a través de la lente. El cielo estaba lleno de luces, estrellas y polvo de galaxias, y ni remotamente parecía el cielo de Gatlin—. ¿Qué ves?

—El cielo. Estrellas. La Luna. Es fantástico.

—Ahora mira. —Me apartó del telescopio y miré el cielo a simple vista. A pesar de que era noche cerrada, no podía ver ni la mitad de estrellas que había visto a través del telescopio.

—Las estrellas no brillan tanto —dije, y volví a mirar por el telescopio. El cielo volvió a explotar en una lluvia de estrellas. Observé de nuevo el cielo a simple vista. El real era más oscuro y sus estrellas brillaban menos. Se parecía más a un inmenso vacío—. Qué raro. Qué distintas parecen las estrellas a través de tu telescopio.

—Eso es porque no están todas en el cielo.

—¿De qué estás hablando? El cielo es el cielo.

Liv miró la Luna.

—Menos cuando no lo es.

—¿Qué quieres decir?

—En realidad, nadie lo sabe. Hay constelaciones Caster y constelaciones Mortales. Y no son las mismas. O, al menos, para el ojo Mortal, que por desgracia es del que tú y yo disponemos, no parecen las mismas —dijo. Sonrió y cambió uno de los parámetros del telescopio—. Y me han dicho que los Caster no pueden ver las constelaciones Mortales.

—¿Cómo es eso posible?

—¿Cómo es nada posible?

—¿Nuestro cielo es real o sólo nos lo parece? —Me sentía como una abeja carpintera en el momento de enterarse de que hasta ese momento había tomado por cielo un techo pintado de azul.

—¿Existe alguna diferencia? —preguntó Liv señalando el cielo—. ¿Ves esa constelación, la Osa Mayor? La conoces, ¿verdad? —Asentí—. Mira hacia abajo siguiendo la línea que forman las dos estrellas de la derecha, ¿ves esa estrella que brilla tanto?

—Sí, es la Estrella del Norte. —Cualquier boy scout de Gatlin habría sabido localizarla.

—Exacto. Polaris. Ahora mira dónde termina el fondo del cazo que forma la constelación, su punto más bajo. ¿Ves algo? —Negué con la cabeza. Liv volvió a mirar por el telescopio y ajustó primero una rueda y luego otra—. Mira ahora —dijo, dando un paso atrás.

A través del telescopio vi la Osa Mayor exactamente igual a como se veía a simple vista, sólo que más brillante.

—Es más o menos igual.

—Ahora fíjate en el fondo del cazo. En el mismo sitio de antes. ¿Qué ves?

—Nada.

—Vuelve a mirar —insistió Liv, molesta.

—¿Por qué? Ahí no hay nada.

—¿Cómo que no hay nada? —dijo, y miró a través de la lente—. Eso no es posible. Se supone que tiene que haber una estrella de siete puntas, lo que los Mortales llamamos una estrella de las hadas. —Una estrella de siete puntas. Lena llevaba una en su collar—. Es el equivalente Caster de nuestra Estrella del Norte. Sólo que no señala el norte, sino el sur, que tiene una importancia mística en el universo Caster. La llaman la Estrella del Sur. Espera un momento, que la voy a buscar para que la veas. —Volvió a mirar por el telescopio—. Pero sigue hablando. Seguro que no has venido a escuchar una lección sobre estrellas de siete puntas. ¿Qué ocurre?

No había razón para posponer la noticia por más tiempo.

—Lena se ha fugado con John y Ridley. Están en los Túneles.

Por fin conseguí captar toda su atención.

—¿Qué? ¿Cómo lo sabes?

—Es complicado de explicar. Los he visto en una visión que no era una visión.

—¿Como cuando tocaste el diario de Macon en su estudio?

—No toqué nada. Me estaba mirando en el espejo y de pronto empecé a ver pasar imágenes a toda velocidad, como lo que se ve de reojo cuando vas corriendo. Cuando me detuve, los vi en un callejón a pocos metros de mí, pero ellos no podían ni verme ni oírme a mí. —Estaba divagando.

—¿Qué hacían? —preguntó Liv.

—Hablaban de la Frontera, un sitio donde todo será perfecto y podrán vivir felices para siempre. Eso decía John —dije, procurando disimular mi amargura.

—¿Dijeron que se dirigían a la Frontera? ¿Estás seguro?

—Sí. ¿Por qué? —De pronto sentí que el Arco de Luz, que lo llevaba en el bolsillo, se calentaba.

—El de la Frontera es uno de los mitos más antiguos de los Caster, un lugar de magia antigua y poderosa que existió mucho antes de la división entre Luz y Sombra, una especie de Nirvana. Ninguna persona racional cree que exista.

—Pues John Breed cree que sí.

Liv miró al cielo.

—O eso dice. Es pura ficción, pero una ficción muy poderosa. Como la idea de que la Tierra es plana y de que el Sol orbita a su alrededor. —Así pues, había encontrado a mi Galileo.

Me había dirigido a casa de Marian en busca de una razón para volver a la cama, a Jackson y a mi vida. En busca de una explicación que me aclarara por qué había visto a Lena en el espejo de mi cuarto de baño. Para convencerme de que no me había vuelto loco. En busca de una respuesta que no me condujera de nuevo a Lena. Y había encontrado precisamente lo contrario.

Liv siguió hablando ajena a la piedra que se hundía en mi estómago y a la que ardía en mi bolsillo.

—Según la leyenda, si sigues la Estrella del Sur, encontrarás la Frontera.

—¿Y si no se ve la estrella? —Este pensamiento dio pie a otro, y luego a otro y otro más. Me bullía la cabeza.

Liv no respondía porque estaba ajustando las lentes.

—Tiene que estar ahí. A mi telescopio debe de pasarle algo.

—¿Y si no está? ¿Y si ha desaparecido? La galaxia cambia continuamente, ¿verdad?

—Claro. En el año 3000 Polaris ya no será la Estrella del Norte. La sustituirá Alrai. Que, ya que me lo preguntas, en árabe significa «el pastor».

—En el año 3000.

—Exactamente. Dentro de mil años. Una estrella no puede desaparecer de pronto. Antes tiene que producirse una gran explosión cósmica. No es un acontecimiento sutil.

—«Así se acaba el mundo, no con una explosión, sino con un gemido». —Recordaba el verso de T. S. Eliot. Antes de su cumpleaños, Lena no podía quitárselo de la cabeza.

—Sí, bueno, me encanta ese poema, pero la ciencia no tiene nada que ver con todo eso.

No con una explosión, sino con un gemido. ¿O era no con un gemido, sino con una explosión? No podía recordar el verso exactamente, aunque Lena lo había introducido en un poema que escribió en la pared al morir Macon.

¿Intuía ya entonces adónde conducía lo que estaba sucediendo? Sentí un malestar en el estómago y el Arco de Luz estaba tan caliente que me quemaba la piel.

—A tu telescopio no le pasa nada.

Liv consultó el selenómetro.

—Me temo que esta cosa se ha estropeado. No sólo falla por el alcance, tampoco marca bien las cifras.

—*Los corazones se irán y las estrellas tras ellos* —cité sin proponérmelo. La canción me vino a la cabeza como esas viejas melodías que recordamos sin pensar.

—¿Qué?

—Nada, «Diecisiete lunas», una canción que no dejo de oír. Tiene que ver con la Cristalización de Lena.

—¿Una canción de presagio? —preguntó Liv con incredulidad.

—¿Así se llama? —Debí de haberme imaginado que tendría un nombre.

—Presagia el futuro. ¿Llevas oyendo una canción de presagio todo este tiempo? ¿Por qué no me lo habías dicho?

Me encogí de hombros. Porque era idiota, porque no quería hablar de Lena con ella, porque esa canción había servido de antesala de cosas horribles. Había donde escoger.

—¿Qué más dice la canción?

—Habla de esferas y de una luna que llega antes de tiempo. Luego dice eso que te he dicho: *los corazones se irán y las estrellas tras ellos...* Y no me acuerdo de más.

Liv se sentó en las escaleras del porche.

—«Antes de tiempo, la luna que esperas». ¿Es eso lo que dice exactamente la canción?

—Primero la luna y luego las estrellas. Sí, estoy seguro.

El cielo empezaba a iluminarse con los primeros rayos del día.

—Convocar una Luna de Cristalización antes de tiempo. Eso lo explicaría.

—¿Qué? ¿Que falte esa estrella?

Liv hizo un gesto de impaciencia.

—Es más que la estrella. Convocar una luna fuera de tiempo podría alterar todo el Orden de las Cosas, los campos magnéticos y los campos mágicos. Eso explicaría los cambios en el cielo Caster. El mundo Caster guarda un equilibrio natural tan delicado como el nuestro.

—¿Qué podría provocar esos cambios?

—Querrás decir *quién* —dijo Liv encogiendo las piernas.

Sólo podía referirse a una persona.

—¿Sarafine?

—En los archivos no hay noticia de ningún Caster tan poderoso que pueda convocar la luna antes de tiempo, pero si alguien lo está haciendo, no hay forma de saber cuándo o dónde se producirá la próxima Cristalización.

Hablar de Cristalización equivalía a hablar de Lena.

Me acordé de lo que Marian dijo en el cementerio: *no elegimos la verdad, sólo nuestra actitud frente a ella.*

—Si todo esto tiene que ver con una Luna de Cristalización, también le afecta a Lena. Marian puede ayudarnos, deberíamos despertarla —dije, y nada más hacerlo me di cuenta. Tal vez Marian pudiera ayudarnos, pero eso no significaba que fuera a hacerlo. Era una Guardiana y no podía inmiscuirse.

Liv pensaba lo mismo que yo.

—¿De verdad crees que la profesora Ashcroft va a permitir que bajemos a los Túneles a buscar a Lena después de lo que ocurrió la otra noche? Nos encerraría en la sala de libros raros lo que queda de verano.

Peor. Llamaría a Amma y yo tendría que pasarme todos los días del verano llevando a las Hermanas a la iglesia en el viejo Cadillac de tía Grace.

Salta o sigue en el barco.

En realidad no tuve que decidirme. La decisión la había tomado tiempo atrás al bajar del coche en la carretera 9 una noche de lluvia. Fue entonces cuando salté. Tanto si Lena y yo estábamos juntos como si no, yo ya no seguía en el barco. No estaba dispuesto a permitir que John Breed, Sarafine, una estrella ausente, la luna o el extraño cielo de los Caster me detuvieran. Se lo debía a aquella chica de la carretera 9.

—Liv, yo puedo encontrar a Lena. No sé cómo, pero puedo. Tú puedes seguir la pista de la luna con tu selenómetro, ¿verdad?

—Puedo medir las variaciones de atracción magnética de la luna ¿Es lo que querías saber?

—Entonces, ¿puedes encontrar la Luna de Cristalización?

—Si mis cálculos son correctos, el tiempo lo permite, los corolarios típicos entre las constelaciones de los Caster y los Mortales se conservan...

—Simplemente esperaba un sí o un no.

Mientras reflexionaba, Liv jugueteaba con sus trenzas.

—Sí.

—Si nos vamos, tenemos que hacerlo antes de que se despierten Amma y Marian.

Liv dudó. Como Guardiana-en-ciernes, no podía intervenir, pero, juntos, éramos expertos en buscarnos problemas.

—Lena podría estar en peligro.

—Liv, si no quieres venir…

—Pues claro que quiero ir. Llevo estudiando el mundo y las estrellas de los Caster desde los cinco años. Siempre había querido formar parte de él, pero hasta hace unas semanas sólo lo conocía por los libros y a través del telescopio. Ya estoy cansada de observar. Aunque la profesora Ashcroft…

Había juzgado mal a Liv. No era como Marian. No se contentaba con archivar pergaminos Caster, quería demostrar que la tierra no era plana.

—Salta o sigue en el barco, Guardiana. ¿Vienes?

Salía el sol. Se nos agotaba el tiempo.

—¿Estás seguro de que quieres que vaya? —me preguntó sin mirarme. Yo tampoco la miraba. El recuerdo del beso que no llegamos a darnos pendía sobre nosotros.

—¿Conoces a alguien con un selenómetro de sobra y un mapa mental del universo Caster?

No estaba seguro de que los cálculos, las variaciones y los corolarios fueran a servirnos de ayuda, pero sabía que la canción no se equivocaba. Las observaciones de aquella noche lo confirmaban. Yo necesitaba ayuda y Lena también, aunque nuestra historia se hubiera acabado. En efecto, necesitaba ayuda y hasta una Guardiana fugitiva en busca de acción con un reloj loco me servía.

—Salto, ya no quiero seguir en el barco —dijo Liv tranquilamente y abrió la puerta mosquitera sin hacer ruido para entrar por sus cosas. Se venía conmigo.

—¿Estás segura? —Yo no quería ser la razón de que me acompañara. No, al menos, la única razón. Eso me decía, pero tal vez fuera mentira.

—¿Conoces a otra persona lo bastante loca para ir en busca de un lugar mítico donde un demonio Sobrenatural trata de convocar una Luna de Cristalización? —dijo con una sonrisa y abriendo la puerta.

—Pues la verdad es que sí.

18 de junio

Puertas

Escuela de verano: si de verdad quieres prosperar, nunca dejes de estudiar.

Eso rezaba en verano el cartel que durante al curso animaba al equipo de basquetbol del Jackson High con el letrero: ÁNIMO WILDCATS. Liv y yo lo veíamos desde los arbustos que adornaban las escaleras.

Nuestra misión era complicada. Verano o no, la señorita Hester seguía en secretaría pendiente de la entrada. Porque aunque era cierto que cuando suspendías una asignatura, te mandaban a la escuela de verano, y todavía quedaba la posibilidad de irte de pinta. Burlar la vigilancia de la señorita Hester, sin embargo, era una tarea bastante complicada. Por otra parte, aunque el señor Lee no había llegado a concretar su amenaza de suspendernos por no haber participado en la Reconstrucción de la batalla de Honey Hill, Link estaba obligado a asistir a la escuela de verano porque había reprobado biología. Así pues, aquella mañana mi misión, a la que tan diligentemente me acompañaba Liv, no consistía en encontrar la manera de salir del instituto a escondidas, sino de colarme dentro para avisar a mi amigo.

—¿Nos vamos a quedar detrás de estos arbustos todo el día? —preguntó Liv, que empezaba a impacientarse.

—Dame un segundo. He perdido mucho tiempo pensando en cómo salir del Jackson sin que me vieran, pero es la primera vez que tengo que buscar una forma de entrar. No podemos marcharnos sin Link.

—¿Acaso subestimas el poder del acento británico? —dijo Liv con una sonrisa—. Observa y aprende.

La señorita Hester deslizó sus gafas hasta la punta de la nariz y miró a Liv, que llevaba un moño improvisado. Como era verano, la seño-

232

rita Hester se había puesto una de sus blusas sin mangas, unas bermudas de poliéster y sus típicos zapatos de lona blancos. Desde mi escondite bajo el mostrador, pegado a Liv, veía con claridad los pantalones verdes de la señorita Hester y sus pies con juanetes.

—Perdón, ¿de parte de quién dice usted que viene? —preguntó.

—Del CEB —respondió Liv. Me pegó con el pie. Era la señal para que yo me dirigiese al pasillo.

—Ah, claro. ¿Y qué es eso exactamente?

Liv suspiró con impaciencia.

—El Consulado de Educación Británico. Como le acabo de decir, hemos llevado a cabo una rigurosa selección de los institutos más notables de Estados Unidos y nos proponemos estudiarlos como modelo a seguir para poner en marcha una reforma educativa de gran calado.

—¿Los institutos más notables de Estados Unidos...? —repitió, confusa, la señorita Hester en el preciso momento en que, a gatas, llegué a la esquina.

—Me cuesta creer que nadie lo haya puesto al corriente de mi visita. ¿Podría hablar con el director de área, por favor?

—¿Con el encargado de propuestas pedagógicas?

Para cuando la señorita Hester averiguó a qué se refería Liv, yo estaba ya a mitad de las escaleras. Dejando aparte su atractivo, incluso dejando aparte su inteligencia, Liv era una caja de sorpresas.

—Bueno, deja ya los chistes de *La telaraña de Carlota,* sujeta firmemente a tu espécimen con una mano y toma las tijeras con la otra y practica una incisión longitudinal en el vientre.

Era la señora Wilson en clase de biología. Para saberlo me bastó con percibir el olor y el revuelo generalizado.

—Me parece que me voy a desmayar...

—¡Wilbur, no!

—¡Ayyyy!

Me asomé a la ventanilla de la puerta y vi la fila de fetos de cerdo sobre las mesas de laboratorio. Estaban sujetos con unos clavos a una tabla negra untada de cera y colocada dentro de una bandeja. Todos eran pequeños menos uno, el de Link, que era un cerdo enorme.

—Señora Wilson —dijo mi amigo levantando la mano—, no puedo romperle a *Tanque* el esternón con unas tijeras. Es demasiado grande.

—¿A *Tanque?*

—A *Tanque*, sí, mi cerdo.

—Tomas las tijeras que hay al fondo de la clase.

Di unos golpecitos en la ventana al pasar Link, pero no me oyó. Eden estaba sentada en la larga mesa negra de laboratorio a su lado. Se tapaba la nariz con una mano mientras con la otra hurgaba en su animal con unas pinzas. Me sorprendió verla en medio de tantos zoquetes y admiradores sumisos no porque tuviera el cerebro de un ingeniero espacial, sino porque esperaba que su madre y la mafia de las Hijas de la Revolución hubieran encontrado una forma de sacarla de allí.

Sacó de su cerdo un largo cordón.

—¿Qué es esta cosa amarilla? —preguntó con cara de asco.

La señora Wilson sonrió. Era su momento favorito del año.

—Señorita Westerly, ¿cuántas veces ha estado usted en el Dar-ee Keen esta semana? ¿Ha tomado usted hamburguesa con papas y helado? ¿Aros de cebolla? ¿Pay?

—¿Cómo?

—Eso es grasa. Y ahora vamos a buscar el hígado.

Volví a llamar al cristal al pasar Link con las tijeras. Esta vez sí me vio. Abrió la puerta.

—Señora Wilson, tengo que ir al baño.

Llegamos al vestíbulo con tijeras y todo y nos escabullimos sin ser vistos. Nada más darse cuenta, Liv miró a la señorita Hester con una sonrisa y cerró su cuaderno.

—Le estoy muy agradecida, señorita. Seguiremos en contacto.

Salió por la puerta tras nosotros con el moño ya casi deshecho. Había que estar muy mal de la cabeza para no darse cuenta de que no era más que una adolescente con pantalones de mezclilla rotos y gastados.

La señorita Hester se le quedó mirando asombrada.

—Esos casacas rojas —refunfuñó.

***

Lo bueno de Link era que nunca ponía excusas. Se embarcaba en la aventura sin hacer preguntas. Lo hizo cuando intentamos quitarle la rueda a un coche para hacernos un columpio. Lo hizo cuando puse en el jardín de mi casa una trampa para caimanes y lo hacía también cada vez que yo tomaba la chatarra de coche de su madre para ir a buscar a una chica a quien en el instituto todos tomaban por loca. Es una gran cualidad en un amigo y a veces me he preguntado si yo habría hecho lo mismo si hubiera sucedido a la inversa. Porque yo siempre pedía y él siempre estaba dispuesto a dar.

Al cabo de cinco minutos bajábamos por Jackson Street. Luego doblamos en Dove Street y paramos en el Dar-ee Keen. Consulté la hora. Amma ya se habría enterado de mi marcha y Marian estaría en la biblioteca esperando a Liv, a quien habría extrañado en el desayuno. Además, la señora Wilson habría mandado a algún alumno al servicio a buscar a Link. Teníamos poco tiempo.

El plan no se concretó hasta que no estuvimos sentados con nuestra grasienta comida y nuestras grasientas bandejas en una grasienta mesa roja.

—No me puedo creer que se haya fugado con ese vampiro.

—¿Cuántas veces voy a tener que decírtelo? Es un Íncubo —corrigió Liv.

—Qué más da. Si es un Íncubo de Sangre, te chupa la sangre igual, ¿o no? —dijo Link y engulló un panecillo mientras mojaba otro en el tarrito de salsa.

—Un Íncubo de Sangre es un Demonio. Los vampiros sólo salen en las películas.

No tenía la menor gana, pero aún había algo que no les había dicho y no podía seguir callándomelo.

—Ridley también está con ellos.

Link suspiró estrujando la envoltura del panecillo. No le cambió la expresión, pero comprendí que tenía el mismo nudo en el estómago que yo.

—Eso duele. —Lanzó al cesto de basura la envoltura, que dio en el borde y cayó al suelo—. ¿Estás seguro de que están en los Túneles?

—Eso me pareció —respondí. De camino al Dar-ee Keen le había contado mi visión, aunque no le había dicho que era más extraña que las demás, que la había visto a través del espejo del cuarto de baño—. Se dirigen a un sitio llamado la Frontera.

—Un lugar que no existe —intervino Liv negando con la cabeza y consultando las esferas de su artilugio.

Link empujó su plato, que aún estaba casi lleno.

—A ver si entendí. ¿Nos vamos a meter en los Túneles y a buscar esa luna fuera de tiempo con el reloj de Liv?

—Selenómetro —corrigió Liv otra vez y sin levantar la vista de su cuaderno, en el que anotaba nuevos datos.

—Qué más da. ¿Por qué no le contamos lo que está pasando a las tías de Lena? A lo mejor nos pueden hacer invisibles o nos prestan armas de Caster.

Armas, por ejemplo, como la que en ese momento yo llevaba en el bolsillo.

Notaba el Arco de Luz. No tenía ni idea de cómo funcionaba, pero tal vez Liv, que sabía leer el cielo Caster, sí supiera.

—No sé si nos hará invisibles, pero tengo esto —dije y puse la esfera en la mesa.

—¡Uauh, colega, una canica gigante! ¿No estarás hablando en serio? —Link no parecía muy impresionado.

Liv sí. Acercó la mano a la esfera sin atreverse a tocarla.

—¿Es lo que yo creo que es?

—Es un Arco de Luz. Marian me lo dio el Día de Difuntos. Perteneció a mi madre.

—¿La profesora Ashcroft —dijo Liv tratando de ocultar su irritación— tenía guardado un Arco de Luz todo este tiempo y no me lo ha enseñado?

—Aquí lo tienes, disfruta —dije colocando la esfera en sus manos. La tomó con precaución, como si fuera frágil como un huevo.

—¡Cuidado! ¿Tienes idea de lo raras que son? —dijo Liv sin apartar los ojos del objeto de reluciente superficie.

Link se bebió lo que le quedaba de Coca-Cola hasta que sólo le quedó el hielo.

—¿Va alguien a darme alguna pista? ¿Para qué sirve esa bola?

—Ésta —explicó Liv, que parecía hipnotizada— es una de las armas más poderosas del mundo Caster. Es una prisión metafísica para un Íncubo. Siempre y cuando sepas utilizarla, claro. —La miré esperanzado—. Yo, desgraciadamente, no sé.

Link tocó el Arco de Luz con un dedo.

—¿Cómo kriptonita para Íncubos?

Liv asintió.

—Algo así.

Sin duda, el Arco era poderoso, pero no iba a servirnos para solucionar el problema al que nos enfrentábamos. Yo me había quedado sin ideas.

—Si esta cosa no nos ayuda, ¿cómo entramos en los Túneles?

—Hoy no es día festivo —dijo Liv devolviéndome el Arco—, de modo que si queremos entrar en los Túneles, tenemos que hacerlo por una de las Puertas. No podemos acceder por la Lunae Libri.

—Entonces, ¿hay otras entradas? ¿Esas Puertas que dices? —preguntó Link.

—Sí, pero sólo los Caster y un puñado de Mortales como la profesora Ashcroft saben dónde están. Y ella no nos lo va a decir. Estoy segura de que ahora mismo me está preparando las maletas.

Yo esperaba que Liv tuviera una solución, pero fue Link quien dio con ella.

—¿Sabes lo que eso significa? —dijo con una sonrisa y rodeando a Liv por los hombros—. Que por fin vas a tener tu oportunidad. Ya es hora de que vayamos al Túnel del Amor.

***

Una vez que desmontaban la feria, el recinto volvía a ser lo que era: una explanada de tierra. Le pegué una patada a un terrón que fue a parar contra unos cardos.

—Miren, todavía se ven las huellas que han dejado las atracciones —señaló Liv, a quien seguía *Lucille*.

—Sí, pero ¿cómo sabemos a qué atracción pertenece cada huella?

En el Dar-ee Keen la idea parecía buena, pero en realidad estábamos en medio del campo. Link, que se hallaba a unos cuantos metros, nos llamó.

—Creo que aquí estaba la noria. Lo sé por estas colillas. El encargado se pasaba el día fumando.

Nos acercamos. De camino, Liv señaló una mancha negra a unos metros de distancia.

—¿No es ahí donde Lena nos vio?

—¿Qué? —Me sorprendió que utilizara el plural.

—Quiero decir donde me vio —aclaró Liv, sonrojándose—. Creo que es aquí donde se quemó la máquina de palomitas cuando se marchaba, antes de que aquel payaso tropezase y el niño se pusiera a llorar. —¿Cómo olvidarlo?

La hierba estaba muy alta y dificultaba la tarea. Me agaché y aparté unas briznas, pero allí no había nada excepto algunas entradas. Al levantarme, noté que el Arco de Luz volvía a calentarse y oí un zumbido lejano. Lo saqué del bolsillo. Desprendía un brillo azul claro.

Indiqué a Liv que se acercara.

—¿Qué crees que significa esto?

Liv observó la esfera. El color era cada vez más intenso.

—No tengo ni idea. No sabía que cambiaran de color, no lo he leído en ninguna parte.

—¿Qué pasa, niños? —dijo Link limpiándose el sudor con su andrajosa camiseta de Black Sabbath—. ¡Uauh! ¿Cuándo se ha encendido esa cosa?

—Hace un momento —dije. Sin saber por qué, empecé a caminar en tramos cortos de pocos pasos. A medida que lo hacía, el brillo del Arco de Luz aumentaba.

—Ethan, ¿qué haces? —preguntó Liv, que me seguía.

—No lo sé. —Cambié de dirección y la esfera perdió brillo. ¿Por qué? Di media vuelta y volví al lugar de antes. A cada paso, el Arco de Luz se calentaba y vibraba más.

—Mira —dije abriendo la mano para que Liv pudiera ver el color azul que irradiaba.

—¿Qué pasa?

Me encogí de hombros.

—Esta cosa debe de brillar cada vez más a medida que nos vamos acercando.

—¿No estarás pensado...? —dijo Liv mirando sus polvorientas botas plateadas. En efecto, estábamos pensando lo mismo.

—¿Será una especie de brújula?

La esfera brillaba tanto que *Lucille* empezó a saltar a nuestro alrededor como cuando cazaba luciérnagas.

Llegamos a una zona donde la hierba estaba descolorida. Liv se detuvo.

El Arco de Luz emitía un azul oscuro como el de la tinta china. Me fijé en el suelo con mucha atención.

—Aquí no hay nada.

Liv se agachó y apartó la hierba.

—Yo no estaría tan segura —dijo y empezó a quitar tierra. Algo apareció debajo.

—Fíjense en las ranuras, es una trampilla —dijo Link. Tenía razón. Era una ranura como la que yo había encontrado bajo la alfombra del cuarto de Macon.

Me agaché y les ayudé a limpiar la tierra.

—¿Cómo te diste cuenta? —pregunté a Liv.

—¿Quieres decir aparte de que el Arco de Luz se haya vuelto loco? —me replicó con cierto engreimiento—. No es tan difícil encontrar una Puerta si sabes lo que estás buscando.

—Espero que abrirla tampoco sea difícil —dijo Link señalando el centro de la trampilla. Tenía una cerradura.

—Está cerrada —dijo Liv suspirando—. Necesitamos una llave Caster. Si no, no podremos entrar.

Link sacó las pinzas que había hurtado en el laboratorio de biología. Era normal en él, que no tenía costumbre de dejar las cosas en su sitio.

—¿Una llave Caster? Y un cuerno.

—No va a funcionar —dijo Liv—. Esto no son las taquillas del instituto, sino una cerradura Caster.

Link se ofendió.

—Tú qué sabes si no eres de aquí —dijo metiendo las pinzas en la cerradura—. No hay una sola puerta en todo el condado que no se pueda abrir con un par de alicates o un cepillo de dientes bien afilado.

—Como supondrás —me dirigí a Liv—, se lo está inventando.

—Así que me lo estoy inventando, ¿eh? —dijo Link con una sonrisa. La puerta se abrió con un crujido—. Conseguido —dijo ofreciéndome el puño para que yo chocara el mío.

—En fin, de esto los libros no dicen nada.

Link metió la cabeza para mirar.

—Está oscuro, no tiene escaleras y hay mucha caída.

—Tú pisa. —Yo sabía lo que iba a suceder.

—¿Estás mal de la cabeza?

—Tú confía en mí.

Link metió un pie y un segundo después se sostenía en el aire.

—Vale, ¿de dónde se sacan los Caster estas cosas? ¿Tienen carpinteros? ¿Existen soldadoras sobrenaturales? —dijo, y desapareció. Un segundo después oímos su voz—. No hay que bajar tanto. ¿Vienen o qué?

Lucille se asomó y saltó al agujero. Después de vivir tantos años con mis tías, la pobre gata debía de estar algo loca. Yo miré a continuación y vi la luz parpadeante de una antorcha. Link estaba abajo y *Lucille* a sus pies.

—Las damas primero —dije.

—¿Por qué será que los hombres sólo dicen eso delante de algo horrible o peligroso? —dijo Liv metiendo el pie en el agujero con cautela—. Y no te ofendas.

—No me ofendo —repuse con una sonrisa.

Le quedó el pie colgando un momento mientras tanteaba en el vacío. Tomé su mano.

—¿Sabes que si encontramos a Lena podría estar completamente…?

—Lo sé —dije mirando sus serenos ojos azules, que nunca serían verdes ni dorados. El sol iluminó sus cabellos, rubios como la miel. Me sonrió y la solté.

Y me di cuenta de que era ella la que me estaba sujetando a mí.

Al bajar a la oscuridad tras ella, la trampilla se cerró de un golpe y el cielo desapareció.

***

El pasadizo de entrada al túnel era oscuro y húmedo y estaba cubierto de musgo, como el que conducía de la Lunae Libri a Ravenwood. El techo era bajo y las paredes de piedra viejas y erosionadas como las de una mazmorra. El ruido de pisadas y de las gotas de agua que rezumaba y caía resonaban en todo el pasadizo.

Al llegar al pie de las escaleras nos vimos en una encrucijada. No simbólica, sino real.

—Bueno, ¿ahora por dónde vamos? —preguntó Link.

Teníamos ante nosotros dos túneles muy distintos. Era un viaje mucho más complicado del que realizamos al Exilio. En aquél no había que elegir. En éste se nos planteaban distintas opciones.

Se me planteaban distintas opciones.

El túnel de la izquierda era más parecido a un prado que a un túnel. Se ensanchaba dando paso a un camino de tierra jalonado por sauces llorones, arbustos floridos y hierba alta. Algo más lejos el paisaje se abría hacia unas lomas bajo un cielo azul y despejado. Casi era posible oír el canto de los pájaros y ver conejos saltando de mata en mata. Si no hubiera sido un túnel del mundo Caster, donde nada es lo que parece.

El túnel de la izquierda no era un túnel, sino la calle en curva de una ciudad bajo su propio cielo Caster. Era sombrío y contrastaba acusadamente con el soleado paisaje de la derecha.

Liv tomaba notas en su cuaderno frenéticamente. La espié: *Zonas asincrónicas en túneles adyacentes.*

La única luz del segundo túnel provenía del cartel de neón de un motel del fondo de la calle. A ambos lados había altos edificios de pisos con pequeños balcones de hierro y escaleras de incendios, y unas cuerdas cruzaban de lado a lado formando una intrincada red de la que colgaba ropa. Por el asfalto discurrían vías de tranvía abandonadas.

—¿Por dónde vamos? —insistió Link con impaciencia. Deambular por los misteriosos y extraños Túneles de los Caster no era lo suyo—.

Voto por el camino de *El mago de Oz* —dijo, y emprendió la marcha por el lado soleado.

—No creo que nos haga falta votar —dije sacando del bolsillo el Arco de Luz. Me calentó la mano antes de ver la luz. Su reluciente superficie emitía un brillo verde pálido.

—Asombroso —dijo Liv con los ojos como platos.

Nos internamos unos pasos por la calle y la luz se hizo más intensa.

Link nos siguió.

—¡Eh, que yo iba para allá! —exclamó—. ¿Qué pasa, que no pensaban llamarme?

—Mira esto —dije enseñándole el Arco de Luz, y seguí andando.

—¡Menuda linterna!

Liv consultó el selenómetro.

—Tenías razón. Es como una brújula. Mis lecturas lo confirman. La atracción magnética de la luna es mayor en esta dirección, lo cual es una anomalía en esta época del año.

—Ya me temía yo que íbamos a ir por la calleja, donde seguro que nos mata uno de esos Vex.

A cada paso que daba, el Arco de Luz despedía un verde más oscuro e intenso.

—Vamos por aquí.

—Como no podía ser de otra forma.

Link se convenció de que nos dirigíamos a una muerte cierta, pero resultó que la calle oscura era, simplemente, una calle oscura. Llegamos al motel sin novedad. La calle no tenía salida y conducía directamente a una entrada bajo el cartel de neón. Al otro lado transcurría otra calle perpendicular a la primera jalonada de puertas iluminadas abiertas en las fachadas. Entre el cartel de neón y el edificio de al lado ascendía un empinado tramo de escaleras de piedra. Otra Puerta al exterior.

—¿Vamos por la derecha o por la izquierda? —preguntó Liv.

Me fijé en el brillo incandescente del Arco de Luz, que ahora era verde esmeralda.

—Ni por la derecha ni por la izquierda. Vamos a subir por esta escalera.

Llegamos hasta una pesada puerta de madera. Salimos de un enorme arco de piedra a un lugar soleado donde crecía un inmenso roble bajo cuya sombra nos cobijamos. Una mujer de pelo blanco con *short* blancos montaba en una bicicleta blanca con una cesta blanca en la que llevaba un caniche blanco. Un golden retriever gigante perseguía la bicicleta tirando del hombre que lo sujetaba por la correa. Al ver al retriever, *Lucille* se refugió en unos arbustos.

—¡*Lucille*! —la llamé y me acerqué a los arbustos a buscarla, pero no la encontré—. Genial, he vuelto a perder a la gata de mi tía.

—Técnicamente, la gata es tuya. Vive contigo —dijo Link buscando entre las azaleas—. No te preocupes. Volverá. Los gatos tienen muy buen sentido de la orientación.

—¿Por qué sabes tú eso? —preguntó Liv, divertida con el comentario de Link.

—Por mi madre —respondió Link poniéndose colorado—, que se traga todo lo que ponen en la televisión y a veces yo… pues veo alguno de los programas que le gustan, ¿pasa algo?

—Vamos —dije yo, poniendo fin a la conversación.

Nada más salir de los arbustos, una chica con el pelo color púrpura tropezó con Link. Llevaba una carpeta grande con dibujos que estuvo a punto de caérsele al suelo. Estábamos rodeados de perros, personas, bicicletas y patinetas en un parque lleno de azaleas al que daban sombra unos robles enormes. En el centro tenía una fuente de piedra muy barroca con tritones que escupían chorros de agua. De la fuente salían senderos en todas las direcciones.

—¿Qué ha pasado con los Túneles? ¿Dónde estamos? —preguntó Link, que estaba más confuso que de costumbre.

—Estamos en una especie de parque.

Sonreí. Sabía dónde estábamos con absoluta certeza.

—No es una especie de parque, es el Forsyth Park de Savannah.

—¿Cómo? —exclamó Liv rebuscando en su bolso.

—Savannah, Georgia. Vine muchas veces con mi madre cuando era pequeño.

Liv desplegó un mapa de lo que parecía el cielo Caster. Reconocí la Estrella del Sur, la estrella de siete puntas que faltaba en el cielo Caster real.

—No tiene ningún sentido. Si la Frontera existe, y no estoy diciendo que crea que exista, no puede estar en mitad de una ciudad Mortal.

Me encogí de hombros.

—El Arco de Luz nos ha traído hasta aquí. Más no puedo decir.

—Hemos andado unos diez kilómetros. ¿Cómo vamos a estar en Savannah? —dijo Link, que todavía no había asimilado que en los Túneles las cosas eran distintas a la superficie.

Liv sacó el bolígrafo.

—Tiempo y espacio —dijo, casi murmurando para sí— no sometidos a la Física Mortal. —Pasaron dos ancianas empujando a dos perritos en unas sillas de bebé. Definitivamente, estábamos en Savannah. Liv cerró el cuaderno—. Ahí abajo el tiempo y el espacio cobran otra dimensión. Los Túneles son parte del mundo Caster, no del Mortal.

En ese preciso momento, el Arco de Luz se apagó y recuperó el color negro. Lo guardé en el bolsillo.

—¡Maldita sea! —dijo Link dominado por el pánico—. ¿Y ahora cómo vamos a saber dónde hay que ir?

—No lo vamos a necesitar —dije. Yo no estaba preocupado—. Creo que sé adónde tenemos que dirigirnos.

—¿Cómo? —preguntó Liv frunciendo el ceño.

—Porque en Savannah no conozco más que a una persona.

18 de junio

A TRAVÉS DEL ESPEJO

MI TÍA CAROLINE VIVÍA en East Liberty Street, cerca de la catedral de San Juan Bautista. Hacía años que no la visitaba, pero sabía que teníamos que subir por Bull Street, porque su casa se encontraba dentro de la ruta que realizaba el tranvía que recorría el centro histórico. Además, las calles discurrían entre el parque y el río y en cada manzana había una plaza y eso nos facilitaba la orientación. En Savannah era difícil perderse tanto si eras Wayward como si no.

Entre Savannah y Charleston había recorridos turísticos para casi todo: plantaciones, platos típicos, Hijas de la Confederación, fantasmas (mi favorito) y edificios históricos, el más clásico. La casa de tía Caroline formaba parte de este último desde que yo tenía uso de razón. La atención de mi tía a los detalles era legendaria no sólo en el seno de nuestra familia, sino en toda Savannah. Caroline trabajaba como conservadora en el Museo Histórico de Savannah y sabía tanto sobre la historia de las casas, palacios, acontecimientos y escándalos de la Ciudad de los Robles como mi madre de la Guerra de Secesión. Y no era una hazaña baladí considerando que en Savannah los escándalos estaban tan extendidos como los recorridos turísticos.

—¿De verdad sabes adónde vamos? Creo que deberíamos parar a comer algo y descansar un poco. Mataría por una hamburguesa.

Link tenía más fe en las virtudes de orientación del Arco de Luz que en las mías. *Lucille*, que había reaparecido, se sentó a sus pies y ladeó la cabeza. Tampoco tenía mucha fe en mí.

—Vamos a seguir en dirección al río y tarde o temprano llegaremos a East Liberty. Miren. —Señalé la aguja de la catedral, que estaba a pocas manzanas—. Ésa es la catedral de San Juan. Casi hemos llegado.

Veinte minutos más tarde seguíamos andando en círculo alrededor de la catedral y Link y Liv empezaban a perder la paciencia. Y yo no podía culparlos. Recorrí East Liberty con la mirada en busca de una casa conocida.

—Es una casa amarilla.

—Pues mira por dónde, parece el color de moda, porque todas las casas de esta calle son amarillas —dijo Liv. Hasta ella estaba cansada. Era la tercera vez que dábamos la vuelta a la misma manzana.

—Creía que estaba en una bocacalle de la plaza Lafayette.

—Pues yo creo que deberíamos buscar una guía telefónica y mirar su número —dijo Liv, limpiándose el sudor de la frente.

Entrecerré los ojos para ver mejor una figura lejana que no distinguía bien.

—No nos hace falta una guía telefónica. Es la última casa de esta manzana.

—¿Cómo lo sabes? —preguntó Liv con suspicacia.

—Porque tía Del está en la puerta.

No había nada más raro que terminar en Savannah tras pasar sólo unas horas en los Túneles de los Caster. Nada, salvo dirigirse a casa de tía Caroline y a la puerta de su casa encontrar a tía Del, una de las tías de Lena. Nos saludó con la mano. Nos estaba esperando.

—¡Ethan, qué alegría! ¡Por fin te encuentro! He estado en todas partes: Atenas, Dublín, El Cairo.

—¿Has ido a buscarnos a Egipto y a Irlanda? —preguntó Liv, tan confusa como yo. La respuesta de tía Del, sin embargo, sí podía aclarársela.

—Georgia. Atenas, Dublín y El Cairo son pueblos del estado de Georgia —dije.

Liv se sonrojó. Yo a veces olvidaba que procedía de un lugar tan alejado de Gatlin como Lena, sólo que de forma distinta.

Tía Del tomó mi mano y me dio unas palmaditas afectuosas.

—Arelia probó a Adivinar dónde estabas, pero sólo pudo concretar que te encontrabas en Georgia. Por desgracia, la Adivinación tiene más de arte que de ciencia. Te he encontrado gracias a las estrellas.

—¿Qué haces aquí, tía Del?

—Lena ha desaparecido y esperábamos que estuviera contigo —dijo tía Del con un suspiro. Se había equivocado.

—Ya ves que no, pero tal vez pueda encontrarla.

Tía Del se alisó la falda.

—En ese caso creo que puedo ayudarte.

Link se rascaba la cabeza. Conocía a tía Del, pero no había visto ninguna demostración de sus dotes de Palimpsest y era evidente que no comprendía cómo podía ayudarnos una anciana tan distraída. Tras pasar una noche con ella en la tumba de Genevieve Duchannes, yo sí sabía lo que cabía esperar de ella.

Tomé la pesada aldaba de hierro y llamé. Tía Caroline abrió la puerta. Llevaba un delantal de una conocida asociación, Chicas Educadas en el Sur, en el que secó sus manos mojadas. Me miró sonriendo y con un brillo en los ojos.

—Ethan, ¿qué haces aquí? No sabía que estuvieras en Savannah.

No me había molestado en idear una buena mentira, así que opté por una de las fáciles.

—He venido a ver a un amigo.

—¿Dónde está Lena?

—No ha podido venir —dije, y me aparté de la puerta para distraerla con las presentaciones—. Ya conoces a Link. Éstas son Liv y Delphine, la tía de Lena. —Estaba seguro de que lo primero que haría tía Caroline después de que nos marcháramos sería llamar a mi padre para decirle lo agradable que le había resultado la visita. Lo cual, ciertamente, no aumentaba las posibilidades de que mi paradero continuara siendo secreto para Amma y, por tanto, yo viviera lo suficiente para ver mi decimoséptimo cumpleaños.

—Me alegro de verla, señora.

Siempre podía contar con Link, que cuando era necesario se portaba como un chico bueno y formal. Intenté pensar en alguna persona de Savannah que mi tía no conociera, pero era imposible. Savannah es mucho mayor que Gatlin, pero todas las poblaciones del sur se parecen porque en ellas todo el mundo se conoce.

Tía Caroline nos llevó al salón. Desapareció y en cuestión de segundos volvió a aparecer con té helado y un plato de Benne Babies, pastas de arce aún más dulces que el té helado.

—Ha sido un día muy extraño.

—¿Qué quieres decir? —pregunté tomando una galleta.

—Esta mañana mientras estaba en el museo han entrado en casa. Pero eso no es lo más raro. Lo más raro es que no se han llevado nada. Han puesto el ático patas arriba y no tocaron el resto de la casa.

Miré a Liv. Los dos pensábamos lo mismo: las casualidades no existen. Y tía Del debía de coincidir con nosotros, aunque era difícil saber qué estaría pensando. Parecía mareada, como si le resultara complicado distinguir entre las muchas cosas que debían de haber ocurrido en aquella casa desde 1820, año de su construcción. Mientras nosotros comíamos pastas, ella tal vez contemplase doscientos años de historia en el intervalo de unos segundos. Recordé lo que dijo sobre su peculiar capacidad la noche del cementerio con Genevieve. Ser Palimpsest era un gran honor y una carga más grande todavía.

Me pregunté qué podría poseer tía Caroline que mereciera la pena robar.

—¿Qué hay en el ático?

—Nada importante. Adornos de Navidad, los planos de la casa, papeles viejos de tu madre... —Liv me dio un golpecito en el pie por debajo de la mesa. Otra vez estábamos pensando lo mismo. ¿Por qué aquellos papeles no estaban en el archivo?

—¿Qué papeles?

Tía Caroline sacó más pastas. Link las devoraba de tres en tres.

—No estoy muy segura. Más o menos un mes antes de morir, tu madre me preguntó si podía dejar algunas cajas aquí. Ya sabes cómo era tu madre, siempre con sus archivos.

—¿Te importa que eche un vistazo? Estoy trabajando en la biblioteca con tía Marian y puede que algunos de esos papeles le interesen —dije, procurando no dar importancia a mis palabras.

—Adelante, aunque ya te he dicho que el ático está totalmente revuelto —dijo mi tía levantándose y recogiendo el plato de pastas vacío—. Tengo que hacer algunas llamadas y todavía tengo que terminar de rellenar el formulario de denuncia. Si me necesitas, llámame.

Tía Caroline tenía razón, el ático parecía arrasado por un huracán. Había ropa y papeles tirados por todas partes, y un gran montón de cosas revueltas en el centro, donde habían vaciado las cajas. Liv tomó unos folios sueltos.

—¿Cómo dem...? —dijo Liv, y se interrumpió al acordarse de que tía Del estaba presente—. Quiero decir, ¿creen que podremos encontrar algo en medio de este caos? Además, ¿qué estamos buscando? —dijo, y dio una patada a una caja vacía que se deslizó por el suelo.

—Todo lo que pudiera ser de mi madre. Alguien ha estado aquí buscando algo —dije y los cuatro nos pusimos a rebuscar en el montón.

Tía Del encontró la caja de un sombrero llena de balas redondas y casquillos de la Guerra de Secesión.

—Qué sombrero más bonito guardaba esta caja —comentó.

Tomé el libro de recuerdo de los años de instituto de mi madre y una guía del campo de batalla de Gettysburg. El libro estaba prácticamente nuevo, la guía muy manoseada, un detalle revelador de la forma de ser de mi madre.

—Creo que encontré algo —dijo Liv—. Me parece que estos papeles eran de tu madre, pero no tienen importancia. Son dibujos de Ravenwood Manor y algunas notas sobre la historia de Gatlin.

Todo lo que tenía que ver con Ravenwood tenía valor. Liv me entregó las notas y las hojeé. Eran documentos de Gatlin de la época de la guerra, bocetos ya amarillentos de Ravenwood Manor y de otros edificios antiguos del pueblo: la Historical Society, el cuartel de bomberos e incluso nuestra casa, Wate's Landing. Pero ninguno parecía de interés.

—Eh, gatito, ven aquí. Miren, he encontrado un amigo para… —dijo Link mostrándonos un gato negro conservado gracias al arte de la taxidermia. Lo soltó de inmediato al darse cuenta de que tenía la piel llena de sarna— … *Lucille.*

—Tiene que haber algo más. Quien haya estado aquí no buscaba documentos de la Guerra de Secesión.

—Tal vez encontrara lo que vino a buscar —dijo Liv.

Miré a tía Del.

—Sólo hay una forma de averiguarlo.

Pocos minutos después estábamos los cuatro sentados en el suelo con las piernas cruzadas como en un campamento o como en… una sesión de espiritismo.

—No estoy seguro de que esto sea buena idea.

—Es la única manera de saber quién ha entrado aquí y por qué.

Tía Del asintió, pero no estaba muy convencida.

—Está bien. Recuerden: si se marean, agachen la cabeza. Y ahora, cogeos las manos.

—¿De qué está hablando? —me preguntó Liv en voz baja—. ¿Por qué nos íbamos a marear?

Le tomé la mano completando el círculo. Era suave y blanda. Pero antes de poder pensar en que nos estábamos tomando de la mano, las imágenes empezaron a pasar ante mis ojos…

Una tras otra, abriéndose y cerrándose como puertas. Cada imagen conducía a la siguiente, como en el juego del dominó o en un folioscopio, uno de esos libros con dibujos cuyas páginas se pasan muy deprisa creando ilusión de movimiento.

Lena, Ridley y John volcando cajas en el ático…

—*Tiene que estar aquí, sigan buscando.* —John tira al suelo unos libros viejos.

—*¿Por qué estás tan seguro?* —Lena rebusca en otra caja. Tiene la mano pintada con tinta negra.

—*Ella supo cómo encontrarla sin la estrella.*

Se abrió otra puerta. Tía Caroline arrastra cajas por el suelo del ático. Se arrodilla, saca de una caja una foto vieja de mi madre y pasa la mano por encima. Solloza.

Y otra. Mi madre lleva el pelo suelto y por los hombros, pero lo sujeta detrás de las orejas con sus gafas de cerca rojas. La veo con tanta claridad que parece que la tengo delante. Escribe frenéticamente en un diario de piel, arranca la página, la dobla y la mete en un sobre. Garabatea algo en el sobre y lo guarda en la última página del diario. Arrastra un baúl viejo y lo separa de la pared. Tira de una tabla suelta del zócalo, mira a su alrededor como si tuviera la sensación de que alguien está mirando y mete el diario debajo de la tabla.

Tía Del suelta mi mano.

—¡Joder, joder, joder!

Link no se sentía en la obligación de comportarse de manera civilizada delante de una señora. Se puso verde y agachó la cabeza de inmediato, poniéndola entre las rodillas como si estuviera a punto de abordar un aterrizaje forzoso. No lo había visto tan mal desde el día en que Savannah Snow lo desafió a beberse una botella de peppermint.

—Lo siento. Sé que es difícil aclimatarse después de un viaje —dijo tía Del dándole palmadas en la espalda—. Lo has hecho muy bien para ser tu primera vez.

No teníamos tiempo de reflexionar sobre todo lo que habíamos visto, así que me centré sólo en una cosa: ella supo cómo encontrarla sin la estrella. John se refería a la Frontera. Creía que mi madre sabía algo y que podría haberlo anotado en su diario. Liv y yo debíamos de estar pensando lo mismo otra vez, porque tocamos el viejo baúl al mismo tiempo.

—Pesa mucho, ten cuidado. —Tiramos de él. Parecía lleno de ladrillos.

Liv tanteó el zócalo de la pared y encontró la tabla suelta. Metí la mano en el hueco y toqué el viejo diario. Lo saqué. Pesaba. Lo abrí en la última página. Era un objeto muy querido de mi madre, su delicada letra me miraba desde el sobre.

Macon.

Rasgué el papel y saqué la hoja doblada.

Si estás leyendo esto, significa que no he podido llegar a hablar contigo para contártelo en persona. La situación es mucho peor de lo que podíamos imaginar. Puede que sea demasiado tarde, pero si existe una oportunidad por mínima que sea, tú eres el único que sabrá evitar que nuestros peores temores se hagan realidad.

Abraham está vivo. Se estaba escondiendo. Y no está solo. Como devota discípula de tu padre, Sarafine lo acompaña.

Tienes que detenerlos antes de que el tiempo se agote.

LJ

Me quedé mirando la firma. *LJ*. Lila Jane. Y me fijé en la fecha. Fue como si me dieran un puñetazo en el estómago. 21 de marzo. Un mes antes del accidente de mi madre. Un mes antes de que la asesinaran.

Liv se apartó al ser consciente de que presenciaba un momento íntimo y doloroso. Pasé las páginas del diario en busca de respuestas. Encontré una transcripción del árbol genealógico de los Ravenwood. Ya lo había visto en el archivo, pero éste parecía distinto, con algunos nombres tachados.

Pasé las páginas y un papel doblado cayó al suelo. Lo recogí. Era papel vitela, muy delgado y traslúcido. Lo abrí. Cerca del margen había dibujadas unas formas geométricas extrañas: óvalos irregulares con curvas cóncavas y convexas como las nubes que dibujan los niños. Me volví hacia Liv y le mostré el papel. Ella negó con la cabeza sin decir nada. Ninguno de los dos sabía lo que aquello significaba.

Doblé el delicado papel y volví a colocarlo entre las páginas del diario. Seguí hojeando y llegué a la última página. Antes sólo había reparado en el sobre, ahora me fijé en unas palabras que no tenían sentido, al menos para mí:

In Luce Caecae Caligines sunt,
et in Caliginibus, Lux.
In Arcu imperium est,
et in imperio, Nox.

Arranqué la página instintivamente y me la guardé en el bolsillo. Mi madre había muerto por lo que había escrito en el sobre anterior y, probablemente, a causa de aquel texto. Ahora ambas cosas me pertenecían.

—Ethan, ¿estás bien? —preguntó tía Del con visible preocupación.

Hacía tanto tiempo que no me sentía bien que ya no recordaba lo que era. Tenía que salir de aquella habitación, alejarme del pasado de mi madre y de mis pensamientos.

—Ahora vuelvo.

FAMILIA RAVENWOOD

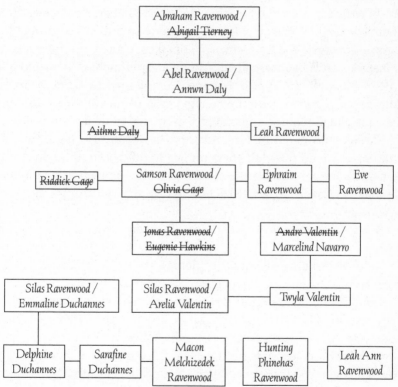

Abraham Ravenwood / ~~Abigail Tierney~~

Abel Ravenwood / Annwn Daly

~~Aithne Daly~~ — Leah Ravenwood

~~Riddick Gage~~ — Samson Ravenwood / ~~Olivia Gage~~ — Ephraim Ravenwood — Eve Ravenwood

~~Jonas Ravenwood~~ / ~~Eugenie Hawkins~~

~~Andre Valentin~~ / Marcelind Navarro

Silas Ravenwood / Emmaline Duchannes

Silas Ravenwood / Arelia Valentin — Twyla Valentin

Delphine Duchannes — Sarafine Duchannes — Macon Melchizedek Ravenwood — Hunting Phinehas Ravenwood — Leah Ann Ravenwood

Bajé las escaleras de tres en tres, llegué al cuarto de invitados y me tumbé en la cama sin importarme que mi ropa estuviera sucia. Me quedé mirando al techo, pintado de azul celeste, como el de mi habitación. Estúpidas abejas que ni siquiera se daban cuenta de cuándo eran objeto de una broma.

O tal vez el objeto de la broma fuera yo.

Estaba aturdido, como cuando intentas percibir todo al mismo tiempo. Ahora sabía cómo se sentía tía Del.

Abraham Ravenwood no era un recuerdo del pasado. Estaba vivo y se ocultaba entre las sombras con Sarafine. Mi madre lo descubrió y Sarafine la mató.

Lo veía todo borroso. Me froté los ojos suponiendo que los tenía llenos de lágrimas, pero estaban completamente secos. Los cerré apretando los párpados y al abrirlos, en vez de habérseme aclarado la vista, contemplé luces y colores que pasaban ante mí difuminados como si corriera a toda velocidad. Vi detalles fugaces: una pared, latas aplastadas en la basura, colillas. Volvía a experimentar lo mismo que ante el espejo de mi cuarto de baño. Intenté incorporarme, pero estaba demasiado mareado. Las imágenes continuaban pasando ante mis ojos. Finalmente se aquietaron y mi mente pudo asimilarlas.

Me encontraba en una habitación. Un dormitorio seguramente, aunque desde mi posición era complicado precisarlo. El suelo era de cemento y las paredes blancas, aunque en ellas alguien había pintado los mismos trazos negros de las manos de Lena. Al mirarlas me pareció que se movían.

Recorrí la habitación con la vista. Ella tenía que estar en alguna parte.

—Me siento muy distinta a los demás, incluso a los Caster.

Era Lena. La busqué con la mirada siguiendo su voz.

Estaban encima de mí, tumbados en el techo negro. Lena tenía la cabeza junto a la de John. Dialogaban sin mirarse. Miraban al suelo igual que yo las noches en que no podía conciliar el sueño y me quedaba mirando el techo de mi habitación. Lena llevaba el pelo suelto. Se pegaba al techo como si estuviera tendida en el suelo.

Me habría parecido imposible si no lo hubiera presenciado ya. Pero esta vez no estaba sola y yo no estaba con ella para tirar de su mano y bajarla.

—Nadie se explica por qué tengo estos poderes, ni siquiera mi familia —decía con tristeza, distante—. Y cada día hago cosas que el día anterior no podía.

—A mí me ocurre lo mismo. Un día me levanté pensando en un sitio al que quería ir y un segundo después ya estaba allí —decía John tirando una pelota y volviéndola a agarrar. Sólo que la tiraba hacia abajo y caía hacia arriba.

—¿Me estás diciendo que no sabías que podías Viajar?

—No hasta que lo hice —dijo John, y cerró los ojos, pero siguió jugando con la pelota.

—¿Y tus padres? ¿Ellos sí lo sabían?

—No llegué a conocer a mis padres. Se fueron cuando yo era muy pequeño. Hasta los Sobrenaturales saben lo que es un bicho raro en cuanto lo ven.

Si John estaba mintiendo, lo hacía muy bien. Su tono era amargo, sentido, y me pareció auténtico.

Lena se apoyó en un codo para mirarlo.

—Lo siento. Debió de ser horrible. Al menos yo tenía a mi abuela, que me cuidó —dijo, y miró la bola, que quedó inmóvil en el aire—. Ahora no tengo a nadie.

La bola cayó, dio unos cuantos botes y rodó debajo de la cama.

—Tienes a Ridley —dijo John— y me tienes a mí.

—Créeme, en cuanto alguien me conoce lo bastante, echa a correr.

Estaban muy cerca el uno del otro.

—Te equivocas. Sé bien lo que es sentirse solo hasta cuando estás con alguien.

Lena guardó silencio. ¿Así se había sentido cuando estaba conmigo? ¿Se había sentido sola cuando estábamos juntos, cuando estaba en mis brazos?

—L. —Sentí un hueco en el estómago cuando oí que la llamaba como yo—. Cuando lleguemos a la Frontera, todo será distinto, te lo prometo.

—Muchos dicen que no existe.

—Porque no saben encontrarla. Sólo se puede llegar a ella por los Túneles. Yo te voy a llevar —dijo John y miró a los ojos a Lena—. Sé que estás asustada, pero me tienes a mí. Si quieres.

Lena apartó la mirada y se limpió los ojos con el dorso de la mano. Vi los negros trazos que decoraban su mano y me parecieron más oscuros que en otras ocasiones. Menos parecidos a los de un plumón y más a los tatuajes de John y Ridley. Me miraba directamente a los ojos, pero no me veía.

—Tengo que estar segura de que no voy a hacer daño a nadie más. Lo que yo quiera no importa.

—A mí sí me importa —dijo John limpiando con un dedo las lágrimas que corrían por su mejilla—. Puedes confiar en mí, yo nunca te haré daño. —La atrajo hacia sí y ella apoyó la cabeza en su hombro.

¿Puedo?

No oí nada más y poco a poco fui dejando de verlos, como si me alejara con un efecto de *zoom*. Parpadeé varias veces tratando de no perderlos de vista, pero al abrir los ojos otra vez, todo cuanto pude ver fue el techo azul del cuarto de invitados de tía Caroline. Me puse de lado y me quedé mirando la pared.

Estaba de vuelta en casa de mi tía y ellos habían desaparecido. Estaban juntos en otra parte.

Lena estaba de viaje, abría su corazón a John y John tocaba una parte de ella que yo creía desaparecida para siempre. Tal vez yo no pudiera volver a alcanzarla nunca.

Macon había vivido en la Oscuridad y mi madre en la Luz.

Tal vez encontrar la forma de que Mortales y Caster pudieran estar juntos no fuera nuestro destino porque nuestro destino no era estar juntos.

Llamaron a la puerta, aunque la había dejado abierta.

—Ethan, ¿te encuentras bien?

Era Liv. Entró con sigilo, pero la oí. No me moví.

El borde de la cama se hundió un poco cuando se sentó. Me acarició la cabeza. Resultaba tranquilizador y familiar, como si lo hubiera hecho un millar de veces. Me sucedió desde el principio con Liv: era como si la conociera de toda la vida. Siempre intuía qué me hacía falta, como si supiera cosas de mí que ni yo mismo sabía.

—Ethan, todo va a salir bien. Averiguaremos lo que todo esto significa, te lo prometo —dijo, y le creí.

Me di la vuelta. El sol se había puesto y la habitación estaba en penumbra, pero veía la silueta de Liv y sabía que me miraba.

—Creía que no podías intervenir.

—No puedo, es lo primero que me enseñó la profesora Ashcroft —dijo, e hizo una pausa—. Pero no puedo evitarlo.

—Lo sé.

Nos miramos en la oscuridad. Tenía la mano apoyada en mi mejilla, donde se había quedado al darme la vuelta. Y la vi realmente, como una posibilidad, por primera vez. Sentí algo. Era absurdo negarlo porque, además, Liv sentía lo mismo. Lo sabía por la forma en que me miraba.

Se echó en la cama y se acurrucó a mi lado, apoyando la cabeza en mi hombro.

Mi madre encontró la forma de salir adelante después de su historia con Macon. Se enamoró de mi padre, lo que parecía demostrar que es posible perder al amor de tu vida y volver a enamorarte.

¿O no?

Oí un susurro callado, no desde dentro de mi corazón, sino a mi lado, en la cama.

—Pronto descubrirás lo que hay que hacer —dijo Liv arrimándose—, como has hecho hasta ahora. Además, tienes algo que la mayoría de los Wayward no tienen.

—¿Ah, sí? ¿Qué?

—Una excelente Guardiana.

Le acaricié la nuca. Madreselva y jabón, ésa era su fragancia.

—¿Por eso has venido? ¿Porque necesito una Guardiana?

No respondió enseguida. Reflexionó unos momentos. ¿Cuánto debía decir, cuánto debía arriesgar? Supe que estaba pensando precisamente eso porque yo estaba pensando lo mismo.

—No es la única razón, pero debería.

—¿Porque se supone que no debes inmiscuirte?

Le palpitaba el corazón, notaba sus latidos. Su cuerpo encajaba perfectamente bajo mi hombro.

—Porque no quiero que me hagan daño. —Tenía miedo, pero no de Caster Oscuros ni de Íncubos mutantes ni de ojos dorados. Tenía miedo de algo más sencillo pero igualmente peligroso. Menor pero infinitamente más poderoso.

La atraje hacia mí.

—Yo tampoco —dije, porque compartía su miedo.

No dijimos nada más. Seguí a su lado y pensé en todas las formas en que se puede herir a una persona, en las formas en que podía herirla a ella y herirme yo, dos situaciones que tenían relación. Es difícil de explicar, pero cuando uno está tan encerrado en sí mismo como yo lo había estado en los últimos meses, hablar con el corazón es como desnudarte en mitad de la iglesia.

Los corazones se irán y las estrellas tras ellos, uno está roto y el otro está hueco.

Ésa había sido nuestra canción y yo había estado roto. ¿Quería eso decir que ahora estaría hueco? ¿O me aguardaba algo diferente a lo que hasta entonces esperaba? ¿Tal vez una canción totalmente nueva?

Una de Pink Floyd para variar: *Carcajadas huecas en salas de mármol.*

Sonreí a la oscuridad escuchando el rítmico sonido de la respiración de Liv hasta que se quedó dormida. Estaba exhausto. Aunque habíamos regresado al mundo Mortal, todavía me sentía parte del mundo Caster y tenía la sensación de que Gatlin estaba inconcebiblemente lejos. La forma de llegar a aquel cuarto me parecía absurda, tan absurda como la distancia imposible que habíamos recorrido o la distancia que aún nos quedaba por recorrer.

Me sumí en el olvido sin saber lo que haría al llegar a mi destino.

19 de junio

Buenaventura

Corría porque me perseguían. Saltaba las cercas como podía y me escabullía por patios y calles desiertas. Lo único que no variaba era la adrenalina. No podía parar.

Y entonces vi la Harley, que se dirigía directa hacia mí con las luces encendidas. No luces blancas ni amarillas, sino verdes. Me deslumbraron y tuve que taparme la cara...

Me desperté. Lo veía todo bajo una luz intermitente verde.

No sabía dónde estaba hasta que me di cuenta de que el resplandor provenía del Arco, que emitía una luz tan brillante como la de una estrella. El Arco estaba sobre el colchón, adonde debía de haber rodado desde el bolsillo de mi pantalón. Pero el colchón parecía distinto y el objeto fuera de control.

Empecé a recordar: las estrellas, los Túneles, el ático, el cuarto de invitados. Y entonces me percaté de por qué la habitación no parecía la misma.

Liv se había marchado.

No tardé en averiguar dónde estaba.

—¿Es que tú no duermes nunca?

—Parece que no tanto como tú.

Como en casa de tía Marian, Liv no apartó la vista del catalejo para mirarme. Era de aluminio y mucho más pequeño que el telescopio que se había dejado en Gatlin.

Me senté en el escalón, a su lado. El patio, una pequeña parcela de césped bajo un magnolio, estaba tranquilo, tan tranquilo como era la propietaria de la casa, mi tía.

—¿Qué haces levantado?

—Me he despertado de pronto y he tenido el impulso de levantarme —dije, tratando de aparentar una despreocupación que no sentía. Miré hacia arriba y me fijé en la ventana del cuarto de invitados, que estaba en la segunda planta. Aun desde el patio se veían los destellos verdes e intermitentes del Arco de Luz.

—Qué raro, a mí me ha pasado lo mismo. Echa un vistazo por el catalejo —dijo Liv pasándomelo. Parecía una linterna salvo por la larga lente acoplada en el extremo.

Al tomarlo toqué la mano de Liv, pero no experimenté la conmoción que esperaba.

—¿Esto también lo has hecho tú?

Sonrió.

—Es un regalo de la profesora Aschcroft. Y deja ya de hablar y mira ahí —dijo señalando un punto encima del magnolio. A mi ojo Mortal le pareció una extensión oscura de cielo sin estrellas.

Enfoqué la lente y en aquella franja de cielo apareció un aura espectral que descendía hasta la tierra hacia un punto no muy distante de nosotros.

—¿Qué es eso, una estrella fugaz? ¿Las estrellas fugaces dejan esas estelas?

—Podría ser, pero eso no es una estrella fugaz.

—¿Cómo lo sabes?

Dio unos golpecitos en el catalejo.

—Creo que es una estrella fugaz del cielo Caster. ¿No te acuerdas? Si perteneciera a nuestro cielo, la veríamos sin necesidad del telescopio.

—¿Es eso lo que dice ese reloj tan raro que tienes?

Tomó el selenómetro del escalón.

—Ya no estoy muy segura de lo que dice este artilugio. Pensé que se había estropeado hasta que vi el cielo.

El Arco de Luz seguía emitiendo un resplandor estroboscópico.

Recordé un detalle de mi sueño: la Harley que se dirigía directamente hacia mí.

—No podemos seguir aquí durante más tiempo. Algo está pasando.

Lo intuí. Algo estaba ocurriendo en Savannah.

—Sea lo que sea, debe de estar ocurriendo por aquella zona —dijo Liv señalando a lo lejos. Ajustó la correa del selenómetro en la muñeca y metió el catalejo en la mochila. Era hora de irse.

Le ofrecí la mano, pero se levantó sin mi ayuda.

—Despierta a Link. Voy por mis cosas.

—Sigo sin entender por qué no podíamos esperar a mañana —dijo Link de mal humor. Sus erizados cabellos apuntaban en todas las direcciones.

—Mira esto. ¿Te parece que podíamos esperar a mañana?

El Arco de Luz resplandecía tanto que iluminaba toda la calle.

—¿No le puedes bajar la intensidad o algo? —repuso mi amigo protegiéndose los ojos—. ¿No lo puedes apagar?

—No creo —dije. Aunque sacudí el Arco, la luz siguió brillando.

—Amigo, has estropeado la bola mágica.

—Yo no la estropeé, sólo… —me interrumpí. Qué más daba. Me guardé el Arco de Luz en el bolsillo—. Es verdad, está rota.

La luz siguió brillando a través de la tela de los pantalones.

—Es posible que una fuente de energía Caster de algún tipo lo haya encendido y alterado sus funciones normales —dijo Liv, intrigada.

Link no lo estaba tanto.

—¿Y está dando la alarma? Eso no es bueno.

—No lo sabemos.

—¿Lo dices en serio? Cuando el comisionado Gordon acciona la Batiseñal, nunca se avecina nada bueno. Cuando los Cuatro Fantásticos ven el número 4 en el cielo…

—Ya capté, gracias.

—¿Ah, sí? Pues me alegro. Y ahora, ¿podrías decirnos cómo nos vamos a orientar si Ethan ha estropeado la bola mágica?

Liv consultó su selenómetro.

—Puedo llevarlos a la zona donde cayó esa estrella —dijo, y me miró—. Si se trata de una estrella, naturalmente. Pero puede que Link tenga razón. No sé adónde nos dirigimos exactamente ni con qué nos encontraremos al llegar.

—Vaya situación. Cuánto me gustaría que apareciera un sujeto con unas buenas pinzas —dije.

—Hablando de cosas anormales. Miren quién está ahí —dijo Link señalando la acera delante de una casa con contraventanas rojas. *Lucille* estaba sentada en el borde y parecía mirarnos con impaciencia, como queriendo indicar que nos diéramos prisa—. Ya les dije que volvería.

Lucille se lamió las patas, malhumorada, esperando.

—No puedes vivir sin mí, ¿verdad, nena? Es el efecto que causo en las mujeres —dijo Link con una sonrisa y acariciando a la gata, que se escabulló como pudo—. Vamos. ¿No quieres venir?

Lucille no se movió.

—Sí, es verdad, es el efecto que causa en las mujeres —le dije a Liv mientras *Lucille* se desperezaba.

—Ya volverá —dijo Link—, siempre lo hacen.

Lucille echó a correr en dirección contraria.

***

Todavía era noche cerrada cuando llegamos a las afueras de la ciudad. Tenía la sensación de que llevábamos horas caminando. En la calle principal siempre había mucho ajetreo de día, pero en ese momento estaba desierta.

—¿Estás segura de adónde nos dirigimos?

—En absoluto. Mis cálculos son aproximados, sólo están basados en los datos de que dispongo. —Liv había mirado por el catalejo cada cinco manzanas. No había por qué dudar de sus datos.

—Me encanta cuando se pone en plan científico —dijo Link tirándola de la trenza.

Me fijé en las cinco columnas de piedra que flanqueaban la entrada del famoso Cementerio de Buenaventura de Savannah, que se encuentra en las afueras de la ciudad. Es uno de los camposantos más conocidos del sur de Estados Unidos y uno de los mejor vigilados. Lo cual era un problema, porque llevaba cerrado desde el atardecer.

—Oigan, colegas, es una broma, ¿no? ¿Están seguros de que era aquí adonde teníamos que venir?

A Link no le hacía demasiado feliz vagabundear por el cementerio de noche, especialmente cuando había un guarda a la entrada y una patrulla de policía pasaba ante la verja de vez en cuando.

Liv se fijó en la estatua de una mujer que abrazaba una cruz.

—Entremos de una vez.

Link sacó las pinzas.

—No sé si éstas van a poder con eso.

—No vamos a pasar por la verja, sino por encima de ella.

Liv se las arregló para pisarme todas las partes del rostro, darme una patada en el cuello y meterme la punta de los tenis hasta el fondo del omóplato antes de conseguir colocar sus sesenta kilos de peso sobre la tapia. Perdió el equilibrio al llegar arriba y cayó con un golpe sordo.

—Estoy bien, no se preocupen —dijo desde el otro lado.

Link y yo nos miramos. Él se agachó.

—Tú primero. Yo haré lo más difícil.

Trepé a sus hombros y me apoyé en la tapia. Link fue incorporándose hasta quedar de pie.

—¿Qué vas a hacer?

—Voy a buscar un árbol que esté pegado a la tapia. Tiene que haber alguno. No te preocupes, ya los encontraré.

Llegué a la parte alta del muro agarrándome con ambas manos.

—Tantos años escapándome del instituto de algo tienen que servir. Sonreí y salté.

Cinco minutos y siete árboles después el Arco de Luz nos llevó a la parte central del cementerio, entre tumbas de soldados confederados y estatuas que custodiaban el lugar de reposo de los olvidados. Llegamos a un grupo de robles cubiertos de musgo que crecían muy juntos. Sus ramas formaban un arco tan tupido sobre el camino que apenas se podía pasar. El Arco de Luz resplandecía intermitentemente.

—Hemos llegado. Es aquí, ¿verdad? —dije acercándome a Liv y consultando el selenómetro.

Link miró a su alrededor.

—¿Dónde? Yo no veo nada. —Señalé un claro hueco entre las ramas—. ¿En serio?

Liv parecía inquieta. No quería meterse entre unas zarzas cubiertas de líquenes en un cementerio en plena noche.

—El selenómetro no me da lecturas correctas. Ha enloquecido.

—No importa. Es aquí, estoy seguro.

—¿Crees que Lena, Ridley y John estarán aquí? —preguntó Link como si estuviera pensando en volver a saltar la tapia del cementerio y esperarnos en la puerta o en alguna hamburguesería.

—No lo sé —dije apartando los líquenes e internándome entre los árboles.

Al otro lado, los árboles eran todavía más ominosos y sus ramas pendían sobre nuestras cabezas formando una bóveda. Frente a nosotros había un claro lleno de tumbas donde se erigía una estatua enorme de un ángel suplicante. Todas las sepulturas estaban rodeadas de piedra y era fácil imaginar los ataúdes allí enterrados.

—Ethan, mira —dijo Liv llamando mi atención. Más allá de la estatua vi unas figuras iluminadas por la débil luz de la luna. Se movieron. Teníamos compañía.

—No puede ser nada bueno —dijo Link negando con la cabeza.

Me quedé paralizado unos instantes. ¿Y si eran Lena y John? ¿Qué hacían solos en un cementerio y por la noche? Seguimos andando por el sendero, flanqueado todavía por más estatuas: ángeles hincados de rodillas que miraban al cielo, ángeles que nos miraban con los ojos llenos de lágrimas.

Mi sorpresa era completa y podía intuir quién nos aguardaba. Finalmente, pude identificar las dos figuras, pero eran las dos últimas personas con quien esperaba encontrarme.

Amma y Arelia, la madre de Macon. No la había visto desde el funeral de su hijo. Estaban sentadas entre tumbas. Era hombre muerto. Tendría que haber sospechado que Amma me encontraría.

Había otra mujer con ellas, pero no la reconocí. Era algo mayor que Arelia y tenía su misma piel dorada. Llevaba el pelo recogido en cientos de trenzas y veinte o treinta collares de gemas, vidrios de colores, pequeños pájaros y otros animalillos. En cada oreja tenía al menos diez agujeros y en todos llevaba pendiente.

Estaban rodeadas de lápidas y las tres se sentaban en círculo con las piernas cruzadas y las manos unidas. Amma nos daba la espalda, pero era ella. No me cupo la menor duda.

—Cuánto han tardado. Los estábamos esperando y ya sabes cuánto odio esperar —dijo, con un tono menos impaciente que de costumbre, lo cual no tenía ningún sentido, porque yo había desaparecido sin dejar siquiera una nota.

—Amma, lo siento mucho.

Hizo un ademán indicándome que no me preocupara.

—Ahora no hay tiempo para eso —dijo, y el hueso que adornaba su muñeca dio un golpe con un ruido. Apostaría cualquier cosa a que era un hueso encontrado en el cementerio.

—¿Nos has traído tú hasta aquí?

—No puedo decir que sí. Los trajo otra cosa, algo más poderoso que yo. Pero sabía que venían, sí.

—¿Cómo?

Amma me miró con cara de pocos amigos.

—¿Cómo sabe un pájaro que tiene que volar hacia el sur? ¿Cómo sabe un siluro que tiene que nadar? No sé cuántas veces tengo que decirte, Ethan Wate, que no me llaman Vidente en vano.

—Yo también presagié tu llegada —dijo Arelia. Simplemente constataba un hecho, pero Amma se molestó.

—Después de que yo lo dijera.

Amma estaba acostumbrada a ser la única Vidente de Gatlin y no le gustaba que le pisasen el terreno por mucho que Arelia fuera una Diviner con poderes sobrenaturales.

La otra mujer, la que yo no conocía, se dirigió a Amma.

—Será mejor que empecemos, Amarie. Nos están esperando.

—Vengan y siéntense —nos invitó Amma con un gesto—. Twyla está lista.

Twyla. Recordé el nombre enseguida.

Arelia respondió la pregunta antes de que yo la hiciera.

—Twyla es mi hermana. Ha hecho un largo viaje para estar aquí con nosotros esta noche.

Lena había mencionado en alguna ocasión que su tía abuela Twyla nunca había salido de Nueva Orleans. Hasta esa noche.

—Ven y siéntate a mi lado, *cher* —me dijo dando unas palmadas en el espacio que quedaba a su lado—. No temas, sólo es un Círculo de Visión.

Amma se sentaba al otro lado de Twyla. Me dirigió su Mirada. Liv retrocedió. Era Guardiana, pero, evidentemente, estaba asustada. Link se quedó justo detrás de ella. Era el efecto que Amma tenía en mucha gente. Aquella noche, además, se sumaban la situación y la presencia de Twyla y Arelia.

—Mi hermana es una poderosa Necromancer —declaró Arelia con orgullo.

Link hizo una mueca y susurró a Liv.

—¿Le gusta hacerlo con los muertos? Ése es el tipo de cosas que uno debe guardarse para sí mismo, ¿no?

Liv resopló.

—Una necrófila no, idiota, una Necromancer, una Caster que puede convocar a los muertos y comunicarse con ellos.

Arelia asintió.

—Exacto. Porque vamos a necesitar la ayuda de alguien que ya ha dejado este mundo.

Comprendí a quién se refería. O eso creía.

—Amma, ¿vamos a intentar hablar con Macon?

Una sombra de tristeza cruzó el rostro de Amma.

—Ojalá. Donde quiera que Melchizedek esté, no podemos ponernos en contacto con él.

—Es la hora —dijo Twyla sacándose algo del bolsillo y mirando a Amma y a Arelia. Fue patente su cambio de actitud. Se preparaban para despertar a los muertos.

Arelia extendió las manos delante de la boca y pronunció unas palabras con suavidad.

—Mi poder es su poder, hermanas —dijo, y soltó unas piedrecitas en el centro del círculo.

—Piedras lunares —me susurró Liv al oído.

Amma tenía un saco de huesos de pollo. Habría reconocido su olor en cualquier parte. Era el olor de la cocina de mi casa.

—Mi poder es su poder, hermanas.

Amma puso los huesos en el círculo junto a las piedras lunares. Twyla extendió la mano, en la que tenía una figurita en forma de pájaro, y pronunció las frases que le otorgaban poder:

Una para este mundo y otra para el otro.
Abre la puerta al que está próximo.

Inició un cántico potente y febril de letra muy extraña y puso los ojos en blanco. Arelia se sumó al canto agitando largos cordones llenos de cuentas y con borlas.

Amma me tomó de la barbilla para mirarme a los ojos.

—Esto no va a ser fácil, pero es necesario que sepas ciertas cosas.

En el centro del Círculo de Visión empezó a formarse un remolino parecido a una fina neblina blanca. Twyla, Arelia y Amma prosiguieron su cántico e iniciaron un crescendo. Era como si el remolino respondiera a sus órdenes. Adquirió velocidad y densidad y se elevó hacia el cielo como un tornado.

Sin previo aviso, Twyla inspiró profundamente, como si estuviera tomando su último aliento y el remolino desapareció en su garganta. Por unos momentos pensé que iba a morir. Estaba rígida, con la espalda tan recta que daba la impresión de estar sujeta a una tabla. Con la boca todavía abierta, los ojos se le volvieron a poner en blanco.

Link retrocedió una distancia prudencial mientras Liv se adelantaba unos pasos con intención de socorrer a Twyla. Amma la agarró por el brazo para impedírselo.

—Espera.

Twyla soltó aire. La niebla blanca salió despedida de su boca elevándose sobre el círculo. Volvió a formarse un remolino que empezó a adquirir forma humana. Tenía los pies desnudos y un vestido blanco que se inflaba como un globo. Era una Sheer y cobraba cuerpo a partir de la bruma que ascendía y se enroscaba formando un torso, un cuello delicado y, por último, un rostro.

Era...

Mi madre.

Poseía la naturaleza luminosa y etérea propia de las Sheer, pero, aparte de por su cualidad traslúcida, era exactamente igual que mi madre. Parpadeó varias veces y me miró. No, la Sheer no era exactamente igual que mi madre, era mi madre.

Tenía la voz suave y armoniosa que yo recordaba.

—Ethan, cariño, te estaba esperando.

La miraba, pero estaba mudo. En ninguno de los sueños que tuve desde su muerte, en ninguna fotografía, en ningún recuerdo me había parecido tan real como en aquellos momentos.

—Hay tantas cosas que necesito decirte y tantas que no puedo decirte. He intentado mostrarte el camino, te he enviado las canciones…

Era ella quien creaba las melodías que sólo oíamos Lena y yo. Hablé, pero mi voz sonó distante, como si no fuera mía. «Diecisiete lunas», la canción de la Cristalización.

—Eras tú. Todo este tiempo eras tú.

Sonrió.

—Sí. Me necesitabas. Pero ahora él te necesita a ti y tú lo necesitas a él.

—¿Quién? ¿De quién hablas, de papá? —dije a pesar de que intuía que no se refería a mi padre. Hablaba de ese otro hombre que tanto había significado para los dos.

Macon.

No sabía que había muerto.

—¿Te refieres a Macon? —pregunté. Observé un brillo en sus ojos que confirmó mi sospecha. Tenía que decírselo. Si a Lena le ocurría algo, a mí me habría gustado que alguien me lo dijera aunque nuestra relación hubiera cambiado por completo—. Macon ha muerto, mamá. Hace unos meses. Él no puede ayudarme.

Se estremeció. Estaba tan hermosa como la última vez que la vi, aquel día lluvioso en que me dio un abrazo antes de marcharme a clase.

—Escúchame, Ethan. Él siempre te acompañará, y sólo tú puedes redimirlo —dijo, y su imagen empezó a desvanecerse.

Extendí el brazo, desesperado por tocarla, pero mi mano atravesó el aire.

—¡Mamá!

—Han convocado la Luna de Cristalización. —Desaparecía, se disipaba en la noche—. Si la Oscuridad prevalece, la Decimoséptima Luna será la última. —Ya apenas podía verla. La niebla volvía a girar en remolino—. Date prisa, Ethan. No tienes mucho tiempo, pero sé que puedes hacerlo. Tengo fe.

Sonrió y traté de memorizar su expresión porque sabía que se estaba yendo.

—¿Y si llego demasiado tarde?

Oí su voz en la distancia.

—He intentado protegerte. Debí saber que no podría. Siempre has sido muy especial.

Me fijé en la bruma blanca, se retorcía tanto como mi estómago.

—Mi niño, mi dulce verano. Siempre pienso en ti. Te quiero.

No oí nada más. Mi madre había estado allí. Durante unos minutos había visto su sonrisa y oído su voz. Y ahora ya no estaba.

Había vuelto a perderla.

—Yo también te quiero, mamá.

19 de junio

CICATRICES

—TENGO QUE CONTARTE una cosa —me dijo Amma retorciéndose las manos—. Es sobre la noche de la Decimosexta Luna, el cumpleaños de Lena.

Tardé un instante en darme cuenta de que se dirigía a mí, que seguía con los ojos fijos en el centro del círculo, donde había estado mi madre.

Esta vez mi madre no me había dejado un mensaje en un libro ni me había enviado una canción. Esta vez la había visto *a ella*.

—Cuéntaselo.

—Chist, Twyla —dijo Arelia, amonestando a su hermana.

—La mentira. La mentira es la tierra donde crecen las tinieblas. Cuéntaselo al chico. Cuéntaselo ahora.

—¿Qué quieren decir? —pregunté mirando a Twyla y a Arelia. Amma las miró y Twyla respondió sacudiendo la cabeza.

—Escúchame, Ethan Wate. —Amma hablaba con voz vacilante y temblorosa—. No te caíste de la cripta. O no, al menos, de la forma que te contamos.

—¿Qué?

Lo que Amma decía no tenía ningún sentido. ¿Por qué hablaba sobre el cumpleaños de Lena cuando yo acababa de ver el fantasma de mi madre muerta?

—No te caíste, ¿comprendes? —repitió.

—¿De qué estás hablando? Claro que me caí. Cuando recobré el conocimiento estaba tendido en el suelo.

—Pero no te caíste —vaciló Amma—. Fue Sarafine, la madre de Lena. Te clavó un cuchillo —dijo mirándome a los ojos—. Te mató. Estabas muerto y nosotras te devolvimos a la vida.

Te mató.

Las palabras se repetían como un eco. Las piezas del rompecabezas empezaron a encajar a tanta velocidad que casi no les veía sentido. Al contrario, eran ellas las que me daban sentido a mí...

El sueño que no era un sueño sino el recuerdo de no respirar y de no sentir y de no pensar y de no ver...

La tierra y las llamas que se llevaron mi cuerpo cuando mi vida se desvanecía...

—¡Ethan! ¿Estás bien?

Oía a Amma, pero en la distancia, tan lejos como la noche que caí al suelo.

Podría estar muerto, como mi madre y Macon.

Debía estar muerto.

—Ethan. —Link me zarandeaba.

Me invadían las sensaciones y no las podía dominar. Y tampoco quería recordar. Sangre en la boca, el rugido de la sangre en los oídos...

—Se está muriendo. —Liv me sostenía la cabeza.

Hubo dolor y ruido y algo más. Voces. Formas. Gente.

Había muerto.

Metí la mano debajo de la camiseta para palpar la cicatriz. La cicatriz de la herida que Sarafine me había hecho con un cuchillo de verdad. Ya no la notaba, pero ahora sería un recordatorio eterno de la noche de mi muerte. Pensé en la reacción de Lena al verla.

—Sigues siendo la misma persona y Lena te sigue queriendo. Su amor es la razón de que ahora estés aquí —dijo Arelia con voz amable y sabia. Abrí los ojos y dejé que las figuras borrosas se convirtieran en personas. Poco a poco fui volviendo en mí.

Mi cabeza era un gran embrollo y ni siquiera tras atar cabos encontraba sentido a nada.

—¿Cómo que su amor es la razón de que ahora esté aquí?

Amma hablaba con calma. Hice esfuerzos por oírla.

—Fue Lena la que te devolvió la vida. Tú madre y yo sólo la ayudamos.

Escuché aquella frase y no la comprendí, así que me la repetí despacio, palabra por palabra. Juntas, Lena y Amma me habían devuelto a la vida del mundo de los muertos, y juntas me habían protegido de él hasta esos momentos. Me acaricié la cicatriz. Lo que Amma decía tenía el aroma de la verdad.

—¿Desde cuándo sabe Lena resucitar a los muertos? Y si sabe, ¿por qué no ha resucitado a Macon?

Amma me miró. En mi vida la había visto tan asustada.

—No te resucitó por sus propios medios. Recurrió al Hechizo de Vinculación del *Libro de las Lunas*. Vincula la muerte con la vida.

Lena había utilizado el *Libro de las Lunas*. El libro por el cual Genevieve y la familia de Lena sufrían una maldición que se prolongaba a lo largo de las generaciones y que obligaba a todos los vástagos de los Duchannes a cristalizar en Luz o Tinieblas el día de su decimosexto cumpleaños. El libro que Genevieve había empleado para traer a Ethan Carter Wate del mundo de los muertos por unos instantes, un gesto por el que había tenido que pagar el resto de su vida.

No podía pensar. Mi cabeza empezó a dar vueltas otra vez y me resultó imposible seguir mis pensamientos: *Genevieve, Lena, el precio*.

—¿Cómo pudiste? —Me aparté de ellos, de su Círculo de Visión. Ya había visto bastante.

—Yo no tenía elección y ella no podía dejarte morir —dijo Amma mirándome, avergonzada—. Ni yo tampoco.

Me puse de pie con dificultad negando con la cabeza.

—Es mentira. No lo haría, nunca lo haría —dije, pero sabía que sí, que las dos eran capaces de hacerlo y que era exactamente lo que habían hecho. Y lo sabía porque yo habría hecho lo mismo. Pero ahora eso no importaba. Nunca en mi vida estuve tan enfadado ni tan decepcionado con Amma—. Sabías que el libro no entregaría nada sin tomar nada a cambio. Tú misma me lo dijiste.

—Lo sé.

—Por mi culpa Lena tendrá que pagar un precio por ello. Las dos tendrán que pagar. —Me dolía la cabeza como si fuera a partirse en dos.

A Amma se le escapó una lágrima. Cruzó dos dedos sobre la frente y cerró los ojos, la versión del signo de la cruz de Amma, y entonó una oración en silencio.

—Ya lo está pagando.

Se me cortó la respiración.

Los ojos de Lena, el numerito de la feria, huir con John Breed.

—Se está volviendo Oscura por mi culpa —dije casi sin pensarlo.

—Si se está volviendo Oscura no es por ese libro. El libro obliga a otro tipo de pacto —explicó Amma y se interrumpió como si no pudiera contarme el resto.

—¿Qué tipo de pacto?

—Da una vida a cambio de otra. Sabíamos que habría consecuencias —dijo con un nudo en la garganta—. Pero no sabíamos que reclamaría la vida de Melchizedek.

Macon.

No podía ser verdad.

El libro obliga a otro tipo de pacto. Da una vida a cambio de otra.

Mi vida por la de Macon.

Todo tenía sentido. La actitud de Lena en los últimos meses, que me rehuyera constantemente, que se culpara por la muerte de Macon.

Era verdad. Ella lo había matado.

Para salvarme.

Pensé en su diario y en la página Hechizada con la escritura invisible. ¿De qué hablaba? ¿De Amma? ¿De Sarafine? ¿De Macon? ¿Del libro? De lo que había ocurrido realmente aquella noche. Recordé los poemas escritos en la pared. «Nadie difunto y Nadie con vida». Dos caras de la misma moneda. Macon y yo.

«Nada tierno permanece». Algunos meses atrás me pareció que Lena citaba mal el poema de Frost, pero, naturalmente, no era así. Hablaba de sí misma.

Me acordé de cuánto le costaba mirarme y pensé en lo doloroso que debía de ser para ella. No era de extrañar que se sintiera culpable, ni que huyera. Me pregunté si podría volver a mirarme a la cara. Todo cuanto había hecho lo había hecho por mí. No tenía la culpa.

La culpa era mía.

Todos guardaron silencio. Ya no había vuelta atrás para nadie. Lo que Lena y Amma habían hecho aquella noche no se podía enmendar. Yo no tenía que estar allí, pero estaba.

—Es el Orden y no se puede detener el Orden —dijo Twyla cerrando los ojos como si escuchara algo que yo no podía oír.

Amma se sacó un pañuelo del bolsillo y se limpió la cara.

—Siento no habértelo dicho antes, pero me alegro de haberlo hecho. Era la única forma.

—Tú no lo comprendes. Lena cree que se está volviendo Oscura. Ha huido con una especie de Íncubo o de Caster Oscuro. Está en peligro por mi culpa.

—Tonterías. Esa chica ha hecho lo que tenía que hacer porque te quiere.

Arelia recogió sus ofrendas: los huesos, el gorrión, las piedras lunares.

—Nada puede obligar a Lena a volverse Oscura, Ethan. Es ella quien tiene que elegir.

—Pero cree que es Oscura porque mató a Macon. Cree que ya ha elegido.

—Pero no lo ha hecho —dijo Liv, que por respeto se había quedado a unos metros de distancia.

Unos pasos detrás estaba Link, sentado en un viejo banco de piedra.

—Pues tendremos que encontrarla y decírselo.

No actuaba como quien acaba de enterarse de que su mejor amigo ha resucitado, sino como siempre, como si todo siguiera igual. Me senté en el banco de al lado.

—¿Te encuentras bien? —me preguntó Liv.

Liv. No podía mirarla. Había estado celoso y dolido y la había arrastrado al vórtice del huracán en que se había convertido mi vida. Y todo porque pensaba que Lena ya no me quería. Me había portado como un estúpido y me había equivocado completamente. Lena me quería y estaba dispuesta a arriesgarlo todo para salvarme.

Había renunciado a ella cuando ella no había querido renunciar a mí. Le debía la vida. Así de sencillo.

Toqué unas hendiduras. En el borde del banco había talladas unas letras.

EN EL FRESCO, FRESCO, FRESCO,
DE LA NOCHE.

Era la canción que sonaba en Ravenwood la noche que conocí a Macon. Qué casualidad tan extraordinaria. Especialmente en un mundo donde las casualidades no existen. Sólo podía ser una señal.

Pero ¿una señal de qué? ¿De lo que le había hecho a Macon? Ni siquiera podía pensar en cómo se debió de sentir Lena al darse cuenta de que lo había perdido a él por conservarme a mí. ¿Qué habría sentido yo de haber perdido a mi madre así? ¿Habría sido capaz de mirar a Lena sin pensar que mi madre había muerto por ella?

—Ahora vuelvo.

Me levanté y desanduve el sendero que a través de los árboles nos había llevado hasta allí. Respiré hondo y el aire de la noche llenó mis pulmones. Yo aún podía respirar. Dejé de correr y me paré a contemplar el cielo y las estrellas.

¿Vería Lena el mismo cielo que yo u otro distinto que yo nunca podría ver? ¿Serían nuestras lunas tan diferentes?

Metí la mano en el bolsillo y saqué el Arco de Luz para que me ayudara a encontrarla. Pero no lo hizo. Me mostró otra cosa.

Macon no era como Silas, su padre, algo que los dos sabían. Siempre se pareció más a su madre, Arelia, poderosa Caster de Luz de quien su padre se enamoró perdidamente cuando estudiaba en la Universidad de Nueva Orleans, como luego le sucedería a Macon, que conoció a Jane en la Universidad de Duke. Y al igual que Macon, su padre se había enamorado de su madre poco antes de la Transformación, antes de que su abuelo convenciera a Silas de que mantener una relación con una Caster de Luz era una abominación para los de su clase.

El abuelo de Macon había tardado años en separar a su padre de su madre. Para cuando eso sucedió, Macon, Hunting y Leah ya habían nacido. Su madre se vio obligada a emplear sus poderes de Diviner para escapar de la ira de Silas y de su incontrolable urgencia por alimentarse. Tuvo que huir a Nueva Orleans con Leah. El padre de Macon no permitiría que Arelia se llevara a sus hijos.

Arelia, su madre, era la única a quien Macon podía recurrir. La única que comprendería que se hubiera enamorado de una Mortal, el mayor sacrilegio para los de su especie, los Íncubos de Sangre.

Los Soldados del Demonio.

Macon no dijo a su madre que iría a verla, pero Arelia lo esperaba. Ascendió desde los Túneles al dulce calor de la noche estival de Nueva Orleans. Las luciérnagas iluminaban la noche con su luz intermitente y los magnolios despedían una fragancia embriagadora. Arelia lo esperaba en el porche, haciendo encaje en una vieja mecedora. Había pasado mucho tiempo.

—Mamá, necesito que me ayudes.

Arelia dejó la labor y se levantó.

—Lo sé. Todo está listo, cher.

Aparte de otro Íncubo, sólo existía algo lo bastante poderoso para detener a un Íncubo.

Un Arco de Luz.

Los consideraban ingenios medievales, armas creadas para dominar y apresar a los Íncubos, los más poderosos de entre los Harmer. Macon jamás había visto ninguno. Quedaban muy pocos y era prácticamente imposible encontrarlos.

Pero su madre tenía uno en su poder y él lo necesitaba.

Macon la siguió hasta la cocina. Arelia abrió un armarito que ha-cía las veces de altar de los espíritus y sacó una cajita de madera con una inscripción en niádico, la antigua lengua de los Caster.

QUIEN BUSCA ENCUENTRA
LA CASA DEL IMPÍO
LA LLAVE DE LA VERDAD

—*Tu padre me regaló esto antes de la Transformación. Ha pertene-cido a la familia Ravenwood generación tras generación. Tu abuelo afirmaba que perteneció al propio Abraham y yo así lo creo. Lleva la marca de su odio y su intolerancia.*

Abrió la cajita que contenía la negra esfera. Macon sintió su ener-gía aun sin tocarla, la espantosa posibilidad de una eternidad en sus centelleantes paredes.

—*Macon, es preciso que comprendas. Cuando un Íncubo es atra-pado en el interior del Arco de Luz, no puede salir, le es imposible. Otro tiene que ponerlo en libertad. Entrega este objeto sólo a alguien en quien puedas confiar plenamente, porque estarás poniendo en sus manos algo más que tu vida. Le estarás dando un millar de vidas, que es lo que dura la eternidad en el interior de esta esfera.*

Se la mostró mejor, como si al ver el Arco de Luz Macon pudiera imaginar mejor sus confines.

—*Lo comprendo, mamá. Yo confío en Jane. Es la persona más hon-rada y de principios que he conocido nunca y me quiere a pesar de lo que soy.*

Arelia acarició a Macon en la mejilla.

—*Lo que eres no tiene nada de malo, cher, y si lo tuviera, yo ten-dría la culpa. No tienes la culpa de nada de lo que ocurre. La culpa es de mi padre.*

Posiblemente Silas fuera una amenaza mayor para Jane que para Macon. Era un esclavo de la doctrina de Abraham, el primer Íncubo de Sangre de la familia Ravenwood.

—*No es culpa suya, Macon. Tú no sabes cómo era tu abuelo. En-gañó a tu padre haciéndole creer en una presunta superioridad según la cual los Mortales son inferiores a los Caster y a los Íncubos, poco más que una fuente de sangre donde saciar su sed. Tu abuelo adoctrinó a tu padre igual que antes lo adoctrinaron a él.*

Macon se quedó impertérrito. Hacía mucho tiempo que había de-jado de sentir lástima por su padre y de preguntarse qué habría visto su madre en él.

—Dime cómo se usa —dijo Macon—. ¿Puedo tocarlo?

—Sí. La persona que te toque con él debe tener intención de encerrarte y aun así es inofensivo sin el Carmen Defixionis de Laques.

Arelia tomó de la puerta del sótano un saquito de grisgrís, la mayor protección que podía ofrecer el vudú, y desapareció escaleras abajo. Volvió con un objeto envuelto en una arpillera cubierta de polvo. Lo puso sobre la mesa y lo desenvolvió.

El Responsum.

Literalmente, «la respuesta».

Estaba escrito en niádico y contenía todas las leyes que gobernaban a los Íncubos.

Era el más antiguo de los libros. Sólo había unos cuantos ejemplares en todo el mundo. Su madre volvió las rígidas páginas con cuidado hasta llegar a la que estaba buscando.

—Carcer.

La cárcel.

En una ilustración aparecía un Arco de Luz exactamente igual al que reposaba en la caja de terciopelo que estaba en la mesa de la cocina de su madre junto a un estofado que nadie había probado todavía.

—¿Cómo funciona?

—Es muy sencillo. Basta con tocar el Arco y al Íncubo que hay que apresar y recitar el Carmen al mismo tiempo. El Arco de Luz hará el resto.

—¿Está el Carmen en ese libro?

—No, es demasiado poderoso para confiarlo a la palabra escrita. Tienes que aprenderlo de memoria de alguien que lo sepa.

Arelia bajó la voz como si temiera que alguien pudiera escucharla y susurró las palabras que podrían condenar a su hijo a una eternidad de sufrimiento.

—Comprehende, Liga, Cruci Fige.

Captura, Jaula y Crucifijo.

Luego cerró la tapa de la cajita y se la entregó a Macon.

—Ten cuidado. En el Arco hay poder y en el poder hay Oscuridad.

—Te lo prometo —dijo Macon, y besó la frente de su madre.

Se volvió para marcharse, pero su madre lo retuvo unos instantes.

—Vas a necesitar esto —dijo Arelia, y garabateó unas palabras en un trozo de pergamino.

—¿Qué es?

—La única llave de esa puerta —le aclaró y señaló la cajita con un gesto—. La única forma de salir de ahí.

***

Abrí los ojos. Estaba tumbado de espaldas contemplando las estrellas. El Arco de Luz era el de Macon, como Marian me había dicho. No sabía dónde se encontraba Macon, tal vez en el Otro Mundo o en algún tipo de cielo Caster. No sabía por qué me mostraba todo aquello, pero si aquella noche aprendí algo es que todo ocurre por alguna razón.

Tenía que averiguar la razón de aquel embrollo antes de que fuera demasiado tarde.

Nos encontrábamos ya cerca de la entrada del Cementerio de Buenaventura, pero todavía no me había molestado en decirle a Amma que no pensaba volver con ella. Amma, no obstante, parecía intuirlo.

—Será mejor que nos vayamos —dije, y le di un abrazo.

Me tomó las manos y las apretó con fuerza.

—Paso a paso, Ethan Wate. Tu madre ha dicho que esto es algo que debes hacer, pero yo estaré observando cada paso que des.

Yo era consciente de lo difícil que le resultaba dejarme marchar cuando estaba deseando encerrarme en mi habitación para el resto de mi vida. Que no lo hiciera, sin embargo, era la prueba de que la situación era tan complicada como parecía.

Arelia se acercó y me entregó una muñequita como las que hacía Amma. Era un hechizo vudú.

—Tenía fe en tu madre y tengo fe en ti, Ethan. Ésta es mi forma de desearte buena suerte, porque la vas a necesitar.

—Lo correcto nunca es fácil —dije repitiendo unas palabras que mi madre me había dicho en un millar de ocasiones. A mi manera, yo también sabía convocar su espíritu.

Twyla me acarició la mejilla con uno de sus huesudos dedos.

—La verdad en ambos mundos. Hay que perder para ganar. No estamos aquí mucho tiempo, *cher*. —Fue afectuosa, como si conociera algo que yo no conocía. En realidad, después de las cosas que había visto aquella noche, estaba seguro de que así era.

Amma me rodeó con sus brazos y me dio un fuerte abrazo.

—A mi manera, pero me voy a encargar de que tengas buena suerte —me dijo entre susurros. Luego se dirigió a Link—. Wesley Jefferson Lincoln, será mejor que vuelvas de una pieza o le voy a decir a tu madre lo que estabas haciendo en el sótano de mi casa cuando tenías nueve años, ¿me oyes?

Link respondió a la familiar amenaza con una sonrisa.

—Sí, señora.

Amma no le dijo nada a Liv, se limitó a mirarla con un asentimiento de cabeza. Era su forma de mostrarle dónde residían sus lealtades. Por mi parte, ahora que sabía lo que Lena había sido capaz de hacer por mí, no tenía la menor duda de lo que Amma sentía por ella.

Se aclaró la garganta.

—Los guardas no están en su puesto, pero Twyla no puede mantenerlos alejados durante mucho tiempo. Será mejor que se marchen.

Empujé la verja y Link y Liv me siguieron.

Voy a buscarte, L, tanto si te gusta como si no.

19 de junio

DEBAJO

NADIE HABLÓ MIENTRAS caminábamos por el arcén en dirección al parque y a la Puerta de Savannah. Habíamos decidido que era mejor no arriesgarse a volver a casa de tía Caroline porque muy probablemente tía Del insistiera en acompañarnos. Por lo demás, no teníamos nada importante que decirnos. Link intentaba pararse el pelo sin ayuda de un gel industrial y Liv consultaba el selenómetro y anotaba datos en su cuaderno rojo.

Lo de siempre.

Sólo que aquella mañana, en la sombría penumbra que precede al amanecer, lo de siempre no era normal. Mi cabeza estaba en ebullición y tropecé varias veces. La noche había sido peor que una pesadilla y no podía despertarme. Ni siquiera tenía que cerrar los ojos para ver el sueño, a Sarafine y el cuchillo... Lena llorando por mí.

Había muerto.

Estuve muerto durante ¿cuánto tiempo?

¿Minutos?

¿Horas?

De no ser por Lena, en esos momentos yacería en el Jardín de la Paz Perpetua en la segunda caja de cedro de la sepultura familiar.

¿Había sentido algo? ¿Había visto algo? ¿La experiencia me había cambiado? Me palpé la cicatriz. ¿Era realmente mía o sólo era un recuerdo de algo que le había ocurrido al Ethan Wate anterior, al Ethan que no había regresado?

Todo se confundía en una borrosa nube como los sueños que Lena y yo compartimos o las diferencias entre el cielo Caster y el cielo Mortal. ¿Qué parte era real? ¿Había sabido de modo inconsciente lo que Lena había hecho? ¿Lo había intuido aparte de lo que ocurría entre nosotros?

Si Lena hubiera sido consciente de las consecuencias de su elección, ¿habría actuado de otra forma?

Le debía la vida, pero no me sentía feliz, sino roto, con miedo a la tierra de la tumba, a la soledad y a la nada. Y luego estaba la pérdida de mi madre y la de Macon y, en cierto modo, la de Lena. Y también otra cosa.

La abrumadora tristeza y la culpa inconcebible por ser yo quien seguía con vida.

Forsyth Park tenía una apariencia extraña al alba. Siempre lo había visto abarrotado. Ahora estaba desierto y no encontraba la puerta de los Túneles. No había tranvías ni turistas, ni perros enanos ni jardineros podando azaleas. Pensé en las personas que unas horas después se pasearían por sus caminos. Respirando, llenas de vida.

—Pero ¿no la has visto? —dijo Liv, tirándome del brazo.

—¿Qué?

—La puerta. Acabas de pasar por delante.

Tenía razón. Había pasado de largo sin darme cuenta. Casi había olvidado con cuánta sutileza actuaba el mundo Caster, siempre oculto a simple vista. Era imposible ver la puerta del parque a no ser que la buscaras a propósito, y estaba bajo un arco de sombra perpetua que la disimulaba. Tal vez fuera el efecto de un Hechizo. Link se puso manos a la obra. Sacó las pinzas y metió la hoja en la ranura del marco. La puerta se abrió con un crujido. La penumbra del túnel era aún más oscura que el amanecer estival.

—No puedo creer que sea tan sencillo —dije, negando con la cabeza.

—He estado pensando en ello desde que salimos de Gatlin —dijo Liv— y creo que tiene mucho sentido.

—¿Tiene mucho sentido que unas simples pinzas abran una puerta Caster?

—En eso reside la belleza del Orden de las Cosas. Como te dije, están el universo material y el universo mágico —explicó Liv mirando al cielo.

—Como los dos cielos —dije yo, comprendiendo.

—Exacto. Ninguno es más real que el otro. Coexisten.

—¿Hasta el punto de que con unas tijeras oxidadas se pueda abrir una puerta mágica? —No sabía por qué me sorprendía tanto.

—No siempre. Pero allí donde los dos universos confluyan siempre habrá algún tipo de unión, ¿no te parece? —Para Liv tenía mucho sentido. Asentí—. Me pregunto si la fuerza de un universo se corresponde con la debilidad del otro. —Hablaba para sí misma tanto como para mí.

—¿Quieres decir que para Link es muy fácil abrir la puerta porque a un Caster le resulta imposible?

Era sorprendente la facilidad con que Link abría las puertas que accedían a los Túneles. Por otra parte, Liv no estaba al corriente del mucho tiempo que llevaba Link abriendo cerraduras desde que, en sexto curso, su madre le impuso por primera vez el toque de queda.

—Posiblemente. Y también explicaría lo que sucede con el Arco de Luz.

—¿Y qué les parece esta explicación? Las puertas Caster se rinden a mis encantos porque soy un hombre como no hay dos —reflexionó Link.

—A lo mejor es que cuando los Caster construyeron los Túneles hace cientos de años no existían las pinzas —dije.

—Lo que no existía era nadie con mi extraordinaria capacidad como semental en ninguno de los dos universos —dijo, guardando las pinzas en el cinturón—. Las damas primero.

Liv entró en el túnel.

—De ti ya no me sorprende nada.

**

Bajamos las escaleras y nos sumimos en el enrarecido aire del túnel. La tranquilidad era tan absoluta que ni siquiera la perturbaba el eco de nuestras pisadas. El silencio era denso y pesado y, bajo el mundo Mortal, el aire carecía de la ligereza que poseía en la superficie.

Al llegar al fondo del pasadizo nos encontramos ante la misma ruta oscura que nos condujo a Savannah, la que se dividía en dos caminos: la calle sombría donde nos encontrábamos y el prado inundado de luz. Frente a nosotros, el cartel de neón del viejo motel lucía ahora de forma intermitente, pero todo lo demás seguía exactamente igual.

Todo lo demás menos *Lucille,* que estaba al pie del cartel y nos miraba. Bostezó y se levantó poco a poco y estirando una pata después de otra.

—Cuánto te gusta tomarnos el pelo, *Lucille* —dijo Link poniéndose en cuclillas para acariciar a la gata. *Lucille* maulló. O tal vez gruñera, depende del cristal con que se mire—. Pero bueno, te perdono.

—A Link cualquier cosa la conquistaba.

—¿Y ahora qué? —dije ante la encrucijada.

—¿Escalera al infierno o camino de baldosas amarillas? ¿Por qué no sacas la bola a ver qué dice? —sugirió Link poniéndose de pie.

Saqué el Arco de Luz del bolsillo. Seguía brillando con luz palpitante, pero el color esmeralda que nos había llevado a Savannah había desaparecido. Ahora era de un azul vivo, como el que tiene la Tierra en las fotos por satélite.

Liv tocó la esfera y brilló más.

—El azul es mucho más potente que el verde. Creo que ha aumentado de intensidad.

—O quizá sean tus superpoderes —dijo Link dándome una palmada en la espalda que a punto estuvo de tirar el Arco de Luz.

—¿Y tú te preguntas por qué esta cosa ha dejado de funcionar? —Molesto, me aparté de él.

Link me golpeó con el hombro.

—Intenta leerme el pensamiento. O no, mejor prueba a volar.

—Deja de hacer el tonto —lo amonestó Liv—. Ya has oído a la madre de Ethan, no tenemos mucho tiempo. No sé si el Arco de Luz va a funcionar o no, pero necesitamos una respuesta.

Link se irguió. En el cementerio habíamos sido testigos de algo que nos pesaba a todos. La tensión empezaba a notarse.

—Chist, escuchen… —Avancé unos pasos en la dirección del túnel alfombrado de hierba alta. Se oía el canto de los pájaros.

Extendí el brazo con el Arco de Luz y contuve la respiración. No me habría importado que se hubiera apagado y enviado por el camino de las sombras, los tenebrosos edificios con oxidadas escaleras de incendios y puertas sin la menor indicación. Con tal de que nos diera una respuesta.

Pero no nos la dio.

—Prueba por el otro lado —sugirió Liv sin apartar los ojos de la luz.

Desanduve mis pasos.

Ningún cambio.

No contábamos ni con la ayuda del Arco de Luz ni con mis facultades de Wayward, porque en el fondo sabía que, sin el Arco, no habría sabido encontrar ni la salida de mi cuarto de baño y mucho menos de los Túneles.

—Supongo que ésa es la respuesta. Estamos jodidos —dije, dando unos golpecitos en la bola—. Genial.

Link echó a andar por el camino soleado sin pensárselo dos veces.

—¿Adónde vas?

—No te ofendas, pero a no ser que tengas alguna pista secreta, yo sigo por aquí —dijo y miró el camino sombrío—. Para mí la situación está del siguiente modo: no sabemos adónde ir, ¿no?

—Más o menos.

—Pero desde otro punto de vista, tenemos cincuenta por ciento de posibilidades de acertar. —No me molesté en corregir sus cálculos—. Así que podemos agarrar el camino de Oz y tomarnos las cosas con optimismo y pensar que por fin hemos dado el paso necesario para llegar adonde queremos llegar. Porque, en realidad, ¿qué podemos perder? —Era complicado discutir la lógica manipulada de Link cuando se ponía tan serio—. ¿Alguien tiene una idea mejor?

Liv negó con la cabeza.

—Casi no me creo lo que estoy diciendo, pero no.

Fuimos rumbo a Oz.

Aquel túnel parecía salido directamente de uno de los viejos libros de L. Frank Baum de mi madre. Los sauces jalonaban el camino de tierra y el cielo subterráneo era claro, infinito y azul.

Reinaba la calma, lo que provocaba en mí el efecto totalmente contrario. Me había acostumbrado a las sombras y aquel camino se me antojaba demasiado idílico. Temía que en cualquier momento apareciera detrás de las colinas un Vex y se abalanzara sobre nosotros. O que, cuando menos lo esperase, me cayera una casa encima.

Ni siquiera había sido capaz de imaginar el extraño vuelco que había dado mi vida. ¿Qué hacía yo en aquel camino? ¿Adónde me dirigía en realidad? ¿Quién era yo para inmiscuirme en una batalla entre extrañas potencias que no comprendía acompañado tan sólo de una gata fugitiva, un baterista de singular talento armado con unas pinzas y una versión femenina de Galileo de sólo dieciséis años y fanática del Ovaltine?

Por no hablar de que íbamos a salvar a una chica que no quería que la salvaran.

—¡Espera, gata estúpida! —dijo Link, y echó a correr en pos de *Lucille,* que se había convertido en jefa del grupo y andaba en zigzag como si supiera exactamente adónde nos dirigíamos.

Irónico, porque yo no tenía la menor idea.

***

Dos horas más tarde el sol seguía brillando y mi incomodidad creciendo. Liv y Link avanzaban delante de mí, que era la forma que Liv tenía de evitarme o, al menos, de evitar la situación. Y no podía culparla. Había visto a mi madre y oído a Amma. Sabía lo que Lena había hecho por mí y que eso explicaba su errático comportamiento. Los hechos no habían cambiado, pero los motivos sí. Por segunda vez aquel verano, una chica que me gustaba —y a quien yo gustaba— evitaba mirarme a los ojos y para no hacerlo caminaba junto a Link y se entretenía enseñándole insultos en inglés británico y riéndose de sus chistes.

Liv se paró en seco de pronto.

—¿Oyeron eso? —preguntó.

Normalmente, cuando yo oía una canción era el único y se trataba de la canción de Lena. Esta vez todos la oyeron y no se parecía en nada a la hipnótica melodía de «Diecisiete lunas». El cantante desafinaba. Desafinaba mucho. *Lucille* maulló y se le erizó la piel.

—¿Qué es eso? —preguntó Link mirando a su alrededor.

—No lo sé. Parece... —me interrumpí.

—¿Alguien en apuros? —dijo Liv poniendo la mano en la oreja para oír mejor.

—Iba a decir «en brazos del eterno». —Un viejo himno que las Hermanas cantaban en la iglesia. Iba a decirlo y casi acierto.

Tras el recodo del camino encontramos a tía Prue, que caminaba en nuestra dirección del brazo de Thelma cantando como cualquier mañana de domingo en la iglesia. Llevaba su vestido de flores blanco y guantes a juego y andaba como podía con sus zapatos ortopédicos de color beis. *Harlon James,* que era casi del mismo tamaño del bolso de piel auténtica de tía Prue, iba detrás. Tenían aspecto de estar dando un paseo una tarde soleada de domingo.

Lucille maulló y se sentó en mitad del camino.

Link se rascó la cabeza.

—Colega, ¿estoy viendo visiones o qué? ¿No es ésa tu tía y su perro pulgoso? —preguntó. No le respondí. Pensaba en la posibilidad de que se tratara de un truco Caster. Cuando estuviéramos lo bastante cerca, Sarafine saldría del cuerpo de mi tía y nos mataría.

—Puede que sea Sarafine. —Pensaba en voz alta, intentando encontrar la lógica de lo absolutamente ilógico.

—No creo —dijo Liv negando con la cabeza—. Los Cataclyst pueden proyectarse en los cuerpos de otros, pero no apoderarse de dos cuerpos a la vez. Y en este caso serían tres, si contamos al perro.

—¿Y quién iba a contar a un perro como ése? —dijo Link con cara de asco.

Una parte de mí, la mayor parte de mí, tenía ganas de borrarse. Ya averiguaríamos la verdad después. Pero nos vieron. Tía Prue, o la criatura que se había apropiado de tía Prue, nos saludó con su pañuelo.

—¡Ethan!

Link me miró.

—¿Echamos a correr?

—¡Es más difícil encontrarte que atar a un gato! —dijo tía Prue acortando por la hierba lo más deprisa que podía. *Lucille* maulló y ladeó la cabeza—. Vamos, Thelma, acelera. —Incluso desde lejos era imposible confundir el paso cansino de una y el autoritario de la otra.

—No. Es ella, no hay duda. —Demasiado tarde para salir corriendo.

—¿Cómo habrán llegado hasta aquí? —Link estaba tan perplejo como yo. Una cosa era encontrar a Carlton Eaton repartiendo el correo en la Lunae Libri, pero ver a mi centenaria tía abuela dando un paseo por los Túneles con su vestido de los domingos era para morirse de la sorpresa allí mismo.

El bastón de tía Prue se hundió en la hierba.

—¡Wesley Lincoln! ¿Te vas a quedar ahí parado mirando cómo a esta vieja le da un ataque al corazón o me vas a ayudar a subir la maldita cuesta?

—Sí, señora. Digo, no, señora.

Link echó a correr tan deprisa para ayudar a mi tía abuela que se tropezó y estuvo a punto de caerse. La tomó por un brazo y yo la tomé por el otro.

La conmoción de verla empezaba a remitir.

—Tía Prue, ¿cómo has llegado hasta aquí?

—Igual que tú, supongo, por una de las puertas. Hay una justo detrás de los Misioneros Baptistas. La usaba para hacer novillos de la escuela bíblica cuando era todavía más joven que tú.

—Pero ¿cómo conocías la existencia de los Túneles? —Me resultaba inconcebible. ¿Nos habría seguido?

—He estado en los Túneles más veces que un pecador en la cantina. ¿Te piensas que eres el único que sabe lo que pasa en este pueblo? —Lo sabía. Era uno de ellos, como mi madre, Marian y Carlton Eaton; Mortales que habían llegado a formar parte del universo Caster.

—Y tía Grace y tía Mercy, ¿están al corriente?

—Pues claro que no. Esas dos no sabrían guardar un secreto ni aunque les fuera la vida en ello. Por eso mi padre sólo me lo dijo a mí. Y yo jamás se lo he dicho a nadie, excepto a Thelma.

Thelma apretó el brazo de tía Prue con afecto.

—Sólo me lo ha dicho porque ya no puede bajar las escaleras sola.

Tía Prue le arreó un golpe a Thelma con el pañuelo.

—Oh, vamos, Thelma, no me vengas con cuentos. Sabes que eso no es verdad.

—¿Le ha mandado la profesora Ashcroft en nuestra busca? —preguntó Liv con inquietud tras levantar la vista de su cuaderno.

Tía Prue resopló.

—A mí nadie me manda a ninguna parte, ya soy demasiado vieja. He venido porque me da la gana —respondió, y me señaló—. Pero a ti, jovencito, más te vale que Amma no baje a buscarte. Desde que te fuiste está que echa chispas.

Si ella supiera.

—Entonces, ¿qué estás haciendo aquí, tía Prue? —Aunque estuviera al corriente de la existencia de los Caster, los Túneles no parecían el lugar más seguro para una anciana.

—He venido a traerte esto —dijo tía Prue abriendo su bolso y ofreciéndomelo para que pudiera mirar en su interior. Bajo las tijeras, los cupones y una Biblia del Rey Jacobo de bolsillo había un grueso paquete de papeles amarillentos y bien envueltos—. Vamos, tómalos ya, ¿qué esperas?

Fue como si me pidiera que me clavase unas tijeras. Por nada del mundo metería yo una mano en el bolso de mi tía. Era la peor violación de las normas de etiqueta sureñas que podía imaginarse.

Liv comprendió el problema.

—¿Me permite? —Seguramente a los varones británicos tampoco les gustaba revolver en los bolsos de las mujeres.

—Para eso los he traído.

Liv sacó los papeles del bolso de tía Prue con mucho cuidado.

—Son muy antiguos —dijo, desplegándolos sobre la hierba—. No me puedo creer que sean lo que creo que son.

Me agaché y los estudié. Parecían esquemas o planos arquitectónicos. Estaban marcados con distintos colores, escritos por varias manos y trazados meticulosamente sobre una retícula de perfectas líneas rectas. Liv alisó el papel y pude ver las largas filas de líneas que hacían intersecciones.

—Eso depende de lo que creas que son.

—Mapas de los Túneles —dijo Liv con un temblor en las manos, y miró a tía Prue—. ¿Podría decirme dónde los ha conseguido, señora? Nunca había visto nada parecido, ni siquiera en la Lunae Libri.

Tía Prue sacó un caramelo de menta del bolso y le quitó la envoltura.

—Me los dio mi padre, que a su vez los recibió de su padre. Son más viejos que el polvo.

Me quedé sin habla. Lena pensaba que mi vida volvería a la normalidad sin ella, pero se equivocaba. Con maldición o sin ella, todos mis parientes tenían algo que ver con los Caster.

Por eso, afortunadamente, podíamos contar con sus mapas.

—No están terminados. En mis tiempos se me daba bien el dibujo, pero la bursitis acabó conmigo.

—Yo intenté ayudarla, pero no tengo talento —dijo Thelma en tono de disculpa. Tía Prue la golpeó con el pañuelo.

—¿Los has dibujado tú?

—En parte sí —dijo mi tía apoyándose en el bastón y henchida de orgullo.

Liv estudió los mapas con asombro.

—¿Cómo, si los Túneles son interminables?

—Poco a poco. En esos mapas no están todos, sólo los de las dos Carolinas y una parte de Georgia. Más lejos no llegamos.

Era increíble. ¿Cómo había sido capaz mi dispersa tía de trazar mapas de los Túneles Caster?

—¿Y cómo pudiste hacerlo sin que tía Grace y tía Mercy se enterasen? —En mi vida las había visto separadas. Al contrario, estaban siempre juntas, prácticamente se tropezaban las unas con las otras.

—No siempre hemos vivido juntas, Ethan —respondió tía Prue bajando la voz como si tía Grace y tía Mercy pudieran oírla—. Además, en realidad, los jueves no voy a jugar al *bridge*.

Intenté imaginar a tía Prue cartografiando el mundo de los Caster mientras las demás miembros de las Hijas de la Revolución jugaban a las cartas en la sala de reuniones de la iglesia.

—Llévatelos si te vas a quedar aquí, pueden venirte bien. Pasados unos kilómetros, el paisaje se complica. Hubo días en que llegué a estar tan perdida que a punto estuve de no encontrar el camino de vuelta a Carolina del Sur.

—Gracias, tía Prue, pero… —dije, y me interrumpí. No sabía por dónde empezar: el Arco de Luz y las visiones; Lena, John Breed y la Frontera; la luna fuera de tiempo y la estrella perdida; por no mencionar el enloquecido selenómetro de Liv o la más que posible implicación de Sarafine y Abraham Ravenwood en todo aquel asunto. No era una historia para contar a una de las ciudadanas más viejas de Gatlin.

Tía Prue me sacó de mis pensamientos con un golpe de pañuelo.

—Están más perdidos que un pollo en una pocilga. Si no quieres sufrir ningún incidente desagradable, será mejor que prestes atención.

—Sí, tía. —Creía saber adónde llevaba aquella particular lección, pero me equivoqué tanto como cuando Savannah Snow se presentó en el coro con un vestido sin mangas y mascando chicle.

—Ayer se presentó en mi casa Carlton lloriqueando para preguntarme si sabía algo porque alguien había entrado por la puerta Caster del recinto de la feria —dijo mi tía, apuntándome con su huesudo dedo—. Luego me enteré de que la chica de los Duchannes no aparece, de que Wesley y tú se habían marchado y de esa chica que se queda en casa de Marian, ya sabes, la que toma té con leche, no está por ninguna parte. Y me parecieron demasiadas coincidencias hasta para Gatlin.

Qué gran sorpresa que Carlton difundiera la noticia.

—En cualquier caso, van a necesitar los mapas y quiero que se los lleven. Y no tengo tiempo para tonterías.

Mi intuición no me había fallado. Aunque no quisiera decirlo, mi tía estaba al corriente de lo que sucedía.

—Te lo agradezco mucho, tía Prue. Y no te preocupes.

—No me preocuparé si te llevas los mapas —dijo, dándome una palmadita en la mano—. Van a encontrar a esa chica de ojos de oro, Lena Duchannes. A veces, hasta una ardilla ciega encuentra una nuez.

—Eso espero, tía.

Volvió a golpearme en la mano y tomó su bastón.

—Bueno, será mejor que no te entretengas más con esta anciana y te enfrentes ya a tus problemas para que, con el permiso del Señor y si no hay crecida, no se agraven más —dijo, y se alejó con Thelma por donde había venido.

Lucille las siguió unos metros. Hasta que tía Prue se detuvo y dio media vuelta.

—Veo que no has perdido a la gata —me dijo—. Yo estaba esperando el momento oportuno para liberarla del poste de la cuerda de tender. Sabe algún truco que otro, ya lo verás. ¿Conservas la placa?

—Sí, tía. La llevo en el bolsillo.

—Hace falta una anilla para ponérsela en el collar. No la pierdas y ya te conseguiré una. —Sacó otro caramelo de menta, le quitó la envoltura y se lo dio a *Lucille*—. Siento haberte llamado desertora, querida, pero ya sabes que en caso contrario Mercy no habría permitido que te fueras.

Lucille olisqueó el caramelo.

Thelma se despidió con la mano con una de sus sonrisas estilo Dolly Parton.

—Buena suerte, corazón.

Me quedé contemplando cómo se alejaban mientras me preguntaba cuántas cosas ignoraría de mi familia. ¿Qué otras personas de aspecto senil y despistado estarían observando cada uno de mis movimientos? ¿Quién más custodiaba documentos y conocía secretos de los Caster o cartografiaba un mundo de cuya existencia la mayoría de los habitantes de Gatlin no tenían noticia?

Lucille lamió el caramelo. Tal vez ella sí sabía, pero seguro que no pensaba decírmelo.

—Muy bien, entonces tenemos un mapa y eso ya es algo, ¿de acuerdo, MJ? —El humor de Link mejoró en cuanto tía Prue y Thelma desaparecieron.

—Liv —dije, llamando su atención, pero no me oyó. Pasaba las hojas de su cuaderno con una mano mientras trazaba un camino sobre el mapa con la otra.

—Aquí está Charleston y esto debe de ser Savannah. Suponiendo que el Arco de Luz nos haya ayudado a encontrar el camino del sur, que se dirige a la costa...

—¿Por qué a la costa?

—Porque parece que vamos en dirección a la Estrella del Sur, ¿te acuerdas? —dijo Liv recostándose con frustración—. Hay muchas rutas secundarias. Estamos a pocas horas de la puerta de Savannah, pero eso aquí abajo tal vez no signifique nada. —Tenía razón. Si ni el tiempo ni el espacio de la superficie y del subsuelo eran equivalentes, ¿cómo saber que en aquellos momentos no nos encontrábamos debajo de China?

—Aunque supiéramos dónde estamos, encontrar nuestra localización en este mapa nos llevaría días. Y no tenemos tiempo.

—Pues será mejor que empecemos ya porque no contamos con nada más.

Y, sin embargo, algo me hacía intuir que acabaríamos encontrando a Lena. No sé bien si porque creía que los mapas podrían llevarnos hasta ella o porque creía que no. Pero mientras pudiera encontrar a Lena a tiempo, eso daba igual.

Con permiso del Señor y si no había crecida.

19 de junio

CHICA MALA

MI OPTIMISMO DURÓ POCO. Cuanto más pensaba que encontraríamos a Lena, más me acordaba de John. ¿Y si Liv tenía razón y Lena no volvía nunca a ser la chica que yo recordaba? ¿Y si ya era demasiado tarde? Recordé los trazos negros de sus manos.

Seguía meditando sobre ello cuando volví a oír la canción. Muy bajito al principio, tanto que por un momento me pareció oír la voz de Lena. Al reconocer la melodía, sin embargo, supe que me había equivocado.

«Diecisiete lunas», *diecisiete años,*
conocer el duelo, conocer el miedo,
esperarlo a él y que acabe yendo.
«Diecisiete lunas», *diecisiete llantos…*

Mi canción de presagio. Intenté comprender qué querría decirme mi madre. No tienes mucho tiempo. Sus palabras resonaban en mi mente. *Esperarlo a él y que acabe yendo…* ¿Se referiría a Abraham?

En tal caso, ¿qué podía hacer yo?

Estaba tan absorto en la canción que no me di cuenta de que Link me estaba hablando.

—¿Has oído eso?

—¿La canción?

—¿Qué canción?

Me indicó que guardase silencio. Se refería a otra cosa. Detrás de nosotros se oía ruido de pisadas sobre hojas secas y el rumor del viento. Pero no corría ni una brizna de aire.

—No… —dijo Liv.

—¡Chist! —Link la hizo callar.

—¿Son todos los americanos tan valientes como ustedes? —preguntó Liv.

—Yo también lo oigo. —Miré a mi alrededor, pero no había nada, ningún ser vivo.

Lucille levantó las orejas.

Todo ocurrió tan deprisa que fue imposible seguir la sucesión de los acontecimientos. No, en efecto, no nos perseguía ningún ser vivo, sino Hunting Ravenwood, hermano de Macon y su asesino.

Lo primero que vi fue la amenazadora e inhumana sonrisa de Hunting, quien se materializó a unos metros de nosotros tan rápidamente que era casi una figura borrosa. Luego apareció otro Íncubo y a continuación otro y otro más. Con un desgarro, como eslabones de una cadena. La cadena se tensó y formaron un círculo a nuestro alrededor.

Todos eran Íncubos de Sangre, con los mismos ojos negros y los mismos colmillos marfileños. Todos menos uno: Larkin, primo de Lena y lacayo de Hunting. Llevaba una larga serpiente de color pardo enroscada en el cuello. El animal tenía los mismos ojos amarillos de su dueño.

Larkin hizo un movimiento con la cabeza y la serpiente se deslizó por su brazo.

—Una víbora. Un bicho precioso y dañino. Que no los muerda nunca ninguna. Aunque quizás acaben por morderlos ejemplares de una especie distinta.

—Estoy muy de acuerdo —dijo Hunting, y, enseñando sus colmillos, soltó una carcajada. Un animal rabioso se agazapaba detrás de él. Tenía el enorme hocico de los San Bernardo, pero en vez de grandes y soñolientos, sus ojos eran achinados y amarillos. Tenía erizada la piel, como los lobos. Hunting se había hecho con un perro, o algo parecido a un perro.

Liv se agarró a mi brazo hincándome las uñas en la piel. No podía quitar los ojos de Hunting ni de su animal. Estaba seguro de que hasta ese momento de los Íncubos de Sangre sólo conocía lo que había leído en sus volúmenes sobre los Caster.

—Es un Can Sangriento. Están entrenados para atacar en busca de sangre. Mantente alejado de él.

Hunting prendió un cigarrillo.

—Ah, Ethan, veo que te has buscado una novia Mortal. Ya era hora —dijo, exhalando grandes anillos de humo hacia un cielo perfecto y azul—. Casi me dan ganas de dejarte marchar. —El Can profirió un fiero gruñido—. Casi.

—Puedes... puedes dejar... —dijo Link con un tartamudeo— ... que nos marchemos. No se lo diremos a nadie. Te lo juro.

Uno de los Íncubos se echó a reír, pero Hunting volvió la cabeza para mirarlo y se calló. Era evidente quién era el líder del grupo.

—¿Por qué iba a importarme que se lo dijeras a nadie? En realidad, me encantan los focos, tengo vocación de actor —dijo Hunting, y se aproximó a Link sin apartar la mirada de mí—. De todos modos, ¿a quién se lo ibas a decir? Después de que mi sobrina matara a Macon, no sé quién iba a tener interés en oírlos.

El Can echaba espuma por la boca, como los otros perros de Hunting, los Íncubos que de humano tan sólo tenían el aspecto. Uno de ellos se aproximó a Liv, que se sobresaltó, agarrándose con más fuerza a mi brazo.

—¿Por qué no dejas de asustarnos? —Intenté aparentar dureza, pero no engañé a nadie. Esta vez todos los Íncubos se echaron a reír.

—¿Crees que estamos tratando de asustarlos? Te creía más listo, Ethan. Mis chicos y yo tenemos hambre. Todavía no hemos desayunado.

—¿No querrá decir que...? —dijo Liv con un hilo de voz.

—No te preocupes, pequeña —dijo Hunting guiñándole un ojo. En tu caso podríamos hacer una excepción y limitarnos a morder ese precioso cuello para que así te convirtieras en una de nosotros.

Se me hizo un nudo en la garganta. Nunca se me había ocurrido que, con un mordisco, los Íncubos pudieran transformar a los humanos en seres de su especie.

¿O no podían?

Hunting tiró su cigarrillo en una mata de campanillas. Por unos instantes me sorprendió lo irónico de la situación. Una pandilla de Íncubos vestidos de cuero y fumando como carreteros y plantados en medio de un prado que parecía salido de *Sonrisas y lágrimas* se aprestaban a matarnos bajo árboles donde trinaban los pájaros.

—Ha sido entretenido charlar con ustedes, pero ya me estoy aburriendo. Me parece que mi capacidad de atención es muy limitada —dijo Hunting y giró el cuello más de lo que ningún humano es capaz.

Iba a matarme y sus compañeros iban a matar a Link y a Liv. Mi cerebro trataba de procesar la idea mientras mi corazón latía a toda prisa.

—¿Qué esperamos? —dijo Larkin mostrando su lengua bífida.

Liv se refugió en mi pecho escondiendo la cara. No quería mirar. Yo intentaba pensar. No era rival para Hunting, pero todos tenemos un talón de Aquiles, ¿o no?

—Bajo mi responsabilidad —dijo Hunting—: Sin supervivientes.

Mi cabeza iba a cien. El Arco de Luz. Contaba con la única arma capaz de vencer a un Íncubo, pero no tenía ni idea de cómo usarla. Me llevé la mano al bolsillo.

—No —susurró Liv—. No serviría de nada.

Cerró los ojos y la apreté contra mí. Dediqué mis últimos pensamientos a las dos chicas que más significaban para mí: Lena, a la que ya no podría salvar, y Liv, con la que estaba a punto de morir.

Pero Hunting no llegó a atacarnos.

Ladeó la cabeza de un modo muy extraño, como un lobo al escuchar el aullido de otro lobo. A continuación retrocedió seguido de los demás Íncubos, incluidos Larkin y el demoníaco San Bernardo. Se miraban entre sí desorientados. Luego miraron a Hunting esperando una indicación que no llegó. En vez de dar la orden de abalanzarse sobre nosotros retrocedió poco a poco seguido por sus secuaces. Le había cambiado la expresión y parecía más un hombre que el Demonio que en realidad era.

—¿Qué está ocurriendo? —susurró Liv.

—No lo sé.

Era evidente que Hunting y sus lacayos también estaban confusos porque andaban en círculo, indecisos, vacilantes. Poco a poco, sin embargo, cada vez se alejaban más de nosotros. Algo los había detenido, pero ¿qué?

Hunting clavó los ojos en mí.

—Ya nos veremos. Y será antes de lo que crees.

Se marcharon. Hunting lo hizo sacudiendo la cabeza como si quisiera librarse de algo o de alguien. Su manada tenía un nuevo jefe, alguien a quien los Íncubos no tenían otro remedio que seguir.

Alguien muy persuasivo.

Y muy hermoso.

En un árbol que había detrás de ellos estaba apoyada Ridley lamiendo una paleta. Uno a uno, los Íncubos se fueron desmaterializando.

—¿Quién es ésa? —preguntó Liv al advertir a Ridley, quien, curiosamente, no estaba fuera de lugar con sus mechas rosas, su rara minifalda y unas raras ligas, y sus sandalias de tacón. Parecía una caperucita roja Caster con unas tortitas envenenadas para su malvada abuela. Tal vez Liv no tuviera ocasión de distinguirla con claridad en el club Exilio, pero ahora no podía dejar de verla.

—Una chica muy pero muy mala —comentó Link con la mirada fija en Ridley, que se acercó a nosotros tan presumida como siempre.

—Maldita sea —dijo tirando la paleta—. El numerito me ha dejado agotada.

—¿Nos has salvado tú? —preguntó Liv aún estremecida.

—Ni lo dudes, Mary Poppins. Pero ya me darán las gracias más tarde, ahora tenemos que salir volando. Larkin es un imbécil, pero tío Hunting es poderoso. Mi influencia no durará mucho.

Su hermano y su tío, muchas manzanas podridas caídas del árbol genealógico de Lena. Ridley se fijó en mi brazo, o, más bien, en el brazo de Liv, que se enroscaba en el mío. Se quitó las gafas y sus ojos desprendieron un brillo dorado.

Liv no se dio cuenta.

—¿Qué les pasa a los americanos? —preguntó—. ¿A la única británica a la que conocen es a Mary Poppins?

—Nos encontramos en todas partes, pero no nos han presentado como es debido —dijo Ridley mirándome con el ceño fruncido—. Soy Ridley, la prima de Lena.

—Soy Liv. Trabajo en la biblioteca con Ethan.

—Como te vi en un club Caster y ahora te encuentro en un Túnel, imagino que te refieres a la bibliotequita de ese pueblucho, lo que me hace suponer que eres una Guardiana. ¿Me equivoco?

Liv me soltó el brazo.

—En realidad me estoy formando para ser Guardiana, pero mi preparación está siendo muy intensiva.

Ridley examinó a Liv de arriba abajo y sacó un chicle.

—Evidentemente, no habrá sido tan intensiva si no reconoces a una Siren cuando la tienes delante —dijo Ridley, e hizo un globito con el chicle que explotó en la cara de Liv—. Y vámonos ya antes de que mi tío vuelva a pensar por sí mismo.

—Contigo no vamos a ninguna parte.

Ridley se enroscó el chicle en el dedo con gesto de impaciencia.

—Si prefieren servir de alimento de mi tío, adelante. La elección es suya, pero les advierto que en la mesa tiene unos modales asquerosos.

—¿Por qué nos has ayudado? ¿A cambio de qué? —pregunté.

—A cambio de nada —dijo Ridley mirando a Link, que empezaba a recobrarse de la sorpresa—. No podía permitir que a mi chico le pasara algo.

—Porque significo mucho para ti, ¿verdad? —espetó Link.

—No exageres. Pero fue bonito mientras duró.

Tal vez Link exagerase su dolor, pero era Ridley la que parecía más incómoda.

—Lo que tú quieras, nena.

—No me llames nena —dijo Ridley echándose el pelo hacia atrás y explotando otro globito de chicle—. Pueden venir conmigo o quedarse aquí y enfrentarse solos a mi tío —dijo, y se encaminó hacia los árboles—. La Banda de la Sangre los perseguirá en cuanto se olvide de mí.

La Banda de la Sangre. Genial. Así que tenía un nombre.

Liv dijo en voz alta lo que todos pensábamos.

—Ridley tiene razón. Si esos Íncubos nos están siguiendo, no tardarán mucho en alcanzarnos. —Me miró—. No tenemos otra elección —concluyó, y avanzó por el prado detrás de Ridley.

No tenía ganas de seguir a Ridley a ninguna parte, pero la perspectiva de morir a manos de una banda de Íncubos de Sangre no resultaba muy atractiva. Link y yo nos pusimos en marcha sin pararnos a discutirlo.

Daba la impresión de que Ridley sabía perfectamente adónde se dirigía. Aunque Liv no descuidó los mapas en ningún momento, Ridley se apartó del camino y atajó por el prado en dirección a unos árboles que se divisaban a lo lejos. A pesar de sus sandalias, andaba a buen paso, tanto que al resto nos costaba seguirla.

Link aceleró para ponerse a su altura.

—¿Qué estás haciendo aquí en realidad, Rid?

—Me parece patético admitirlo, pero vine a ayudarlos, pandilla de incautos.

Link ahogó una carcajada.

—Ya está bien, las paletas ya no funcionan conmigo. Prueba otra cosa.

Según nos íbamos acercando, la hierba del prado se iba haciendo más alta. Caminábamos tan deprisa que las hojas me golpeaban las espinillas, pero no aminoré el paso. Tenía tantas ganas como Link de averiguar qué se proponía Ridley.

—No tengo ningún plan, chico bueno. Pero no estoy aquí por ti, sino para ayudar a mi prima.

—Lena te importa un bledo —espeté.

Ridley se detuvo para mirarme.

—¿Sabes lo que de verdad me importa un bledo, Malapata? Tú. Pero por alguna razón, entre mi prima y tú hay una conexión especial y es posible que tú seas la única persona capaz de convencerla de que dé la vuelta antes de que sea demasiado tarde.

Me paré.

—¿Quieres decir… —dijo Liv mirando a Ridley con frialdad— antes de que llegue a la Frontera, al lugar del que tú misma le has hablado?

Ridley miró a Liv con maldad.

—Premio para la chica. Nuestra Guardiana ha aprendido un par de cosillas. —Liv no se inmutó—. Pero no he sido yo la que le habló de la Frontera. Fue John, que está obsesionado con ella.

—¿John? ¿Te refieres al John que tú le presentaste? ¿Al tipo con quien se ha fugado porque tú la convenciste? —grité sin importarme que la Banda de la Sangre pudiera oírme.

—Tranquilo, Malapata. No sé si me creerás, pero lo cierto es que Lena es libre de decidir —dijo Ridley con un tono algo más conciliador—. Y quería ir.

Recordé el momento en que vi hablar a Lena y a John de un lugar en el que los aceptarían tal como eran. Un lugar en el que podrían ser ellos mismos. Por supuesto, Lena deseaba ir. Llevaba toda la vida soñando con algo así.

—¿A qué viene ese repentino cambio de idea, Ridley? ¿Por qué ahora quieres detenerla?

—La Frontera es peligrosa, no como ella cree.

—¿Quieres decir que Lena no sabe que Sarafine se ha propuesto convocar la Decimoséptima Luna antes de tiempo? Pero tú sí lo sabes, ¿verdad?

Ridley apartó la mirada. Yo tenía razón.

Ridley daba golpecitos sobre sus uñas pintadas de púrpura, un tic nervioso que Caster y Mortales compartían.

—Sarafine no actúa sola —dijo.

En ese instante recordé la carta de mi madre a Macon. Abraham. Sarafine actuaba en connivencia con Abraham, alguien lo bastante poderoso para ayudarla a convocar la luna.

—Abraham —dijo Liv con tranquilidad—. Pues no sabes qué alegría me das.

Link reaccionó antes que yo.

—¿Y no se lo has dicho a Lena? ¿Tan loca y tan mala eres?

—Yo…

—Es una cobarde —la interrumpí.

Ridley se irguió con un brillo de rabia en los ojos.

—¿Soy cobarde porque no quiero acabar muerta? ¿Sabes lo que mi tía y ese monstruo podrían hacerme? —dijo disimulando el temblor de su voz—. Me gustaría ver cómo te enfrentas a esos dos, Malapata. Comparada con Abraham, la madre de Lena es como tu gatita. —*Lucille* siseó—. Pero eso no importa mientras Lena no llegue a la Frontera. Y si quieres detenerla, más vale que nos pongamos en marcha ya. No sé cómo llegar, sólo sé dónde los dejé.

—Si no conoces el camino, ¿cómo pensabas llegar? —le pregunté. Era imposible saber si nos estaba mintiendo.

—John sabe ir.

—¿Y sabe también que Sarafine y Abraham están allí? —¿Habría estado engañando a Lena desde el principio?

Ridley negó con la cabeza.

—No lo sé. Es muy difícil saber qué piensa John. Tiene… problemas.

—¿Cómo vamos a convencerla de que no vaya? —Yo ya había intentado hablar con Lena sin conseguir nada.

—Eso te corresponde a ti, aunque esto podría ayudar —dijo Ridley y me lanzó un cuaderno de espiral muy usado que habría podido reconocer en cualquier parte. Me había pasado tardes enteras viendo escribir a Lena en aquella libreta.

—¿Se lo has robado? —dijo Link.

Ridley le tiró del pelo.

—Robar es una palabra muy fea. Se lo he tomado prestado y deberías darme las gracias. Tal vez encontremos algo de utilidad en medio de tanto asqueroso babeo sentimental.

Guardé el cuaderno en mi mochila. Me resultaba muy raro volver a tomar un objeto de Lena. Ahora llevaba los secretos de Lena en la mochila y los de mi madre en el bolsillo. Y no estaba seguro de ser capaz de cargar con más secretos.

Liv tenía más interés en los motivos de Ridley que en el cuaderno de Lena.

—Espera un momento. ¿Ahora nos vamos a tener que creer que tú formas parte del bando de los buenos?

—Demonios, no. Yo soy mala hasta la médula. Pero me importa muy poco lo que tú puedas pensar —dijo Ridley mirándome de reojo—. En realidad, yo también me pregunto qué estás haciendo tú aquí.

Intervine antes de que Ridley sacara otra paleta y mandara a Liv directamente al plato de Hunting.

—Entonces, ¿es verdad que quieres ayudarnos a encontrar a Lena?

—Exacto, Malapata. No nos caemos bien, eso es cierto, pero tenemos intereses comunes. —Se volvió hacia Liv pero me hablaba a mí—. Los dos queremos a la misma persona y ahora tiene problemas. Yo deserté, de acuerdo, pero ahora vamos a seguir avanzando antes de que mi tío acabe por atraparlos.

Link miró a Ridley.

—Vale, esto es lo último que me esperaba.

—No te pienses que es más de lo que es. Volveré a ser tan mala como siempre en cuanto consigamos que Lena regrese.

—Eso nunca se sabe, Rid. Tal vez si matamos a la Bruja Mala del Oeste, el Mago de Oz te regale un corazón.

Ridley se volvió y siguió caminando. Sus tacones se hundían en el barro.

—Como si me hiciera falta.

19 de junio

CONSECUENCIAS

INTENTÁBAMOS MANTENER el paso de Ridley, que avanzaba zigzagueando entre los árboles. Liv iba detrás y consultaba constantemente el mapa y el selenómetro. Confiaba en Ridley tan poco como Link o yo.

Por mi parte, algo me inquietaba. Una parte de mí quería fiarse de ella. Tal vez sintiera verdadera preocupación por Lena. Era improbable, pero yo tenía que creerle y seguirla aunque quizás estuviera mintiendo. Había contraído con Lena una deuda que jamás podría pagar. No sabía si aún teníamos futuro, si ella volvería a ser la chica de la que me enamoré. Pero eso no importaba.

El Arco de Luz me quemaba. Lo saqué del bolsillo esperando un manantial de colores iridiscentes, pero la superficie estaba negra y sólo vi mi reflejo. No estaba roto, sino algo peor: funcionaba de un modo aleatorio y resultaba imposible interpretar su comportamiento.

Al verlo, Ridley se quedó asombrada y paró por primera vez en varias horas.

—¿De dónde has sacado eso, Malapata?

—Me lo dio Marian.

No quería que Ridley supiera que había pertenecido a mi madre, ni que dedujera quién se lo había dado.

—Mejora un poco nuestras posibilidades. No creo que puedas encerrar ahí a mi tío, pero tal vez sí a algún miembro de su grupo.

—No sé muy bien cómo se usa. —Estuve a punto de no confesarlo, pero era la verdad.

Ridley me miró con sorpresa.

—¿La señorita Sabelotodo no te lo ha explicado? —Liv se sonrojó. Ridley sacó un chicle y le quitó la envoltura poco a poco—. Tienes que tocar al Íncubo con él —dijo Ridley, acercándose— y para eso tienes que ponerte a su lado.

—Eso no importa —intervino Link—. Somos dos y nos podemos ayudar.

Liv se colocó el lápiz en la oreja. Había estado tomando notas.

—Es posible que Link tenga razón. No me gustaría tener que vérmelas con los Íncubos, pero si no tenemos otra elección, puede que merezca la pena intentarlo.

—Y luego tienes que pronunciar el Hechizo —dijo Ridley, que se había apoyado en un árbol y nos miraba con una sonrisa maliciosa. Sabía que lo desconocíamos. *Lucille* se sentó a sus pies y la observó detenidamente.

—Supongo que tú no nos vas a decir cómo es.

—Pero si no lo conozco. Ese tipo de cosas no son de conocimiento público.

Liv sacó el mapa y lo desplegó con cuidado.

—Por aquí vamos bien. Si continuamos hacia el este, llegaremos a la costa —dijo, señalando un espeso bosque.

—¿Por esos árboles? —preguntó Link, poniendo en duda lo que Liv acababa de decir.

—No te preocupes, chico bueno. Yo llevo a Hansel y tú lleva a Gretel —dijo Ridley guiñándole un ojo a Link como si aún tuviera algún poder sobre él. Y así era, todavía tenía poder sobre él, aunque nada relacionado con sus dotes de Siren.

—Prefiero que cada uno vaya por su cuenta. ¿No tendrás otro chicle? —repuso Link adelantando a Ridley sin mirarla.

Pero tal vez yo me equivocaba, tal vez Ridley fuera como el sarampión y sólo se la pudiera padecer una vez.

***

—Pero ¿cuánto tiempo se puede tardar en mear? —dijo Ridley tirando una piedra a unos arbustos. Estaba impaciente, quería proseguir la marcha.

—Te estoy oyendo —dijo Link desde detrás de los mismos arbustos.

—Me alegra saber que al menos algunas de tus funciones corporales siguen en perfecto estado.

Liv me miró con impaciencia. Cuanto más tiempo pasaba, más se peleaban Link y Ridley.

—No me lo estás poniendo nada fácil.

—¿Quieres que vaya a ayudarte?

—¡A que no te atreves! —oí decir a Link.

Ridley se levantó. Liv la miró con asombro y ella le dirigió una sonrisa de satisfacción y volvió a sentarse.

Tenía la esfera entre las manos. Vi que cambiaba de color: de negro pasó a verde iridiscente. No nos servía de nada. Se había convertido en una bola de vidrio que sólo emitía colores que cambiaban constantemente. Tal vez Link tuviera razón y yo la había estropeado.

Ridley miró el Arco con intriga.

—¿Por qué cambia de color?

—Es como una brújula. Se enciende cuando seguimos el camino correcto. —Al menos así había funcionado hasta ese momento.

—Hum, no sabía que también sirvieran para eso —dijo Ridley, y recuperó la expresión de aburrimiento de siempre.

—Estoy segura de que son muchas las cosas que no sabes —dijo Liv con sonrisa inocente.

—Ten cuidado porque podría convencerte para que te dieras un chapuzón en el río.

Observé el Arco. Parecía distinto. Su luz empezó a palpitar con un brillo y una rapidez que no había visto desde que abandonamos el Cementerio de Buenaventura.

—L, mira esto.

Ridley volvió la cabeza rápidamente y me miró.

La había llamado por su inicial, «L». Pero no había más que una L en mi vida.

Ella no se dio cuenta, pero Ridley sí. Empezó a lamer una paleta con un extraño brillo en los ojos. Me miró fijamente y mi voluntad empezó a flaquear. Solté el Arco de Luz, que rodó sobre el húmedo suelo del bosque. Liv se agachó y lo recogió.

—Qué raro. ¿Por qué emitirá esta luz verde otra vez? ¿Será que vamos a recibir otra visita de Amma, Arelia y Twyla?

—A lo mejor es una bomba —dijo Link.

Yo no pude decir palabra. Tuve que tumbarme en el suelo a los pies de Ridley. Hacía tiempo que no era la víctima de sus poderes. Tuve un pensamiento fugaz antes de dar de bruces en el barro. O bien Link tenía razón y se había vuelto inmune a su influencia, o bien ella estaba cambiando. Si esto último era verdad, se trataba de algo completamente nuevo para Ridley.

—Si le haces daño a mi prima... Si te atreves siquiera a pensar en hacerle daño a mi prima, vas a ser mi esclavo el resto de tu miserable vida. ¿Me comprendes, Malapata?

Levanté la cabeza sin proponérmelo y la giré de un modo tan forzado que estuve a punto de tronarme el cuello. Abrí los ojos también involuntariamente y me fijé en los ojos brillantes y amarillos de Ridley. Desprendían un fuego tan intenso que casi me desmayé.

—Déjalo ya —dijo Liv. La oí en la distancia antes de derrumbarme—. Por lo que más quieras, Ridley, no seas estúpida.

Liv y Ridley estaban cara a cara. Liv tenía los brazos cruzados y Ridley sostenía la paleta.

—Tranquila, Poppins, que Malapata y yo somos amigos.

—Pues no lo parece —dijo Liv levantando la voz—. No te olvides de que estamos arriesgando la vida para salvar a Lena.

Poco a poco fui recobrándome. Me fijé en sus rostros, que iluminaban unos destellos de luz. El Arco de Luz parecía haberse vuelto loco e inundaba el bosque de color.

—No te pongas nerviosa, compañera —dijo Ridley con un brillo acerado en los ojos.

Liv tenía el semblante lúgubre.

—No seas estúpida. Si a Ethan no le importara Lena, ¿por qué estaríamos en mitad de estos bosques olvidados de Dios?

—Buena pregunta, Guardiana. Porque yo sé qué hago aquí, pero si a ti, Novio, te importa un bledo, ¿a qué has venido?

Ridley estaba a centímetros de Liv, que no retrocedió.

—¿Que por qué he venido? La Estrella del Sur ha desaparecido, una Cataclyst ha convocado a la luna fuera de tiempo en la legendaria Frontera, ¿y tú me preguntas por qué he venido? No me puedo creer que estés hablando en serio.

—Entonces, ¿esto no tiene nada que ver con Novio?

—Ethan, que en realidad no es novio de nadie, no sabe nada del mundo Caster —dijo Liv sin amilanarse—. La situación lo supera y necesita una Guardiana.

—En realidad, tú sólo eres una aspirante. Pedirte ayuda a ti es como pedir a una enfermera que haga una operación a corazón abierto. Además, entre las obligaciones de tu puesto está la de no intervenir. Así que, en mi opinión, no eres una buena Guardiana.

Ridley tenía razón. Existían unas reglas y Liv no las respetaba.

—Puede que eso que dices sea cierto, pero soy una astrónoma excelente y sin mis conocimientos no podríamos leer este mapa ni encontrar la Frontera ni a Lena.

El Arco de Luz quedó completamente frío y negro.

—¿Me perdí algo? —dijo Link, que volvía de los arbustos abrochándose la bragueta. Las chicas se le quedaron mirando. Mientras, yo me levanté del barro—. La gente con clase como yo no sabemos mear fuera del váter.

—¿Qué? —exclamó Liv tras consultar su selenómetro—. Algo pasa. Las agujas están desquiciadas.

Al otro lado de los árboles, un crujido atravesó el bosque. Hunting se aproximaba, me dije, pero luego tuve otro pensamiento que no me hizo sentir mejor.

Tal vez el ruido no tuviera nada que ver con Hunting sino con alguien que no quería que lo siguiéramos. Alguien con capacidad para dominar la naturaleza.

—¡Vamos!

Otro crujido, más fuerte esta vez. Sin previo aviso, unos árboles se derrumbaron delante de mí. Retrocedí. La última vez que me habían caído árboles encima no fue debido a un accidente.

¡Lena! ¿Eres tú?

Link se acercó a Ridley.

—Saca una paleta, nena.

—Ya te he dicho que no me llames nena.

Por primera vez en varias horas pude ver el cielo. Tenía un aspecto tenebroso. Nubes negras creadas por la magia Caster se cernían sobre nosotros. Sentí algo que provenía de lejos.

O, más bien, oí algo.

Lena.

¡Ethan, corre!

Era su voz, que durante tanto tiempo había guardado silencio. Pero si Lena me incitaba a echar a correr, ¿quién tronchaba los árboles?

L, ¿qué está pasando?

No pude oír su respuesta. Reinaba la oscuridad. Nubes Caster se precipitaban sobre nosotros como si nos persiguieran. Pero no eran nubes.

—¡Cuidado!

Tiré de Liv y empujé a Link hacia Ridley justo a tiempo. Nos echamos sobre la maleza en el preciso momento en que una lluvia de ramas cayó sobre nosotros formando un gran montón en el sitio que pisábamos hacía unos instantes. El polvo me cegó y no pude ver nada. Tragué tierra y tosí.

Ya no oía a Lena, sino otra cosa. Un zumbido, como si nos hubiéramos topado con un millar de abejas enloquecidas.

El polvo era tan espeso que apenas distinguía lo que me rodeaba. Liv estaba en el suelo a mi lado con una herida en la frente. Ridley gemía acurrucada junto a Link, que estaba atrapado bajo una enorme rama.

—Despierta, flacucho, despierta.

Me acerqué a gatas y Ridley retrocedió con gesto aterrado. Pero no por verme a mí, sino por algo que había detrás de mí.

El zumbido creció. Sentí en la nuca el frío abrasador de la oscuridad Caster. Al volverme, advertí que, sobre la enorme pila de agujas de pino que había estado a punto de sepultarnos, se había encendido una hoguera. La pirámide de agujas formaba una pira gigante cuyo humo se elevaba hacia las negras nubes. Pero sus llamas no desprendían calor y no eran rojas, sino amarillas como los ojos de Ridley. El fuego daba frío, pena y miedo.

—Ella está aquí —susurró Ridley con un hondo gemido.

Una roca emergió del voraz fuego amarillo de la pira. Encima había una mujer tendida. Tenía un aspecto casi pacífico, parecía una santa muerta a punto de ser llevada en procesión por las calles. Pero no era una santa.

Era Sarafine.

Abrió los ojos y esbozó una sonrisa helada. Se estiró como un gato al despertar y se levantó. Desde nuestra posición parecía medir diez metros de alto.

—¿Esperabas a otra, Ethan? Tu error es comprensible. Aunque ya sabes lo que dicen: de tal palo tal astilla. Algo que el presente caso refrenda más cada día que pasa.

Me palpitaba el corazón. Sarafine tenía el cabello negro y largo y los labios muy rojos. Me volví. No quería mirarla a la cara. Se parecía demasiado a Lena.

—Apártate de mí, bruja.

Ridley seguía sentada junto a Link y lloraba meciéndose adelante y atrás como si estuviera trastornada.

Lena, ¿me oyes?

La sugerente voz de Sarafine se elevó por encima del rugido de las llamas.

—No estoy aquí por ti, Ethan. A ti te voy a dejar en manos de mi querida hija. Este año ha madurado mucho, ¿verdad? No hay nada como ver que tus vástagos alcanzan su verdadero potencial. Como madre, me siento muy orgullosa.

Observé que las llamas trepaban por sus piernas.

—Te equivocas. Lena no es como tú.

—Eso me suena. ¿Dónde lo habré oído? ¿La noche de su cumpleaños, quizá? Sólo que entonces lo creías sinceramente y ahora ya no. Ahora sabes que la has perdido. Mi hija no puede cambiar su destino.

Las llamas le llegaban por la cintura. Tenía los rasgos perfectos de las Duchannes, pero en ella parecían desfigurados.

—Tal vez Lena no pueda, pero yo sí. Haré cuanto esté en mi mano para protegerla.

Sarafine sonrió. Me asusté. Su sonrisa era como la de Lena, o, más bien, como la que últimamente había mostrado Lena. Cuando las llamas le llegaban por el pecho, desapareció.

—Tan fuerte, tan parecido a tu madre. Algo así fueron sus últimas palabras, ¿a que sí? —Parecía que me estuviera susurrando al oído—. Qué más da, las he olvidado porque, en realidad, ¿a quién le importan?

Me quedé helado. Sarafine estaba envuelta en llamas a mi lado. Yo sabía que el fuego no era real, porque cuanto más se acercaba a mí, más intenso era el frío.

—Tu madre era insignificante. Su muerte no fue noble ni importante. Simplemente, en esos momentos me pareció que debía matarla. Pero no significó nada. —Las llamas se enroscaron en su cuello y ascendieron hasta consumir su cuerpo—. Igual que tú.

Intenté agarrarla del cuello. Quería estrangularla. Pero mi mano la traspasó. Allí no había nada. No era más que una aparición. Tenía ganas de matarla y ni siquiera podía tocarla.

—¿Crees, Mortal, que perdería el tiempo presentándome aquí en carne y hueso? —dijo Sarafine entre carcajadas. Luego se volvió a Ridley, que seguía meciéndose y se tapaba la boca con las manos—. Te diviertes, ¿verdad, Ridley?

Alzó la mano, separando los dedos.

Ridley se levantó y se llevó las manos a la garganta. Vi que los tacones de sus sandalias se despegaban del suelo y que su rostro se amorataba. Se asfixiaba. Su rubio cabello colgaba a lo largo de su espalda. Parecía una marioneta sin hilos.

La figura espectral de Sarafine se apoderó del cuerpo de Ridley, que emitió una luz amarilla tan intensa que en sus ojos no se advertían pupilas. Hasta en medio de la penumbra del bosque tuve que taparme los ojos. Ridley, o el cuerpo de Ridley, levantó la cabeza y empezó a hablar.

—Mi poder aumenta y pronto la Decimoséptima Luna nos iluminará. La he convocado antes de tiempo como sólo una madre es capaz de hacer. Yo decido cuándo se pone el sol. Yo he desplazado estrellas por mi hija, que Cristalizará para unirse a mí. Sólo mi hija pudo interrumpir el curso de la Decimosexta Luna y sólo yo puedo convocar la Decimoséptima. No hay nadie como nosotras en ninguno de ambos mundos. Somos el principio y el fin.

El cuerpo de Ridley cayó al suelo como si fuera de trapo.

El Arco de Luz me quemaba en el bolsillo, pero esperaba que Sarafine no se diera cuenta de que estaba en mi poder. Pensé en su forma de brillar antes de la llegada de Sarafine, como si hubiera querido advertirnos. Ojalá hubiera prestado atención.

—Nos has traicionado, Ridley. Eres una traidora. Y el Padre no es tan compasivo como yo.

El Padre… Sarafine sólo podía referirse a una persona… al fundador del linaje de los Íncubos de Sangre de la familia Ravenwood, al padre que lo había empezado todo: Abraham Ravenwood.

—Serás juzgada —clamó Sarafine, y su voz retumbó sobre las llamas—, pero no voy a privar a Abraham de ese placer. Eras mi responsabilidad y ahora eres mi vergüenza. Qué apropiado me parece dejarte un regalo de despedida. —Levantó los brazos al cielo—. Puesto que tanto deseas ayudar a unos Mortales, a partir de este instante vivirás y morirás como Mortal. Tus poderes retornan al Fuego Oscuro del que provienen.

Ridley saltó con una sacudida y su aullido de dolor recorrió el bosque. Luego todo desapareció: los árboles caídos, el fuego y Sarafine. El bosque quedó como antes, frondoso y umbrío, lleno de pinos, robles y barro oscuro. Todos los árboles, todas las ramas, estaban de nuevo en su sitio, como si nada hubiera ocurrido.

Liv mojó la boca de Ridley con el agua de una botella de plástico. Tenía el rostro manchado de barro y sangre, pero se encontraba bien. Ridley, en cambio, estaba pálida como un espectro.

—Ha sido una aparición asombrosamente poderosa y capaz de poseer a una Caster Oscura —dijo Liv aún estremecida. Examiné la herida de su frente y se apartó, dolorida—. Y además de poseerla, la ha Hechizado, si es que lo último que ha dicho se ha hecho realidad. —Miré a Ridley preguntándome si sería verdad. Me resultaba muy difícil imaginarla sin poder de persuasión—. En todo caso, tardará tiempo en recuperarse. —Liv se mojó la sudadera para limpiar la cara de Ridley—. No pensé cuánto peligro corría al unirse a nosotros. Tiene que sentir gran afecto por ustedes.

—Por algunos de nosotros, sí —dije mientras la incorporaba con ayuda de Liv.

Ridley tosió expulsando el agua que había bebido y se limpió la boca con el dorso de la mano. Se le corrió la pintura de los labios. Parecía una animadora tras un partido con diez prórrogas. Se esforzó por hablar.

—Y Link, ¿está...?

Me arrodillé junto a él. La rama que le había caído encima se había desvanecido, pero todavía se quejaba. Parecía imposible que sintiera algún dolor, que todos lo sintiéramos, porque de la aparición de Sarafine no quedaba la menor huella: ni árboles caídos, ni una rama fuera de su sitio. Pero Link tenía el brazo hinchado y amoratado y los pantalones rotos.

—¿Y Ridley? —preguntó abriendo los ojos.

—Está bien. Todos estamos bien —dije, rasgando la pernera del pantalón. Le sangraba la rodilla.

—¿Qué miras? —dijo, tratando de sonreír.

—Lo feo que eres.

Acerqué el rostro para comprobar si podía enfocar la mirada.

—¿No querrás darme un beso? —No estaba tan malherido. Se iba a recuperar.

Por mi parte, sentí tanto alivio al oírle bromear que estuve a punto de darle ese beso.

—Eso quisieras tú.

19 de junio

NADIE ESPECIAL

ESA NOCHE DORMIMOS en el bosque entre las raíces de un árbol inmenso, el mayor que había visto nunca. Vendamos la rodilla de Link con mi camiseta de sobra y le hicimos un cabestrillo con parte de mi sudadera del Jackson. Ridley se tendió al otro lado del tronco. Contemplaba el cielo con los ojos muy abiertos. Me pregunté si estaría viendo el cielo Mortal. Parecía exhausta, pero me dio la impresión de que no podría conciliar el sueño.

Me pregunté qué estaría pensando, si lamentaba habernos ayudado. ¿Habría perdido realmente sus poderes?

¿Qué se sentiría al ser Mortal cuando se ha sido otra cosa tal vez más elevada, cuando nunca se ha sentido la «fragilidad de la existencia humana», como decía la señora English? Recurrió a esa expresión para comentar *El hombre invisible*, de H. G. Wells. En esos momentos Ridley parecía precisamente eso, invisible.

¿Se podría ser feliz al despertarse un día y darse cuenta de que, de pronto, has dejado de ser alguien especial? ¿Podría Lena ser feliz? ¿La vida conmigo no le parecería nada especial? ¿No había sufrido ya bastante por mí?

Como Ridley, yo tampoco podía dormir. Pero no quería contemplar el cielo, sino leer el diario de Lena. Por un lado me daba cuenta de que era invadir su intimidad, por otro sabía que en aquellas páginas manoseadas podría encontrar algo que pudiera servirnos. Al cabo de una hora me convencí de que leer el diario nos beneficiaría a todos y lo abrí.

Al principio me resultó difícil leer porque la única fuente de luz con que contaba era mi celular. Cuando mis ojos se acostumbraron a la penumbra, los textos de Lena aparecieron con claridad entre las rayas azules de las páginas. En los meses posteriores a su cumpleaños había visto muchas veces su escritura, pero jamás me acostumbraría a ella. No se parecía en nada a la letra infantil que tenía hasta aquella noche, la de su cumpleaños. En realidad, después de tanto tiempo de trazos negros y fotografías de lápidas, ver palabras me sorprendía. Los márgenes, sin embargo, estaban llenos de los dibujos de trazo negro propios de los Caster.

Las primeras entradas estaban fechadas tan sólo unos días después de la muerte de Macon, cuando Lena todavía no había dejado de escribir:

noches llenas y vacías/todas el mismo miedo a nada y a todo,/ aguardo que la verdad me estrangule mientras duermo/si es que duermo

Miedo a nada y a todo. Comprendí. Así había actuado. Sin miedo a nada y con miedo a todo. Como si no tuviera nada que perder, pero temiera perderlo.

Pasé las páginas. Una fecha llamó mi atención. 12 de junio. El último día del curso.

la oscuridad se oculta y creo que puedo retenerla,/asfixiarla en la palma de la mano,/pero cuando me miro las manos, están vacías,/serenas cuando ella cierra sus dedos en torno a mí

Leí la entrada varias veces. Describía el día que pasamos en el lago, cuando llevó las cosas demasiado lejos. Aquel día pudo matarme. ¿Quién sería «ella»? ¿Sarafine?

¿Cuánto tiempo llevaba combatiéndola? ¿Cuándo empezó su lucha? ¿La noche que murió Macon? ¿Desde que llevaba ropa de Macon?

Sabía que debía cerrar el diario, pero no podía. Leer lo que había escrito era casi como volver a oír sus pensamientos. Llevaba mucho tiempo sin hacerlo y lo deseaba tanto… Pasé las páginas buscando los días que me afectaban.

Como el de la feria…

corazones y miedos Mortales,/algo que pueden compartir,/y lo liberé como a un gorrión

El gorrión era un símbolo de libertad para los Caster.

Tanto tiempo pensando que intentaba librarse de mí y lo que en realidad quería era concederme la libertad. Como si su amor fuera para mí una prisión de la que no podía escapar.

Cerré el diario. Leerlo me resultaba demasiado doloroso. Especialmente cuando, en todos los sentidos, Lena se encontraba tan lejos de mí.

A un metro escaso, Ridley seguía con la vista fija en el cielo Mortal. Veíamos el mismo cielo por primera vez.

Liv estaba acurrucada entre dos raíces conmigo a un lado y Link al otro. Supongo que, tras averiguar la verdad de lo ocurrido en el cumpleaños de Lena, esperaba que mis sentimientos por ella desaparecieran, pero todavía me preguntaba si todo habría sido distinto de no haber conocido antes a Lena. Qué habría ocurrido si la primera hubiera sido Liv…

Pasé las horas siguientes observándola. Dormida parecía tan serena, tan hermosa. Su belleza era muy distinta a la de Lena. Parecía satisfecha y contenta como un día de verano, un vaso de leche fría o un libro sin abrir. Carecía de sombras tortuosas. Era la encarnación de lo que yo anhelaba sentir.

Mortal, lleno de esperanza, vivo.

Cuando por fin me quedé dormido, me sentía exactamente así…

Lena me sacudió para despertarme.

—Despierta, dormilón, tenemos que hablar. —Sonreí y la estreché entre mis brazos. Quise besarla, pero se rio y me apartó—. No, no es de ese tipo de sueños.

Me senté y miré a mi alrededor. Estábamos en la cama del estudio de Macon.

—Yo sólo conozco ese tipo de sueños. Tengo dieciséis años.

—Pero este sueño no es tuyo, sino mío. Y yo sólo he tenido dieciséis años cuatro meses.

—Si Macon nos ve en su cama, ¿no se enfadará?

—Macon está muerto, ¿ya no te acuerdas? Pues sí que es verdad que estás dormido.

Lena tenía razón. Me había olvidado de todo y ahora lo recordaba de pronto, como un torrente: la muerte de Macon, el pacto… Y que Lena me había dejado. Pero no, porque en ese momento estaba allí, a mi lado.

—Entonces, ¿esto es un sueño?

Me esforzaba para que no se me hiciera un nudo en el estómago. Me sentía culpable por todo lo que había hecho, por todo lo que le debía.

Lena asintió.

—¿Sueño contigo o eres tú la que sueña conmigo?

—¿Alguna vez ha tenido eso alguna importancia entre nosotros? —Evitó responder a mi pregunta.

Volví a intentarlo.

—Cuando despierte, ¿te habrás ido?

—Sí, pero tenía que verte. Era la única forma de que pudiéramos hablar.

Llevaba una antigua camiseta mía blanca, muy suave. Estaba despeinada y preciosa. Con el aspecto descuidado que a ella no le gustaba y que a mí me encantaba.

La tomé de la cintura y la atraje hacia mí.

—L, he visto a mi madre. Me habló de Macon. Creo que lo amaba.

—Se amaban el uno al otro. Yo también he tenido visiones.

De modo que nuestra conexión no se había interrumpido. Sentí alivio.

—Eran como nosotros, Lena.

—Y, como nosotros, tampoco podían estar juntos.

Era un sueño, no me cabía la menor duda. Porque podíamos decirnos aquellas verdades terribles con un extraño distanciamiento, como si las sufrieran otras personas. Apoyó la cabeza en mi pecho y empezó a quitarme salpicaduras de barro. ¿Por qué mi camiseta estaba tan sucia? Intenté recordar, pero no pude.

—¿Qué vamos a hacer, L?

—No lo sé, Ethan. Tengo miedo.

—¿Qué quieres?

—A ti —respondió entre susurros.

—Entonces, ¿por qué todo es tan difícil?

—Porque nada está bien, nada funciona cuando estamos juntos.

—¿Te parece que esto no funciona? —pregunté, estrechándola contra mí.

—No, pero lo que yo sienta ya no importa —dijo. Sentía su respiración en mi pecho.

—¿Quién ha dicho eso?

—Nadie.

La miré a los ojos. Seguían siendo dorados.

—No puedes seguir hasta la Frontera. Tienen que regresar.

—No voy a detenerme ahora. Tengo que saber cómo termina todo esto.

Jugueteé con sus negros y rizados cabellos.

—¿Por qué no quisiste saber cómo terminaba lo nuestro?

Sonrió y me tocó la cara.

—Bueno, ahora ya lo sé.

—¿Y cómo termina?

—Así.

Se inclinó sobre mí y me besó. Su pelo cayó sobre mi rostro como la lluvia. Tiré del cobertor y se arrebujó debajo refugiándose entre mis brazos. Al besarnos sentí el calor de su tacto. Rodamos sobre la cama. Primero me puse yo encima y luego ella. El calor aumentó hasta el punto de que me costaba respirar. Pensé que me ardía la piel y cuando, después de besarla, me separé de ella, comprobé que así era.

Ardíamos los dos, rodeados de llamas que ascendían más allá de donde alcanzaba la vista. La cama no era una cama, sino una enorme roca. A nuestro alrededor todo ardía con las llamas amarillas del fuego de Sarafine.

Lena gritó aferrándose a mí. Miré hacia abajo. Nos encontrábamos en la cúspide de una enorme pirámide de árboles destrozados. Había un extraño círculo horadado en la roca, una especie de símbolo de los Caster Oscuros.

—¡Lena, despierta! Tú no eres así. Tú no mataste a Macon. No te vas a convertir en Oscura. Fue el libro. Amma me lo contó todo. —La pira era por nosotros, no por Sarafine, que se reía a carcajadas. ¿O era Lena? Ya no distinguía entre las dos—. ¡L, escúchame! No tienes por qué hacer esto.

Lena chillaba sin parar.

Cuando desperté, las llamas nos habían consumido a los dos.

***

—Ethan, despierta. Tenemos que marcharnos.

Me incorporé respirando con dificultad y empapado en sudor. Me miré las manos y nada, ni una quemadura, ni un solo arañazo. Había sido una pesadilla. Miré a mi alrededor, Liv y Link ya se habían levantado. Me froté la cara. Aún me latía el corazón, como si el sueño hubiera sido real y hubiese estado a punto de morir. Volví a preguntarme si el sueño era mío o de Lena. Me pregunté también si nos aguardaba ese final de muerte y de fuego que Sarafine deseaba.

Ridley estaba sentada en una roca con una paleta y resultaba patética. Al parecer, a lo largo de la noche había pasado su conmoción y ahora se hallaba en un estado de negación. En realidad, ninguno sabíamos qué decir. Actuaba como si no hubiera pasado nada, como los veteranos de guerra que padecen estrés postraumático y aunque han vuelto a casa creen estar todavía en el campo de batalla.

Se mesó los cabellos y miró a Link.

—¿Por qué no te acercas, chico bueno?

Link tropezó con mi mochila. Buscaba una botella de agua.

—Paso.

Ridley se colocó las gafas de sol sobre la cabeza y le dirigió una mirada seductora. Resultaba evidente que había perdido sus poderes. A la luz del día, sus ojos eran tan azules como los de Liv.

—He dicho que vengas —dijo subiendo un poco su minifalda para mostrar algo más su amoratado muslo.

Me dio lástima. Había dejado de ser una Siren y ahora sólo era una chica normal con aspecto de Siren.

—¿Para qué?

Link no mordía el anzuelo.

Ridley, que dio a su paleta una última lamida, tenía la lengua coloreada de rojo.

—¿No te dan ganas de besarme?

Por un instante pensé que Link iba a ceder, pero sólo habría servido para retrasar lo inevitable.

—No, gracias —repuso, y dio media vuelta. Era evidente que se sentía culpable.

—Tal vez sea temporal y recupere mis poderes —dijo Ridley con un temblor en la voz. Trataba de convencerse a sí misma más que a nosotros.

Alguien tenía que decírselo. Cuanto antes afrontase la verdad, antes saldría adelante. Si podía.

—Yo creo que es definitivo, Ridley.

Se volvió para mirarme.

—Eso no lo sabes —me dijo, a punto de sollozar—. Que hayas salido con una Caster no significa que lo sepas todo de nosotros.

—Sé que los Caster Oscuros tienen los ojos amarillos.

Noté que se le hacía un nudo en la garganta. Se subió la camiseta. Su piel seguía siendo tersa y dorada, pero el tatuaje que rodeaba el ombligo había desaparecido. Se pasó las manos por el vientre y se derrumbó.

—Es verdad. Me han arrebatado mis poderes.

Separó los dedos y dejó que la paleta cayera al suelo. No profirió un solo gemido, pero las lágrimas resbalaron por su rostro formando dos surcos de plata.

Link se acercó y le tendió la mano.

—Eso no es verdad. Sigues siendo una chica mala y guapa, muy guapa para ser Mortal.

Ridley se puso en pie de un salto.

—¿Te parece divertido? ¿Te parece que perder los poderes es como perder uno de tus estúpidos partidos de basquetbol? —Estaba histérica—. ¡Yo soy mis poderes, idiota! ¡Sin ellos no valgo nada! —Lágrimas negras corrían por sus mejillas. Estaba temblando.

Link tomó la paleta, abrió la botella y la mojó en el agua.

—Date un poco de tiempo, Rid. Desarrollarás tus propios encantos, ya lo verás —dijo, devolviéndole la paleta.

Ridley lo miró sin comprender, y a continuación y sin apartar la mirada de Link, arrojó la paleta lo más lejos que pudo.

20 de junio

Un hilo conductor

Yo apenas había dormido. Link tenía el brazo hinchado y amoratado. Ninguno estábamos en forma para atravesar el bosque embarrado, pero no nos quedaba otro remedio.

—¿Están listos? Tenemos que irnos.

Link se palpó el brazo con una mueca de dolor.

—No recuerdo un solo día de mi vida que me haya sentido peor.

A la herida de la frente de Liv empezaba a salirle costra.

—Yo sí me he sentido peor: un día en el estadio de Wembley, tras un mal viaje en el metro y demasiados kebabs. Es una larga historia.

Tomé la mochila, que estaba manchada de barro.

—¿Dónde está *Lucille?*

Link la buscó con la mirada.

—¿Quién sabe? Esa gata siempre desaparece. Ahora ya sé por qué tus tías la tenían atada con una correa.

—*¡Lucille!* —La llamé con un silbido, pero no había rastro de ella—. Estaba aquí cuando me levanté.

—No te preocupes, amigo, ya nos encontrará. Los gatos tienen un sexto sentido, ya lo sabes.

—Como no llegamos a ninguna parte, igual se ha cansado de seguirnos —dijo Ridley—. Esa gata es mucho más lista que nosotros.

Perdí el hilo de la conversación. Estaba demasiado ocupado escuchando lo que ocurría en el interior de mi cabeza. No podía dejar de pensar en Lena y en lo que había hecho por mí. ¿Por qué había tardado tanto tiempo en ver lo que tenía delante de los ojos?

Sabía que Lena llevaba castigándose mucho tiempo. Su aislamiento, las morbosas fotografías de lápidas de su cuarto, los símbolos Oscuros de su diario y de su cuerpo, que se pusiera ropa de su tío, salir con Ridley y con John. Nada de eso tenía que ver conmigo, sino con Macon.

Pero no me había dado cuenta de que había sido su cómplice. Yo era para Lena un constante recordatorio del crimen por el que se fustigaba una y otra vez. La imagen constante de lo que había perdido. Me veía todos los días, me tomaba de la mano, me besaba. No era de extrañar que al mismo tiempo estuviera tan excitada y tan fría: primero me besaba y luego echaba a correr. Pensé en la letra de la canción escrita tantas veces en la pared de su habitación.

Correr para seguir en el mismo sitio.

Lena no podía huir y yo no podía permitírselo. En mi último sueño le había confesado que estaba al corriente del pacto. Me pregunté si habría compartido aquel sueño conmigo, si sabía que conocía su secreta carga. Y que no tendría que soportarla sola nunca más.

Lo siento mucho, L.

Escuché por si asomaba su voz desde el fondo de mi mente, pero no oí nada. Sí vi, sin embargo, algunas imágenes con mi visión periférica. Instantáneas que pasaban a mi lado como automóviles adelantando por el carril rápido de la autopista...

Corría, saltaba, avanzaba tan aprisa que no podía enfocar la mirada. No hasta que mi visión se ajustó, como había hecho en dos ocasiones anteriores y pude distinguir los árboles, las hojas y las ramas. Al principio sólo oí hojas crujiendo bajo mis pies, el silbido del aire al pasar. Luego también oí voces.

—Tenemos que volver.

Era Lena. Me interné en el bosque siguiendo el sonido de su voz.

—No podemos. Ya lo sabes.

El sol penetraba suavemente entre las hojas. Sólo veía botas: los gastados Converse de Lena y las militares de John. Estaban a pocos metros.

Entonces vi sus rostros. Lena tenía gesto de determinación y una mirada que conocía bien.

—Sarafine los ha encontrado. ¡Podrían haber muerto!

John se acercó e hizo una mueca, la misma que cuando los vi tumbados en el techo. Era un tic, la reacción a algún dolor. Miraba los ojos dorados de Lena.

—Querrás decir: Ethan podría haber muerto.

Lena evitó su mirada.

—Estoy pensando en todos ellos, no sólo en Ethan. ¿No te preocupa Ridley siquiera un poco? Ha desaparecido. ¿No te parece que ambas cosas podrían tener relación?

—¿Qué dos cosas?

Lena se puso tensa.

—La desaparición de mi prima y que Sarafine se haya presentado de pronto como salida de ninguna parte.

John tomó su mano y entrelazaron los dedos como ella y yo solíamos hacer.

—Sarafine siempre aparece así, de pronto. Lena, probablemente tu madre sea la Caster Oscura más poderosa del mundo. ¿Por qué iba a querer hacerle daño a Ridley, que pertenece a su especie?

—No lo sé —dijo Lena negando con la cabeza. Empezaba a vacilar—. Es sólo que…

—¿Qué?

—Aunque ya no estemos juntos, no quiero que le hagan daño. Siempre ha intentado protegerme.

—¿De qué?

De mí misma.

Oí sus palabras aunque no las pronunciara en voz alta.

—De muchas cosas. Antes todo era distinto.

—Fingías ser algo que no eres, te esforzabas por contentar a todo el mundo. ¿Nunca has pensado que no te estaba protegiendo, sino que sólo te estaba reteniendo?

Me palpitaba el corazón. Me puse tenso.

Era yo quien lo retenía a él.

—¿Sabes? Una vez tuve una novia Mortal.

Lena se quedó de piedra.

—¿De verdad?

—Sí —dijo John asintiendo—. Era encantadora y la quería.

—¿Qué pasó? —Lena escuchaba con atención.

—Fue muy duro. No comprendía mi forma de vivir, que no siempre hago lo que quiero… —dijo John. Parecía sincero.

—¿Por qué no?

—En mi infancia fueron muy estrictos conmigo, extraordinariamente estrictos. Hasta para las reglas había reglas.

Lena parecía confusa.

—¿Te refieres a la prohibición de salir con Mortales?

John volvió a hacer una mueca y esta vez también encogió un poco el hombro.

—No. Me educaron como me educaron porque era distinto. El hombre que me crio es el único padre que he conocido y no quería que me hicieran más daño.

—Yo tampoco quiero hacer daño.

—Tú eres distinta. Quiero decir, tú y yo somos distintos.

John tomó la mano de Lena y la atrajo hacia sí.

—No te preocupes, encontraremos a tu prima. Seguro que se ha fugado con el baterista del Sufre.

En efecto, Ridley estaba con un baterista, aunque no con el que John pensaba. ¿El Sufre? Lena salía con tipos como John y frecuentaba lugares como el Exilio y el Sufre. Era otra forma de castigarse.

Lena no dijo nada más, pero no soltó la mano de John. Intenté seguirlos, pero no pude. No dependía de mí. Era obvio por el punto de vista, próximo al suelo, desde el que los veía, siempre de abajo arriba. Nada tenía ningún sentido, pero me daba igual. Eché a correr de nuevo a través de un oscuro túnel. ¿O era una cueva? Sus negras paredes pasaban por mi lado a toda velocidad. Olía a mar.

Me froté los ojos sorprendido al verme caminando detrás de Liv en lugar de tendido en el suelo. Era una locura ver a Lena en un sitio y al mismo tiempo seguir a Liv a través de los Túneles. ¿Cómo era posible?

Mis extrañas visiones, siempre de abajo arriba, desde un punto cercano al suelo, y el rápido paso de las imágenes. ¿Qué ocurría? ¿Por qué veía a Lena y a John? Tenía que haber algún motivo.

Me miré las manos. Sólo llevaba el Arco de Luz. Pensé en la primera de aquellas visiones, la del cuarto de baño de mi habitación. Pero entonces no tenía el Arco de Luz, tocaba el lavabo, nada más. Debía de existir algún hilo conductor, una relación que no acertaba a ver.

Más adelante, el túnel acababa en una sala de piedra en la que convergían las entradas de otros cuatro túneles.

—Y ahora, ¿por dónde? —preguntó Link con un suspiro.

No respondí porque al mirar el Arco de Luz vi a través de él a alguien conocido.

Lucille.

Sentada en la boca del túnel que teníamos justo enfrente, aguardándonos. Saqué del bolsillo trasero la placa metálica que tía Prue me había dado. Tenía grabado el nombre de la gata. Recordé las palabras de mi tía.

Veo que no has perdido a la gata. Yo estaba esperando el momento oportuno para soltarla de la cuerda de tender. Sabe algún truco que otro, ya lo verás.

En una fracción de segundo todo encajó. Comprendí.

Era *Lucille.*

Las imágenes que siempre pasaban a toda velocidad antes de ver a Lena y a John. Estar mucho más próximo al suelo que cuando estaba de pie. Verlos siempre de abajo arriba, como si estuviera tumbado. Que *Lucille* desapareciera y volviera a aparecer de forma tan azarosa. Aunque, naturalmente, no era tan azarosa. Todo cobró sentido.

Me esforcé por recordar las veces en que *Lucille* había desaparecido. La primera vez que vi a Lena con John y Ridley fue al mirarme en el espejo de mi cuarto de baño. *Lucille* no había desaparecido, pero a la mañana siguiente la encontré sentada en el porche. Lo cual no tenía ninguna explicación, porque de noche no la dejábamos fuera.

La segunda vez, *Lucille* desapareció en el Forsyth Park cuando llegábamos a Savannah y no volvimos a verla hasta salir del Cementerio de Buenaventura —yo había visto a Lena y a John en el cuarto de invitados de la casa de mi tía Caroline—. Y la última vez Link se había dado cuenta de que *Lucille* no nos acompañaba cuando volvimos a entrar en los Túneles y ahora allí estaba, sentada delante de nosotros, justo después de haber vuelto a ver a Lena.

Sólo que no era yo quien veía a Lena, era *Lucille*.

La gata se guiaba por el rastro de Lena igual que nosotros por los mapas, el Arco de Luz o la atracción de la luna. Yo veía a Lena a través de los ojos de la gata acaso del mismo modo que Macon veía el mundo a través de los ojos de *Boo*. ¿Cómo era posible? *Lucille* no era una gata Caster y yo tampoco era un Caster.

¿O *Lucille* sí era Caster?

—¿Qué eres, *Lucille*?

La gata me miró a los ojos y ladeó la cabeza.

—Ethan —llamó Liv. Me estaba observando—. ¿Estás bien?

—Sí —respondí dirigiendo a *Lucille* una mirada cómplice. La gata me ignoró y se limitó a olisquear la punta de su cola con mucha gracia.

—No es más que una gata, lo sabes, ¿no? —comentó Liv, mirándome con extrañeza.

—Claro.

—Sólo quería comprobar que no lo habías olvidado.

Genial. No sólo hablaba con una gata, ahora también hablaba *de* hablar con una gata.

—Tenemos que seguir.

Liv tomó aire.

—Sí, pero me temo que no podemos.

—¿Por qué no?

Liv me enseñó los mapas de tía Prue, que había extendido en el suelo.

—¿Ves esta marca? Es la puerta más próxima. Me ha llevado algún tiempo, pero he conseguido entender muchas cosas de estos mapas. Tu tía no bromeaba. Debe de haberse pasado años trazándolos.

—¿Están indicadas las puertas?

—Eso parece, con estas «p» rojas rodeadas con un círculo. —Estaban por todas partes—. ¿Ves estas líneas rojas? Creo que indican los lugares menos profundos. Parece que cuanto más oscuro es el color, a mayor profundidad está el túnel.

Señalé una retícula de líneas negras.

—Entonces esta zona será la más honda.

Liv asintió.

—Y posiblemente la más Oscura. La idea de que existan territorios de Luz y de Sombra es completamente nueva o, al menos, poco difundida.

—¿Y dónde está el problema?

—Aquí.

Liv señaló dos palabras garabateadas en el borde sur del mapa de mayor tamaño: *LOCA SILENTIA*.

Recordé la segunda palabra. La había dicho Lena al hechizarme para que no le dijera a su familia que pensaba fugarse.

—¿Qué quiere decir?

—Que aquí el mapa *se queda en silencio*, que termina porque ha llegado al final. Señala la costa meridional, lo cual significa que a partir de ahí no hay mapa, sólo *terra incognita* —dijo, y se encogió de hombros—. Ya sabes lo que solían decir: *Hic dracones sunt*.

—Sí, claro, lo he oído muchas veces. —No tenía la menor idea de a qué se refería.

—«Aquí habitan dragones». Es lo que los marinos solían escribir en los mapas hace quinientos años, cuando el mapa terminaba pero el océano no.

—Prefiero enfrentarme a un dragón que a Sarafine. —Me quedé mirando el lugar que Liv señalaba dando golpecitos con el dedo. El entramado de Túneles que habíamos recorrido era tan complejo como la red de carreteras—. ¿Y ahora qué?

—Me he quedado sin ideas. No he hecho otra cosa que mirar estos mapas desde que tu tía nos los dio y todavía no sé cómo llegar a la Frontera, aunque tampoco sé todavía si es un lugar real o ficticio.

—Los dos estudiamos el mapa—. Lo siento. Sé que los he decepcionado, que los he decepcionado a todos.

Recorrí sobre el mapa la costa con el dedo hasta llegar a Savannah, donde el Arco de Luz había dejado de funcionar. La marca roja de la puerta de Savannah se encontraba justo debajo de la L inicial de *L O C A S I L E N T I A*. Mientras miraba las letras y las marcas rojas que las rodeaban, empecé a comprender. Pensé en el Triángulo de las Bermudas, una especie de vacío donde todo desaparecía como por arte de magia.

—*Loca silentia* no significa «donde el mapa guarda silencio».

—¿No?

—Creo que significa algo parecido a silencio de radio, al menos para los Caster. Piensa un poco. ¿Cuándo dejó de funcionar el Arco de Luz?

Liv reflexionó unos instantes.

—En Savannah, justo después de que... —Me miró y se sonrojó. Sin duda recordaba nuestro encuentro en la habitación de invitados de mi tía Caroline— ¿encontrásemos el cuaderno de tu madre en el ático?

—Exacto. Cuando entramos en el territorio llamado *Loca silentia*, el Arco dejó de guiarnos. Creo que hemos pasado por una especie de zona de nadie sobrenatural como el Triángulo de las Bermudas desde que empezamos a desplazarnos hacia el sur.

Liv levantó la vista del mapa para mirarme. Cuando por fin habló, no podía evitar que su voz trasluciera la emoción que sentía.

—La línea de unión. Nos encontramos en la línea de unión, es decir, en la Frontera.

—Pero ¿en la línea de unión de qué?

—De los dos universos —dijo Liv y consultó el selenómetro—. Es posible que durante todo este tiempo el Arco de Luz haya sufrido una especie de sobrecarga mágica.

Pensé en la forma de aparecer de tía Prue, en el lugar y el momento precisos en que lo hizo.

—Apuesto a que tía Prue sabía que necesitábamos los mapas. Acabábamos de entrar en *Loca silentia* cuando nos los dio.

—Pero el mapa termina sin indicar dónde se encuentra la Frontera, y así, ¿cómo puede nadie encontrarla? —dijo Liv, y suspiró.

—Mi madre pudo. Supo encontrarla sin ayuda de la estrella.

Cuánto me habría gustado que estuviera allí en aquellos momentos aunque sólo fuera en forma de visión espectral hecha de niebla, polvo y huesos de pollo.

—¿Lo has leído en sus papeles?

—No, pero oí que John se lo decía a Lena. —No quería pensar en ello aunque la información nos fuera útil—. Entonces, según el mapa, ¿dónde estamos?

—Justo aquí —respondió Liv indicándomelo con el dedo. Habíamos alcanzado la larga curva de los cabos y pequeñas bahías de la costa meridional. Los caminos Caster confluían y divergían como terminaciones nerviosas hasta llegar al litoral.

—¿Qué son estas formas? ¿Unas islas? —pregunté.

Liv mordió la punta del bolígrafo.

—Sí, las Islas Marinas.

—Creo que he visto esas mismas figuras en alguna parte.

—A mí también me lo ha parecido, pero pensaba que era por haber consultado los mapas tantas veces.

Era cierto. La representación de aquellas islas, con curvas cóncavas y convexas como las de las nubes, me sonaba. ¿Dónde había visto algo parecido?

Saqué unos papeles —los papeles de mi madre— del bolsillo de la mochila. Entre hojas arrugadas estaba el trozo de papel de vitela donde podía verse un extraño dibujo Caster que parecía reproducir unas nubes.

Ella supo cómo encontrarla sin la estrella.

—Espera un momento. —Coloqué el trozo de papel de vitela sobre el mapa. Parecía una fina capa de cebolla sobre la tabla de cortar de Amma—. Me pregunto si...

Deslicé la hoja traslúcida sobre el mapa. Los trazos del dibujo de la piel de vitela encajaron perfectamente en los del mapa. Salvo uno, que se materializó en una especie de silueta espectral sólo visible cuando las inacabadas líneas de la retícula del mapa se completaron con las inacabadas líneas de la piel de vitela. Por separado, las líneas trazadas en uno y en otro papel sólo parecían garabatos sin sentido.

Al juntarlas, sin embargo, todo encajó y pudimos ver la isla.

Como las dos mitades de una llave Caster o como dos universos unidos por un propósito común.

La Frontera estaba oculta en mitad de una costa Mortal.

Me quedé mirando el trazo de la hoja y lo que se veía debajo.

Allí estaba. El lugar más legendario del universo Caster aparecido como por arte de magia por obra y gracia del bolígrafo y el papel.

Oculto a simple vista.

20 de junio

HIJO DE NADIE

LA PUERTA EN SÍ NO era tan peculiar.

Ni el pasadizo que conducía hasta ella o el corredor en curva que tuvimos que recorrer antes de llegar. Recodo tras recodo a través de pasajes abiertos a través de rocas, tierra y madera astillada. Se suponía que así eran los Túneles: húmedos, oscuros y angostos; como cuando Link y yo seguimos a un perro vagabundo por los desagües de Summerville.

Supongo que lo más raro era el aspecto tan poco extraordinario de todo ahora que habíamos averiguado el secreto del mapa. Seguirlo era lo más fácil. Al menos hasta llegar a aquel punto.

—Ésa es, no puede ser otra —dijo Liv levantando la vista del mapa.

Me fijé en una escalera de madera que teníamos delante y que conducía hasta una puerta por cuyas rendijas entraban delgados rayos de luz.

—¿Estás segura?

Asintió y se guardó el mapa en el bolsillo.

—Entonces, veamos adónde conduce —dije subiendo la escalera.

—No tan deprisa, Malapata. ¿Qué crees que hay al otro lado de esa puerta?

Ridley quería retrasar el momento. Estaba tan nerviosa como yo.

Liv estudió la puerta.

—Las antiguas leyendas dicen que es un lugar de magia antigua ni Oscura ni Luminosa.

Ridley negó con la cabeza.

—No sabes de lo que estás hablando, Guardiana. La magia antigua es brutal e infinita, el caos en su forma más pura. Una combinación que hará que tu pequeña investigación no culmine en un final precisamente feliz.

Me acerqué más a la puerta, con Liv y Link detrás.

—Vamos, Rid, ¿quieres ayudar a Lena o no?

La voz resonó entre aquellas paredes.

—Sólo digo que…

Oía el miedo en la voz de Ridley. Procuré no pensar en la última vez que lo había oído, al enfrentarse a Sarafine en el bosque.

Empujé la puerta, que crujió. La vieja madera se combó. Otro intento y se abriría. Y habríamos llegado a la ignota Frontera, fuera lo que fuese.

No estaba asustado. No sé por qué, pero cuando forcé la puerta no pensaba que entraba en un universo mágico, sino en casa, en mi casa. Aquella puerta no era distinta de la de la feria de Gatlin, la que estaba bajo el Túnel del Amor. Tal vez fuera una señal: lo que encontramos al principio de nuestro viaje reaparecía al final. Me pregunté si era un buen o un mal presagio.

No me preocupaba lo que pudiéramos encontrar al otro lado de la puerta. Lena estaba esperando y, lo supiera o no, me necesitaba.

Ya no había vuelta atrás.

Me apoyé en la puerta y se abrió. La rendija de luz se transformó en un sol blanco y cegador.

***

Me interné en la luz dejando la oscuridad a mi espalda. Apenas veía los escalones, que descendían. Respiré profundamente el aire con olor a mar y cargado de sal.

Loca silentia. En esos momentos lo comprendí. En el momento en que abandonamos la oscuridad de los túneles para emerger en el ancho y plano reflejo del agua sólo había luz y silencio.

Lentamente, mis ojos fueron acostumbrándose a la luz. Nos encontrábamos en lo que parecía una playa rocosa en plena marea baja, con conchas de ostras grises y blancas y rodeada por una desigual fila de palmeras. Junto al mar discurría un paseo de madera ya vieja con vista a las islas. Aguzamos el oído esperando escuchar las olas, la brisa o alguna gaviota. Pero reinaba el silencio, un silencio tan espeso que nos mantenía paralizados.

Era un paisaje tan corriente como surrealista y vívido como el de un sueño. Los colores eran demasiado vivos, la luz demasiado intensa, y en las sombras lejanas que se divisaban más allá de la playa, la oscuridad era demasiado negra. Pero todo parecía hermoso, hasta aquellas sombras. Así actuaba aquel silencio mágico y envolvente. Nos rodeaba como una soga estableciendo entre nosotros una unión inextricable.

Caminé hacia el paseo de madera y las redondeadas formas de las islas emergieron en la distancia. Más allá sólo había una niebla densa y plana. La bajamar había dejado aquí y allá matas de hierba encharcada por encima del fangoso suelo. A lo largo de la playa había varios muelles que se extendían sobre las aguas hasta perderse en el negro horizonte. Parecían dedos de madera vieja y gastada, puentes hacia ninguna parte.

Miré al cielo. No se veía ninguna estrella. Liv consultó el selenómetro, dándole unos golpecitos.

—Las mediciones de este cacharro ya no son correctas. A partir de ahora debemos orientarnos sin ayuda —dijo. Se quitó su artilugio y lo guardó en el bolsillo.

—Lo suponía.

—¿Y ahora qué? —preguntó Link, que se agachó a tomar una concha que luego arrojó lo más lejos posible con el brazo sano y que el agua se tragó sin el menor ruido.

Ridley se colocó a su lado. La brisa movía sus rubios cabellos con mechas rosas. A lo lejos, en el muelle que teníamos delante, ondeaba la bandera de Carolina del Sur —una palmera y una media luna sobre un campo azul oscuro—, que parecía una enseña Caster en su delgada asta. Pero al fijarme más detenidamente, me di cuenta de que aquella bandera era ligeramente distinta a la de Carolina del Sur: junto a la media luna y a la palmera había una estrella de siete puntas, la Estrella del Sur, como si hubiera caído del cielo para plantarse en aquella bandera.

Nada parecía indicar que aquél era el lugar de unión del mundo Mortal y el mágico. No sé qué esperaba, pero salvo una estrella de más en la bandera del estado y una sensación de magia densa como la sal de la brisa marina, nada había cambiado.

Avanzamos por el muelle y llegamos hasta la bandera. El viento había amainado y gualdrapeaba contra el asta sin el menor ruido.

Liv consultó el mapa.

—Si no me equivoco, tiene que estar más allá de la boya, entre el punto donde nos encontramos y esa isla.

—Yo creo que no nos hemos equivocado. —Estaba seguro.

—¿Por qué lo sabes?

—¿Te acuerdas de lo que me dijiste de la Estrella del Sur? —dije y señalé la bandera—. Piénsalo un momento. Hemos venido siguiendo la estrella hasta aquí y ahora nos encontramos con ésta de la bandera. ¿No será la que veníamos buscando? Supongo que es una especie de indicación de que estamos en el lugar correcto.

—¡Claro! La estrella de siete puntas.

Examinó la bandera, tocando la tela con cuidado, dejando que la idea fuera cobrando cuerpo poco a poco.

Pero no teníamos tiempo. Yo sabía que teníamos que seguir adelante.

—¿Qué estamos buscando? ¿Tierra o algún tipo de construcción?

—Pero entonces, ¿no era esto lo que buscábamos? —preguntó Link. Parecía decepcionado. Volvió a meter las pinzas bajo el cinturón.

—Creo que aún tenemos que atravesar el mar. En realidad, tiene mucho sentido. Es como cruzar la laguna Estigia para entrar en el Hades —dijo Liv extendiendo el mapa—. Según este mapa, tenemos que buscar un pasaje que nos lleve hasta la Frontera a través del agua. Un vado o un puente.

Colocó la piel de vitela sobre el mapa y todos miramos. Link tomó ambos.

—Sí, ya veo. Es increíble —dijo, poniendo y quitando la piel de vitela. Y soltó el mapa, que cayó sobre la arena mojada.

—¡Cuidado! —exclamó Liv agachándose para recogerlo—. ¿Es que estás mal de la cabeza?

—¿Mal de la cabeza? Al contrario, soy un genio.

Algunas veces, los diálogos entre Liv y Link se volvían completamente desquiciados. Liv guardó el mapa de tía Prue y seguimos caminando.

Ridley agarró a *Lucille Ball*. Casi no había hablado desde que abandonamos los Túneles. Quizá después de que la hubieran domesticado prefiriera la compañía de *Lucille*. O tal vez estuviera asustada. Sin duda conocía mejor que los demás los peligros que nos aguardaban.

El Arco de Luz me quemaba la pierna. Mi corazón palpitaba y la cabeza me daba vueltas.

¿Qué me estaba haciendo? Desde que entramos en aquella tierra de nadie que en el mapa aparecía con el nombre de *Loca silentia*, la luz había dejado de iluminar el camino para iluminar el pasado. El pasado de Macon. Se había convertido en vehículo de las visiones, en una línea directa a ellas que yo no podía controlar. Las visiones aparecían de forma intermitente introduciendo en el presente fragmentos del pasado de Macon.

Una hoja de palma crujió al pisarla Ridley. Luego otra cosa y me vi lejos de allí...

Tras chasquearle el hombro, Macon sintió de inmediato un dolor agudo, como si se le quebraran los huesos. Se le estiró la piel como si ya no pudiera contener la amenaza que se cernía desde su interior. Se quedó sin aire en los pulmones como si lo hubieran aplastado. Y empezó a ver borroso y a experimentar una sensación de caída a pesar de que se le hincaron las piedras al golpearse contra el suelo.

La Transformación.

A partir de ese momento no podría caminar en compañía de Mortales a la luz del día. El sol le abrasaría la piel y no podría ignorar el ansia de alimentarse de la sangre de los Mortales. Ahora era uno de ellos, otro Íncubo de Sangre del antiguo linaje de la familia Ravenwood. Un depredador entre presas y siempre en busca de alimento.

***

Volví al presente tan súbitamente como me había abstraído de él.

Tropecé con Liv. Me daba vueltas la cabeza.

—Tenemos que seguir, estoy perdiendo el control.

—¿Qué quieres decir?

—El Arco de Luz... y las cosas extrañas que me pasan... por la cabeza —dije, incapaz de explicarme.

Liv asintió.

—Imaginaba que lo ibas a pasar mal. No sabía si un Wayward tan sensible como tú a la atracción de ciertos Caster podría verse más afectado por la energía particularmente poderosa de este lugar. Bueno, eso suponiendo que seas... —Eso suponiendo que yo fuera un Wayward.

—Entonces, ¿la Frontera ya te parece un lugar real?

—No. A no ser que... —Señaló el último de los muelles. Era el más viejo y estrecho de todos y mucho más largo que los demás. Tanto que no se veía el final, sólo que desaparecía en la niebla—. Ése podría ser el puente que hemos estado buscando.

—Parece cualquier cosa menos un puente —comentó Link con escepticismo.

—Sólo hay una forma de averiguarlo —dije, y caminé.

Nos abríamos paso entre conchas y tablas podridas, y yo me resbalaba a menudo. Estaba y no estaba allí. Iba pendiente del ácido diálogo de Ridley y Link y al instante siguiente me sumía en una nueva visión del pasado de Macon. Sabía que las visiones encerraban algún mensaje relevante, pero se acumulaban con tanta velocidad que me resultaba imposible pararme a averiguarlo.

Pensé en Amma, que habría dicho: «Todo tiene un significado». Intenté imaginar qué diría a continuación. «P. R. E. S. A. G. I. O. Siete vertical. No dejes de prestar atención al presente, Ethan Wate, porque te señala el camino al futuro».

Como siempre, tenía razón: todo tiene un significado, ¿o no? De todos los cambios de Lena habría podido deducir la verdad, pero no había prestado la suficiente atención. Intenté encajar los pasajes que recordaba de las visiones para urdir la historia que intentaban narrar.

Pero no tuve tiempo. Al llegar al puente me asaltó otra visión. El muelle empezó a moverse. Dejé de oír las voces de Ridley y Link…

La habitación estaba a oscuras, pero Macon no necesitaba luz para ver. Tal como había imaginado, la estantería estaba repleta de libros dedicados a todos los aspectos de la historia de Estados Unidos y particularmente a las dos guerras que habían forjado ese país: la de Independencia y la de Secesión. Macon pasó los dedos por los lomos de piel. Aquellos libros ya no le servían.

La suya era otro tipo de guerra, una contienda entre Caster que libraba contra su propia familia.

Oyó pasos encima de él. El ruido de la llave en forma de media luna al entrar en la cerradura. Las bisagras chirriaron y una rendija de luz entró por la trampilla del techo. Le daban ganas de estirar el brazo, de ofrecerle la mano para ayudarla a bajar, pero no se atrevía.

Llevaba años sin verla ni tocarla.

Sólo se habían comunicado por carta y mediante mensajes entre las hojas de libros que dejaba para él en los Túneles. Pero en todo ese tiempo no la había visto ni oído su voz. Marian se había asegurado de ello. La trampilla se abrió del todo y la luz entró en el cuarto. Macon contuvo la respiración. Era aún más hermosa de lo que recordaba. Unas gafas de cerca rojas evitaban que su reluciente cabello castaño cayera sobre la cara. Sonreía.

—Jane. —Llevaba mucho tiempo sin pronunciar su nombre en voz alta. Era como una canción.

—Nadie me llamaba así desde… —Bajó la mirada—. Ahora me llaman Lila.

—Claro, ya lo sabía.

Lila estaba visiblemente nerviosa. Le temblaba la voz.

—Lo siento, pero tenía que venir, era la única forma. —Evitó mirarlo a los ojos—. Lo que tengo que decirte no podía dejártelo escrito en el estudio y no podía arriesgarme a enviarte un mensaje a través de los Túneles.

Macon tenía un pequeño estudio en los Túneles, consuelo de la vida solitaria y el exilio en Gatlin que se había impuesto. A veces Lila depositaba un mensaje entre las hojas de los libros que dejaba para él. Pero sus mensajes nunca eran personales, siempre estaban relacionados con su investigación en la Lunae Libri, eran respuestas posibles a preguntas que ambos se hacían.

—Me alegro de verte —dijo Macon acercándose a ella. Lila se puso tensa y a él pareció dolerle—. Estás a salvo. He conseguido dominar los ataques.

—No es eso. Es que… no debería estar aquí. Le dije a Mitchell que me quedaba a trabajar en el archivo y no me gusta mentirle. —Se sentía culpable. Aún era tan honrada como Macon recordaba.

—Estamos en el archivo.

—Eso es una trampa semántica, Macon.

Macon suspiró profundamente al oír su nombre en los labios de Lila.

—¿Qué es eso tan importante para que hayas corrido el riesgo de venir a verme, Lila?

—He encontrado algo que tu padre te ocultó.

Los negros ojos de Macon se oscurecieron aún más ante la mención de su padre.

—Llevo años sin ver a mi padre. No he vuelto a verlo desde… —No quería decirlo en voz alta. No había visto a Silas desde que lo manipuló y convenció de que tenía que dejar marchar a Lila. Silas y su retorcida visión de las cosas, su desprecio de Mortales y Caster. Pero Macon no dijo nada. No quería ponerle las cosas más difíciles a Lila— … la Transformación.

—Hay algo que tienes que saber —dijo Lila bajando la voz, como si lo que estaba a punto de decir debiera hablarse en susurros—. Abraham está vivo.

Macon y Lila no tuvieron tiempo de reaccionar. Se oyó un zumbido y una figura se materializó en medio de la oscuridad.

—Bravo, es mucho más lista de lo que suponía. Lila, ¿verdad? —dijo Abraham dando palmas—. Un error táctico por mi parte. Nada, sin embargo, que tu hermana no pueda enmendar. ¿No estás de acuerdo, Macon?

Macon frunció el ceño.

—Sarafine no es mi hermana.

Abraham se ajustó la corbata. Llevaba una de lazo típica del sur. Con barba blanca y traje más parecía un coronel sudista que el asesino que en realidad era.

—No hay necesidad de ser grosero. Al fin y al cabo, Sarafine es hija de tu padre y es una pena que no se lleven bien —dijo, y se acercó a Macon—. ¿Sabes? Siempre tuve la esperanza de entablar esta conversación contigo, porque estoy seguro de que en cuanto hablemos, comprenderás tu lugar en el Orden de las Cosas.

—Sé cuál es mi lugar. Hace mucho tiempo que decidí Vincularme a la Luz.

Abraham se echó a reír con carcajadas estentóreas.

—Como si eso fuera posible. Eres un Íncubo, una criatura oscura por naturaleza. Esta ridícula alianza con los Caster de Luz para defender a los Mortales es una necedad. Tu sitio está con nosotros, con tu familia —dijo, y miró a Lila—. ¿Por qué te niegas a ocuparlo? ¿Por una Mortal con quien nunca podrás vivir? ¿Con una Mortal casada con otro hombre?

Lila sabía que Macon no había tomado la decisión únicamente por ella, pero sabía también que en parte lo había hecho por ella. Hizo acopio de todo su coraje y miró a Abraham.

—Vamos a encontrar la forma de acabar con esto. Los Caster y los Mortales no pueden limitarse a coexistir, deberían compartir algo más.

A Abraham le cambió la expresión. Su rostro se ensombreció y ya no parecía un viejo caballero del sur, sino una criatura siniestra e inicua.

—Tu padre y Hunting —dijo mirando a Macon con una sonrisa— esperaban que te unieras a nosotros. Ya le advertí a Hunting que los hermanos te decepcionan con frecuencia. Igual que los hijos.

Macon volvió la cabeza. Su semblante parecía un reflejo exacto del de Abraham.

—Yo no soy hijo de nadie.

—En cualquier caso, no puedo permitir que ni tú ni esta mujer interfieran en nuestros planes. Es una pena que le dieras la espalda a tu familia porque amas a esta Mortal y ella tenga que morir porque tú la has arrastrado a esto. —Abraham desapareció y se materializó delante de Lila—. En fin —dijo, y abrió la boca para mostrar sus colmillos.

Lila se tapó las sienes y gritó esperando un mordisco que no llegó. Macon se materializó entre Abraham y ella, que sintió el peso de su cuerpo como si la aplastara y empujara hacia atrás.

—¡Lila, corre!

Se quedó paralizada un instante viendo forcejear a Macon y a Abraham con tanto ruido y violencia como si se abriera la Tierra. Lila observó que Macon tiraba al suelo a Abraham, quien profería gritos desgarradores. Y echó a correr.

***

El cielo giró en redondo lentamente. Liv debía de estar hablándome, porque la veía mover la boca, aunque no distinguía lo que decía. Volví a cerrar los ojos.

Abraham había matado a mi madre. Había muerto a manos de Sarafine, era cierto, pero Abraham había dado la orden. Estaba seguro.

—Ethan, ¿me oyes? —dijo Liv con nerviosismo.

—Estoy bien.

Me incorporé despacio. Los tres me miraban y Lucille se había sentado sobre mi pecho. Estaba tendido en medio del muelle.

—Dámelo —dijo Liv, intentando quitarme el Arco de Luz de las manos—. Actúa como una especie de vehículo de visiones metafísicas que no puedes controlar.

No cedí. No podía permitirme el lujo de perder una fuente de información tan valiosa.

—Dime al menos a quién has visto. ¿A Abraham o a Sarafine?

—No se preocupen. Estoy bien, pero no quiero hablar de ello.

Link me miró.

—¿Seguro que estás bien?

Parpadeé unas cuantas veces. Era como si estuviera sumergido y los viera a través de una masa de agua.

—Seguro.

Ridley estaba a un metro, secándose las manos en la falda.

—Las famosas últimas palabras de Malapata.

Liv tomó la mochila y miró el extremo de aquel muelle casi interminable. Me levanté y me puse a su lado.

—Hemos llegado —dije mirando a Liv—. Lo intuyo.

Me estremecí y, al mismo tiempo, noté que Liv también estaba estremecida.

20 de junio

CAMBIO DE MAR

PARECÍA QUE NUNCA DEJARÍAMOS de andar, como si el puente se hiciera más largo a medida que nos acercábamos a nuestro destino. Cuanto más avanzábamos, menos veíamos. El aire se volvió más luminoso, húmedo y pesado, hasta que de pronto llegamos al último tablón del muelle... y a lo que parecía un muro de niebla impenetrable.

—¿Hemos llegado a la Frontera?

Me puse a gatas y tanteé el borde del tablón. No había nada. Ninguna escalera Caster invisible. Nada.

—Un momento, ¿y si esto es un peligroso campo de fuerza o humo venenoso? —dijo Link sacando las pinzas e introduciéndolas en la bruma. Al poco las sacó intactas—. Tal vez no lo sea. Pero es todo muy raro. Si atravesamos la niebla, ¿podremos regresar?

Como de costumbre, Link decía en voz alta lo que los demás estábamos pensando. Habíamos llegado al final del muelle y nos encontrábamos ante la nada.

—Yo voy a pasar.

Liv se ofendió.

—Apenas puedes andar, ¿por qué tú?

Porque nos habíamos embarcado en aquella aventura por mi culpa, porque Lena era mi novia, porque tal vez, aunque no sabía exactamente lo que era, yo fuera un Wayward.

Aparté la mirada y me topé con los ojos de *Lucille*, que tenía las garras clavada en la camisa de Ridley. A *Lucille Ball* no le gustaba el agua.

—¡Ay! —Ridley dejó al animal en el suelo—. Gata estúpida.

Lucille avanzó unos pasos sobre los tablones del muelle y se volvió para mirarme.

Luego ladeó la cabeza, dio un coletazo y se marchó.

—Porque tengo que hacerlo.

Finalmente, no pude explicarme. Liv negó con la cabeza. A continuación y sin esperar a nadie, me interné en la bruma detrás de *Lucille*.

***

Me encontraba en la Frontera entre dos universos y durante un segundo no me sentí ni Caster ni Mortal. Me sentí dominado por la magia.

La sentía, la oía y la olía, y el aire estaba inundado de sal, agua y sonido. La costa que había al final del puente ejercía una fuerte atracción y me sentía abrumado por un insoportable deseo. Quería estar allí con Lena. Más que eso, quería estar *allí*. No parecía haber un motivo o una lógica aparte de la intensidad del propio deseo.

Quería estar allí más que ninguna otra cosa.

No quería optar por un mundo, quería ser parte de ambos. No quería ver sólo un lado del cielo, quería ver el cielo completo.

Vacilé. Luego di un paso, un solo paso, y salí de la niebla rumbo a lo desconocido.

20 de junio

La luz de la noche

Sentí un golpe de aire frío que me puso la piel de gallina.

Cuando abrí los ojos, el resplandor y la niebla habían desaparecido. Sólo veía una luna entrando por el dentado orificio de una cueva escarpada. Una luna llena y luminosa.

Me pregunté si sería la Decimoséptima Luna.

Cerré los ojos y traté de experimentar la intensidad de unos momentos antes cuando me encontraba entre ambos mundos.

Estaba allí, al fondo, detrás de todo lo demás. La sensación. El aire eléctrico, como si aquel lado del mundo estuviera lleno de una vida que no podía ver pero sí sentir.

—Vamos. —Ridley estaba detrás de mí y tiraba de Link, que tenía los ojos cerrados. Ridley le soltó la mano—. Ya puedes abrir los ojos, superhombre.

Liv apareció tras ellos. Sin aliento.

—Ha sido genial. —Se acercó a mí. Había cruzado sin despeinarse. Observaba con un brillo en los ojos las olas que rompían justo delante de nosotros—. ¿Crees que estamos en...?

No dejé que terminara la pregunta.

—Hemos cruzado la línea de unión y estamos en la Frontera, sí.

Lo cual quería decir que Lena estaba por allí, en alguna parte. Y también Sarafine.

Y quién sabía quién más.

Lucille estaba sentada en una roca y se lamía una pata. Me pareció ver cerca de ella algo enganchado en una roca.

El collar de Lena.

—Está aquí.

Me agaché para tomar el collar. La mano me temblaba de forma incontrolable. Nunca había visto que Lena se desprendiera de aquel collar. El botón de plata relucía entre la arena, la estrella de metal estaba enredada en la anilla donde había atado el cordón rojo. No se trataba tan sólo de sus recuerdos. Eran *nuestros* recuerdos, todo lo que habíamos compartido desde que nos conocíamos, pruebas de los momentos más felices de su vida. Y ahora estaban tirados en la arena como las algas y conchas rotas que cubrían la playa y bañaba el agua del mar.

Si se trataba de algún tipo de señal, no era buena.

—¿Has encontrado algo, Malapata?

Abrí la mano de mala gana y enseñé el collar. Ridley se asustó.

—¿Qué es? —preguntó Liv, que nunca lo había visto.

—El collar de Lena —dijo Link agachando la mirada.

—Tal vez lo haya perdido —sugirió Liv de forma ingenua.

—No —dijo Ridley levantando la voz—. Nunca se lo quitaba. Ni una sola vez en toda su vida. No puede haberlo perdido. Se habría dado cuenta al instante.

—Tal vez se dio cuenta —insistió Liv— y no le importó.

Ridley quiso arremeter contra Liv, pero Link la sujetó por la cintura.

—¡No digas eso! ¡Tú no sabes nada! Cuéntaselo, Malapata.

Yo no sabía qué contar. Ya no estaba seguro de nada.

Reanudamos nuestra marcha a lo largo de la costa y llegamos a un paraje escarpado lleno de cuevas y cavidades horadadas en la roca. Sobre la playa había charcos de agua marina dejados por la marea y las abruptas paredes rocosas proyectaban largas sombras. El sendero que discurría entre rocas parecía conducirnos a una cueva en particular. El océano rompía a nuestro alrededor y daba la impresión de que podría arrastrarnos en cualquier momento.

Bajo nuestros pies, la roca zumbaba y la luz de la luna parecía viva. El lugar transmitía poder y vigor.

Salté de roca en roca hasta llegar a un punto desde el que pude divisar lo que había más allá de aquel paraje rocoso. Los demás me siguieron.

—Miren —dije, indicando una gran cueva. La luna brillaba directamente encima de ella iluminando una enorme grieta abierta en el techo.

Y algo más.

Aunque con cierta dificultad, bajo la luz de la luna advertí unas figuras moviéndose bajo las sombras. Sólo podían ser la Banda de la Sangre de Hunting.

Nadie dijo nada. El misterio estaba resuelto y se había hecho realidad. La caverna estaría llena de Caster Oscuros, Íncubos de Sangre y una Cataclyst.

No contábamos con nadie ni con nada, salvo con el Arco de Luz.

—Afrontémoslo. Vamos a morir los cuatro —dijo Link, y miró a *Lucille,* que se lamía las patas—. Mejor dicho, los cinco.

Tenía razón. Desde donde nos encontrábamos no había más que dos opciones: dar media vuelta o seguir hasta la cueva, que estaba bien custodiada. Dentro, por otro lado, nos aguardaría una amenaza aún más formidable.

—Tiene razón, Ethan. Es probable que mi tío esté ahí dentro con sus secuaces. Sin mis poderes, esta vez no podremos sobrevivir a un ataque de la Banda de la Sangre. Somos inútiles Mortales y nuestra única arma es esa estúpida piedra —dijo Ridley, y pegó una patada en la arena.

—Inútiles no —dijo Link con un suspiro—, sencillamente, Mortales. Ya te acostumbrarás.

—Pégame un tiro cuando lo haga.

Liv contemplaba el mar.

—Tal vez no podamos seguir. Aunque consiguiéramos superar a la Banda de la Sangre, enfrentarse a Sarafine sería… —No concluyó la frase, pero todos la entendimos.

Me dejé invadir por la sensación del viento, la oscuridad y la noche.

¿Dónde estás, L?

Veía la cueva iluminada por la luz de la luna. Seguramente Lena estuviera allí esperándome. Que no respondiera no me impediría seguir adelante.

Ya llego.

—Puede que Liv tenga razón y sea mejor retroceder, pedir ayuda.

Advertí que Link respiraba con dificultad. Había intentado disimularlo, pero aún estaba dolorido. Había llegado el momento de reconocer el precio que mis amigos tenían que pagar por ayudarme.

—No podemos retroceder. Quiero decir: yo no puedo retroceder.

La Decimoséptima Luna no esperaría y Lena se quedaba sin tiempo. El Arco de Luz me había llevado hasta allí por alguna razón. Pensé en lo que Marian me dijo ante la tumba de mi madre en el momento de dármelo.

En la Luz hay Sombra y en la Sombra hay Luz.

Mi madre lo decía a veces. Saqué el Arco de Luz del bolsillo. Emitía un verde de brillo asombroso. Algo estaba ocurriendo. Comencé a darle vueltas y lo recordé todo. Estaba allí mirándome desde aquella esfera de piedra.

Bocetos del árbol genealógico de los Ravenwood sobre la mesa del despacho de mi madre en el archivo.

Miraba el Arco de Luz y veía las cosas por primera vez. Y al hacerlo, las imágenes se elevaban de la superficie de la piedra y de mi mente.

Marian al entregarme el objeto más preciado de mi madre entre las tumbas de dos personas que finalmente encontraron la forma de estar juntos.

Tal vez Ridley tuviera razón y no teníamos más arma que aquella estúpida piedra.

Un anillo retorciéndose en un dedo.

Los Mortales no podían enfrentarse solos a los Caster.

La imagen de mi madre entre sombras.

¿Y la respuesta llevaba todo ese tiempo en mi bolsillo?

Dos ojos negros en los que se reflejaban los míos.

No estábamos solos. Nunca lo habíamos estado. Las visiones me lo habían sugerido desde el principio. Las imágenes se desvanecieron tan pronto como habían aparecido y fueron sustituidas por palabras al instante de pensar en ellas.

En el Arco hay poder y en el poder está la Noche.

—El Arco de Luz no es lo que pensábamos. —Desde los muros rocosos que nos rodeaban, el eco devolvía mi voz.

—¿Qué quieres decir? —preguntó Liv, sorprendida.

—No es una brújula. Nunca lo ha sido.

Lo levanté en alto para que todos pudieran verlo. Desprendió un brillo cada vez más intenso que fue eclipsado por un círculo luminoso como una estrella.

—¿Qué hace? —preguntó Liv, intrigada.

El Arco de Luz, que con tanta inocencia acepté de Marian ante la tumba de mi madre, no tenía ningún poder sobre mí. Pero sí sobre Macon.

Lo alcé más. Bajo la iridiscente luz lunar, el charco que había a mis pies brilló, como lo hicieron hasta los fragmentos de cuarzo más minúsculos de las paredes rocosas que nos rodeaban. En medio de la noche, la esfera parecía en ignición. Su superficie redonda y perlada revelaba los múltiples colores de su interior. El violeta se transformó en verdes sombríos que estallaron en amarillos vivos que a su vez cambiaron a naranjas y rojos intensos. En ese instante comprendí.

Yo no era Guardián, ni Caster, ni Seer.

No era como Marian ni mi madre. No me correspondía custodiar el saber y la historia ni proteger los libros y secretos más valiosos del mundo Caster. No era como Liv, no sabía trazar mapas que nadie más sabía trazar, ni medir lo que nadie más podía medir. No era como Amma. No tenía el don de ver lo que nadie más podía ver ni podía comunicarme con los Antepasados. Y, sobre todo, no era como Lena. No podía eclipsar la luna, nublar los cielos, ni alborotar la tierra. Jamás podría convencer a nadie de que saltase de un puente como sí podía hacer Ridley. Y no me parecía en nada a Macon.

Desde el principio, con esperanza aunque de modo inconsciente, siempre me pregunté qué papel me reservaba aquella historia, mi historia con Lena.

Y mi historia había encontrado su razón de ser a través de todos ellos. Ahora, al final de lo que parecía una vida entera sumido en la oscuridad y confusión de los Túneles, supe lo que tenía que hacer. Encontré mi papel y mi tarea.

Marian tenía razón. Yo era el Wayward y mi tarea consistía en encontrar lo que estaba perdido.

A quien estaba perdido.

Abrí la mano y el Arco de Luz rodó por mis dedos y quedó colgado en el aire.

—¿Qué dem...? —dijo Link, estupefacto.

Saqué del bolsillo la hoja amarilla que llevaba doblada, la que había arrancado del diario de mi madre y llevado todo el camino sin motivo, o eso creía yo.

El Arco de Luz iluminaba las rocas con un resplandor de plata. Me acerqué a él y pronuncié el Hechizo que mi madre había escrito en aquella hoja. Estaba en latín, así que leí muy despacio:

In Luce Caecae Caligines sunt,
et in Caliginibus, Lux.
In Arcu imperium est,
et in imperio, Nox.

—Claro, el Hechizo —exclamó Liv acercándose al Arco—. *Ob Lucem Libertas*, la libertad de la luz —dijo Liv, mirándome—. Acaba.

Di la vuelta a la hoja, pero al otro lado no había escrito nada.

—Eso es todo.

Liv puso los ojos como platos.

—No puedes dejarlo a medias. Es demasiado peligroso. Un Arco de Luz, y mucho más un Arco de Luz de los Ravenwood, es tan poderoso que podría matarnos, podría…

—Tienes que hacerlo.

—No puedo, Ethan. Sabes que no puedo.

—Liv, Lena va a morir… y tú, yo, Link y Ridley. Todos vamos a morir. Hemos llegado hasta donde puede llegar un Mortal, pero no podemos seguir solos —dije, apoyando la mano en su hombro.

—Ethan.

Susurró mi nombre, sólo mi nombre, pero oí sus palabras casi tan claramente como oía a Lena cuando hablábamos kelting. Entre Liv y yo había una conexión propia y singular. Y no se trataba de magia. Era algo muy humano y muy real. Tal vez a ella no le gustase lo que ocurría entre nosotros, pero lo comprendía. Me comprendía y una parte de mí sabía que siempre lo haría. Ojalá todo hubiera sido distinto, ojalá Liv pudiera tener todo cuanto deseaba al final de aquella historia, cosas que nada tienen que ver con estrellas perdidas ni cielos Caster. Pero mi camino me llevaba a un lugar donde no había sitio para ella. Liv, sencillamente, sólo era parte de ese camino.

Apartó los ojos de mí y miró el Arco de Luz, que seguía brillando delante de nosotros. Su silueta aparecía enmarcada en una luz tan resplandeciente que parecía encontrarse ante el mismo sol. Extendió el brazo hacia el Arco y recordé mi sueño, el sueño en el que Lena me tendía la mano desde la oscuridad.

Dos mujeres tan distintas como el Sol y la Luna. Sin una nunca habría encontrado el camino de regreso a la otra.

En la Luz hay Sombra y en la Sombra hay Luz.

Liv tocó el Arco de Luz con un dedo y pronunció la segunda parte del Hechizo:

In Illo qui Vinctus est,
libertas patefacietur.
Spirate denuo, Caligines.
e Luce exi.

Lloraba. Contemplaba la esfera de luz y las lágrimas resbalaban por ambas mejillas. Dijo cada una de las palabras del hechizo forzadamente, como si las tuviera grabadas, pero no se detuvo.

En quien está Atado
se hará la libertad.
Vive de nuevo, Oscuridad,
sal a la luz.

Liv calló y cerró los ojos antes de pronunciar las últimas palabras lentamente en medio de la noche que se interponía entre nosotros.

—Sal, ven…

Se interrumpió. Me tendió la mano, que yo tomé. Link se acercó y Ridley vino tras él y lo agarró de la cintura. Liv se estremecía. Cada palabra que pronunciaba la alejaba de su sagrado deber y de su sueño. Había tomado partido, se había inmiscuido en una historia de la que debía ser testigo. Cuando todo hubiera acabado y si sobrevivíamos, ya no sería una Guardiana en formación. Su sacrificio era su regalo, lo que daría un significado a su vida.

Me resultaba imposible imaginar qué se sentía al hacer algo así.

Los cuatro aunamos nuestras voces. Ya no había vuelta atrás.

—*E Luce exi!* ¡Sal a la Luz!

El estallido retumbó como un cataclismo. Bajo mis pies, la roca reventó estrellándose contra la pared que tenía detrás. Los cuatro caímos al suelo. Probé el sabor de la arena húmeda y del agua salada. Yo sabía que ocurriría. Mi madre había tratado de decírmelo y yo no había sabido escucharla.

En una cueva próxima formada por rocas, musgo, mar y arena, apareció un ser hecho de bruma, sombra y luz. Al principio vi las rocas que tenía detrás como si fuera una aparición. El agua lo traspasaba y no tocaba el suelo.

Luego la luz se estiró formando la figura de un hombre. Sus manos se hicieron manos, su cuerpo un cuerpo y su rostro un rostro.

El rostro de Macon.

Escuché las palabras de mi madre. *Siempre te acompañará.*

Macon abrió los ojos y me miró. *Sólo tú puedes redimirlo.*

Llevaba las ropas quemadas de la noche que murió. Sólo una cosa era distinta.

Tenía los ojos verdes.

Del color verde de los Caster.

—Me alegro de verlo, señor Wate.

20 de junio

SANGRE Y CARNE

—¡MACON!

Me costó no correr hacia él para abrazarlo. Él, por su parte, me miraba con tranquilidad mientras limpiaba el hollín de su esmoquin. Sus ojos me turbaban. Estaba acostumbrado a los ojos negros de Macon Ravenwood el Íncubo, unos ojos vacuos que sólo te devolvían tu propio reflejo. Y ahora estaba ante mí y tenía ojos verdes de Caster de Luz. Ridley no apartaba la vista de él, pero no decía nada. Eran raras las ocasiones en que se quedaba sin palabras.

—Estoy en deuda con usted, señor Wate —dijo Macon girando el cuello y estirando los brazos, como si despertara de una larga siesta.

Me agaché y tomé el Arco de Luz, que estaba sobre la arena.

—Yo tenía razón. Has pasado en el Arco todo este tiempo.

Pensé en las muchas veces que lo había agarrado y confiado en que me guiara, en lo familiar que había llegado a ser su cálido tacto.

A Link también le costaba hacerse a la idea de que Macon estaba vivo. Sin pensar, hizo intención de tocarlo. Macon lo tomó por el brazo. Link hizo una mueca.

—Lo siento, señor Lincoln. Me temo que mis reflejos son algo... irreflexivos. Últimamente no he salido mucho.

Link se frotó el brazo.

—No tenía por qué hacer eso, señor Ravenwood. Yo sólo quería, ya sabe, creía que era...

—¿Un Sheer? ¿Un Vex, quizá?

Link se estremeció.

—Usted sabrá, señor.

Macon abrió los brazos.

—Adelante, pues. Cuando guste, señor Lincoln.

Link extendió el brazo poco a poco, como si jugara a la gallinita ciega. Cuando su dedo llegó a unos centímetros del marchito saco de Macon, se detuvo.

Macon suspiró y tomó la mano de Link y la colocó sobre su pecho.

—¿Lo ve? Sangre y carne. Ahora usted y yo tenemos eso en común.

—Tío Macon —dijo Ridley acercándose a él, por fin preparada para hablar con él—, ¿eres tú?

Macon la miró a los ojos.

—Has perdido tus poderes.

Ridley asintió con los ojos llenos de lágrimas.

—Tú también.

—Algunos sí, pero sospecho que he adquirido otros —dijo Macon. Quiso tomar de la mano a su sobrina, pero ella la apartó—. Aún es pronto para saberlo. —Sonrió—. Me siento como un adolescente. Por segunda vez.

—Pero tienes los ojos verdes.

Macon negó con la cabeza mientras estiraba y encogía los dedos.

—Es verdad. Mi vida de Íncubo ha terminado, pero la Transición todavía no es completa. Aunque tengo ojos de Caster de Luz, aún queda Oscuridad en mí. Todavía no ha sido exorcizada del todo.

—Yo no atravieso ninguna Transición. No soy nada, una Mortal —dijo Ridley como si se tratara de una maldición. La tristeza de su voz era real—. Ya no tengo lugar en el Orden de las Cosas.

—Estás viva.

—Siento que no soy yo misma. Estoy indefensa.

Macon reflexionó unos momentos, como si intentara determinar el estado en el que Ridley se encontraba.

—Debes de estar atravesando tu propia Transición, a no ser que seas víctima de uno de los trucos más impresionantes de mi hermana.

A Ridley le brillaron los ojos.

—¿Quieres decir que podría recuperar mis poderes?

Macon estudió sus ojos azules.

—Creo que Sarafine es demasiado cruel para eso. Quiero decir que tal vez aún no seas plenamente Mortal. La Oscuridad no nos abandona tan fácilmente como cabría esperar. —Macon tiró de Ridley, que apoyó la cabeza en su pecho. Parecía una niña de doce años—. No es fácil ser de Luz cuando has pertenecido a la Oscuridad. Es demasiado pedir para cualquiera.

Intenté detener el caudal de preguntas que se agolpaban en mi cabeza y me limité a la primera.

—¿Cómo?

Macon me miró. La luz recién descubierta de sus ojos me quemó.

—¿Podría concretar un poco más, señor Wate? ¿Cómo no me he convertido en veintisiete mil fragmentos de ceniza en una urna de la sepultura de los Ravenwood? ¿Cómo no me estoy pudriendo a la sombra de un limonero en el empapado suelo del Jardín de la Paz Perpetua? ¿Cómo llegué a ser prisionero de una bola de cristal que guardabas en tu mugriento bolsillo?

—Dos —dije sin pensar.

—¿Cómo dices?

—Dos, en tu tumba hay dos limoneros.

—Cuánta generosidad, con uno habría bastado —dijo, y esbozó una sonrisa cansada, lo cual resultaba extraordinario considerando que había pasado cuatro meses en una cárcel sobrenatural del tamaño de un huevo—. ¿O tal vez te preguntas por qué yo morí y tú viviste? Porque he de decirte que, en lo que a los *cómos* respecta, es una historia sobre la que tus vecinos de Cotton Bend podrían pasarse toda la vida hablando.

—Sólo que usted no murió, ¿verdad, señor?

—Acierta usted, señor Wate. Estoy y siempre estado vivito y coleando, por así decirlo.

Liv se adelantó. Aunque probablemente ya no podría ser Guardiana, habitaba en ella una Guardiana llena de curiosidad que saciar.

—Señor Ravenwood, ¿le importa que le haga una pregunta?

Macon ladeó la cabeza ligeramente.

—¿Quién eres tú, querida? Supongo que has sido tú la que me ha convocado para salir del Arco de Luz.

Liv se sonrojó.

—Así es, señor. Me llamo Olivia Durand y me estaba formando con la profesora Ashcroft antes de que…

—Antes de pronunciar el *Ob Lucem Libertas*.

Liv, avergonzada, asintió. Macon la miró con pena, y sonrió.

—En ese caso, ha renunciado a mucho para salvarme, señorita Olivia Durand. Estoy en deuda con usted, y yo siempre pago mis deudas. Será un honor responder a su pregunta.

Aun a pesar de llevar meses encerrado, Macon no había dejado de ser un caballero.

—Evidentemente, sé cómo ha salido usted del Arco, pero ¿cómo entró? Un Íncubo no puede entrar en su propia cárcel, especialmente cuando, según todos los testimonios, usted estaba muerto.

Liv tenía razón. Él no podía haberse metido solo en el Arco. Alguien había tenido que ayudarlo. Por mi parte, en el mismo momento en que la bola lo liberó, supe quién había sido. Una persona a quien ambos amábamos tanto como a Lena incluso en la muerte.

Mi madre, amante de los libros y las antigüedades, de la rebeldía, la historia y la complejidad. Mi madre, que había amado a Macon hasta el extremo de alejarse de él cuando éste se lo pidió aunque no pudiera soportarlo, aunque una parte de ella nunca llegara a abandonarlo del todo.

—Fue ella, ¿verdad?

Macon asintió.

—Tu madre era la única que conocía la existencia del Arco de Luz. Yo se lo di. Cualquiera habría sido capaz de matarla con tal de destruirlo. Era nuestro secreto, uno de los últimos que compartimos.

—¿Llegaste a verla? —pregunté, contemplando el mar.

A Macon le cambió la expresión. Su semblante reflejó dolor.

—Sí.

—¿Parecía...? —¿Qué? ¿Feliz? ¿Muerta? ¿Ella misma?

—Estaba tan bella como siempre. Igual que el día que nos dejó.

—Yo también la he visto. —Recordé el Cementerio de Buenaventura y se me hizo un nudo en la garganta.

—Pero ¿cómo es eso posible? —Liv no trataba de desafiarlo, sencillamente, no comprendía. Ninguno comprendíamos.

La tristeza ensombrecía el rostro de Macon. Hablar de mi madre le resultaba tan difícil como a mí.

—Algún día se darán cuenta de que lo imposible es posible más a menudo de lo que pensamos, particularmente en el mundo Caster. Pero si quieren emprender un último viaje conmigo, puedo mostrárselos.

Me tendió una mano a mí y otra a Liv. Ridley se acercó y me tomó la mano libre. Con vacilación, Link se acercó cojeando y completó el círculo.

Macon me miró y, antes de que pudiera interpretar la expresión de su cara, el aire se llenó de humo.

Macon trató de resistir, pero había empezado a apagarse. Sobre él, unas llamas naranjas surcaban un cielo de ébano. No podía ver a Hunting, pero sentía sus dientes clavados en el hombro. Cuando Hunting sació su sed, lo soltó y cayó al suelo.

Cuando volvió a abrir los ojos, Emmaline, la abuela de Lena, se arrodillaba a su lado. Recorría su cuerpo y él sentía el calor de sus poderes curativos. Ethan también estaba allí. Macon intentó hablar, pero no estaba seguro de que pudieran oírle. Busquen a Lena, eso quería decirles. Y tal vez Ethan lo escuchara, porque se levantó y se internó en el humo y el fuego.

El chico era como Amarie, terco y temerario. Y como su madre, leal y honrado. Y estaba preparado para el dolor que implicaba amar a una Caster. Macon todavía pensaba en Jane cuando su mente se durmió.

Cuando volvió a abrir los ojos, el fuego se había apagado. El fuego, el rugido de las llamas y la munición, todo había terminado. Sumido en la oscuridad, sintió que flotaba, aunque no como al Viajar. Aquel vacío era pesado y lo arrastraba. Se miró las manos. Eran transparentes, materializadas sólo en parte.

Estaba muerto.

Lena debía de haber tomado su Decisión. Había elegido la Luz. Incluso sumido en la oscuridad y conociendo el destino de un Íncubo en el Otro Mundo, lo invadió una sensación de calma. Todo había terminado.

—Aún no. Para ti no.

Macon reconoció la voz de inmediato y se volvió. Lila Jane, como una luz en el abismo. Resplandeciente y hermosa.

—Janie, hay tantas cosas que quiero contarte.

Jane negó con la cabeza. El cabello le caía sobre los hombros.

—No tenemos tiempo.

—Sólo tenemos tiempo.

Jane le tendió la mano. Le brillaban los dedos.

—Toma mi mano.

En cuanto Macon la tocó, la oscuridad empezó a sangrar colores y luz. Vio algunas imágenes, figuras y formas familiares flotaron a su alrededor. Pero no podía retenerlas. Y entonces se percató de que se encontraban en el archivo, un lugar especial para Jane.

—Jane, ¿qué ocurre?

La vio extender el brazo, pero todo estaba borroso. Y oyó las palabras que él le había enseñado.

—En estas paredes sin tiempo ni espacio, Vinculo tu cuerpo y la Tierra lo suprimo.

Tenía algo en la mano. El Arco de Luz.

—¡Jane, no lo hagas! Quiero estar aquí contigo.

Lila Jane levitaba delante de él, aunque ya había empezado a desvanecerse.

—Te prometí que si llegaba el momento, lo usaría. Cumplo ahora con mi promesa. No puedes morir. Te necesitan. —Desapareció y sólo quedó su voz—. Mi hijo te necesita.

Macon quería decirle todo cuanto no le había dicho en vida, pero era demasiado tarde. Sentía la atracción imposible de evitar del Arco de Luz. Al caer al abismo, oyó que Lila Jane sellaba su destino.

Comprehende, Liga, Cruci Fige.
Captura, Jaula y Crucifijo.

***

Macon soltó mi mano y la visión nos liberó. Yo, sin embargo, no quería dejarla escapar y no la olvidé. Mi madre lo había salvado con el arma que el propio Macon le había dado para que se protegiera de él. Había renunciado a la oportunidad de estar juntos por fin y lo había hecho por mí. ¿Sabía que Macon era nuestra única oportunidad?

Abrí los ojos. Liv estaba llorando y Ridley fingiendo que no lo estaba.

—Oh, por favor, ya basta de dramas —dijo, y una lágrima resbaló por su mejilla.

Liv se limpió las lágrimas.

—No tenía ni idea de que un Sheer pudiera hacer algo así.

—Te sorprendería saber de qué somos capaces cuando la situación lo requiere —dijo Macon, apoyando la mano en mi hombro—. ¿No es verdad, señor Wate?

Era su forma de darme las gracias. Sin embargo, al mirar a mi alrededor y ver nuestro círculo roto, sentí que no las merecía. Ridley había perdido sus poderes, Link estaba maltrecho y dolorido, y Liv había destruido su futuro.

—Yo no he hecho nada.

Macon apretó mi hombro y me obligó a mirarlo.

—Tú has sabido ver lo que la mayoría habría pasado por alto. Tú me has traído aquí, tú me has sacado del Arco de Luz. Tú has aceptado tu destino de Wayward y encontrado el camino hasta aquí. Y nada ha sido fácil —dijo. Luego miró a su alrededor: a Ridley, Link y Liv, en quien detuvo su mirada unos momentos. Antes de volver a mirarme—: Para nadie.

Tampoco para Lena.

Me costó mucho decírselo, pero debía hacerlo, porque no estaba seguro de que lo supiera.

—Lena se cree responsable de tu muerte.

Guardó silencio unos instantes. Cuando habló, lo hizo con la mayor tranquilidad.

—¿Por qué?

—Aquella noche, Sarafine me clavó un cuchillo a mí, pero fuiste tú quien murió. Me lo contó Amma —dije—. Lena no se lo perdona. Y eso la ha cambiado. —Tal vez no me estuviera explicando bien, pero Macon necesitaba saber—. Tuvo que tomar una decisión que le partió el corazón, aunque en ese momento no se diera cuenta.

—Sin duda.

—Recurrió al *Libro de las Lunas*, señor Ravenwood —dijo Liv llevada por su impaciencia—. Lena estaba desesperada, quería salvar a Ethan, y pensó en el libro. Hizo un pacto, su vida por la de Ethan. Lena no sabía lo que ocurriría, porque no hay forma de controlar el libro, que es la razón de que los Caster no lo puedan custodiar.

Nunca había oído a Liv hablar de ese modo. Parecía una bibliotecaria Caster.

Macon agachó la cabeza ligeramente.

—Comprendo —dijo—. Olivia.

—Sí, señor.

—Con el debido respeto, éste no es momento para una Guardiana. Hoy será necesario emprender ciertas acciones que es mejor no consignar en ningún documento o, como mínimo, de las que no deberemos hablar en el futuro. ¿Lo entiendes?

Liv asintió. Por su expresión supe que, en efecto, lo entendía, y tal vez más de lo que Macon era consciente.

—Ha dejado de ser Guardiana —dijo Macon.

Liv le había salvado la vida y destruido la suya entretanto. Cuando menos, merecía el respeto de Macon.

—Después de lo que ha sucedido, es lo más probable —dijo Liv con un suspiro.

Las olas rompían en las rocas. Ojalá hubieran podido llevarse mis pensamientos.

—Todo ha cambiado —dije.

Macon miró a Liv unos instantes y luego de nuevo a mí.

—Nada ha cambiado. Al menos, nada importante. Podría cambiar, pero todavía no lo ha hecho.

Link se aclaró la garganta.

—Pero ¿qué podemos hacer? Quiero decir, ¿se han mirado? —Hizo una pausa—. Ellos cuentan con un ejército entero de Íncubos y quién sabe qué más.

Macon nos miró valorando nuestras posibilidades.

—¿Con qué contamos? Con una Siren privada de sus poderes, una Guardiana renegada, un Wayward perdido y… con usted, señor Lincoln. Una pandilla variopinta pero con iniciativa, de eso no hay duda. —*Lucille* maulló—. Sí, también contamos con usted, señora *Ball.* —Me di cuenta de lo maltrechos que estábamos: magullados, sucios y exhaustos—. Y sin embargo han llegado hasta aquí y me han liberado del Arco de Luz, lo cual no es una hazaña precisamente menor.

—¿Está usted diciendo que podemos vencerlos? —preguntó Link con la misma mirada que ponía cuando Earl Petty empezaba una pelea contra el equipo de fútbol americano del Summerville High al completo.

—Estoy diciendo que, por mucho que yo disfrute de su compañía, no tenemos tiempo de quedarnos aquí parados charlando. Tengo que ocuparme de unas cuantas cosas, como, por ejemplo, de mi sobrina, que es la primera y la más importante —dijo Macon, y se dirigió directamente a mí—. Wayward, muéstranos el camino.

Macon dio un paso, pero las piernas no le sostuvieron y cayó levantando una nube de polvo. Se incorporó y se quedó sentado en la arena con su esmoquin chamuscado. Aún no se había recobrado de su estancia en el Arco de Luz. Al parecer, yo no había convocado a un pelotón de marines. Necesitábamos un plan B.

20 de junio

Un ejército de un solo soldado

MACON INSISTÍA. No estaba en condiciones de ir a ninguna parte, pero sabía que no teníamos mucho tiempo y había tomado la determinación de acompañarnos. No quise discutir porque hasta un Macon Ravenwood debilitado tenía más recursos que cuatro pobres Mortales. O eso al menos esperaba.

Yo sabía adónde debíamos dirigirnos. La luz de la luna entraba todavía por el techo de la caverna que divisábamos a lo lejos. Cuando, paso a paso, Liv y yo lo ayudamos a superar el sendero de la costa que conducía hasta esa cueva, Macon había terminado de hacerme preguntas y yo empezaba a hacerle las mías.

—¿Por qué Sarafine convocó a la Decimoséptima Luna ahora?

—Cuanto antes Cristalice Lena, antes habrán asegurado los Caster Oscuros su destino. Lena se hace más fuerte cada día y ellos saben que, cuanto más esperen, más probabilidades hay de que tome su decisión. Imagino que, si conocen las circunstancias que rodean mi *deceso*, querrán aprovecharse de la actual vulnerabilidad de Lena.

Recordé el momento en que Hunting me dijo que Lena había matado a Macon.

—Las conocen.

—Es muy importante que me lo cuenten todo.

Ridley se puso a la par de Macon.

—Desde el cumpleaños de Lena, Sarafine ha estado alimentándose de Fuego Oscuro para adquirir poder suficiente para convocar la Decimoséptima Luna.

—¿Te refieres a la pira que prendió en los bosques?

Por la forma de decirlo, Link sin duda imaginaba un contenedor de basura ardiendo de noche junto al lago.

—No, eso no era el Fuego Oscuro —respondió Ridley negando con la cabeza—, sólo una aparición creada por Sarafine.

Liv asintió.

—Ridley tiene razón. El Fuego Oscuro es la fuente de todo poder mágico. Si los Caster concentran toda su energía colectivamente en él, su poder aumenta de modo exponencial, convirtiéndose en una especie de bomba atómica sobrenatural.

—¿Quieres decir que va a estallar? —Link ya no parecía tan seguro de que pudiéramos vencer a Sarafine.

—No va a estallar, genio —dijo Ridley—, pero sí puede causar grandes daños.

Me fijé en la luna llena y en los rayos visibles que entraban directamente en la caverna. No era la luna la que alimentaba el fuego. El poder del Fuego Oscuro atraía a la luna. Así era como Sarafine la había convocado antes de tiempo.

Macon observaba a Ridley detenidamente.

—¿Por qué Lena accedió a venir hasta aquí?

—John y yo la convencimos.

—¿Quién es John y cuál es su papel en todo esto?

Ridley mordía sus uñas color púrpura.

—Es un Íncubo, o más bien un híbrido. En parte Íncubo y en parte Caster, y es verdaderamente poderoso. Está obsesionado con la Frontera y pensaba que todo sería perfecto en cuanto llegásemos.

—¿Sabía que Sarafine estaría aquí?

—No. Es un auténtico creyente. Cree que la Frontera resolverá todos sus problemas, como si fuera una especie de Utopía de los Caster.

La mirada de Macon traslucía ira. Sus ojos verdes reflejaban sus emociones como los negros nunca lo habían hecho.

—¿Cómo es que tú y un chico que ni siquiera es Íncubo del todo fueron capaces de convencer a Lena de algo tan absurdo?

Ridley apartó la mirada.

—Fue fácil. Lena pasaba por una situación complicada y supongo que pensaba que no tenía ningún otro sitio al que ir.

Era difícil mirar a la Ridley de ojos azules sin preguntarse cómo se sentiría al pensar que hasta hacía tan sólo unos días había sido una Caster Oscura.

—Aunque Lena se sintiera responsable de mi muerte, ¿por qué pensó que su sitio estaba entre ustedes, una Caster Oscura y un Demonio? —Macon no lo dijo con rencor, pero a Ridley aquellas palabras le dolieron.

—Lena se odia a sí misma y cree que se está volviendo Oscura —repuso, y me miró—. Quería ir a un lugar donde no pudiera hacerle daño a nadie. John le prometió que la cuidaría cuando nadie más lo hiciera.

—Yo lo habría hecho. —Mi voz resonó entre las paredes rocosas que nos rodeaban.

—¿También si se volvía Oscura? —me preguntó Ridley mirándome a los ojos.

Todo tenía sentido. Lena atormentada por el peso de la culpa y John junto a ella con todas las respuestas que yo tal vez no podría darle.

Me pregunté cuánto tiempo llevaban juntos, cuántas noches, cuántos Túneles Oscuros. John no era Mortal. El contacto con ella no lo mataría. Podrían hacer todo lo que desearan, todo lo que Lena y yo nunca podríamos hacer. La imagen de los dos abrazados en la oscuridad como Liv y yo en Savannah me torturó.

—Y hay algo más. —Tenía que decírselo—. Sarafine no actúa sola. Abraham la está ayudando.

Una sombra que no supe cómo interpretar cruzó el rostro de Macon.

—Abraham. La verdad es que no me sorprende.

—Las visiones también han cambiado. En alguna de ellas me pareció que Abraham podía verme.

Macon perdió el paso y estuvo a punto de tropezar conmigo.

—¿Estás seguro?

—Me llamó por mi nombre.

Macon me dirigió la misma mirada que la noche del Baile de Invierno, el primero de Lena. Como si sintiera lástima por mí, por lo que tendría que hacer, por la responsabilidad que recaía sobre mí. No comprendía que yo la llevaba de buen grado.

Macon siguió hablando. Traté de concentrarme en lo que decía.

—No me imaginaba que los acontecimientos se hubieran precipitado tan deprisa. Tienes que extremar las precauciones, Ethan. Si Abraham ha establecido conexión contigo, te puede ver tan claramente como tú lo ves a él.

—¿También aparte de las visiones?

La idea de que Abraham pudiera ver todos mis movimientos no era muy tranquilizadora.

—De momento, no tengo una respuesta para eso, pero hasta que la tenga, ten cuidado.

—Ya me preocuparé de eso después de enfrentarnos a un ejército de Íncubos para rescatar a Lena. —Cuanto más hablábamos de ella, más imposible me parecía.

Macon se volvió hacia Ridley.

—¿Tiene John algo que ver con Abraham?

—No lo sé. Fue Abraham quien convenció a Sarafine para que convocara la Decimoséptima Luna. —Ridley parecía triste, exhausta, desaseada.

—Ridley, necesito que me cuentes todo lo que sepas.

—Yo no ocupaba un lugar demasiado alto en la jerarquía, tío Macon. Todo lo que sé me lo dijo Sarafine.

Resultaba difícil creer que Ridley fuera la misma chica que estuvo a punto de convencer a mi padre de que saltara al vacío desde un balcón. Parecía abatida, rota.

—Señor —intervino Liv—, cierto detalle me inquieta desde que supe de John Breed. En la Lunae Libri se conservan miles de árboles genealógicos de Caster e Íncubos que recorren varios siglos de historia. ¿Cómo es posible que él aparezca de pronto, como salido de ninguna parte, que no aparezca en ningún registro?

—Yo me estaba preguntando exactamente lo mismo —dijo Macon, reanudando la marcha. Apoyaba el peso del cuerpo más sobre una pierna que sobre la otra—. Pero no es un Íncubo.

—Estrictamente hablando, no —repuso Liv.

—Pero es tan fuerte como ellos —dije, dando una patada a una piedra.

—Pues yo me pegaría con él de todas formas —dijo Link encogiéndose de hombros.

—No se alimenta, tío Macon. No le he visto hacerlo ni una sola vez.

—Interesante.

—Mucho —refrendó Liv.

—Olivia, si no te importa… —dijo Macon, extendiendo el brazo—. ¿Has conocido algún caso de híbrido en tu orilla del Atlántico?

Liv se colocó de forma que Macon pudiera andar apoyado en sus hombros.

—¿De híbrido? Espero que no…

Me retrasé unos pasos y saqué el collar de Lena del bolsillo para contemplar los amuletos, que dejé sobre la palma de mi mano. Estaban enredados y, sin ella, carecían de valor y de sentido. Pesaban más de lo que recordaba, eso sí. O tal vez fuera el peso de mi conciencia.

***

Nos detuvimos en un risco que dominaba la boca de la caverna. Era enorme y estaba formada únicamente por roca volcánica negra. La luna estaba tan baja que parecía a punto de caerse del cielo. Dos Íncubos guardaban la entrada, bajo la cual las olas rompían con fragor rociándolos de gotas a cada poco.

La luz de la luna no era lo único que se sometía a la atracción de la caverna. Un grupo numeroso de Vex, negras sombras que giraban sobre sí mismas, sobrevolaba la entrada en círculos, metiéndose por la boca y saliendo por la abertura del techo como si formaran una especie de molinillo sobrenatural. Me fijé en uno que sobrevolaba el agua. Su sombra se reflejaba perfectamente en el mar.

Macon nos explicó su presencia.

—Sarafine los utiliza para avivar el Fuego Oscuro.

Un ejército. ¿Qué posibilidades teníamos? La situación era mucho más complicada de lo que yo había imaginado y la perspectiva de salvar a Lena, una locura. Al menos contábamos con Macon.

—¿Qué vamos a hacer?

—Intentaré ayudarlos a entrar, pero en cuanto lo hagan, serán ustedes los que tendrán que buscar a Lena. Al fin y al cabo, el Wayward eres tú.

¿Ayudarnos a entrar? ¿Se había vuelto loco?

—¿Es que no vas a venir con nosotros?

Macon se sentó en una roca.

—Su suposición es correcta, señor Wate.

No quise disimular mi ira.

—¿Habla en serio? Usted mismo lo ha dicho. ¿Cómo vamos a salvar a Lena sin usted, si no somos más que una Siren que ha perdido sus poderes, un Mortal que nunca tuvo ninguno, una bibliotecaria y yo? ¿Qué posibilidades tenemos frente a un grupo de Íncubos de Sangre y Vex bastantes para abatir la Fuerza Aérea? Por favor, dígame que tiene un plan.

Macon levantó la vista y miró la luna.

—Voy a ayudarlos, pero desde aquí. Confíe en mí, señor Wate. Así tiene que ser.

Me le quedé mirando. Hablaba completamente en serio. Nos mandaba solos a la caverna.

—Si con esas palabras pretende tranquilizarme, no lo ha conseguido.

—Ahí abajo no hay más que una batalla que librar y no me corresponde a mí ni a tus amigos, es sólo tuya, hijo. Eres un Wayward, un

Mortal con un gran propósito. Te he visto luchar desde que te conozco, frente al grupo de damas egoístas e interesadas de las Hijas de la Revolución, frente al Comité Disciplinario, en la Decimosexta Luna, hasta frente a tus amigos. No tengo la menor duda de que encontrarás el camino.

Llevaba luchando todo el año, pero eso no hizo que me sintiera mejor. La señora Lincoln tenía aspecto de ser capaz de amargarte la vida hasta acabar contigo, pero en el fondo sabías que no podía. Lo que nos aguardaba en aquella caverna era un peligro mucho mayor.

Macon sacó un objeto de su bolsillo y me lo puso en la mano.

—Toma, es todo lo que tengo. Mi reciente viaje fue inesperado y no tuve tiempo de hacer las maletas.

Era un libro en miniatura de color dorado. Presioné el cierre y se abrió. En su interior guardaba una fotografía de mi madre, la muchacha de mis visiones. La Lila Jane de Macon.

Apartó la mirada.

—Lo encontré en mi bolsillo por casualidad. Con el tiempo que ha pasado. Imagínate. —No era verdad. El librito, su amuleto, estaba viejo y arañado. No dudé que lo tenía en el bolsillo porque, desde hacía quién sabe cuántos años, siempre lo había llevado consigo—. Creo, Ethan, que será para ti un objeto de poder. Siempre lo fue para mí. No te olvides de que nuestra Lila Jane era una mujer muy fuerte. Me salvó la vida incluso desde la tumba.

Reconocí en la muchacha de la foto la mirada de mi madre. Hasta ese momento siempre había creído que la reservaba para mí. Era la mirada que me dedicó la primera vez que leí una señal de tráfico cuando aún no sabía que yo había aprendido a leer. La misma que me dirigió cuando me empaché con pay de mantequilla de Amma y me acosté en su cama con un dolor de estómago tan feroz como la propia Amma. La mirada que reservó para mi primer día de colegio, mi primer partido de basquetbol y el primer roce con el coche.

Ahora la veía otra vez, conservada en aquel libro minúsculo. Ya no me abandonaría. Y Macon tampoco. Tal vez tuviera algún plan. Al fin y al cabo había logrado burlar a la muerte. Me guardé el librito en el bolsillo, junto al collar de Lena.

—Espera un momento —dijo Link acercándose—. Me alegro de que tengas ese librillo dorado y todo lo que tú quieras, pero dijeron que la Banda de la Sangre nos está esperando ahí abajo y también el chico vampiro y la madre de Lena y el emperador o lo que sea el tal Abraham. Y mira, he echado un vistazo por aquí, pero no he visto a

Han Solo, ¿sabes? Así que ¿no te parece que vamos a necesitar algo más que un librito?

Ridley, que estaba detrás de él, asentía.

—Link tiene razón. Tal vez puedas salvar a Lena, pero no lo conseguirás si no llegas hasta ella.

Link se sentó con dificultad al lado de Macon.

—Señor Ravenwood, ¿no puede usted acompañarnos y cargarse por lo menos a un par de tipos?

Macon miró a Link con sorpresa. En realidad, era el primer diálogo que mantenía con él.

—Por desgracia, hijo, la prisión me ha debilitado...

—Está en plena Transición, Link, y no puede bajar. Se encuentra en un momento muy vulnerable —dijo Liv, en quien Macon seguía apoyándose.

—Olivia tiene razón. Los Íncubos están dotados de una fuerza y una rapidez increíbles y en mi actual estado no soy rival para ellos.

—Por fortuna, yo sí.

La voz provenía de la oscuridad de la noche. Al instante, oímos el desgarro del aire. Era una criatura femenina. Llevaba un largo abrigo negro con el cuello vuelto hacia arriba y botas también negras y muy gastadas. Su pelo moreno flotaba al viento.

Reconocí al Súcubo del entierro de Macon enseguida. Se trataba de Leah Ravenwood, la hermana de Macon, que se había quedado tan boquiabierto como los demás.

—¡Leah!

Leah se acercó y le rodeó la cintura con un brazo para sostenerlo.

—Verdes, ¿eh? —dijo al verle los ojos—. A algunos les va a costar acostumbrarse. —Apoyó la cabeza en su hombro como hacía Lena.

—¿Cómo nos has encontrado?

Leah se echó a reír.

—Son la botana de los Túneles. Corre el rumor de que mi hermanito mayor se va a enfrentar a Abraham, que tampoco parece muy contento con ustedes.

La hermana de Macon, a la que Arelia se llevó a Nueva Orleans al abandonar a su esposo. Las Hermanas la habían mencionado en alguna ocasión.

—Sombra y Luz han de ser lo que son.

Link llamó mi atención con un ademán. Supe lo que quería sin necesidad de que me lo dijera: huir a toda costa. No sabíamos qué quería Leah Ravenwood de nosotros ni por qué estaba allí, pero si era como Hunting y se alimentaba de sangre y no de sueños, teníamos que salir de allí cuanto antes. Miré a Liv. Negó con la cabeza de un modo casi imperceptible. Tampoco las tenía todas consigo.

Macon esbozó una de sus raras sonrisas.

—¿Qué haces tú aquí, querida?

—Vine a equilibrar un poco la pelea. Ya sabes que siempre me han gustado las peleas de familia —respondió Leah también con una sonrisa. Agitó la muñeca y de la nada apareció un largo bastón de madera pulida—. Además, traje mi báculo.

Macon estaba desconcertado. Por la expresión de su rostro resultaba imposible saber si sentía alivio o preocupación.

—Pero ¿por qué ahora? Normalmente, los problemas de los Caster no te importan nada.

Leah metió la mano en el bolsillo y sacó una liga con la que se hizo una coleta.

—Esto no es una simple batalla entre Caster. Si el Orden es destruido, puede que nosotros caigamos con él.

Macon la miró con gravedad, como si quisiera decir: *no lo digas delante de los niños.*

—El Orden de las Cosas se mantiene desde el principio de los tiempos y haría falta algo más que una Cataclyst para provocar su destrucción.

Leah volvió a sonreír, e hizo girar el bastón.

—Además, es hora de que alguien le enseñe a Hunting buenos modales. Mis motivos son puros como el corazón de un Súcubo.

Macon rio la broma, que para mí no tuvo ninguna gracia.

Leah Ravenwood podía decantarse por la Luz o por la Sombra, a mí me daba igual, lo importante era otra cosa.

—Tenemos que encontrar a Lena.

Leah tomó el bastón.

—Estaba esperando que lo dijeras.

—No quiero ser grosero, señora —dijo Link aclarándose la garganta—, pero mi amigo Ethan dice que Hunting está ahí abajo con su pandilla de Íncubos. No me interprete mal, porque parece usted muy mala y todo eso, pero no deja de ser una chica con un palo.

—Esto... —En una fracción de segundo, Leah puso el bastón a unos centímetros de la nariz de Link— ... es un Báculo de Súcubo, no un palo. Y yo no soy una chica, soy un Súcubo. Dentro de nuestra especie, las hembras tenemos ventaja. Somos más rápidas, más fuertes y más listas que nuestros homólogos masculinos. Considérame la mantis religiosa del mundo sobrenatural.

—¿No es ése el bicho que arranca la cabeza de un mordisco a los ejemplares machos? —preguntó Link con escepticismo.

—Sí, y luego se lo come.

A pesar de las reservas que pudiera tener respecto a Leah, parecía satisfecho de que su hermana nos acompañara. Le dio un consejo de última hora.

—Larkin ha crecido desde la última vez que lo viste, Leah. Es un Illusionist muy poderoso. Ve con cuidado. Según Olivia, nuestro hermano conserva sus estúpidas mascotas, los Canes de Sangre.

—No te preocupes, hermano mayor. Yo también he traído compañía —dijo Leah y se volvió para mirar hacia un saliente rocoso que estaba sobre nosotros. En él aguardaba una especie de puma del tamaño de un pastor alemán. Estaba echado en una roca con el rabo colgando—. ¡Bade! —El gato llegó corriendo y se tendió a los pies de Leah tras abrir las mandíbulas. Tenía varias hileras de afilados dientes—. Estoy segura de que a Bade le encantará jugar con los perritos de Hunting. Seguro que son fieles a su naturaleza y se llevan como el perro y el gato.

Ridley se dirigió a Liv en voz baja.

—Bade es el dios vudú del viento y las tormentas. Lo mejor es no tener problemas con él.

La referencia al vudú me recordó a Lena y me sentí más tranquilo respecto al gato de ochenta kilos que no apartaba los ojos de mí.

—La caza y las emboscadas son su especialidad —dijo Leah acariciando al animal detrás de las orejas.

Al ver al gato, Lucille echó a correr y se tumbó de espaldas para jugar. Bade la acarició con el hocico y Leah se agachó y la tomó.

—Lucille, ¿cómo está mi niña?

—¿Conoces a la gata de mis tías?

—Estuve presente cuando nació. Era la gata de mi madre, que se la regaló a tu tía Prue para que pudiera orientarse en los Túneles.

Lucille se escurrió hasta las garras de Bade.

Leah despertaba mis sospechas hasta ese momento, pero Lucille nunca me había fallado. Sabía juzgar a las personas, aunque fuera una gata.

Una gata Caster. Debí suponerlo desde un principio.

Leah se metió el báculo debajo del cinturón. Había llegado el momento de marcharse.

—¿Listos?

Macon me tendió la mano y yo se la estreché. Sentí por un instante el poder de su tacto, como si quisiera trasladarme un mensaje que no supe comprender. Me soltó y me volví hacia la caverna preguntándome si volvería a verlo.

Yo iba a la cabeza y mis amigos, la variopinta pandilla a que se había referido Macon, detrás. Mis amigos, un Súcubo, un puma con nombre de dios vudú, una gata y yo. Ojalá fuera suficiente.

20 de junio

Fuego Oscuro

AL LLEGAR A LA BASE de los riscos, nos escondimos detrás de una formación rocosa a pocos metros de la caverna. Dos Íncubos custodiaban la entrada. Hablaban con voz grave. Reconocí a uno de ellos, tenía una cicatriz y había asistido al entierro de Macon.

—Genial. —Dos Íncubos de Sangre y ni siquiera habíamos entrado. Evidentemente, el resto de la Banda no andaría lejos.

—Déjenmelos a mí. Aunque será mejor que no miren —dijo Leah haciendo una señal a *Bade,* que se puso a su lado.

El báculo brilló en el aire como un relámpago. Los Íncubos ni siquiera lo advirtieron. Leah tumbó al primero en cuestión de segundos y *Bade* se lanzó al cuello del segundo. Leah se levantó, se limpió la boca en la manga y escupió, dejando una marca sanguinolenta en la arena.

—Sangre vieja. Entre setenta y cien años.

Link se quedó boquiabierto.

—¿No esperará que nosotros hagamos eso?

Leah se inclinó sobre el cuello del segundo Íncubo y así estuvo casi un minuto antes de dirigirse a nosotros.

—¡Adelante!

No me moví.

—¿Qué hacemos… qué hago?

—Luchar.

La entrada de la cueva resplandecía como si el sol brillara dentro.

—No puedo hacerlo.

Link se asomó. Estaba nervioso.

—¿Qué dices, camarada?

Miré a mis amigos.

—Creo que deberían dar media vuelta, chicos. Es demasiado peligroso. No tendría que haberlos obligado a venir.

—A mí nadie me ha obligado. He venido para… —dijo Link y se interrumpió para mirar a Ridley. Luego volvió a mirarme—: Acabar con esta historia.

Ridley sacudió su embarrado pelo con gesto dramático.

—Yo desde luego no he venido por ti, Malapata. No te hagas ilusiones. Por mucho que me guste su compañía, chiflados, estoy aquí por mi prima. —Miró a Liv—. ¿Qué excusa tienes tú?

—¿Creen en el destino? —dijo Liv con calma. La miramos como si se hubiera vuelto loca, pero le dio igual—. Yo sí. Llevo observando el cielo Caster desde hace tanto tiempo que ya ni me acuerdo y cuando cambió, lo vi. La Estrella del Sur, la Decimoséptima Luna, mi selenómetro, del que todo el mundo se burla… Éste es mi destino. Yo tenía que estar aquí, aunque… Bueno, eso no importa.

—Ya te capté —dijo Link—. Aunque se fastidie todo, aunque acabes limpiando letrinas. Porque hay veces en que hay que hacer lo que hay que hacer.

—Algo así.

Link trató de chascar los nudillos.

—Bueno, ¿cuál es el plan?

Miré a mi mejor amigo, el mismo que había compartido su chocolate conmigo en el autobús del colegio un lejano día de segundo curso. ¿De verdad iba a dejar que se internara conmigo en una cueva en la que sólo podía morir?

—No hay ningún plan y no pueden venir conmigo. Yo soy el Wayward y ésta es mi responsabilidad, no la suya.

Ridley me miró con menosprecio.

—Evidentemente, no te han explicado bien todo ese asunto del Wayward. Tú no tienes superpoderes, niño. No puedes superar edificios de un salto ni vencer a los Caster Oscuros con tu gata mágica. —*Lucille*, que estaba detrás de mí, me golpeó con la pata—. Básicamente, eres un guía turístico venido a más tan poco equipado para enfrentarse a una panda de Caster Oscuros como mi amiga Mary Poppins.

—Ya, igual que Aquaman —dijo Link carraspeando y guiñándome un ojo.

Habló Liv, que llevaba un rato callada.

—No se equivoca, Ethan. No puedes hacer esto solo.

Me daba perfecta cuenta de lo que se habían propuesto hacer, o, mejor dicho, *no* hacer. Marcharse. Negué con la cabeza.

—Chicos, son tontos.

Link sonrió.

—Creía que ibas a decir «valientes como diablos», por lo menos por mí.

***

Avanzamos junto a las paredes de la caverna guiados por la luz de la luna. Al doblar una esquina, los rayos adquirieron un brillo imposible y pudimos ver la pira por debajo de nosotros. Se elevaba en el centro de la cueva con llamas doradas que ardían en círculo consumiendo una pirámide de árboles cortados. Había una gran roca que semejaba un altar maya. Se mantenía en equilibrio sobre la pira como si estuviera suspendida de unos cables invisibles. Unas escaleras gastadas por la erosión conducían al altar. El círculo enroscado de los Caster Oscuros estaba pintado en la pared del fondo.

Sarafine estaba tendida sobre el altar igual que en la aparición del bosque. En cuanto a lo demás, nada era como en aquella visión. Rayos de luna entraban por la abertura superior de la caverna e iban a dar directamente sobre su cuerpo irradiando en todas las direcciones, como si los refractara un prisma. Era como si retuviera la luz de la luna que había convocado antes de tiempo: la Decimoséptima Luna de Lena. Llevaba un vestido dorado que parecía hecho de mil escamas de refulgente metal.

—Nunca había visto nada parecido —dijo Liv.

Sarafine parecía sumida en una especie de trance. Su cuerpo levitaba a algunos centímetros de la roca y los pliegues de su vestido caían en cascada como agua rebasando el borde del altar. Estaba en el proceso de acumular un inmenso poder.

Larkin se encontraba en la base de la pira. Se desplazó hacia la escalera, acercándose a…

Lena.

Parecía que se hubiera desplomado. Sus ojos estaban cerrados y extendía los brazos hacia las llamas. Tenía la cabeza apoyada en el regazo de John Breed, como si hubiera desfallecido. John no parecía el mismo, sino más bien un autómata, o quizás estuviera, como Sarafine, en medio de algún trance.

Lena temblaba. A pesar de la distancia, percibí el frío cortante que irradiaba el fuego. Debía de estar congelada. Un círculo de Caster rodeaba la pira. No los reconocí, pero supe que eran Oscuros por la enloquecida luz amarilla que irradiaban sus ojos.

¡Lena! ¿Me oyes?

De pronto, Sarafine abrió los ojos. Los Caster entonaron un cántico.

—Liv, ¿qué ocurre? —pregunté con un susurro.

—Están convocando a la Luna de Cristalización.

No era necesario entender lo que decían para darse cuenta de lo que estaba ocurriendo. Sarafine convocaba la Decimoséptima Luna para que Lena tuviera que tomar su decisión bajo el influjo de un Hechizo Oscuro. O bajo el peso de la culpa, que es otro Hechizo Oscuro.

—¿Qué hacen?

—Sarafine recurre a todo su poder para canalizar su propia energía y la del Fuego Oscuro hacia la luna.

Liv miraba fijamente la escena como si tratara de memorizar todos los detalles. La Guardiana que había en ella la impelía a registrar la historia en el momento en que estaba ocurriendo.

Los Vex sobrevolaban la caverna amenazando con echar abajo las rocas: trazaban espirales y ganaban fuerza y volumen.

—Tenemos que bajar.

Liv asintió y Link tomó de la mano a Ridley.

Descendimos pegados a las rocas y al abrigo de las sombras hasta llegar al suelo de arena mojada. Los cánticos habían cesado. Los Caster guardaban silencio paralizados, sin quitar los ojos de Sarafine y la pira, como si todos estuvieran bajo los efectos de un hechizo que los aturdía.

—¿Y ahora qué? —preguntó Link, que estaba pálido.

Alguien se dirigió al centro del círculo. Lo reconocí de inmediato porque llevaba el mismo traje y la misma corbata que en mis visiones. Con aquel atuendo completamente blanco parecía totalmente fuera de lugar entre los Caster Oscuros y los Vex.

Era Abraham, el único Íncubo lo bastante poderoso para convocar a tantos Vex del subsuelo. Larkin y Hunting avanzaban detrás de él y todos los Íncubos de la caverna se hincaron de rodillas. Abraham alzó los brazos al cielo.

—Ha llegado la hora.

¡Lena! ¡Despierta!

Crecieron las llamas que rodeaban la pira y John Breed invitó suavemente a Lena a levantarse.

¡L! ¡Huye!

Lena miró a su alrededor desorientada. No reaccionó a mi llamada, aunque yo no estaba seguro de que me estuviera oyendo. Sus movimientos eran lentos y vacilantes, como si no supiera dónde estaba.

Abraham se acercó a John y alzó su mano lentamente. John se sobresaltó y tomó en brazos a Lena, elevándose como si un hilo tirase de él.

¡Lena!

Lena ladeó la cabeza y cerró los ojos. John la llevó escaleras arriba. Había perdido su altivez por completo y parecía un zombi.

Ridley se acercó.

—Lena está totalmente desorientada. Ni siquiera se da cuenta de lo que ocurre. Es el efecto del fuego.

—¿Por qué la querrán en ese estado? ¿No tendría que estar consciente para Cristalizar? —pregunté. Creía que se daba por supuesto.

Ridley contemplaba la pira. Estaba, raro en ella, completamente seria y evitaba mirarme a los ojos.

—La Cristalización requiere voluntad. Es ella quien tiene que tomar la decisión —dijo con voz extraña—. A no ser que...

—¿A no ser que qué? —No tenía tiempo de pararme a interpretar las palabras de Ridley.

—A no ser que lo haya hecho ya.

Al abandonar Gatlin, al desprenderse del collar, al fugarse con John Breed.

—No lo ha hecho —dije sin pensar. Conocía a Lena. Existía una razón para su comportamiento—. No lo ha hecho.

Ridley me miró.

—Espero que estés en lo cierto.

John llegó al altar. Larkin, que había subido detrás de él, ató a Sarafine y a Lena juntas bajo la luz de la Decimoséptima Luna.

Me palpitaba el corazón.

—Tengo que llegar hasta Lena. ¿Pueden ayudarme?

Link tomó dos piedras grandes. Liv hojeó apresuradamente su cuaderno. Ridley sacó una paleta.

—Nunca se sabe —dijo, encogiéndose de hombros.

A mi espalda oí otra voz.

—No podrás llegar hasta el altar si antes no te ocupas de todos esos Vex. Pero eso es algo que no recuerdo haberte enseñado.

Sonreí antes de volverme.

Era Amma y esta vez venía acompañada de personas vivas. Arelia y Twyla estaban a su lado. Parecían las tres Parcas. Sentí un gran alivio y me di cuenta de que creía que nunca volvería a ver a Amma. Le di un gran abrazo que ella me devolvió descolocando el sombrero. En ese momento vi a la abuela de Lena, que asomó por detrás de Arelia.

Cuatro Parcas.

—Señora —dije y la saludé con un asentimiento de cabeza que ella me devolvió como si fuera a ofrecerme un té en el porche de Ravenwood. En ese momento me entró pánico, porque no estábamos en Ravenwood y Amma, Arelia y Twyla no eran las tres Parcas, sino tres ancianas damas del sur con medias para mejorar la circulación que tal vez sumaran doscientos cincuenta años entre las tres. Y la abuela de Lena no era mucho más joven. En medio de aquel campo de batalla, mis cuatro Parcas particulares tenían poco que hacer.

Claro que, pensándolo bien, me dije, lo mismo podría opinarse de mí.

—¿Qué hacen aquí? ¿Cómo nos encontraron?

—¿Que qué hago aquí? —dijo Amma con un bufido—. Mi familia llegó a estas islas desde Barbados antes de que tú fueras un pensamiento en la mente del buen Dios. Conozco este lugar mejor que mi cocina.

—Ésta es una isla Caster, Amma. No una de las Islas del Mar.

—Pues claro que lo es. ¿Dónde si no esconderías una isla que no se puede ver?

Arelia apoyó la mano en el hombro de Amma.

—Tiene razón. La Frontera está oculta entre las Islas del Mar. Puede que Amarie no sea Caster, pero comparte el don de la Visión con mi hermana y conmigo.

Amma negó con la cabeza con tanta determinación que pensé que la extremidad iba a salir despedida.

—No pensarías en serio que iba a permitir que te metieras hasta el cuello en estas arenas movedizas tú solito, ¿verdad?

Le eché los brazos al cuello y volví a abrazarla.

—¿Cómo han sabido dónde estábamos, señora? A nosotros nos ha costado mucho encontrar este sitio. —Link siempre iba un paso por delante o un paso por detrás de los demás. Las cuatro mujeres lo miraron como si fuera tonto.

—¿Abriendo esa bola llena de problemas como ustedes, muchachos, han hecho? ¿Con un hechizo más viejo que la madre de mi madre? ¿O tal vez llamando al teléfono de emergencias del condado de Gatlin? —respondió Amma y se acercó a Link, que retrocedió para evitar problemas. Las palabras de Amma, sin embargo, no me engañaron. Supe perfectamente lo que en realidad estaba diciendo: te quiero y no podría estar más orgullosa. Aparte de: los voy a encerrar a los dos en el sótano durante un mes en cuanto volvamos a casa.

Ridley se acercó a Link.

—Piensa un poco. Una Necromancer, una Diviner y una Vidente. No teníamos la más mínima posibilidad.

Amma, la abuela de Lena, Arelia y Twyla se volvieron para mirar a Ridley, que se sonrojó e inclinó la cabeza en señal de respeto.

—No me puedo creer que estés aquí, tía Twyla —dijo Ridley tragando saliva—. Hola, abuela.

La anciana tomó a Ridley por la barbilla y miró sus brillantes ojos azules.

—Así que es cierto. Me alegro de que hayas vuelto, niña —dijo, y besó a Ridley en la mejilla.

—Te lo dije —intervino Amma, engreída—, lo supe por las cartas.

—Yo por las estrellas —dijo Arelia.

Twyla las miró a las dos con desdén.

—Las cartas —dijo entre susurros— muestran sólo la superficie de las cosas. Ahora hemos de enfrentarnos a algo muy profundo, del tuétano de hueso, y que pertenece al otro lado. —Una sombra cruzó su rostro.

—¿Cómo vamos a hacerlo? —pregunté. Twyla sonrió y la sombra se disipó.

—Necesitas alguna ayuda de La Bas —dijo.

—El Otro Mundo —tradujo Arelia.

Amma se arrodilló, extendió un paño lleno de huesos y amuletos. Parecía un médico preparando los útiles quirúrgicos.

—Llamar a quienes pueden ayudarnos es mi especialidad.

Arelia sacó una carraca y Twyla se sentó. Los demás mirábamos expectantes, preguntándonos a quién iba a despertar. Amma distribuyó los huesos sobre el paño y sacó una jarra de arcilla.

—Tierra de cementerio de Carolina del Sur, la mejor que hay y traída directamente de casa —dijo. Tomé la jarra y la abrí recordando la noche que la seguí hasta los pantanos—. Podemos ocuparnos de esos Vex. No puedo reducir a Sarafine, para eso contamos con Melchizedek, pero sí hacer que disminuya su poder.

La abuela de Lena observó los oscuros Vex que alimentaban el fuego.

—Dios mío, no exagerabas, Amarie. Hay muchísimos.

A continuación se fijó en Sarafine y en Lena, y frunció el ceño. Ridley soltó su mano, pero siguió a su lado.

—Amigo, no había dicho nada —dijo Link con un suspiro de alivio—, pero estaba pensando exactamente lo mismo.

Amma terminó de extender la tierra bajo sus pies.

—Vamos a tener que mandarlos de vuelta al lugar al que pertenecen.

—Y luego me las veré con mi hija —dijo la abuela tirando de su saco.

Amma, Arelia y Twyla se sentaron con las piernas cruzadas en las húmedas rocas y se tomaron de la mano.

—Lo primero es lo primero. Vamos a librarnos de esos Vex.

La abuela retrocedió para dejar espacio.

—Eso sería fabuloso, Amarie.

Las tres mujeres cerraron los ojos. Amma habló con voz fuerte y clara a pesar del zumbido de los Vex y del rumor de la magia Oscura.

—Tío Abner, tía Delilah, tía Ivy, abuela Sulla, necesitamos su intercesión una vez más. Los convoco a este lugar. Encuentren el camino a este mundo y llévense a quienes no pertenecen a él.

Twyla puso los ojos en blanco e inició su mantra.

Les lois, *mis espíritus, mis guías,*
quiebren el Puente
que lleva a estas sombras de su mundo
al mundo siguiente.

Alzó los brazos por encima de la cabeza.

—*Encore!*

—Otra vez —tradujo Arelia.

Les lois, *mis espíritus, mis guías,*
quiebren el Puente
que lleva a estas sombras de su mundo
al mundo siguiente.

Twyla continuó el mantra. Su francés de Nueva Orleans se mezclaba con el inglés de Amma y Arelia. Sus voces se superponían como en un coro. A través de la abertura del techo de la caverna observé que en torno al rayo de luna el cielo se oscurecía, como si hubieran acumulado unas nubes y estuviera a punto de desencadenarse una tormenta. Pero no se trataba de nubes. Las Parcas estaban creando otro tipo de huracán. Una sombra giraba en espiral sobre ellas como un tornado perfecto con el vórtice en su pequeño círculo. Por un segundo pensé que aquella inmensa sombra sólo serviría para atraer la atención de los Vex y los Íncubos, que se abalanzarían sobre nosotros y nos matarían.

Pero no tendría que haber dudado de las tres mujeres. Las espectrales figuras de los Antepasados empezaron a surgir: tío Abner, tía Delilah, tía Ivy, y Sulla la Profeta, hechos de arena, tejidos poco a poco, grano a grano.

Nuestras Parcas seguían cantando:

Les lois, *mis espíritus, mis guías,*
quiebren el Puente
que lleva a estas sombras de su mundo
al mundo siguiente.

Al cabo de unos segundos aparecieron más espíritus del Otro Mundo, Sheers. Surgían de la arena, que giraba en espiral, como una mariposa de su capullo. Los Antepasados y los espíritus atrajeron a los Vex, que se precipitaron contra ellos con los aullidos espantosos que yo recordaba de los Túneles.

Los Antepasados empezaron a crecer. Sulla se hizo tan grande que sus collares parecían sogas. A tío Abner sólo le faltaba un rayo y una toga para parecer el mismo Zeus tonante. Los Vex llegaban velozmente desde las llamas del Fuego Oscuro como negras vetas que rasgaran el cielo. Pero con igual velocidad desaparecían tragados por los Antepasados igual que Twyla se tragó a los Sheer aquella noche en el cementerio.

Sulla la Profeta avanzó y extendió el brazo apuntando con sus dedos llenos de anillos al último de los Vex, que aún giraba y chillaba en medio del viento.

—¡Quiebren el Puente!

Los Vex, finalmente, se habían ido y sobre nuestras cabezas no quedó nada excepto una nube negra y los Antepasados, encabezados por Sulla. Temblaba bajo la luz de la luna y pronunció sus últimas palabras.

—La Sangre siempre es Sangre. Ni el tiempo puede acallarla.

Los Antepasados se desvanecieron y la nube negra se disipó. Sólo quedó el humo ondulante del Fuego Oscuro. La pira seguía ardiendo y Sarafine y Lena aún estaban atadas sobre la roca.

La situación había cambiado, pero no sólo porque los Vex hubieran desaparecido. Ya no éramos silenciosos observadores a la espera de una oportunidad para actuar. Todos los Íncubos y Caster Oscuros de la caverna tenían los ojos clavados en nosotros y enseñaban sus colmillos y sus amarillos y refulgentes iris.

Tanto si nos gustaba como si no, ahora formábamos parte de la fiesta.

20 de junio

Diecisiete lunas

Los Íncubos de sangre fueron los primeros en reaccionar. Se fueron desmaterializando uno por uno y reaparecieron en formación. Reconocí a Caracortada, el Íncubo presente en el funeral de Macon. Estaba en primera línea y nos observaba con ojos calculadores. Como era de esperar, Hunting no estaba presente. Era demasiado importante para una simple matanza. Sin embargo, Larkin estaba al frente del grupo. Tenía una serpiente negra enroscada en un brazo y era el segundo en el mando.

Nos rodearon en pocos segundos, anulando toda posibilidad de escape. Se encontraban frente a nosotros, que teníamos la pared rocosa en la caverna a nuestra espalda. Amma se colocó entre los Íncubos y yo, como si se hubiera propuesto combatirlos con sus propias manos. No tuvo oportunidad.

—¡Amma! —grité. Era demasiado tarde.

Larkin se colocó a unos centímetros de ella con un cuchillo que parecía muy real.

—Para ser una vieja, creas demasiadas molestias, ¿lo sabías? Siempre metiéndote donde no te llaman y convocando a tus difuntos. Ya es hora de que te unas a ellos.

Amma no retrocedió.

—Larkin Ravenwood, vas a lamentar mucho todo esto cuando intentes encontrar el camino entre este mundo y el próximo.

—¿De verdad? —replicó Larkin, llevando el brazo hacia atrás, preparándose para apuñalar a Amma.

Antes de que pudiera hacerlo, Twyla extendió la mano y unas partículas blancas atravesaron el aire. Larkin gritó y soltó el cuchillo para frotarse los ojos.

—¡Ethan, cuidado! —me avisó Link, y todo ocurrió en cámara lenta. Vi que el grupo de Íncubos se precipitaba sobre mí, pero al mismo tiempo oí otra cosa. Un zumbido apagado que fue subiendo de volumen poco a poco. Una luz verde apareció ante nosotros, la misma luz pura que había emitido el Arco de Luz al girar en el aire poco antes de la liberación de Macon.

No podía ser otro que el propio Macon.

El zumbido se hizo más potente y la luz ascendió haciendo retroceder a los Íncubos. Miré a mi alrededor para comprobar que todos seguíamos bien.

Link estaba agachado, con las manos apoyadas en las rodillas como si estuviera a punto de vomitar.

—Qué poco faltó —dijo Ridley, que le daba en la espalda unas palmadas tal vez demasiado fuertes—. ¿Qué le arrojaste a Larkin? ¿Algún tipo de materia eléctrica? —le preguntó a Twyla.

La anciana sonrió, frotando las cuentas de uno de los treinta o cuarenta collares que llevaba.

—No ha hecho falta, *cher*.

—¿Qué, entonces?

—*Sèl manje* —respondió Twyla con marcado acento de Nueva Orleans.

Ridley no comprendió.

—Sal —tradujo Arelia con una sonrisa.

Amma me golpeó con el codo.

—Ya te dije que la sal prevenía contra los malos espíritus. Y también contra los malos chicos.

—Hay que seguir adelante. No tenemos mucho tiempo —dijo la abuela corriendo hacia las escaleras con la ayuda de su bastón—. Ethan, ven conmigo.

La seguí hasta el altar. Un humo espeso me envolvió. Me asfixiaba y me intoxicaba al mismo tiempo.

Llegamos al último escalón. La abuela de Lena amenazó a Sarafine con el bastón, que de inmediato empezó a brillar con una luz dorada. Sentí un gran alivio. La anciana era una Empath. No poseía poderes propios, pero sí capacidad para aprovechar los poderes de otros. Y los poderes de los que en ese momento se había apropiado pertenecían a la mujer más peligrosa de la caverna: su hija Sarafine, que canalizaba la energía del Fuego Oscuro para convocar la Decimoséptima Luna.

—¡Ethan, agarra a Lena! —me gritó la abuela, sumida en algún tipo de vínculo psíquico con Sarafine.

Era cuanto necesitaba oír. Deshice los nudos de la soga que ataba a Lena y a su madre. Lena estaba tendida sobre la roca congelada casi inconsciente. La toqué. Tenía la piel fría como el hielo. Por mi parte, sentí la sofocante atracción del Fuego Oscuro y sufrí un aturdimiento inmediato.

—Lena, despierta, soy yo.

La sacudí. Movió la cabeza a ambos lados. Tenía la mejilla roja por el hielo de la roca. La incorporé y la tomé en brazos para transmitirle el poco calor que aún me quedaba.

Abrió los ojos y trató de hablar. Tomé su rostro con ambas manos.

—Ethan... —Le pesaban los párpados. Volvió a cerrar los ojos—. Vete de aquí.

—No.

La besé y la estreché entre mis brazos. No importaba lo que pudiera pasar. Por aquel único momento, por abrazarla de nuevo, todo había merecido la pena.

No pienso irme sin ti.

Oí el grito del Link. Un Íncubo había escapado del poderoso muro de luz que contenía a los demás. Era John Breed, que estaba detrás de él y lo agarraba del cuello enseñando los colmillos. John tenía la misma expresión vacua de antes, como si no actuara por propia voluntad. Me pregunté si se debería al efecto nocivo del humo. Ridley atacó a John por la espalda y los tres cayeron al suelo. Debió de tomarlo por sorpresa, porque no era lo bastante fuerte para derribarlo. Lucharon cuerpo a cuerpo y rodaron por la arena.

No pude ver más, pero la escena me bastó para darme cuenta de que aún corríamos un grave peligro. No sabía durante cuánto tiempo nos serviría aquella muralla sobrenatural, especialmente si era Macon quien la generaba.

Lena tenía que poner fin a aquella situación.

La miré. Tenía los ojos abiertos y la mirada perdida, como si no pudiera verme.

Lena. Puedes renunciar ahora. No cuando...

No lo digas.

Es tu Luna de Cristalización.

No. Es su Luna de Cristalización.

No importa. Es tu Decimoséptima Luna, L.

Me miró, pero sus ojos parecían inertes.

Sarafine la ha convocado. Yo no he pedido nada.

Tienes que elegir o todas las personas a quienes queremos morirán aquí esta noche.

Apartó los ojos.

¿Y si no estoy preparada?

No puedes seguir huyendo, Lena. Ya no.

Tú no lo comprendes. No puedo decidir. Se trata de la maldición. Si elijo la Luz, Ridley y la mitad de mi familia morirán. Si elijo la Oscuridad, mi abuela, tía Del, mis primos… todos morirán. ¿Cómo voy a elegir?

La estreché con fuerza deseando que existiera algún modo de transmitirle mi energía o absorber su dolor.

—Es una decisión que sólo tú puedes tomar. —La ayudé a ponerse en pie—. Mira abajo. Las personas a las que quieres están luchando por su vida. Y tú puedes detener esa lucha. Sólo tú.

—No sé si puedo.

—¿Por qué no? —pregunté, desesperado.

—Porque no sé quién soy.

La miré a los ojos. Habían vuelto a cambiar. Uno era de un verde perfecto, el otro, dorado.

—Mírame, Ethan. ¿Soy Sombra o soy Luz?

La miré y supe quién era. Era la chica a la que amaba. La chica a la que siempre amaría.

Instintivamente, saqué el librito dorado del bolsillo. Era cálido al tacto, como si una parte de mi madre viviera entre sus páginas. Se lo puse a Lena en la mano y noté que una sensación cálida se extendía por su cuerpo. Deseaba que sintiera el tipo de amor que simbolizaba y albergaba aquel libro: el amor eterno, el amor que ni con la muerte acaba.

—Yo sé quién eres, Lena. Conozco tu corazón. Confía en mí. Confía en ti.

Lena cerró la mano sobre el libro. Era suficiente.

—¿Y si te equivocas, Ethan? ¿Cómo puedes estar tan seguro?

—Porque te conozco.

Sujeté su mano. No podía soportar la idea de que le ocurriera algo, pero no podía interponerme en su decisión.

—Lena, tienes que hacerlo. No hay otra opción. Ojalá la hubiera, pero no la hay.

Miramos hacia abajo observando la caverna. Ridley alzó la mirada y por un segundo pensé que nos estaba mirando.

—No puedo permitir que muera —dijo Lena refiriéndose a ella—. Te juro que está tratando de cambiar. Ya he perdido demasiado.

Yo ya he perdido a tío Macon.

—Fue culpa mía. —Se echó en mis brazos sollozando.

Quise decirle que estaba vivo, pero recordé lo que él dijo. Su Transición no había concluido. En su interior aún podía quedar cierta Oscuridad. Si Lena sabía que estaba vivo y existía la más mínima posibilidad de perderlo otra vez, nunca escogería la Luz. No podía matarlo por segunda vez.

La luna estaba justo encima de ella. Pronto comenzaría la Cristalización. Debía tomar una decisión, pero yo temía que no lo hiciera.

Ridley apareció a nuestro lado. Había subido las escaleras corriendo y jadeaba. Abrazó a Lena, apretando la cara contra su mejilla, mojada por las lágrimas. Para bien o para mal, eran hermanas. Siempre lo habían sido.

—Lena, escúchame. Tienes que elegir. —Lena, llena de dolor, apartó la mirada. Ridley tomó su cara y la obligó a mirarla.

—¿Qué le ha pasado a tus ojos? —preguntó Lena.

—Eso no importa. Tienes que escucharme. ¿He hecho alguna vez algo noble? ¿He dejado que te sentaras en el asiento delantero del coche siquiera una sola vez? ¿Te he guardado el último trozo de carta alguna vez en dieciséis años? ¿He permitido que te probaras mis zapatos?

—Tus zapatos nunca me han gustado —dijo Lena, y una lágrima resbaló por su mejilla.

—Mis zapatos te encantan —dijo Ridley sonriendo y limpiando el rostro de Lena con su mano llena de arañazos y manchada de sangre.

—No me importa lo que digas. No pienso hacerlo.

Se miraban a los ojos.

—No hay en mi cuerpo un solo hueso que no sea egoísta, Lena, y te estoy pidiendo que lo hagas.

—No.

—Confía en mí. Es mejor así. Si aún queda en mí algún resto de Oscuridad, me estás haciendo un favor. Ya no quiero ser Oscura, pero no estoy hecha para ser Mortal. Soy una Siren.

Lena la miró con gratitud y comprensión.

—Pero si eres Mortal, no…

—No hay forma de saberlo. Cuando la Oscuridad se instala en tu sangre, sabes que… —dijo Ridley y se interrumpió.

Recordé las palabras de Macon. *La Oscuridad no nos abandona tan fácilmente como cabría esperar.*

Ridley abrazó con fuerza a Lena.

—Vamos, ¿qué voy a hacer yo con setenta u ochenta años más de vida? ¿Me imaginas saliendo por Gatlin, enrollándome con Link en el asiento de atrás? ¿Intentando averiguar cómo funciona la cocina? —Apartó la mirada, balbuciendo—. Pero si en ese asqueroso pueblo no hay ni un chino decente.

Lena sujetó la mano de Ridley, que primero le dio un apretón y luego la soltó poco a poco hasta colocarla en la mía.

—Cuida de ella por mí, Malapata —se despidió, y desapareció por las escaleras antes de que yo pudiera decir nada.

Tengo miedo, Ethan.

Estoy aquí, L. No pienso irme a ninguna parte. Puedes hacerlo.

Ethan…

Puedes hacerlo, Lena. Tienes que Cristalizar, ser tú. Nadie tiene que mostrarte el camino. Tú sabes cuál es.

Otra voz se unió a la mía desde una enorme distancia y a la vez también desde mi interior.

La voz de mi madre.

Juntos le dijimos a Lena, en aquel instante robado al tiempo que el destino nos regaló, no qué tenía que hacer, sino que podía hacerlo.

Cristaliza, dije.

Cristaliza, dijo mi madre.

Yo soy yo, dijo Lena. *Yo soy.*

De la luna surgió una luz cegadora y un estallido que estremeció la caverna. No pude ver nada salvo aquella luz, pero sentí el miedo y el dolor de Lena, que me invadieron como una ola. Cada pérdida, cada error, estaban grabados en su alma como tatuajes indelebles hechos de ira y abandono, de lágrimas y pesar.

La luz, pura y resplandeciente, llenó el lugar. Durante unos momentos no pude ver ni oír nada. Luego miré a Lena y vi su rostro bañado en lágrimas y un destello en sus ojos, que habían adquirido su verdadero color.

Uno era verde, el otro, dorado.

Echó la cabeza hacia atrás para mirar directamente a la luna. Su cuerpo se retorció y los pies quedaron colgando sobre la roca. Abajo, el combate se detuvo. Nadie habló ni movió un músculo. Todos los Caster y Demonios que estaban presentes eran conscientes de lo que estaba ocurriendo: la balanza de su destino estaba a punto de inclinarse.

La caverna entera se transformó en una esfera de luz y la luna empezó a vibrar y a crecer. Luego, como en un sueño, se separó en dos mitades, dividiendo el cielo justo encima de Lena. Se formó una mariposa gigante y luminosa, con dos alas resplandecientes. Una verde y la otra dorada.

Un crujido recorrió la caverna y Lena gritó.

La luz se apagó y el Fuego Oscuro desapareció junto con el altar y la pira. Nos encontramos en el suelo, sobre la arena.

El aire quedó inmóvil. Pensé que todo había terminado, pero me equivocaba.

Un rayo rasgó el cielo, se escindió en dos y fulminó a sus blancos simultáneamente.

Larkin hizo una mueca de terror al sentir el impacto y su cuerpo se fue carbonizando poco a poco, como si se quemara de dentro a afuera. Unos cuervos negros le picotearon la piel hasta convertirlo en polvo y desapareció por las rendijas de la roca llevado por el viento.

El segundo rayo descendió sobre Twyla.

Puso los ojos en blanco y cayó al suelo, como si su espíritu hubiera salido de su cuerpo dejándolo sin vida. Pero no se convirtió en polvo. Su cuerpo inerte quedó sobre la arena cuando Twyla se elevó por encima de él, temblando y apagándose hasta convertirse en un ser traslúcido.

A continuación la bruma se adensó y cobró forma, adoptando un aspecto semejante al que Twyla había tenido en vida. No dejó ningún asunto pendiente, todo acabó. Si algún día volvía, lo haría por propia elección. Ya no estaba vinculada a este mundo. Era libre. Y parecía en paz, como si supiera algo que los demás desconocíamos.

Se elevó hacia la luna a través de la abertura de la caverna y se detuvo un momento.

Adiós, *cher*.

No sé si lo dijo realmente o lo imaginé. Luego me tendió una mano luminosa y sonrió. Yo extendí el brazo hacia el cielo y observé cómo se disipaba bajo la luz de la luna. Una estrella apareció en el cielo Caster, pude verla un instante. La Estrella del Sur había reencontrado su lugar en el cielo.

Lena había elegido.

Había Cristalizado.

No estaba seguro de lo que eso significaba, pero ella seguía conmigo. No la había perdido.

Cristaliza.

Mi madre estaría orgullosa de nosotros.

21 de junio

LUZ Y TINIEBLAS

LENA ESTABA EN PIE y su oscura silueta se recortaba contra la luna. No lloraba y tampoco gritaba. Tenía los pies bien asentados en el suelo a ambos lados de la grieta inmensa que ahora atravesaba la cueva dividiéndola en dos.

—¿Qué ha ocurrido? —preguntó Liv mirando a Amma y a Arelia en busca de respuesta.

Seguí su mirada a través de las rocas y comprendí su silencio. Observaba conmovida un rostro familiar.

—Al parecer, Abraham ha interferido en el Orden de las Cosas.

Macon se encontraba en la entrada de la caverna enmarcado por la luz de la luna, que empezaba a recobrar su redondez. Leah y *Bade* estaban a su lado. Yo no sabía cuánto tiempo llevaban allí, pero por la mirada de Macon, era evidente que lo habían visto todo. Macon avanzó despacio, acostumbrándose todavía a la sensación de apoyar los pies en el suelo. *Bade* iba detrás y Leah lo ayudaba llevándolo del brazo.

Lena se sorprendió al oír su voz. Para ella, una voz de ultratumba. Oí su pensamiento, apenas un susurro. La idea la asustaba.

¿Tío Macon?

Se quedó pálida. Recordé lo que sentí al ver a mi madre en el cementerio.

—Qué número tan impresionante han preparado Sarafine y tú, abuelo. He de reconocerlo. ¿Convocar una luna de Cristalización antes de tiempo? Te has superado a ti mismo. —El eco devolvía la voz de Macon. El aire estaba inmóvil, tan quieto que no se oía nada excepto el suave rumor de las olas—. Naturalmente, cuando me he enterado de que venías, no me ha quedado otro más remedio que aparecer. —Macon calló, como si aguardara una respuesta. Al no obtenerla, gritó—: ¡Abraham! Veo tu mano en todo esto.

La caverna tembló. Por la abertura del techo cayeron algunas rocas estrellándose contra el suelo. Daba la impresión de que la cueva entera se derrumbaría. El cielo ennegreció. Macon, el de los ojos verdes, el Caster de Luz —si en verdad lo era—, parecía todavía más poderoso que el Íncubo que antes era.

Una carcajada estentórea recorrió el lugar. En el suelo de la caverna, donde la luna habría dejado de brillar, Abraham apareció de entre las sombras. Por la barba y el traje blancos parecía un anciano inofensivo en vez del más Oscuro de los Íncubos de Sangre. Hunting avanzaba a su lado.

Abraham se paró ante Sarafine, que estaba tendida en el suelo. Cubierta por una gruesa capa de hielo, estaba totalmente blanca, parecía un capullo helado.

—¿Me llamabas, muchacho? —dijo el viejo, y soltó otra carcajada seca y feroz—. Ah, el orgullo de la juventud. Dentro de cien años sabrás cuál es tu sitio, Nieto.

Calculé mentalmente cuántas generaciones los separaban: cuatro, quizá cinco.

—Soy consciente de cuál es mi lugar, abuelo. Por desgracia, lo cual resulta excepcionalmente extraño, creo que voy a ser yo quien te envíe de vuelta al tuyo.

Abraham se mesó la barba.

—Mi pequeño Macon Ravenwood, siempre, desde niño, has estado muy perdido. Cuanto ha sucedido es obra tuya, no mía. La Sangre es Sangre al igual que la Oscuridad es Oscuridad. Has olvidado dónde residen tus lealtades —dijo e hizo una pausa para mirar a Leah—. Y tú harías bien en recordarlas, querida. Pero, claro, todo tiene una explicación, como te crio una Caster. —Se estremeció como si le dieran escalofríos.

Leah reaccionó con rabia, pero también con miedo. Tenía ganas de tentar su suerte con la Banda de la Sangre, pero no quería retar a Abraham.

—Hablando de niños perdidos —le preguntó Abraham a Hunting—, ¿dónde está John?

—Se ha ido. Es un cobarde.

—¡John no es capaz de demostrar cobardía! —bramó Abraham—. No está en su *naturaleza*. Y su vida es para mí más importante que la tuya. De modo que te sugiero que vayas a buscarlo.

Hunting bajó la mirada y asintió. No pude por menos que preguntarme por qué John Breed significaba tanto para Abraham, que no sentía nada por nadie.

Macon observó a Abraham detenidamente.

—Qué conmovedor ver cómo te preocupas por tu chico. Espero que lo encuentres, sinceramente. Sé lo doloroso que resulta perder a un niño.

La caverna tembló de nuevo y a nuestro alrededor cayeron más rocas.

—¿Qué le has hecho a John?

Presa de su furor, Abraham ya no parecía un anciano inofensivo, sino el Demonio que en verdad era.

—¿Que qué le he hecho? La pregunta es qué le has hecho tú. —Abraham frunció el ceño, pero Macon se limitó a sonreír—. Un Íncubo capaz de soportar la luz del sol y conservar su fuerza sin alimentarse… sólo de una pareja muy especial nacería un niño con esas cualidades. ¿No te parece? Desde un punto de vista científico podría decirse que harían falta las cualidades de un Mortal, pero ese chico posee las virtudes de un Caster. Y como no puede tener tres padres, eso sólo puede significar que su madre era…

—Una Evo —dijo Leah con sobresalto.

Todos los Caster presentes reaccionaron al oírla. La sorpresa se extendió como una ola y un escalofrío recorrió la caverna. Sólo Amma permaneció impasible. Cruzó los brazos y miró a Abraham Ravenwood como si fuera uno más de los pollos que solía desplumar, despellejar y cocer en una de sus abolladas cacerolas.

Intenté recordar lo que Lena me había dicho de los Evos. Eran criaturas metamórficas con la capacidad de reflejar la forma humana. No se limitaban a usurpar un cuerpo Mortal como Sarafine. Los Evos podían convertirse en Mortales por un breve periodo de tiempo.

—Exacto —dijo Macon con una sonrisa—. Un Caster capaz de adoptar forma humana el tiempo suficiente para concebir un niño, con el ADN de un Mortal y un Caster por un lado y el de un Íncubo por otra. No has perdido el tiempo, ¿verdad, abuelo? No sabía que te gustase hacer de alcahueta en tus ratos libres.

Abraham lo miró con ira.

—Eres tú quien ha alterado el Orden de las Cosas. Primero al encapricharte con un Mortal y luego al volverte contra tu propia especie para proteger a esa niña —dijo con tono de reprimenda, como si Macon no fuera más que un chico impetuoso—. ¿Y a qué nos ha conducido? A que esta niña de los Duchannes haya partido la luna en dos. ¿Y sabes lo que eso significa? ¿La amenaza que supone para todos nosotros?

—El destino de mi sobrina no te incumbe. Ya tienes bastante con ese chico fruto de un experimento científico. No obstante, me pregunto qué harás con él —replicó Macon con un brillo en los ojos.

—Cuida tu tono al hablar —dijo Hunting dando un paso adelante. Abraham, sin embargo, lo contuvo con un gesto—. Ya te maté una vez y volveré a hacerlo.

Macon negó con la cabeza.

—No seas infantil, Hunting. Si estás pensando en hacer carrera como discípulo del abuelo, vas a tener que esforzarte —dijo Macon, suspirando—. De momento lo mejor es que metas el rabo entre las piernas y sigas a tu amo a casa como un buen perro. —Hunting apretó los dientes. Y Macon se dirigió a Abraham—. Y, abuelo, por muchas ganas que tenga de comparar notas de laboratorio, creo que ha llegado el momento de que te vayas.

El viejo se echó a reír y un viento frío empezó a girar a su alrededor silbando entre las rocas.

—¿Crees que puedes tratarme como al niño de los recados? No volverás a pronunciar mi nombre, Macon Ravenwood. Lo vas a llorar, lo vas a sangrar. —El viento sopló a su alrededor, se le desanudó la corbata y se le enroscó en torno al cuerpo—. Y cuando mueras, mi nombre aún será temido y el tuyo nadie lo recordará.

Macon lo miró a los ojos, sin el menor asomo de miedo.

—Como mi hermano, tan dotado para las matemáticas, ha dicho, ya he muerto una vez. Vas a tener que idear algo nuevo, anciano. Pero esto empieza a cansarme. Será mejor que te vayas.

Macon movió los dedos y se oyó un ruido. La noche se abrió con un desgarro detrás de Abraham. El anciano vaciló, pero a continuación esbozó una sonrisa.

—Debe de ser la edad, pero casi me olvido de llevarme mis cosas antes de marcharme —dijo. Extendió el brazo y algo salió de una de las grietas de la roca. Se desvaneció en el aire y reapareció en la mano de Abraham. Contuve la respiración por un instante al ver de qué se trataba.

El *Libro de las Lunas*.

El libro que todos pensábamos que se había convertido en cenizas en los prados de Greenbrier. Un libro que era una maldición en sí mismo.

A Macon se le ensombreció el rostro. Extendió el brazo.

—Eso no te pertenece, abuelo.

El libro giró bruscamente en la mano de Abraham, pero la oscuridad que lo rodeaba aumentó. El anciano se encogió de hombros con una sonrisa. Se oyó otro desgarro que atravesó la caverna y desapareció, llevándose consigo el libro y a Hunting y a Sarafine. Cuando el eco del desgarro se disipó, las olas borraron hasta la huella del cuerpo de Sarafine en la arena.

Al oír el desgarro, Lena había echado a correr. Cuando Abraham se marchó, estaba en mitad de la caverna. Macon se apoyó en la roca y esperó a que llegase su sobrina para abrazarla, aunque cuando lo hizo se tambaleó y estuvo a punto de caerse.

—Pero estabas muerto —dijo Lena, sin separarse de él.

—No, cariño, sigo vivito y coleando. —Sujetó la barbilla de Lena y la obligó a mirarlo—. Mírame, sigo aquí.

—¡Tienes los ojos verdes! —dijo Lena, asombrada.

—Tú no —repuso Macon, acariciando a su sobrina con gesto triste—. Pero son muy hermosos. Tanto el verde como el dorado.

Lena seguía sin poder creer lo que estaba viendo.

—Te maté. Recurrí al libro y te maté.

Macon le acarició el cabello.

—Lila Jane me salvó antes de cruzar al otro lado. Me encarceló en el Arco de Luz y Ethan me liberó. No fue culpa tuya, Lena. No sabías lo que iba a ocurrir. —Lena empezó a llorar. Macon siguió acariciándola y le habló en susurros—. Chist. Ya pasó. Todo ha terminado.

Mentía, lo supe al mirarlo a los ojos. Los negros estanques que guardaban sus secretos ya no existían. Yo no comprendía todo lo que había dicho Abraham, pero sabía que en sus palabras había visos de verdad. La Cristalización de Lena no era la solución de todos nuestros problemas. Al contrario, de ella surgían otros nuevos.

Lena se apartó de Macon.

—Tío, no sabía que iba a ocurrir esto. Estaba pensando en la Oscuridad y en la Luz, en lo que deseaba de verdad y de pronto me di cuenta de que no pertenecía a ninguno de los dos mundos. Después de todo por lo que he pasado, no soy Oscura ni de Luz, soy ambas cosas.

—No te preocupes, Lena —dijo Macon y quiso abrazarla otra vez para consolarla. Lena no se dejó.

—Estoy preocupada. Mira lo que he hecho. Tía Twyla y Ridley han muerto, y Larkin…

Macon miró a Lena como si la viera por primera vez.

—Has hecho lo que tenías que hacer. Has Cristalizado. No has elegido un lugar en el Orden de las Cosas, lo has modificado.

—¿Y qué significa? —preguntó Lena con voz vacilante.

—Significa que eres tú misma: poderosa y única como la Frontera, un lugar donde no hay Oscuridad ni Luz, sino sólo magia. Pero, a diferencia de la Frontera, en ti hay Luz, aunque también hay Oscuridad. Eres como yo. Y, después de lo que he visto esta noche, como Ridley.

—Pero ¿qué ha pasado con la luna? —dijo Lena, mirando a su abuela. Fue Amma, sin embargo, la que contestó.

—La has dividido en dos partes, mi niña. Melchizedek tiene razón, el Orden de las Cosas se ha quebrado y es imposible lo que puede suceder a partir de ahora.

—No lo comprendo. Han sobrevivido, pero también Hunting y Abraham. ¿Cómo es posible? La maldición decía que...

—Posees Luz y Oscuridad, una posibilidad de la que la maldición no hablaba y con la que ninguno contábamos —dijo la abuela con pesar. Tuve la sensación de que se callaba algo y de que la situación era más compleja de lo que dejaba entrever—. Pero me alegro mucho de que estés bien.

Oímos un chapoteo. Me volví, y vi llegar a Ridley y a Link.

—Supongo que, en realidad, ahora soy una Mortal —dijo Ridley con su habitual sarcasmo y con evidente alivio—. Tú siempre tienes que dar la nota, ¿no? Ya estás complicando las cosas otra vez, ¿eh, prima?

Lena contuvo la respiración. Estaba estupefacta.

Eran demasiadas emociones. Macon estaba vivo cuando ella creía haberlo matado. Había Cristalizado, pero con el resultado de que era de Luz y de Sombra al mismo tiempo. Había partido la luna. Estaba seguro de que no tardaría mucho en derrumbarse. Cuando lo hiciera, yo estaría allí para recogerla y llevarla a casa.

Lena abrazó a Ridley y a Link a la vez y a punto estuvo de estrangularlos en su singular versión de un círculo Caster. En esos instantes no era Luz ni era Sombra, tan sólo estaba agotada y en compañía.

22 de junio

VUELTA A CASA

NO PODÍA DORMIR. La noche anterior había caído roto de agotamiento en el familiar suelo de madera de la habitación de Lena. Ambos nos habíamos quedado dormidos sin quitarnos siquiera la ropa. Habían pasado veinticuatro horas y se me hacía raro estar en mi cuarto, otra vez en una cama, tras dormir entre raíces y sobre suelos de tierra. Había visto demasiado. Me levanté y cerré la ventana a pesar del calor. Fuera había demasiadas cosas de las que tener miedo, demasiadas cosas contra las que luchar.

Era sorprendente que los vecinos de Gatlin pudieran dormir.

Lucille no tenía ese problema. Estaba amontonando ropa sucia en un rincón, preparando una cama para pasar la noche. Esa gata era capaz de dormir en cualquier sitio.

Pero yo no. Daba vueltas en la cama. Me resultaba muy difícil sentirme cómodo en medio de tanta comodidad.

A mí también.

Sonreí. Oí el crujido de las tablas del suelo y abrieron la puerta.

Era Lena, con mi vieja camiseta de Silver Surfer. Por debajo asomaban sus pantalones de pijama de verano. Tenía el pelo mojado. Lo llevaba suelto, como a mí más me gustaba.

—Esto es un sueño, ¿no?

Lena cerró la puerta con un ligero brillo en sus ojos, en el verde y en el dorado.

—¿Un sueño de los tuyos o de los míos? —Se metió en la cama. Olía a jabón, limones y romero. Habíamos recorrido un largo camino para llegar hasta allí. Acomodó la cabeza sobre mi pecho y se pegó a mí. Percibí su incertidumbre y sus miedos.

¿Qué ocurre, L?

Se arrebujó un poco más.

¿Podrás perdonarme alguna vez? Sé que nada volverá a ser igual...

La rodeé con los brazos recordando cuántas veces había pensado que la había perdido para siempre. Esos momentos me rondaban amenazando con aplastarme bajo su peso. Yo no podía vivir sin ella. El perdón no tenía nada que ver conmigo.

Sí, todo será distinto, será mejor.

Pero no soy de Luz, Ethan. Soy otra cosa, soy complicada.

Busqué bajo las sábanas, tomé su mano y me la llevé a la boca. La besé en la palma, que todavía conservaba los trazos negros. Parecían de plumón, pero yo sabía que no se borrarían nunca.

—Sé quién eres y cómo eres y te quiero. Nada puede cambiar eso.

—Ojalá pudiera regresar. Ojalá...

Apreté mi frente contra la suya.

—No. Tú eres tú. Tú elegiste ser tú misma.

—Da miedo. Mi vida da miedo. He crecido en medio de la Luz y la Oscuridad. Es extraño no encajar en ningún lado. —Rodó hasta apoyar la espalda en la cama—. ¿Y si no soy nada?

—¿Y si ésa no es la pregunta correcta?

—¿Cuál es la pregunta correcta?

—Tú eres tú. ¿Quién eres tú? ¿Quién quieres ser? ¿Cómo puedo conseguir que me beses?

Se incorporó y se inclinó sobre mí. Sus cabellos me rozaron la cara haciéndome cosquillas. Me tocó con sus labios y sentí de nuevo electricidad, la corriente que fluía entre nosotros. La había extrañado, aunque me quemara los labios.

Pero faltaba otra cosa.

Estiré el brazo y abrí el cajón de la mesilla.

—Creo que esto es tuyo.

Deposité el collar en su mano y los amuletos se le escurrieron entre los dedos: el botón de plata que sujetaba con un clip, el cordón rojo, el pequeño plumón que le regalé en el depósito de agua.

Se le quedó mirando perpleja.

—He añadido un par de cosas. —Desenredé la cadena para que pudiera ver el gorrión de plata del funeral de Macon, que después de lo que había sucedido había adquirido un significado muy distinto—. Amma dice que los gorriones viajan hasta muy lejos y siempre encuentran el camino de vuelta a casa. Como hiciste tú.

—Sólo porque tú fuiste a buscarme.

—Conté con ayuda. Por eso también he colocado esto.

Le enseñé la placa de *Lucille,* que había llevado en mi bolsillo mientras iba en busca de Lena y la veía a través de los ojos de la gata. Desde el rincón del cuarto, *Lucille* me miró y bostezó tranquilamente.

—Este objeto permite a los Mortales ponerse en contacto con un animal Caster. Macon me lo ha explicado esta mañana.

—¿Lo llevabas todo el tiempo?

—Sí. Tía Prue me lo dio. Funciona mientras la lleves encima.

—Espera un momento. ¿Cómo es que tu tía tenía una gata Caster?

—Arelia se la regaló para que cuando bajara a los Túneles no se perdiera.

Lena desenmarañó el collar, deshaciendo los nudos que se habían formado desde que lo perdió.

—No puedo creer que lo encontraras. Cuando me lo quité, pensé que no volvería a verlo.

No lo había perdido, se había desprendido de él. Resistí la tentación de preguntarle por qué.

—Pues claro que lo encontré. Guarda todos los regalos que te he hecho.

Lena cerró el puño a su alrededor y apartó la mirada.

—Todos no.

Me di cuenta de que estaba pensando en el anillo de mi madre. También se lo había quitado, pero no lo encontré.

No, al menos, hasta aquella mañana, cuando lo vi en mi mesa, como si siempre hubiera estado allí. Volví a buscar en el cajón y abrí el puño de Lena para colocarle el anillo en la palma. Al sentir el frío metal, me miró.

¡También lo has encontrado!

No. Debía de tenerlo mi madre. Estaba en mi mesa cuando me levanté.

¿No me odia?

Era una pregunta que sólo una Caster podía hacer. ¿La había perdonado el fantasma de mi madre muerta? Yo conocía la respuesta. Encontré el anillo dentro de un libro que me había prestado Lena, *El libro de las preguntas,* de Pablo Neruda, y la cadena servía de separador bajo los versos: «*¿Es verdad que el ámbar contiene/las lágrimas de las sirenas?*».

Mi madre fue algo más que aficionada a la poesía de Emily Dickinson, pero le encantaba Pablo Neruda. Era como la espiga de romero que encontré en el libro de cocina favorito de mi madre las últimas Navidades, algo que era a la vez de mi madre y de Lena, como si así debiera ser siempre.

Respondí a Lena colgándoselo del cuello, donde le correspondía estar. Lo tocó y miró mis ojos marrones con sus ojos verde y oro. Yo sabía que seguía siendo la chica a la que amaba, sin importar el color de sus ojos. Ningún color podía cambiar a Lena Duchannes, que era un suéter rojo y un cielo azul, un viento gris y un gorrión de plata, unos cabellos negros escapando de detrás de la oreja.

Ahora que estábamos juntos, volvía a sentirme como en casa.

Lena se inclinó sobre mí y tocó mis labios suavemente. A continuación me besó con una intensidad que me estremeció. Sentí que encontraba el camino que llevaba de vuelta a mí, a nuestras curvas y esquinas, a los lugares donde nuestros cuerpos encajaban de forma tan natural.

—De acuerdo, definitivamente, éste es un sueño de los míos —dije con una sonrisa acariciando su increíble masa de pelo negro.

Yo no estaría tan seguro.

Me acarició el pecho mientras yo aspiraba su olor. Le besé el hombro y la estreché contra mí hasta que sentí sus caderas hincándose suavemente en mi piel. Había pasado mucho tiempo y la había extrañado mucho: el tacto de su piel, su olor… Tomé su rostro entre mis manos y la besé otra vez. Se me aceleró el corazón. Tenía que detenerme y tomar aliento.

Me miró a los ojos y se echó sobre mi almohada con cuidado de no tocarme.

¿Estás bien? ¿Te he hecho daño? ¿Es mejor que antes?

Sí, mucho mejor.

Me quedé mirando la pared y conté en silencio hasta que el corazón recuperó su pulso normal.

Qué mentiroso eres.

La abracé, pero no me miró.

Nunca podremos estar juntos, Ethan.

Ahora lo estamos.

Le acaricié los brazos suavemente, observando que se le ponía la carne de gallina.

Tienes dieciséis años y yo cumpliré diecisiete dentro de dos semanas. Tenemos tiempo.

En realidad en años Caster ya tengo diecisiete. Soy mayor que tú.

Sonrió y la estrujé entre mis brazos.

Diecisiete. Da igual. Tal vez a los dieciocho sepamos cómo, L.

L.

Me senté y me quedé mirándola.

Lo sabes, ¿verdad?

¿Qué?

Tu verdadero nombre. Ahora que has Cristalizado lo sabes, ¿no?

Ladeó la cabeza y sonrió de medio lado. La coloqué encima de mí, con la cara frente a la mía.

¿Cuál es? ¿No te parece que debería saberlo?

¿Todavía no lo sabes, Ethan? Me llamo Lena. Es el nombre que tenía cuando nos conocimos. El único nombre que siempre tendré.

Lo sabía, pero no pensaba decírmelo. Comprendí por qué. Lena estaba Cristalizando otra vez, decidiendo quién sería, Vinculándose con las cosas que habíamos compartido. Sentí alivio, porque para mí ella siempre sería Lena.

La chica que conocí en mis sueños.

Nos cubrí con el cobertor. Aunque ninguno de mis sueños se parecía remotamente a aquello, al cabo de unos minutos nos quedamos profundamente dormidos.

22 de junio

SANGRE NUEVA

POR UNA VEZ NO ESTABA SOÑANDO. Me despertó el bufido de *Lucille*. Rodé en la cama. Lena se acurrucaba a mi lado. Aún me resultaba difícil creer que estuviera allí y que estuviera a salvo. Era lo que yo más había querido en el mundo y lo tenía. ¿Cuántas veces ocurre eso? La luna menguante que veía por la ventana brillaba tanto que podía ver cómo las pestañas de Lena acariciaban su mejilla mientras dormía.

Lucille saltó a los pies de la cama y entre las sombras algo se *movió*.

Una silueta.

Había alguien frente a mi ventana. No podía ser más que una persona que ya conocía, aunque no fuera una persona. Me incorporé de un salto. Macon estaba en mi cuarto y Lena en mi cama. Por muy débil que estuviera, iba a matarme.

—Ethan.

Reconocí su voz nada más oírla, aunque hablara en un susurro. No era Macon. Era Link.

—¿Qué demonios haces en mi habitación en plena noche? —pregunté en voz baja no despertar a Lena.

—Tengo un problema, vale. Tienes que ayudarme. —Entonces vio a Lena hecha un ovillo a mi lado—. Eh, vale, no tenía ni idea de que estabas… ya sabes.

—¿No tenías ni idea de que estaba qué, durmiendo?

—Por lo menos alguien puede.

Empezó a pasearse por el cuarto. Rebosaba energía nerviosa, lo cual, para Link, era decir mucho. Su brazo escayolado se columpiaba de modo errático. A pesar de la débil luz que entraba por la ventana, advertí que estaba pálido y sudoroso. Parecía enfermo o algo peor.

—¿Qué pasa, amigo? ¿Cómo has entrado aquí?

Link se sentó en mi vieja silla y volvió a levantarse. Su camiseta tenía estampado un perrito caliente y decía MUÉRDEME. Se la había puesto una vez en octavo.

—Si te lo cuento, no te lo vas a creer.

La ventana estaba abierta y las cortinas se mecían como si entrara una brisa en mi habitación. Sentí un nudo muy familiar en el estómago.

—Prueba.

—¿Te acuerdas de cuando el chico Vampiro me agarró la Noche del Infierno?

Se refería a la noche de la Decimoséptima Luna, que para él siempre sería la Noche del Infierno. Era también el título de una película de terror que le había dado mucho miedo cuando tenía diez años.

—Claro.

Volvió a pasearse por el cuarto.

—Sabes que podría haberme matado, ¿verdad?

Yo no estaba muy seguro de si quería seguir escuchando.

—Pero no lo hizo y es muy probable que esté muerto, como Larkin.

John desapareció esa noche, pero, en realidad, nadie sabía qué había sido de él.

—Sí, bueno, no sé, pero si lo está, ha dejado un regalo de despedida. Bueno, en realidad dos —dijo Link y se inclinó sobre la cama. Instintivamente, retrocedí de un salto, chocando con Lena.

—¿Qué pasa? —dijo medio dormida y con voz grave.

—Tranquilo, amigo. —Link se agachó por encima de mí para llegar a la lámpara y la encendió—. ¿A ti qué te parece?

Cuando mis ojos se acostumbraron a la luz, vi dos pequeñas heridas en el pálido cuello de Link, la inconfundible marca dejada por dos colmillos.

—¿Te mordió?

Me alejé de él, tirando de Lena para sacarla de la cama y empujándola hasta la pared.

—Entonces ¿es verdad? ¡Mierda! —exclamó Link y se sentó en mi cama con la cabeza entre las manos. Parecía desesperado—. ¿Y me voy a convertir en uno de esos chupasangre?

Miraba a Lena, esperando que le confirmase lo que ya sabía.

—Técnicamente, sí. Probablemente la Conversión ya haya empezado, pero eso no significa que vayas a ser un Íncubo de Sangre. Puedes resistirte, como hizo Macon, y alimentarte de sueños y recuerdos en lugar de sangre. —Lena me empujó para salir de detrás de mí—.

Tranquilo, Ethan. No nos va a atacar. No es como los vampiros de esas lamentables películas de terror Mortales donde las brujas llevan sombrero negro.

—Por lo menos me sientan bien los sombreros —dijo Link con un suspiro—. Y el negro.

Lena se sentó a su lado.

—Sigue siendo nuestro Link.

—¿Estás segura? —Cuanto más lo miraba, peor lo veía.

—Sí, tenía que haberlo sabido —dijo Link. Movía la cabeza, parecía derrotado. Era evidente que esperaba que Lena le dijera algo distinto a lo que se temía—. Mierda, mi madre me va a echar de casa en cuanto se entere y voy a tener que dormir en el coche.

—No va a pasar nada, amigo —mentí, pero ¿qué otra cosa podía hacer? Lena tenía razón. Link seguía siendo mi mejor amigo. Me había seguido hasta los Túneles, razón por la cual ahora estaba allí sentado con dos agujeros en el cuello.

Se acarició el pelo nerviosamente.

—Colega, mi madre es baptista. ¿Crees que va a permitir que me quede en casa cuando sepa que soy un Demonio? Pero si ni siquiera le gustan los metodistas.

—Tal vez no se dé cuenta —dije. Sabía que era una estupidez, pero tenía que intentarlo.

—Ya, claro. A lo mejor aunque no salga de casa en todo el día para que no se me fría la piel no se da cuenta —dijo Link, acariciándose los brazos como si ya notara que se estaba pelando.

—No necesariamente —intervino Lena—. John no era un Íncubo corriente. Era un híbrido. Tío M sigue tratando de averiguar qué hacía Abraham con él.

Recordé lo que Macon dijo de los híbridos cuando discutió con Abraham en la Frontera, de lo que parecía haber transcurrido un siglo. Pero no quería pensar en John Breed. No podía olvidar cómo había acariciado a Lena.

Al menos, Lena no se daba cuenta.

—Su madre era una Evo, un ser que puede metamorforsearse, transmutarse virtualmente en cualquier especie, incluso en un Mortal. Por eso a John no le perjudicaba la luz del día, que otros Íncubos tienen que evitar.

—¿Ah, sí? Entonces, ¿yo sólo tengo una cuarta parte de chupasangre?

Lena asintió.

—Probablemente. Quiero decir, no podemos estar seguros de nada.

Link negó con la cabeza.

—Por eso al principio no estaba seguro. He pasado fuera todo el día y no me ha pasado nada. Pensé que las marcas eran de otra cosa.

—¿Por qué no has dicho nada hasta ahora? —Era una pregunta estúpida, ¿a quién le gustaría que sus amigos se enteren de que se está Convirtiendo en una especie de Demonio?

—No me di cuenta de que me había mordido. Creía que había ganado la pelea, pero luego empecé a sentir algo raro y vi las marcas.

—Tienes que andar con cuidado, vale. No sabemos casi nada de John Breed. Si es algún tipo de híbrido, quién sabe lo que serás capaz de hacer.

Lena se aclaró la garganta.

—En realidad —dijo—, yo llegué a conocerlo bien. —Link y yo nos volvimos a la vez y la miramos. Retorcía el collar de los amuletos nerviosamente—. Bueno, no tanto. Pero pasamos mucho tiempo en los Túneles.

—¿Y? —La presión de mi sangre aumentaba.

—Era muy fuerte y tenía un raro magnetismo que volvía locas a las chicas allí donde íbamos.

—¿A ti también? —pregunté sin poder evitarlo.

—Calla —dijo Lena, dándome un codazo.

—Esto suena cada vez mejor —dijo Link, y se le escapó una sonrisa.

Lena repasaba mentalmente la lista de cualidades de John Breed. Yo esperaba que no fuera demasiado larga.

—Podía ver, oír y oler cosas que yo no podía.

Link respiró hondo. Y luego tosió.

—Vale, te digo en serio que te hace falta una ducha.

—Tienes superpoderes ¿y no se te ocurre otra cosa? —dije. Le di un codazo, él me lo devolvió y salí despedido de la cama aterrizando en el suelo.

—Pero ¿qué demonios…?

Solía ser yo el que lo mandaba directo al suelo.

Link se miró las manos asintiendo con satisfacción.

—Exacto, puños de acero. Lo que siempre he dicho.

Lena agarró a *Lucille,* que se había acomodado en el rincón.

—Y también deberías poder Viajar. Ya sabes, materializarte en el lugar que quieras. No tendrás que usar las ventanas, aunque tío Macon dice que es lo más civilizado.

—¿Puedo andar por las paredes como los superhéroes? —dijo Link, cada vez más contento.

—Seguro que lo vas a pasar muy bien. Sólo que… —Lena tomó aire y restó importancia a sus palabras—. No vas a poder comer nunca más. Y suponiendo que quieras parecerte más a tío Macon que a Hunting, tendrás que alimentarte de los sueños y los recuerdos de la gente. Tío Macon lo llama «escuchar a escondidas». Y vas a tener tiempo de sobra, porque no vas a volver a dormir nunca más.

—¿No puedo comer? ¿Y qué le voy a decir a mi madre?

—Dile que te has hecho vegetariano —dijo Lena encogiéndose de hombros.

—¿Vegetariano? ¿Te has vuelto loca? Eso es peor que ser un cuarto de demonio —dijo Link, y se paró. No había dejado de pasearse de un lado a otro—. ¿Oyeron eso?

—¿Qué?

Se acercó a la ventana y se asomó.

—¿En serio no lo oyeron?

Se escucharon unos cuantos golpes en la pared de la casa y Link ayudó a entrar a Ridley por la ventana. Aparté la mirada como era mi deber, porque al trepar a mi habitación, a Ridley se le había subido la falda y enseñaba las bragas. No fue la más grácil de las entradas.

Al parecer, Ridley se había aseado y volvía a vestirse como una Siren, aunque ya no lo fuera. Se bajó la falda y sacudió su melena rubia y rosa.

—A ver si lo capto. ¿Hacen una fiesta y yo me tengo que quedar en mi celda con el perro?

Lena suspiró.

—¿Te refieres a mi habitación?

—No me gusta nada que salgan juntos los tres y se pongan a decir cosas malas de mí. Bastantes problemas tengo ya. Tío Macon y mi madre han decidido que tengo que volver al colegio. Como ya no soy un peligro para nadie… —dijo Ridley, que parecía a punto de echarse a llorar.

—Pero es que no lo eres —dijo Link, ofreciéndole mi silla.

—Pues soy muy peligrosa —dijo ella sin hacerle caso y sentándose en la cama—. Ya lo verán. —Link sonrió. Lo estaba deseando, eso al menos quedaba claro—. No pueden obligarme a esa porquería de instituto para provincianos.

—No estábamos hablando de ti —dijo Lena, sentándose al lado de su prima.

—Estábamos hablando de mí —dijo Link, y volvió a pasearse por el cuarto.

—¿Y a ti qué te pasa? —Link apartó la mirada, pero Ridley debió de ver algo, porque cruzó la habitación en un segundo. Sujetó la cara de Link—. Mírame.

—¿Para qué?

Ridley lo caló como si fuera una Sybil.

—Que me mires.

Cuando Link se volvió, la luz de luna bañó su pálida y sudorosa piel. Ridley no necesitó más iluminación para ver las marcas. No soltó su cara, pero empezó a temblarle la mano.

—Rid —dijo Link tomándola por la muñeca.

—¿Te lo hizo él? —preguntó Ridley frunciendo el ceño. Aunque tenía los ojos azules y no dorados y ya no podía convencer a nadie de que saltase por un balcón, en aquel momento dio la impresión de que podría tirar por uno a cualquiera. Me pregunté cuántas veces habría protegido a Lena en el colegio cuando eran pequeñas.

Link la tomó de la mano y la atrajo hacia sí, rodeándola por los hombros.

—No es gran cosa. Puede que de vez en cuando termine las tareas. Como ya no voy a dormir… —dijo Link, ensayando una sonrisa.

—No te lo tomes a broma. Es probable que John sea el Íncubo más poderoso del mundo Caster aparte del propio Abraham, que lo estará buscando por alguna razón —dijo Ridley, mordiéndose el labio y la mirada perdida.

—Te preocupas demasiado, nena.

Ridley se apartó de Link.

—No me llames nena.

Me apoyé en la cabecera de la cama observándolos. Como ahora Ridley era una Mortal y Link un Íncubo, ella seguiría siendo la chica que no podía tener y, probablemente, la única que quería. El curso siguiente se estaba poniendo muy interesante.

Un Íncubo en el Jackson High.

Link, el chico más fuerte del instituto, volviendo loca a Savannah Snow cada vez que entraba por la puerta, y sin una sola lamida a una paleta por parte de Ridley. Y Ridley, la ex Siren, quien, estaba seguro, con paleta o sin ella, no tardaría en encontrar problemas. Dos meses para volver a clase y por primera vez en mi vida lo estaba deseando.

Link no fue el único de nosotros que no pudo dormir aquella noche.

28 de junio

AMANECER

—¿NO PUEDEN CAVAR MÁS DEPRISA?

Link y yo nos quedamos mirando a Ridley desde donde estábamos, unos metros bajo tierra en la tumba de Macon, donde no había pasado ni un segundo. Yo estaba empapado de sudor y el sol ni siquiera había salido. Con su nuevo vigor, Link no había transpirado ni una gota.

—No, no podemos. Y sí, sabemos que nos agradeces mucho que estemos haciendo esto por ti, nena —dijo Link enseñando la pala a Ridley.

—¿Por qué el camino tan largo tiene que ser tan largo? —dijo Ridley, molesta y mirando a Lena—. ¿Por qué los Mortales sudan tanto y son tan aburridos?

—Ahora tú eres Mortal, dímelo tú —dije, lanzando una palada de tierra en su dirección.

—¿No hay un Hechizo para estas cosas? —preguntó Ridley a Lena, que estaba sentada con las piernas cruzadas hojeando un viejo libro sobre Íncubos.

—Por cierto, ¿cómo consiguieron sacar ese libro de la Lunae Libri? —Link esperaba que Lena encontrase algún tipo de información acerca de los híbridos—. Hoy no es día festivo.

Ya habíamos tenido bastantes problemas en la Lunae Libri el año anterior.

Ridley lanzó a Link una mirada que probablemente lo habría puesto de rodillas cuando aún era una Siren.

—Tu amigo tiene muy buena relación con la bibliotecaria, Genio.

El libro se prendió fuego.

—¡Oh, no! —exclamó Lena quitando las manos rápidamente para no quemarse. Ridley apagó el fuego pisoteando el libro. Lena suspiró—. Lo siento. Simplemente, ha ocurrido.

—Se refería a Marian —dije yo a la defensiva, evité su mirada y seguí cavando.

Lena y yo habíamos vuelto a… en fin, a ser los mismos de siempre. No había un segundo que no pensara en la proximidad de su mano o de su cara. No había un momento del día que no quisiera escuchar su voz en mi interior, sobre todo después de haber dejado de oírla durante tanto tiempo. Era la última persona con quien hablaba al acostarme y la primera que buscaba al levantarme. Después de todo por lo que habíamos pasado, hubiera intercambiado mi lugar con el de *Boo* de haber podido. Hasta ese extremo deseaba no volver a perderla de vista jamás.

Amma había empezado a ponerle un cubierto en la mesa. En Ravenwood, tía Del guardaba una almohada y un edredón cerca del sofá del salón para mí. Nadie dijo una palabra sobre las horas de volver a casa o sobre cualquier otra regla, ni que nos veíamos demasiado. Nadie esperaba que nos encomendásemos a la bondad del mundo si no era juntos.

El verano había dejado su huella. Habían ocurrido muchas cosas que no podríamos olvidar. Había ocurrido Liv. Habían ocurrido John y Abraham. Twyla y Larkin, Sarafine y Hunting… no olvidaríamos a ninguno de ellos. El instituto seguiría igual de no ser por el pequeño detalle de que mi mejor amigo era un Íncubo y la segunda chica más guapa una Siren domesticada. El general Lee y el director Harper, Savannah Snow y Emily Asher nunca cambiarían.

Lena y yo, sin embargo, nunca volveríamos a ser los mismos.

Link y Ridley estaban tan sobrenaturalmente alterados que ni siquiera habían vuelto al mismo universo.

Liv se ocultaba en la biblioteca, feliz de vivir entre libros durante un tiempo. Desde la noche de la Decimoséptima Luna sólo la había visto una vez. Había abandonado la formación para ser Guardiana, pero parecía conciliada con ello.

—Ambos sabemos que jamás habría sido feliz como mera testigo de los acontecimientos —me dijo, y yo sabía que era cierto. Liv era astrónoma como Galileo, exploradora como Vasco da Gama y erudita como Marian. Tal vez, hasta una científica loca como mi madre.

Supongo que todos necesitábamos comenzar de nuevo.

Además, tenía la sensación de que a Liv su nuevo profesor le gustaba tanto como el antiguo. Ahora su educación estaba en manos de cierto ex Íncubo que pasaba los días aislado, bien en Ravenwood, bien en su antigua guarida de los Túneles, con Liv y la bibliotecaria jefe de los Caster como única compañía Mortal.

No era así como yo esperaba que terminara aquel verano cuando empezó. Pero, una vez más, en lo referente a Gatlin era imposible saber cómo evolucionarían las cosas. En algún momento tenía que dejar de intentar averiguarlo.

Deja de pensar y sigue cavando.

Solté la pala y salí del agujero. Lena estaba tumbada boca abajo y daba patadictas con sus gastados Converse. Rodeé su cuello con mis manos y la atraje hacia mí. Nos besamos hasta que el cementerio empezó a girar a nuestro alrededor.

—Chicos, chicos, no se ensucien. Ya está terminado —dijo Link, que se apoyaba en la pala y contemplaba su obra. La tumba de Macon estaba abierta aunque no hubiera en ella ningún ataúd.

—¿Qué esperamos? —dije. Quería terminar cuanto antes.

Ridley sacó del bolsillo un pequeño objeto envuelto en seda negra y extendió el brazo. Link retrocedió como si su nena hubiera prendido una antorcha delante de su cara.

—¡Cuidado, Rid! No me acerques esa cosa. Es kriptonita para Íncubos, ya sabes.

—Lo siento, Supermán, lo había olvidado —dijo Ridley bajando al agujero.

Depositó el bulto con cuidado en el suelo de la tumba de Macon Ravenwood. Tal vez mi madre lo hubiera salvado con aquel Arco de Luz, pero para nosotros era un objeto peligroso, una prisión sobrenatural en la que no quería que quedara atrapado mi mejor amigo. A dos metros bajo tierra era donde debía estar y la sepultura de Macon era el lugar más seguro que se nos ocurrió.

—Que se pudran —dijo Link al sacar a Ridley del agujero—. ¿No es eso lo que hay que decir cuando el bien derrota al mal al final de la película?

Me le quedé mirando.

—¿Has leído un libro alguna vez?

—Cúbrelo de tierra —dijo Ridley limpiándose las manos de tierra—. Al menos, eso es lo que yo digo.

Link fue cubriendo el Arco de Luz palada a palada bajo la atenta mirada de Ridley.

—Termina —dije yo.

Lena asintió con las manos metidas en los bolsillos.

—Vámonos de aquí.

El sol apareció detrás de los magnolios que adornaban la tumba de mi madre. Ya no me entristecía, porque sabía que ella no se encontraba allí. Estaba en alguna parte o en todas partes, observándome y velando por mí: en el estudio de Macon, en el archivo de Marian, en nuestro estudio de Wate's Landing.

—Vamos, L —dije, tirándola del brazo—. Estoy cansado de la oscuridad. Vamos a ver el amanecer.

Echamos a correr colina abajo como niños. Pasamos junto a las tumbas y los magnolios, las palmeras y los robles cubiertos de líquenes, las desiguales filas de lápidas, ángeles dolientes y junto al viejo banco de piedra. Lena iba estremecida por el fresco aire de la mañana, pero no queríamos parar. Y no lo hicimos hasta que llegamos al pie de la loma casi exhaustos, casi volando, casi felices.

No vimos el extraño brillo dorado que perforaba las pequeñas grietas y fisuras que se abrieron en la tierra con que cubrimos la tumba de Macon.

Y no consulté el iPod, que llevaba en el bolsillo, donde habría visto una más en la lista de canciones.

«Dieciocho lunas».

No lo consulté porque no me importaba. Nadie escuchaba, nadie miraba. En el mundo no había nadie salvo nosotros dos...

Nosotros dos y el hombre del traje blanco y la corbata típica del sur, que permaneció en la cima de la colina hasta que se levantó el sol y las sombras retrocedieron a las criptas.

No lo vimos. Sólo nos fijamos en el fin de la noche y en el nuevo cielo azul. No el de mi habitación, sino el verdadero. En realidad era distinto para cada uno de nosotros, pero yo sospechaba que no hay dos personas en el mundo que vean el mismo cielo con independencia del universo que habiten.

Quiero decir, ¿cómo se puede estar seguro?

El viejo se alejó.

No oímos el ruido ya conocido que hacían el tiempo y el espacio al reacomodarse después del desgarro del último instante de la noche, la oscuridad que precede al alba.

> *Dieciocho lunas, dieciocho esferas,*
> *de un mundo sin años ni eras*
> *que no elige nacimiento o muerte.*
> *Un día partido en la Tierra inerte...*

DESPUÉS

LAS LÁGRIMAS DE UNA SIREN

RIDLEY ESTABA EN SU DORMITORIO de Ravenwood, situado en el antiguo cuarto de Macon. En él todo había cambiado excepto el suelo, el techo y las cuatro paredes y, tal vez, la cama con dosel.

Cerró con llave, se volvió y se apoyó en la puerta para contemplar la estancia. Macon había decidido trasladarse a otro cuarto en la misma mansión de Ravenwood, aunque pasaba la mayor parte del tiempo en su estudio de los Túneles. Así que ahora aquélla era la habitación de Ridley, que no había vuelto a abrir la trampilla que bajaba al estudio de Macon y la tenía tapada con una gruesa alfombra rosa. Las paredes estaban cubiertas de graffiti hecho con espray negro y rosa fluorescente con toques de verde eléctrico, amarillo y naranja. El graffiti no consistía en palabras exactamente, sino en formas, trazos y emociones. Ira embotellada en una lata de espray barato del Wal-Mart de Summerville. Lena se había ofrecido a ayudarla, pero Ridley insistió en pintar sola y al estilo Mortal. Las emanaciones de la pintura le dieron dolor de cabeza y la pintura lo manchó todo. Era precisamente lo que quería porque era precisamente lo que se sentía.

Que lo había manchado todo.

Y nada de palabras. Odiaba las palabras. Mentiras en su mayor parte. Su reclusión de dos semanas en la habitación de Lena le había bastado para engendrar un odio a la poesía que le duraría de por vida.

mipalpitanteydolientecorazóntenecesita...

Qué porquería. Le daban náuseas. Evidentemente, aquella familia carecía del más mínimo sentido del buen gusto. Se apartó de la puerta y se dirigió al armario. Abrió las puertas de madera blanca lacadas con un empujoncito y descubrió una colección de ropa que le había costado toda una vida reunir. El sello de identidad de una Siren.

Ahora, sin embargo, no era más que un recordatorio de lo que ya no era.

Arrastró el banco verde hasta el armario y subió, con dificultad, porque sus zapatos rosas de plataforma eran un poco holgados y se deslizaban atrás y adelante a pesar de que se había puesto sus medias de rayas rosas. Había sido un día poco frecuente en Gatlin. Las miradas de que había sido objeto en el Dar-ee Keen no tenían precio. Al menos, había echado la tarde.

Una tarde, pero ¿de cuántas?

Tanteó el estante superior hasta que encontró la caja de zapatos de París donde guardaba lo que estaba buscando. Sonrió y tiró de ella. Zapatos de terciopelo púrpura abiertos por delante con diez centímetros de tacón si no recordaba mal. Pero claro que se acordaba. Aquellos zapatos habían sido testigos de noches estupendas.

Vació el contenido de la caja en la colcha blanca y negra. Allí estaba, envuelto en seda manchada con un poco de tierra.

Se sentó en el suelo y apoyó los brazos en la cama. No era ninguna estúpida, sólo quería mirarlo, como había hecho todas las noches de las últimas dos semanas. Quería sentir el poder de algo mágico, un poder que ella ya no tenía.

No era mala chica en realidad. Además, si lo era ¿qué más daba? No podía evitarlo. La habían dejado tirada como a un cepillo de rímel viejo.

Sonó el celular y lo tomó de la mesilla. En la pantalla apareció una foto de Link. Pulsó el botón de apagado y tiró el teléfono sobre la interminable alfombra rosa.

Ahora no, Chico Bueno.

Estaba pensando en otro Íncubo.

John Breed.

Se sentó cómodamente y ladeó la cabeza para observar la esfera, que empezó a emitir una luz sutilmente rosada.

—¿Qué voy a hacer contigo?

Sonrió porque por una vez la decisión estaba en sus manos y porque todavía no la había tomado.

tres

La luz creció en intensidad hasta bañar la habitación con un luminoso resplandor rosa bajo cuyo fulgor todos los objetos desaparecían como rayas de lápiz parcialmente borradas.

dos

Cerró los ojos… una niña soplando las velas del pay de cumpleaños para pedir un deseo…

uno

Abrió los ojos.

La decisión estaba tomada.

AGRADECIMIENTOS

Escribir un libro es difícil. Pero resulta que escribir un segundo libro es el doble de difícil. A continuación, vamos a mencionar a las muchas personas que nos guiaron a través de las distintas fases de nuestra Decimoséptima Luna:

Nuestras queridas agentes SARAH BURNES Y COURTNEY GATEWOOD, que recibieron la ayuda de REBECCA GARDNER, de GERNERT COMPANY, que continúa explorando el condado de Gatlin en busca de ignotos parajes donde no se haya visto jamás un trozo de pollo frito con nuez. SALLY WILCOX, de CAA, por traer el condado de Gatlin a una ciudad en la que nadie tocará nunca un trozo de nada que esté frito.

Nuestro brillante equipo de LITTLE, BROWN BOOKS para lectores jóvenes; nuestras editoras, JENNIFER BAILEY HUNT y JULIE SCHEINA, nuestro diseñador, DAVID CAPLAN, nuestra gurú del márketing, LISA ICKOWICZ, nuestra reina de los servicios bibliotecarios, VICTORIA STAPLETON, nuestra gurú de la publicidad, MELANIE CHANG, y nuestra publicista, JESSICA KAUFMAN, tan buenos haciendo su trabajo como Amma haciendo crucigramas.

Nuestras fabulosas editoras en el extranjero, en especial AMANDA PUNTER, CECILE TEROUANNE, SUSANNE STARK y MYRIAM GALAZ; y las que aún no conocemos, que nos han recibido con mucho cariño en sus empresas y países. Nuestro fan número 1 en España, el escritor JAVIER RUESCAS, quien no sólo dio a conocer nuestro libro en España, sino que difundió la noticia de su publicación donde y cuando tuvo ocasión.

Nuestra lectora favorita, DAPHNE DURHAM, que nos comprende bien y, lo que es más importante, comprende bien a Ethan y a Lena. No existe guisado lo bastante grande para demostrarle nuestro aprecio. Lleve lo que lleve de guarnición: corn flakes, cebolla frita o papas fritas desmigajadas.

Nuestra adolescente experta en lenguas clásicas, EMMA PETERSON, que tradujo al latín los Hechizos mientras estudiaba para el examen de AP Vergil. Nuestra temible editora adolescente MAY PETERSON, que sin duda acabará aterrorizando a muchos otros escritores en el futuro.

Nuestro genial fotógrafo, ALEX HOERNER, que nos ha hecho una foto en la que no parecemos nosotras, lo cual nos encanta. VANIA STOYANOVA, por su hermoso tráiler, sus fantásticas fotos y su trabajo como coadministradora de nuestra página web para los lectores en Estados Unidos. YVETTE VASQUEZ, por leer nuestros manuscritos cien veces, recoger nuestros viajes en el blog y ser, también, coadministradora de nuestra página web para los lectores. LOS CREADORES DE LAS PÁGINAS WEB para lectores en Francia, España y Brasil. ASHLY STOHL, que ha hecho fotografías y diseñado exlibris, invitaciones y páginas web que llevan el sur a lectores del mundo entero. ANNA MOORE por diseñar la página web *Hermosas Criaturas 2.0*. El escritor GABRIEL PAUL por crear brillantes juegos *online* para nuestras giras y promociones.

Nuestras CHICAS CASTER 12, 13, 14, 15, 16, 17, 18 y 25. Son el corazón de las Crónicas Caster y siempre lo serán.

NUESTROS MENTORES LITERARIOS DE YA, LOS AUTORES DE WP, LOS PUBLICISTAS DEL LIBRO, LOS AUTORES DE LOS TRÁILERS, LOS DISEÑADORES DE LAS PÁGINAS WEB, LOS AUTORES DEBUTANTES (COMPAÑEROS DE FATIGAS), LOS BLOGUEROS, LOS AMIGOS DE NING/GOODREADS Y, POR SUPUESTO, NUESTROS AMIGOS DE TWITTER. Al igual que Carlton Eaton, cartero mayor de Gatlin, son ustedes los que nos traen las noticias más frescas. Y, tanto si son buenas como si no, siempre es mejor oírselas o leérselas a uno de los tuyos. Nadie sabrá nunca lo divertida que les resulta hasta la Caverna de las Revisiones.

NUESTRAS FAMILIAS:
ALEX, NICK Y STELLA GARCIA, Y LEWIS, EMMA, MAY Y KATE PETERSON, y nuestras respectivas MADRES, PADRES, HERMANAS, HERMANOS, SOBRINAS,

SOBRINOS, CUÑADAS, PRIMOS AMANTES DE LAS FIESTAS Y AMIGOS TODOS. Desde TÍA MARY hasta la PRIMA JANE, siempre nos hemos sentido apoyadas por ustedes. STOHL, RACCA, MARIN, GARCIA, PETERSON: a estas alturas tienen todo el derecho a odiarnos, pero, y mira que es raro, no nos odian.

DEBY LINDEE y SUSAN y JOHN RACCA, por acogernos en nuestros muchos viajes al sur. BILL YOUNG y DAVID GOLIA, por ser nuestros caballeros andantes. El PADRE DE INDIA Y NATALIA por ayudarnos cuando se suponía que nosotras teníamos que ayudarlo a él. SAUNDRA MITCHELL, por todo, como siempre.

Nuestros LECTORES, PROFESORES Y LIBREROS, Caster y no Caster, que descubrieron *Hermosas criaturas* y se sintieron lo bastante atraído como para bajar de nuevo a los Túneles con nosotras. Sin ustedes, estaríamos (muchas) palabras.

Nuestra mentora, MELISSA MARR, y nuestra terapeuta, HOLLY BLACK. Ellas saben por qué. La doctora SARA LINDHEIM, nuestra Guardiana, que conoce nuestros Hechizos mejor que nosotras.

Y, por último, MARGARET MILES, bibliotecaria y directora de Servicios para la Juventud en la Biblioteca del Condado de Hanover, Wilmington, Carolina del Norte. Que, al fin y al cabo, Marian Ashcroft no es la única bibliotecaria Caster.

Sobre las autoras

Al igual que Amma, Kami Garcia es muy supersticiosa y, como cualquier persona respetuosa con sus raíces sureñas, hace ella misma galletas y pasteles. Tiene familiares que pertenecen a las Hijas de la Revolución Americana, aunque ella nunca ha participado en ninguna de sus recreaciones históricas. Ha estudiado en la George Washington University, donde se licenció en Educación. Es profesora y organiza grupos de lecturas para niños y jóvenes.

Como a Lena, a Margaret Stohl la escritura le ha dado (y quitado) muchos quebraderos de cabeza desde los quince años. Ha escrito y diseñado muchos videojuegos, por ello sus dos sabuesos se llaman *Zelda* y *Kirby*. Se enamoró de la literatura norteamericana en Amherst y en Yale. Es licenciada en Filología Inglesa por la Universidad de Stanford y estudió escritura creativa en la Universidad de East Anglia, en Norwich.

Ambas residen en Los Ángeles, California, con sus familias. *Hermosas criaturas* fue su primera novela y *Hermosa oscuridad* es su segunda parte.

Para más información sobre las autoras
www.kamigarciamargaretstohl.com

Para más información sobre este libro
www.lasagadelasdieciseislunas.com
www.hermosascriaturas.com